O menino da triste figura

Kenzaburo Oe

O menino da triste figura

Tradução do japonês e notas
Jefferson José Teixeira

Estação Liberdade

Título original: *Ureigao no doji* (憂い顔の童子)
© Kenzaburo Oe, 2002
© Editora Estação Liberdade, 2025, para esta tradução
Todos os direitos reservados.

PREPARAÇÃO Fábio Fujita
REVISÃO Gustavo Katague
EDITOR ASSISTENTE Luis Campagnoli
SUPERVISÃO EDITORIAL Letícia Howes
EDIÇÃO DE ARTE Miguel Simon
EDITOR Angel Bojadsen

JAPANFOUNDATION

A EDIÇÃO DESTA OBRA CONTOU COM SUBSÍDIO DO PROGRAMA
DE APOIO À TRADUÇÃO E PUBLICAÇÃO DA FUNDAÇÃO JAPÃO

CIP-BRASIL. CATALOGAÇÃO NA PUBLICAÇÃO
SINDICATO NACIONAL DOS EDITORES DE LIVROS, RJ

O24m

  Oe, Kenzaburo, 1935-2023
    O menino da triste figura / Kenzaburo Oe ; tradução Jefferson José Teixeira. - 1. ed. - São Paulo : Estação Liberdade, 2025.
    512 p. ; 23 cm.

    Tradução de: Ureigao no doji (憂い顔の童子)
    ISBN 978-65-86068-99-3

    1. Romance japonês. I. Teixeira, Jefferson José. II. Título.

                                             CDD: 895.63
25-95830   CDU: 82-31(52)

Meri Gleice Rodrigues de Souza - Bibliotecária - CRB-7/6439
15/01/2025   22/01/2025

Nenhuma parte desta obra pode ser reproduzida, adaptada, multiplicada ou divulgada de nenhuma forma (em particular por meios de reprografia ou processos digitais) sem autorização expressa da editora, e sempre em conformidade com a legislação em vigor.

Esta publicação segue as normas do Acordo Ortográfico da Língua Portuguesa, Decreto nº 6.583, de 29 de setembro de 2008.

EDITORA ESTAÇÃO LIBERDADE LTDA.
Rua Dona Elisa, 126 | Barra Funda
01155-030 São Paulo – SP | Tel.: (11) 3660 3180
www.estacaoliberdade.com.br

憂い顔の童子

— *Yo sé quién soy* — *respondió don Quijote*
(*Don Quijote de la Mancha*, Editorial Castalia)

SUMÁRIO

Prólogo
Porquanto em breve me deitarei no pó   13

Capítulo 1
Voltando ao vale junto com Dom Quixote   29

Capítulo 2
Ayo, Ayo, Ayo!   47

Capítulo 3
Caminho de sonhos   69

Capítulo 4
Aventura bizarra com uma "Legião de Esqueletos"   91

Capítulo 5
Os sofrimentos da "pessoa comum"   111

Capítulo 6
Aquilo e gota   135

Capítulo 7
As crianças de *Dom Quixote*   157

Capítulo 8
Momotaro, o menino-pêssego   177

Capítulo 9
Cruelty and Mystification   203

Capítulo 10
Rivalidade amorosa   225

Capítulo 11
O "menino" que cuidou do cão de Saigo   249

Capítulo 12
A iconologia de Torakichi Shindo   269

Capítulo 13
Sociedade Japonesa Senescente (1)   289

Capítulo 14
Sociedade Japonesa Senescente (2)   307

Capítulo 15
A criança perdida   327

Capítulo 16
O médico   345

Capítulo 17
As regras da *árvore pessoal*   369

Capítulo 18
Sociedade Japonesa Senescente (3)   391

Capítulo 19
Rejoice!   411

Capítulo 20
Embate com o Cavaleiro da Branca Lua   433

Capítulo 21
O apócrifo de Avellaneda   457

Epílogo
O "menino" descoberto   483

Prólogo
Porquanto em breve me deitarei no pó

1

Kogito se recordava de haver na sua infância e adolescência enormes choupos plantados no terreno que recebera da mãe. A primeira menção à oferta da propriedade ocorreu quando a mãe ainda se mostrava lúcida, apesar de seus mais de noventa anos. Ele não se recordava exatamente quando havia sido, pois costumava retornar ao vale na floresta de Shikoku a intervalos de vários anos; mas, levando em conta a estação, provavelmente deve ter sido em meados de maio.

Alegando que a casa fedia à velhice, a mãe deixava aberto um espaço de onde se avistavam na margem oposta do rio todas as árvores que, apesar de familiares, se agigantaram desde que Kogito deixou o vale, formando uma barreira altaneira de folhagem jovem molhada. Rompia acima dela um céu azul nem encoberto, nem sombrio. Enquanto na parte inferior o lusco-fusco do alvorecer perdurava, apenas o alto do poste de eletricidade na margem de cá captava o reflexo da claridade solar da superfície do rio. O transformador fixado à pilastra de concreto por uma correia metálica e as fileiras flexíveis inferior e superior das bobinas curvas dos isoladores de porcelana refletiam essa luz. Ao lado, havia um casal de pássaros de *bicos* e patas amarelos.

— Aquela espécie de passarinho não herda cultura — asseverou a mãe. — Um casal de estorninhos vivia *bicando* ruidosamente a peça de metal no topo do poste de eletricidade. Quando você recebeu o prêmio, o pessoal do distrito apareceu se prontificando a fazer algo por mim, e eu os fiz entender que aquela peça era de todo inútil; que o barulho dos pássaros a *bicando* me fazia acordar pela manhã; e que eu gostaria que eles a removessem dali.

"Mas alegaram dificuldade devido à jurisdição da empresa de energia elétrica... Mesmo assim, toda manhã, por cerca de um mês, mandaram um jovem permanecer sentado ao pé do poste empunhando uma vara de bambu para afugentar os pássaros!

"O casal de pássaros de agora, da terceira ou da quarta geração de estorninhos após aqueles, esqueceu a técnica de bicar a peça de metal!"

Após esses comentários preliminares, a mãe prosseguiu.

— As florestas ao redor do vale podem ser desbravadas para criar plantações e construir casas, mas, se forem deixadas posteriormente à revelia, logo voltarão a se impregnar de ervas daninhas. Algo semelhante aconteceu com a residência construída no campo de tangerinas de Tenkubo desde que o cônsul-geral que a habitava faleceu: o caminho que conduzia a ela a partir da extremidade do lago está atualmente deteriorado, e a porta da entrada não abre nem fecha direito. Se aquela construção for transferida para a base da rocha no terreno em Jujojiki, não se tornaria um ambiente ideal para você ler e trabalhar? Durante um tempo, ela foi alugada a um criador de porcos, mas há muito ele foi afastado pelo movimento dos residentes locais, e o mau cheiro dos animais deve ter se dissipado. Conta com luz e sistema de água instalados!

Kogito se lembrava de ter visitado em várias ocasiões a casa construída na encosta de Tenkubo e de como admirava os gostos do primo ex-diplomata.

A mãe não lhe cobrou uma resposta imediata, avisando que bastaria comunicar sua decisão a Asa, sua irmã mais nova residente na área, e ela o autorizaria a fazer as obras e o que mais fosse necessário.

— A senhora sempre imaginou que eu voltaria a viver no vale?

— Nem sempre... Pensei nisso umas poucas vezes.

— Em algum momento eu sugeri algo nesse sentido?

— Se você não se lembra, não deve ter falado a sério. Mas você demonstrava interesse no "menino" e afirmava que, mesmo indo estudar em uma universidade em Tóquio, voltaria um dia para pesquisar sobre ele.

Abaixando a cabeça, a mãe fez movimentar em círculos os músculos no fundo da boca. Kogito se lembrou de que, quando criança, esse gesto silencioso da mãe era suficiente para ele se sentir efetivamente punido. O corpo agachado de ombros encolhidos do outro lado da mesinha baixa de centro estava por toda a parte oleoso e pardacento, semelhante ao das múmias vistas na Região Autônoma Uigur de Sinquião na China. Tendo levantado cedo pela manhã, ainda não enrolara o turbante que lhe ocultava as orelhas. Sob a luminosidade tênue incidindo sobre o *cocuruto* da miúda cabeça de cabelos brancos, a ponta do lóbulo da orelha inclinada ia até o queixo.

— Sem dúvida, falei várias vezes com a senhora sobre minhas ideias em relação ao "menino"...

— Asa me contou que você escreveu sobre ele como parte de um longo romance. Eu o li! Quando criança, você parecia pensar mais a sério sobre o "menino". Independentemente disso, eu me perguntava se você retornaria um dia para começar a pesquisar sobre ele... Mas talvez eu apenas desejasse me convencer da sua vinda.

Pregados sobre ele, os olhos da mãe tinham ambas as pálpebras enevoadas parecendo prestes a se inflamar.

Ela expressava um desapontamento que beirava a raiva. Kogito corou e, assim como sucedia quando retornava à terra natal nos tempos de estudante, se deixou ser observado pela senhora. Aos poucos, o coração dela se apaziguou, assomado por uma emoção distinta da raiva.

— Aparentemente Goro se suicidou, não foi? Eu não sabia do fato, pois ninguém me comunicou sua morte, e acabei tomando conhecimento por acaso ao folhear uma revista com eventos ocorridos um ano antes enquanto aguardava uma consulta na sala de espera da Cruz Vermelha. Senti vontade de desaparecer ao me dar conta de que eu terminaria meus dias sem saber.

"Com a morte de Goro, você perdeu um amigo que te dizia para deixar de ser sentimental quando você tinha ideias sérias ou nem tão sérias assim. Isso impõe um peso maior sobre os ombros de Chikashi!"

A mãe retomou o mutismo, e o rosto, reduzido ao tamanho de um punho fechado, perdeu o tom avermelhado; dos olhos negros acinzentados, lágrimas escorriam pela face.

Trinta anos antes, quando Kogito retornou à terra natal, Asa, ainda solteira, vestindo um casaco por cima do quimono e envolvendo o pescoço em uma gaze pela chegada do inverno, encheu Kogito de perguntas que versavam sobre a entrevista realizada por ocasião do lançamento de seu longo romance *Jogo de rúgbi em 1860*.

Na sabatina, Kogito discorreu acerca de suas reflexões diárias sobre como vincular os dois temas que compunham a obra, a rebelião campesina ocorrida um século antes em Iyo, Shikoku, e o movimento de oposição ao Tratado de Cooperação Mútua e Segurança entre os Estados Unidos e o Japão, do qual ele próprio fazia parte, correndo o perigo de que talvez não estivesse vivo naquele momento para falar sobre o assunto dependendo de qual dessas "portas", uma adjacente à outra, ele empurrasse.

Certa tarde, durante um longo período de depressão, Kogito partiu para Enoshima. Sentou-se solitário na praia, deserta por ainda ser início da alta temporada, bebendo uísque do cantil retirado do bolso. Em dado momento, ele, que com tranquilidade poderia continuar em nado livre por duas ou três horas, imaginou que bastaria nadar em direção ao alto-mar para pôr fim aos problemas que o torturavam. Ele trouxera roupa de banho e óculos de natação. Depois de se trocar ali mesmo, caminhou reto e entrou no mar. Ao mergulhar até as coxas na água fria, uma voz por trás de sua cabeça murmurou:

Você não deve fazer algo tão sentimental.

Ele voltou atrás, vestiu as calças e a camisa da forma em que estavam — felizmente a roupa de banho não se molhara — e se dirigiu até a frente da estação Enoden onde comprou um pequeno polvo vivo. Sentou-se no trem mantendo sobre os joelhos a sacola de plástico onde o molusco fora mergulhado em água marinha. Porém, logo após uma baldeação em Odakyu, um tentáculo semelhante a um arame calcinado despontou pelo nó da sacola. Kogito tentou levantar a mão e beliscá-lo, mas o polvo não parecia desencorajado. A seguir, o animal deslizou com suavidade, revelando todo o corpo e, após definir uma posição sobre os joelhos, pulou para o chão de placas de tábuas do soalho do trem por onde começou a se esgueirar. Com a atenção geral voltada para si, Kogito se levantou com a lentidão de um gesto cotidiano e cobriu o polvo com a sacola de plástico, fazendo com que o bicho se acalmasse dentro da água remanescente.

— Que habilidade, hein — ouviu-se a voz do cobrador.

— Levando ele para passear? — uma moça também perguntou.

— Parece ser agradável à beira-mar, e, se houver tempo, vou deixá-lo se exercitar — disse Kogito.

Chegando em casa, encheu com água uma piscina de plástico com motivo de personagens da Disney e nela liberou o polvo, que nadou ao redor e cuja coloração se alterou com rapidez desconcertante. Por acaso, Goro aparecera após uma prova de figurino em um estúdio de cinema das redondezas. Depois de comentar sobre a pigmentação da pele do molusco, ao relatar ao cunhado sua intenção de nadar até o alto-mar em Enoshima, este demonstrou uma fria seriedade, mas riu abertamente com ar inocente.

Quando explicava a Asa como as coisas haviam se passado, a mãe, que preparava o jantar na cozinha e também ouvia a conversa em curso na sala dos fundos, apareceu enxugando as mãos no avental ocidental que, assim como o seu turbante, não era costumeiro no vale. Sempre de pé, repreendeu Kogito.

— Se for uma história difícil que necessite, de alguma forma, ser alterada, melhor nem começar! Mesmo que tivesse a intenção de entrar no mar, você mesmo não estava seguro quanto a isso, certo? Ao telefone, Chikashi me contou que Goro acabou se calando, mas, antes de partir, o alertou usando as mesmas palavras que você ouviu por trás de sua cabeça.

"Quando fui informada de que Chikashi tinha aceitado se casar, não disse nada a ela, mas me preocupava por não saber se você tinha intenção de viver seriamente... Mesmo depois de casado e do nascimento de Akari, sinto pena ao ver que você ainda é uma *pessoa incompleta*!"

2

Pouco depois de ter essa conversa com Kogito, a mãe se submeteu a uma longa entrevista com uma pesquisadora que a visitou no intuito de escrever um artigo para os anais da Universidade de Matsuyama. Até então, por conta do prêmio recebido por Kogito, houvera apenas uma gravação de imagens para a TV. Ao ouvir como resposta que o filho provavelmente não retornaria para viver no vilarejo, a jornalista lamentou, ao que a senhora apenas assentiu calada depois de afirmar o quão lastimoso seria para ele. A conversa com a pesquisadora, gravada por Asa — que apareceu na casa justamente quando a entrevista estava em andamento —, ainda existe, porém, apesar de o teor dos anais ter sido usado em diversos lugares, ele não foi enviado nem a Kogito, nem à mãe.

Asa pensou em fazer a gravação por ter sido informada de que a pesquisadora visitara algumas casas do bairro cujos moradores não se relacionavam com a mãe — e que, por muito tempo, tiveram até mesmo uma relação conflitante com a família

Choko — para verificar os problemas relativos ao registro familiar dos parentes de Kogito.

De fato, na primeira metade da entrevista, as perguntas visavam bisbilhotar sobre os rumores relativos à avó, única herdeira, que construíra um teatro e acabara se evadindo com um dos seus atores para formar família em uma área para além das montanhas. Depois de Asa ter contestado, as perguntas passaram para uma investigação sobre os romances escritos por Kogito baseados na topologia, na história e nas tradições da região, e se eles eram fiéis aos eventos que de fato aconteceram ali. Ouvindo a gravação, Kogito achou interessante a maneira como a mãe respondeu ao perceber a intenção da entrevistadora. Ele não teve escolha a não ser enfrentar as críticas que, por muito tempo, a mãe lhe dirigiu.

Ela dizia o seguinte:

"Não li muito, mas Kogito escreve romances. Romances servem para contar mentiras, não é? Eles descrevem um mundo inverossímil. Estou errada? Creio ser possível registrar as verdades de outras formas que não por meio deles...

"Mesmo assim, dizem que eles foram escritos tendo como base a história desta região e os relatos transmitidos oralmente ao longo das gerações.

"Sem dúvida. É possível escrever romances sem relação com coisas existentes neste mundo, atuais ou passadas, coisas que devem existir? Você deve ter lido *Alice no País das Maravilhas* e *O pequeno príncipe*. Eles foram criados deliberadamente como histórias fantasiosas. Mas não foram ambos escritos com base em coisas existentes neste mundo? Um buraco vertical, longo e escuro não seria o primórdio de tudo? Sem uma jiboia, um elefante e um chapéu, seria possível despertar o interesse infantil?

"Até onde você pesquisou, a história dos membros da nossa família é inconsistente com os fatos, não é?

"Deve ser realmente dessa forma. Porque Kogito escreve romances. Porque ele cria inverdades. Então, por que hesita sobre o que efetivamente se passou e mistura coisas confusas aos fatos?

"Deve ser para dar mais credibilidade à irrealidade!

"Dizem que há uma questão ética, mas é justamente sobre ela que alguém da minha idade reflete diuturnamente! Morrer não seria nada estranho para uma anciã como eu, mas me pergunto se eu poderia partir deste mundo dessa forma... Escritores nessa idade não devem enfrentar problemas éticos. Quando se dão conta, devem estar mergulhados até o pescoço nas tantas invencionices às quais se dedicam! Ao envelhecer, um escritor também deve se questionar se poderia morrer dessa maneira.

"Do formigueiro formado por esse amontoado de mentiras, o escritor estenderia uma folha de papel afirmando se tratar de verdades? Isso seria algo difícil até para um escritor numa idade já próxima da morte!

"Uma pesquisadora de histórias como você certamente deve conhecer diversos exemplos concretos. Houve mesmo quem, nessa idade, tenha renunciado à família para morrer em uma estação ferroviária. Na Rússia, cerca de um século atrás!"[1]

---

1. Referência a Lev Tolstói que, em 20 de novembro de 1910, foi encontrado morto na estação de trem Astapovo após ter renunciado à família e deixado sua casa dez dias antes.

3

Apesar de ter recebido da mãe o terreno em Jujojiki, Kogito não tinha um plano concreto de transferir para lá a casa de Tenkubo. Porém, devido a um acúmulo de circunstâncias, foi possível constatar um rápido progresso inesperado no projeto.

Na verdade, tudo *começou* quando a mãe foi diagnosticada com câncer. Ainda era início do verão, e, acreditando que ela não sobreviveria a mais um inverno, Asa sugeriu que Kogito deveria até lá definir concretamente como usar o terreno de Jujojiki. Assim que ele concordasse, os trabalhos da fundação começariam imediatamente. Kogito se viu forçado a se comprometer com inúmeras palestras em um esforço para obter o valor necessário para cobrir os custos. E, ao chegar à fase de relocação, novas circunstâncias despontaram em Tóquio. Uma delas foi quando a jovem amiga de Goro decidiu ter seu filho em Berlim e criá-lo sozinho, e Chikashi resolveu ir à Alemanha para dar suporte à moça.

Outra circunstância foi o fato de uma moça americana, que havia uma década pesquisava sobre os romances de Kogito, declarar haver recebido uma bolsa da Fundação Guggenheim para desenvolver o tema de seus estudos no Japão. Rose, a moça em questão, residiria na propriedade do vale em Shikoku com o intuito de escrever sua tese de doutorado tendo como pano de fundo os romances de Kogito. A casa a ser relocada no terreno de Jujojiki fora projetada conforme o desejo do *ex*-diplomata e contava com instalações em estilo ocidental, permitindo que Kogito e Akari morassem lá juntamente com Rose.

Embora ainda não fosse um plano concreto, Asa, na fase de sua análise por Kogito, fez uma proposta irrecusável:

até o final do outono, ela se incumbiria de cuidar de Akari, que poderia ficar na casa do ramo principal da família onde a mãe estava acamada. O dia da partida de Chikashi para Berlim se aproximava e ela precisava fazer uma visita e cumprimentar a sogra enferma. Portanto, ela foi até Shikoku levando Akari e uma semana depois Kogito deveria aparecer para buscá-lo.

Foi assim que Kogito passou três dias ao lado da mãe em seus momentos derradeiros. O casal de sobrinhos do ramo principal da família afirmou que isso era o que de melhor havia acontecido desde a virada do ano, mas a mãe, apesar do carinho que também demonstrava pelo filho, já não tinha mais energia para conversar de maneira organizada como quando gravou a entrevista com a pesquisadora.

Na manhã do dia em que voltaria à tarde para Tóquio, Kogito se sentou ao lado da mãe estirada sobre um futon deveras *aconchegante*, tanto pelo volume quanto pelo aspecto. Eram apenas os dois no cômodo, já que Asa levara Akari no jipe com tração 4x4 para visitar o local de construção da casa em Jujojiki que Kogito não tivera tempo de ir ver. Parecendo semiadormecida, a mãe fixou o olhar em um CD de Akari que Kogito colocava na bolsa a tiracolo nos preparativos para a viagem de volta.

— Essa música é enigmática. Se eu disser que se assemelha a um hino religioso ocidental, Asa com certeza zombará de mim — afirmou ela.

Kogito voltou a olhar a capa do CD com a ilustração de uma jovem cabeça de bronze envolta em uma teia de aranha com um bosque ao fundo.

— Um editor bem entrosado com a música de Akari me enviou.

— Akari falou que um sax tenor acompanhava o coro. Achava que esse tipo de instrumento era de jazz. Você ouvia quando era estudante...

— É um instrumentista norueguês que executa improvisações juntamente com um grupo de coral de música sacra antiga. Mas as músicas dele são de um gênero diferente do jazz. Soam como hinos budistas.

— Poderia pôr novamente para tocar o primeiro movimento favorito de Akari?

Enquanto lia o livreto, Kogito ouvia o saxofone tenor realmente grandioso se sobrepondo ao coro de quatro vozes. Era o *Parce Mihi Domine* do *Officium Defunctorum*, de Cristóbal de Morales, compositor do século XVI.

— Asa tentou ler o teor do livreto para Akari, mas só entendeu a palavra *ecce* e, ao expressar isso, ouviu dele que não havia problema, uma vez que ele compreendia a música. É um vocábulo antigo?

— Por ser uma música executada em celebrações religiosas, sua letra é em latim. Acredito ser uma citação do Livro de Jó do Velho Testamento. "Porquanto em breve me deitarei no pó."[2] Jó, depois de muito sofrimento, reza ou diz parcimoniosamente para Deus não se importar mais com ele... Em outras palavras, ele afirma: esqueça de mim, eu dormirei em meio ao pó e, mesmo que me procurem pela manhã, eu não estarei...

Quando criança, Kogito costumava falar muito, e a mãe apenas assentia. Como permanecia invariavelmente calada, ele

---

2. *Bíblia Sagrada King James Atualizada*. Livro de Jó 7:21. "Por que não perdoas as minhas ofensas e não apagas de vez os meus pecados? Porquanto em breve me deitarei no pó; tu me procurarás, contudo, eu já não mais existirei."

olhou para ela para ver se voltara a adormecer, mas ela refletia com a mão apoiando a orelha maior por sobre o turbante. Sentiu ter lembranças dessa *posição* em si mais do que da própria mãe. Pouco depois, ela voltou a falar como num solilóquio.

— Quando pergunto sobre música, Akari me responde de um jeito afável, mas se insisto em saber o que deseja comer ou fazer, ele, às vezes, inclina um pouco a cabeça com uma expressão distante. (Sim, era essa a atitude de Akari, Kogito percebeu. Igual à de Goro, com quem Akari era ligado por laços consanguíneos!)

"Aquela devia ser a mesma atitude de *Porquanto em breve me deitarei no pó; tu me procurarás, contudo, eu já não mais existirei!* Seja um membro da família ou Deus, isso acontece porque Akari não consegue se expressar em detalhes."

Ao lado da mãe que voltara a se calar, Kogito devolveu o CD ao estojo e, quando terminou de arrumar a bolsa, ouviu a voz animada de Asa vindo do caminho em frente. Ela logo apareceu cruzando o saguão de terra batida acompanhada de Akari.

— Estacionamos o carro no ponto mais alto do terreno de Jujojiki para contemplar o vale — declarou, esperando que Akari concordasse com firmeza. — Um carro dos bombeiros locais com a sirene tocando subiu a partir da jusante do rio!

— Teria havido um incêndio em algum lugar?

— Hoje é uma data festiva em comemoração ao combate a incêndios — prosseguiu Asa, deixando a mãe de lado na conversa. — Na estrada sinuosa, o som da sirene era lento, mas ainda assim animado, e com contínuas alterações. Akari se divertiu. Foi um efeito Doppler, não foi, Akari?

— Foi entre uma segunda menor!

— Em todas as ocasiões, Akari é sempre mais preciso do que você, Kogito.

— É verdade! — concordou a mãe efusivamente.

Ao voltar para Tóquio, Kogito informou a Chikashi que, pelo que tinha visto, a mãe resistiria ao inverno, mas que Asa, devido à idade, se mostrava debilitada.

Pela primeira vez, Chikashi revelou coisas que não mencionara ao deixar Akari e voltar. Depois da enfermeira que vinha duas vezes na semana declarar ser fã dos filmes de Goro, ela lhe expôs sob o suéter os braços gordos e brancos com as marcas antigas e recentes das feridas "*produzidas* pela senhora"... Por terem chegado tarde da noite, ela e Akari não haviam visto a mãe, mas, bem cedo na manhã seguinte, ouviram sua voz violentamente forte recitando os sutras aos antepassados.

— Mesmo assim, depois de a cumprimentarmos, voltou a ser a sogra de sempre, ouvindo música com Akari e depois falando sobre você. Como parecia a continuação sobre a gravação de uma certa entrevista, imaginei que ela tivesse preparado com antecedência o que falaria, já que a maneira de se expressar era bem peculiar a ela. Preferi não dizer nada imaginando seu sofrimento caso ouvisse isso de mim.

Chikashi, em seguida, lhe transmitiu o que a sogra tinha lhe falado: "Depois de escrever um monte de romances mentirosos, gostaria que Kogito, depois de velho, escrevesse uma página que fosse verdade e acreditasse naquilo que escreve. Sobre quando trabalhava em Berlim lembrando de Goro ou mesmo depois disso..."

4

Com a persistência dos dias frios em Shikoku, Kogito se preocupava com a mãe a cada vez que olhava a previsão meteorológica. Em meados de fevereiro, ela faleceu. Como Chikashi já havia partido para Berlim, Kogito voltou sozinho para o funeral deixando Akari na companhia da irmã. Ao conversar com Asa, ela lhe confidenciou que a mãe, sem dúvida, pensava no "menino" quando falara sobre a verdade que Kogito deveria escrever.

— Ela afirmava que, quando o momento certo chegasse, você escreveria sobre o "menino"! Mas como até a maioria das pessoas desta localidade não leva a sério essa lenda, no fim das contas ninguém deve acreditar, muito menos aquela pesquisadora que visitou sua casa.

"Mesmo assim, por ser a última coisa que você pretenderá escrever, ela desejava que pelo menos eu e Chikashi acreditássemos…"

— Por que a história do "menino" deve ser posta em um papel a ser brandido no fundo do buraco de um formigueiro de mentiras? — questionou Kogito, desapontado. — Teria mamãe perdido a lucidez?

Kogito afirmou isso enquanto estava de pé com a irmã em trajes de luto no prado estreito em frente ao crematório, cercado por árvores latifoliadas à semelhança de uma ilha artificial se estendendo em todas as direções a partir da floresta. Porém, após se calar, assustou-se ao perceber uma horda de orelhas em número idêntico ao das árvores que procuravam não perder uma só palavra por ele proferida.

Capítulo 1

Voltando ao vale junto com dom Quixote

1

Desde antes de embarcar no jato em direção a Shikoku, Kogito notara os homens trajando ternos azul-marinho com paletós de botão duplo transpassados. De ombros colados uns nos outros, eles se consultavam mutuamente de um jeito bastante pretensioso e chegavam a torcer seus grossos pescoços em direção a ele e Akari. Preocupada com o problema nas pernas de Akari, a companhia aérea providenciara assentos na primeira fila para ambos. Portanto, ao chegarem a Matsuyama, eles tiveram preferência no desembarque, mas, sem esforço, os homens os seguiram até o local da coleta das bagagens.

O que se postou diante de Kogito falou num tom impositivo.

— Mestre Choko, vocês devem estar exaustos. Estamos indo na mesma direção, não haverá problema em levá-los. Durante o caminho poderemos usufruir de suas opiniões!

— É um longo trajeto. É melhor para meu filho irmos de trem e não de carro.

— Sendo assim, podemos conduzi-los até a estação da ferrovia nacional.

— Mas com certeza não é o caminho de vocês.

Kogito pegou duas grandes malas que lhe surgiram diante dos olhos e as tirou da esteira. O mais forte dos três parecia analisar os pés vacilantes de Kogito. Enquanto os outros dois voltavam a discutir aproximando as cabeças, esse homem bloqueou a passagem de Kogito e de Akari, que tentavam se locomover empurrando as bagagens. Como se não bastasse, o homem portando um distintivo roxo com fundo prateado, que de início puxara conversa, começou a falar o mais calmamente possível.

— Antes de viajarmos a trabalho para Tóquio, soubemos por meio de jornais locais que o mestre se mudará para a nossa província. Estava escrito em detalhes que, com a morte de sua genitora, o mestre herdou uma casa com terreno na qual irá morar com o pobre coitado do seu filho e coisas assim... Obviamente, não devemos nos intrometer nesses assuntos! Mas o mestre parece pretender transmitir informações à imprensa a partir de agora, e por haver expressado o desejo de conversar com o pessoal da região, em particular com crianças, imaginamos como as coisas ocorreriam!

"O mestre entenderá caso pergunte ao seu irmão mais novo que se aposentou da polícia. Temos aqui uns jovens incontroláveis."

Sentindo uma incomum aura ameaçadora sobre Kogito, Akari se aconchegou ao pai, ao mesmo tempo que os homens continuavam a caminhar como se percebessem não haver alternativa.

Em seu lugar, uma mulher na casa dos cinquenta, acompanhada de uma amiga que observava a cena, projetou seu rosto de lula dessecada onde se vislumbravam alguns pontos vermelhos.

— Estamos felizes com a notícia de que o mestre voltará para a província! Apesar das mensagens deselegantes que são sempre enviadas aos jornais! — declarou.

Evitando esses curiosos que se apressavam em rodeá-lo, Kogito saiu até o ponto de táxi. O trio anterior o vigiava postado em frente a um grande carro de passeio estacionado na rua. Ele levou a mala até o canto do corredor e, depois de deixar Akari de pé ao lado dela, se dirigiu ao telefone público no interior do prédio.

Assim que a ligação foi atendida, ele anunciou à sua interlocutora:

— Acabamos de sair do aeroporto, mas deparamos com uma situação desagradável. Onde você está agora? — perguntou.

Do outro lado da linha, a americana que iria morar a partir de então com Kogito não pediu explicações.

— Nesse caso, vou sozinha para o distrito de Maki. Não se preocupe, tenho um bom GPS. Espero por vocês na estação de trem da ferrovia nacional.

Em seguida, Kogito também ligou para a casa da irmã, Asa, e depois de lhe pedir que esperasse por ele no mesmo local, retornou para onde Akari o aguardava tranquilamente. Os homens continuaram a vigiá-los até eles tomarem o *shuttle bus* em direção ao centro da cidade.

2

Kogito finalmente desceu à plataforma dando-se conta do peso das bagagens nos ombros que não recebiam o efeito amortecedor dos músculos dos braços. Retornou para o interior do trem e, ao descer do degrau na porta apoiando Akari, foi recebido por Asa e um rapaz de compleição sólida. Apesar de não achar que o conhecesse, sentiu familiaridade na expressão séria e de soturna melancolia do jovem. Visto da plataforma alta, o cinturão de montanhas a distância se revestia dos sinais do crepúsculo. Kogito se virou lentamente para contemplar o *contorno* da bacia onde as camadas de folhas jovens das árvores estavam cobertas por uma espuma dourada. Parecia ainda haver ali flores de cerejeiras silvestres.

Asa sussurrou palavras de boas-vindas para Akari. Ela não parecia se importar com os gestos um tanto cerimoniosos que o irmão exibia sempre que retornava à terra natal.

Durante esse tempo, o jovem que veio recepcioná-los dobrou ambos os cotovelos, os estendeu aliviando-os, colocou as duas bagagens a tiracolo e desceu a longa escada. Kogito sentiu que o ombro direito começava a doer. Devia ser por causa do peso, mas havia uma dor muito mais profunda que lhe era familiar. Além disso, essa dor era hoje ainda mais violenta a ponto de desequilibrá-lo.

— Suas pernas e quadris enfraqueceram — constatou Asa. — Enquanto isso, repare no ânimo da sua amiga!

Bem abaixo da plataforma, na praça em frente à estação cercada por pessegueiros silvestres, um grupo de pessoas se formara. No final da calçada de ladrilhos, uma mulher branca de seus quase quarenta anos plantava bananeira com a cabeça assentada sobre um saco de dormir dobrado. As pessoas formavam um círculo para observá-la.

— Aquela mulher não é Rose? Até havia pouco, ela estava deitada ali lendo um livro que usava para se proteger do sol. Creio que era em inglês, com o título *Dom Quixote* na capa.

— Ela deve estar praticando a ioga que aprendeu no Tibete. É uma autoapresentação bem chamativa aos cidadãos do distrito de Maki.

Kogito e Asa desceram as escadas segurando cada qual um braço de Akari.

Vendo de ponta-cabeça que os três chegaram à praça em frente à estação, Rose se enrolou no saco de dormir, se levantou e os recebeu com uma saudação animada.

— Rose, esta é Asa, minha irmã mais nova — Kogito as apresentou, e elas logo trocaram discretos sorrisos.

— *How do you do?* — perguntou e depois, liberada do inglês pela saudação em um japonês fluente, Asa apresentou com desenvoltura o jovem que viera recepcioná-los. — Há duas famílias Choko nesta região. Aquela a que eu e Kogito estamos ligados é a dos Choko da "Casa Kurayashiki". Mas o prédio do armazém da família está prestes a desaparecer. A outra é a dos Choko da "Casa Yamadera". Ela administrava um pequeno santuário na montanha.[1]

"Este jovem é um herdeiro da família Choko da Casa Yamadera. Depois de ingressar em uma universidade de Kyoto, voltou por um tempo ao vale com a alegação de querer refletir um pouco antes de decidir sobre seu curso. Traçou um plano por si e está estudando para alcançá-lo. Chama-se Ayo, escrito com o ideograma usado no radical do verbo 'mover-se'. É uma leitura estranha, mas, justamente por esse motivo, ele parece ter mantido correspondência com Kogito."

---

1. Há uma certa ironia nos sobrenomes pois Yamadera e Kurayashiki fazem alusão a "templo da montanha" e "armazém" respectivamente, locais onde estas casas já não exercem suas atividades. [N.E.]

— Eu me lembro disso! Vamos conversar novamente. Com certeza você nos ajudará durante nossa estada.

Mantendo sua soturna melancolia, o jovem redarguiu com precisão ao que Kogito falara.

— Gostaria de pensar em como ajudá-los após conversar com o senhor, tio Kogi. Por hoje, tomo a liberdade de carregar sua bagagem.

3

O carro azul-escuro de Rose era um sedã de fabricação americana. Seu formato era de baú — uma palavra perfeita para descrevê-lo —, com o teto parecendo coberto por um capuz preto e as portas com frisas de madeira na carroceria denotando bem a idade. Era um carro de casal, e Rose o mantinha desde que desembarcara em Yokohama quinze anos antes com o marido, um professor adjunto de literatura inglesa. Ele, que nutria um interesse especial pela trama literária e pelos trocadilhos na prosa de *Lolita*, havia se comprometido com a secretaria da editora da universidade a publicar um livro com anotações voltado a *intelectuais de bom gosto*, em nada semelhante ao *The Annotated Lolita* que lançara anteriormente. Seja como for, esse marido *aficionado* por *Lolita* procurou um carro idêntico ao usado no remake cinematográfico no qual Humbert Humbert e a ninfeta rodam pelos Estados Unidos. Apesar de ter se dado ao trabalho de trazê-lo para o

Japão, seu elevado grau de dependência ao álcool já o impedia de dirigi-lo pelo país. Depois de se divorciarem e cada qual voltar separadamente para os Estados Unidos, o senhorio que lhes alugara uma casa de agricultores ao longo da linha Odakyu se apiedou de Rose e permitiu que ela deixasse o sedã azul que lhe coube na partilha guardado em um depósito no interior da propriedade, em vez de se desfazer dele o vendendo a alguma concessionária de veículos usados. Ao retornar ao Japão, ela foi de imediato reaver o automóvel.

Kogito lera *Lolita* muito tempo antes e gostava da passagem próxima ao fim do romance na qual Humbert, agora um assassino, entende como *the hopelessly poignant thing*[2], mais do que a ausência da voz na ninfeta ao seu lado, o fato de ela não estar misturada à harmonia das crianças que ele ouve brincando desde a fileira de casas abaixo até o alto do precipício. Kogito foi ao cinema curioso para saber como essa parte deixada de fora no filme original de Stanley Kubrick fora tratada no remake. O que era uma reminiscência no romance, no filme se tornou uma cena atual, mas Kogito se comprouve de ver essa passagem sendo lida na forma de monólogo pelo ator no papel de Humbert. Era o carro visto no filme nesse momento.

Mais de cinco anos se passaram desde que Kogito havia começado a manter um relacionamento pessoal com Rose, mas ela se limitara a lhe contar ter desistido de fazer uma pós-graduação para iniciar a vida de casada e que o marido, um pesquisador ardoroso de Nabokov, era um professor adjunto ainda tentando obter sua titulação.

---

2. Em inglês no original: "a coisa desesperadamente dolorosa".

Rose agora se parecia com a mãe de Lolita interpretada no filme original por Shelley Winters. Mesmo assim, e isto inclui o remake do filme, depois de Lolita fugir de Humbert e desaparecer, ao se reencontrar com ele e se queixar das agruras de sua desditosa vida de casada, portava óculos de armação cor-de-rosa e prendia o cabelo num coque, o que o fez se encantar por sua aparência. No passado, Rose tinha sido retirada de um orfanato por uma família abastada, mas não teria ela ainda feições remanescentes de uma ninfeta da época de faculdade? Pode-se entender que, dada sua personalidade semelhante à de Humbert, o marido alcoólatra não teria suportado ver a ex-ninfeta se tornar adulta, mas, assim como Humbert, também tinha o receio moral de prejudicar o destino da menina. Kogito imaginava se o marido que a abandonara não teria sentido *the hopelessly poignant thing*, ou seja, algo que fazia sofrer desesperadamente o coração, ele que abandonou a esposa após dois anos de um sofrimento que chegou a provocar a simpatia de seu locador enquanto ela vivia na casa de agricultores ao longo da linha Odakyu...

Depois que o jovem taciturno partiu pressionando a porta com moldura de madeira e amarrando a mala maior na parte traseira do sedã azul, Asa dirigiu o carro pela rodovia nacional subindo pela margem do rio, com Rose no assento do passageiro e Kogito e Akari instalados no banco traseiro. Rose também percebera algo anormal no corpo de Kogito. Quando Asa explicou que isso acontecia não apenas quando carregava uma mala pesada, mas, em geral, também quando descia na estação de Maki, Rose tirou de sua grande bolsa um caderno e começou a fazer anotações.

— Vou escrever a sua monografia começando pelo que aconteceu no dia de seu retorno para casa. O plano de entrar no bosque em sua companhia, Kogito, logicamente levando junto Akari, estava correto!

— Sempre que venho buscar Kogito quando ele retorna a esta região, me lembro também das coisas que aconteceram em casa há mais de meio século contadas por nossa mãe... Especialmente hoje. Kogito, você já contou a Rose sobre seu estranho comportamento quando criança?

— Não, não falei.

— Que tal contar? Sinto que agora é o momento oportuno.

Kogito muitas vezes tentara especificar a época do seu estranho comportamento, detendo-se na idade de cinco anos, quando acreditava viver junto com ele *um outro* eu. Ele batizou esse *outro* eu de Kogi, o mesmo apelido pelo qual a família costumava chamá-lo.

Todavia, após um ano, Kogi acabou subindo sozinho para a floresta. Kogito contou isso à mãe. Como ela não entendia, ele lhe forneceu detalhes da maneira pela qual Kogi havia partido. De pé no corredor que conduzia à sala dos fundos, Kogi contemplou a floresta, pisou em uma trave para subir no corrimão e, após alinhar ambos os pés, se manteve imóvel. Depois, com um ar indiferente, alheio a tudo, deu um passo adiante e caminhou no ar. Avançou até acima do rio, abriu ambos os braços cobertos pela jaqueta de mangas longas e se lançou ao vento como um grande pássaro, elevando-se até desaparecer sem que Kogito pudesse enxergá-lo por ter a visão bloqueada pelo beiral do telhado.

Tendo perdido seu companheiro de brincadeiras, Kogito passava os dias na sala dos fundos lendo livros ilustrados ou de contos infantis. Procurando fazê-lo se movimentar um pouco, a mãe o convidou a ir a uma livraria na cidade vizinha.

— Preciso estar aqui quando Kogi vier me chamar — replicou ele em tom de recusa.

De início, a família zombava.

— Se Kogi foi para a floresta, quem é o Kogi que está aqui?

— Deve ser uma ilusão — respondeu Kogito suscitando novas gargalhadas.

No dia do festival de outono, Kogito foi chamado até a sala de estar onde um almoço para convidados era realizado desde antes do meio-dia e recebeu ordens do pai para conversar com os irmãos.

— Kogi, onde você realmente está agora?

Algum parente fez essa pergunta, mas foi o esperto irmão mais velho quem forneceu a resposta. Quando Kogito levantou o braço direito indicando uma elevação da floresta do outro lado do rio, seu segundo irmão reagiu. Ele era um rapaz de temperamento independente, e, sem dúvida, mais do que ridicularizar o irmão menor, não deve ter se contido com essa brincadeira de alguém alcoolizado. Ele agarrou Kogito pelo pulso direito e tentou abaixar o seu braço em riste. Desejando a todo custo mostrar com precisão o local onde Kogi estava, Kogito não se deu por vencido e começou a discutir; os dois acabaram caindo, e Kogito deslocou o ombro direito.

Temendo a raiva do pai, o segundo irmão fugiu da sala, mas Kogito se pôs de pé lívido de dor e, apoiando o braço direito sem forças sobre o esquerdo, voltou a apontar para a parte alta da floresta.

— Seu braço direito deve estar reproduzindo a dor que sentiu naquele momento, não? — falou Rose ao ouvir a história.

— Também penso assim. Mesmo que a causa tenha sido carregar uma mala pesada, não é só isso... Porque, em geral, isso se repete toda vez que retorno ao vale. E sempre me recupero depois de descansar uma noite!

— Seria realmente algo desse nível?

— ...

— De toda forma, nos seus romances, todos os personagens que retornam à floresta estão fadados à morte. Você também não estaria agora indo em direção a ela ao retornar para o interior da floresta?

— Quem poderá dizer? Akari viverá aqui com minha irmã por um tempo e deve retornar a Tóquio quando as coisas estiverem mais tranquilas com relação à minha mãe. Nessa época, Chikashi terá retornado de Berlim, e a família deve retomar sua vida habitual.

Excluído da conversa entre Rose e Asa, Akari pousou com todo o cuidado a mão sobre o ombro direito do pai. Rose olhou a cena e rapidamente percebeu a situação. A expressão de vergonha pela falta de consideração em relação a Akari, não a Kogito, se manifestava por todo o corpo e se transmitia também em Asa enquanto dirigia.

Depois disso, Rose ficou mais quieta, provavelmente também em função do cansaço pela longa viagem, mas, a cada vez que um povoado surgia ao longo da rodovia nacional, ela perguntava a Kogito não apenas sobre a floresta cercada de templos e santuários, como também sobre as árvores que se destacavam nas mansões. Na maioria das vezes, Kogito vacilava até sobre o nome das árvores em japonês. Asa, que em vários sentidos não apreciava coisas desnecessárias, acabou se irritando e interrompeu Rose.

— Meu marido se aposentou como diretor de uma escola ginasial, mas possui relatórios de pesquisa pormenorizados da flora do distrito de Maki. Vamos tentar identificar as árvores na prática comparando-as com as constantes nos relatórios. Como acabaram de brotar, Kogito não consegue afirmar os nomes com convicção.

— Logo depois do fim da guerra… e me refiro à Guerra do Pacífico, um passado muito distante para mim que nasci enquanto a Guerra do Vietnã estava em curso, Kogito largou a escola e todo dia vivia enfurnado na floresta, correto? Levava a *Enciclopédia da flora* e decorava o nome e as características das árvores.

— Ele só tinha dez anos, e era um jeito bem particular de aprender. Ele chegou a me ensinar o nome científico de várias árvores com a palavra *japonica*...

— Por exemplo?

— Cedro — *cryptomeria japonica*, camélia —, *camellia japonica* e rosa-do-japão — *kerria japonica*.

— Como você é familiarizada com os nomes, Asa!

— Eu apenas me interessava pelos exemplos especiais... Naquela época, Kogito não acumulava conhecimentos categorizados.

— É verdade. Como minha mãe sempre dizia, eu sou uma pessoa incompleta... Fico admirado de ter conseguido chegar a esta idade sem ter recebido uma educação formal ou treinamento profissional!

Rose, já acostumada às autodepreciações de Kogito, continuou a falar sem dar trela ao que ele afirmava.

— Em *Dom Quixote*, são raras as referências a nomes de árvores. Mesmo quando são mencionadas, limitam-se a azinheiras ou sobreiros. Azinheiras são encinas, e sobreiros são alcornoques. Aparecem bem poucos salgueiros e faias, mas o impressionante são os galhos de olmo usados nos espetos para assar novilhos inteiros.

"O próprio Cervantes teria sido capaz de distinguir claramente entre uma azinheira e um sobreiro? Também há quem culpe o autor muçulmano da obra original. *De toda forma, falta a Cide Hamete*[3] *o rigor costumeiro sobre os tipos dessa azinheira e nada é escrito com clareza...*

---

3. Cide Hamete Benengeli é um personagem ficcional, um historiador muçulmano a quem Cervantes atribui a real autoria de *Dom Quixote*.

"Comparado a um exemplo desses, Kogito procura escrever com muito mais precisão!"

— Nesse sentido, penso que ele deve isso a Chikashi.

— Meu único pedido a ela, pouco antes de sua partida para Berlim, foi para que ela fizesse esboços das árvores quando levasse o bebê para passear em algum parque e anotasse seus nomes escritos nas placas identificadoras. Seria mais para ler o que ela escreveu do que com o intuito de que eu escrevesse sobre as paisagens de Berlim...

Ao dizer isso, Kogito indicou as árvores das mansões que se aproximavam até a *beira* da rodovia nacional.

— Vê aquelas árvores antigas em fileira? Como um todo, passam a impressão de ser anãs... A coloração foliar é *irregular*. São chamadas de *chabo hiba*, bantam japonês, e pertencem à família dos ciprestes. Essa denominação *chabo* está relacionada a algo pequeno.

"Há árvores iguais àquela no terreno de Jujojiki para onde iremos em seguida. Deviam estar misturadas às mudas de cipreste transferidas de Akita pelo nosso avô. Contam que elas foram extraídas e cultivadas em outro local, e minha mãe as transplantou para Jujojiki e seus arredores, que ela manteve quando vendeu parte do terreno... Alegava que, se não o fizesse, as pessoas não se lembrariam de que era o terreno da minha mãe quando ela já não estivesse mais ali.

"Mas, seja como for, eu e Akari voltamos com a intenção de viver na casa transferida para esse terreno. Assim, minha mãe não se sentiria melhor? Há uma palavra apropriada em inglês para o sentimento dela, não? Há cinquenta anos eu a li em um comunicado que recebi do comandante de uma instalação militar americana e a achei interessante... Não consigo me lembrar..."

— *Flattered* — informou Rose.

4

Rose vacilou quando lhe mostraram a extremidade da rocha que começava a despontar na encosta do caminho da floresta, mas, ao subir e circundá-la por trás, constatou que, na realidade, a casa de Tenkubo fora relocada com bastante espaço no terreno interior da encosta de onde uma porção do bosque misto de cedros e ciprestes fora retirada.

— Acrescentamos o seu quarto na direção sudeste.

Mesmo enquanto Asa explicava, Ayo continuava a descarregar as malas do sedã estacionado ao lado da fileira de ciprestes *chabo hiba* e as levava para a varanda que se projetava até ali. Como o povoado no vale se escondia atrás da névoa noturna irrompendo do rio, o grupo logo entrou na casa e descansou na sala de estar conjugada à de jantar. Akari foi procurar o banheiro e, ao retornar, ligou o estéreo herdado da avó em volume baixo para verificar a situação de recepção da estação de FM local. Enquanto Rose tomava uma ducha, Asa retirou da mala e ofereceu a comida que havia preparado antes de retornar para sua casa deserta, uma vez que o marido, o *ex*-diretor da escola ginasial, saíra para uma pescaria noturna.

Nessa noite, todos jantaram entre as montanhas de caixas de papelão contendo em sua maioria livros enviados por Kogito por serviço de entrega expressa. Depois disso, ele preparou o quarto ao fundo da cozinha no lado norte da sala de estar onde pôs Akari para dormir.

Rose primeiramente se acomodou no seu quarto e, após arrumar a cama, vestiu o *yukata*[4] também preparado por Asa e

---

4. Quimono leve de verão, de uso casual. [N.E.]

veio conversar com Kogito no dormitório no lado oeste da casa para onde ele se retirara.

Deitado na cama, sem ter trocado de roupa, Kogito convidou Rose a se sentar na cadeira da mesa de trabalho posta ao lado da janela fechada, do outro lado da fileira de caixas de papelão.

— Até um monge acharia sua cama estreita demais. Não há espaço sequer para se cometer um pecado.

— ... Parece se tratar de um estilo de mobiliário popular da Europa Oriental, mas ela é projetada com uma inclinação que permite erguer metade do corpo para escrever. O ex-diplomata a encomendou com a intenção de fazer suas traduções enquanto se recuperava de uma cirurgia de câncer. Embora não se trate da análise literária à qual você se referiu no caminho para cá, tendo voltado para o vale, talvez seja nesta cama que eu escreva meu último trabalho.

Rose voltou na direção de Kogito seu rosto sério, cuja suavidade se acentuara após ter removido a maquiagem.

— Não creio ser recomendável se referir a um "último romance" como é hábito seu. Pouco antes de morrer, meu professor escreveu no prólogo da coletânea de suas palestras: "Gostaria que não entendessem essas opiniões como um relatório baseado em convicções derradeiras, mas como um descanso em meio a uma peregrinação." Gostaria que você escrevesse sua obra como se fosse um relatório em meio à caminhada caso sinta o fim da peregrinação se aproximar.

Kogito ainda trajava a roupa com que viajara, em razão do incômodo de movimentar o ombro direito ainda dolorido. Enquanto o massageava, ele se preparou para ouvir tudo o que Rose parecia decidida a falar.

— A meu ver, o Kogi que voltou para o bosque quando você tinha cinco anos era o "menino". Kogi deve ter tido inúmeras aventuras a partir de então, já que o "menino" podia transitar livremente entre tempo e espaço.

"O outro Kogi deixado para trás também não levou uma vida ociosa. Apesar de criado no fundo destas montanhas, quando tinha dez anos e a guerra terminou, demonstrou interesse pela leitura de livros em idiomas estrangeiros. Além disso, estudou idiomas em uma universidade em Tóquio. Na verdade, visitou também diversos países...

"Mesmo assim, ele não se livrou do trauma de ter sido abandonado por Kogi. Todos os romances que você escreveu não foram ilusões de uma mente insana nostálgica em relação à floresta? No centro da nostalgia havia a inveja de Kogi... do 'menino'... que ia e vinha no tempo e espaço enquanto morava no fundo da floresta. Não seria isso?

"Como num sonho, você escreveu sobre o irmão Gii[5], você próprio e a sua família que viviam na ilha dos anos nostálgicos. Foi no formato de cartas endereçadas ao irmão Gii como uma pessoa do lado de cá cujo tempo de vida era limitado.

"Hoje no carro vindo para cá me surpreendi ao saber que, quando criança, você era chamado de Kogi. O 'ko' de Kogi é um diminutivo, não? Em outras palavras, seria algo como 'pequeno Gi'? Você era o irmão Gii, e a sua outra metade, que se tornou um 'menino' ao partir sozinho para a floresta, também era o

---

5. Personagem do livro *Natsukashii toshi e no tegami* [Cartas aos anos nostálgicos], recorrente, sob diversos aspectos, em outras obras de Oe, o irmão Gii vive no vilarejo do vale com a esposa, Osetchan. É um aficionado pela obra de Dante e muito amigo de Asa, irmã de Kogito.

irmão Gii. É nessa condição, a de um outro irmão Gii, que você escreve cartas a eles."

Rose já parecia ter arrumado sua parte da bagagem carregada por Ayo e, ao estender sobre os joelhos a versão em francês de *Correspondência aos anos nostálgicos* que trouxera, leu uma passagem que de imediato poderia ser substituída por Kogito pelo texto em japonês que ele próprio redigira.

> *O tempo passava como um círculo. Eu e o irmão Gii nos estirávamos na pradaria enquanto Osetchan e minha irmãzinha colhiam ervas, acompanhadas por Oyusan, como uma menina, e Hikari, cuja deficiência, ao contrário, reforçava a total pureza e ingênua simpatia de um jovem. O sol radioso fazia reluzir o verde-claro dos brotos novos dos salgueiros e adensava o verde-escuro do Grande Cipreste. Os cachos de flores brancas das cerejeiras silvestres na margem oposta balançavam sem cessar. Um velho homem digno devia reaparecer e falar, mas, como num jogo sereno e grave dentro do tempo circulante, subíamos a passos rápidos antes de voltar a brincar sobre as ervas da ilha do Grande Cipreste...*

— Escrever cartas para você mesmo, Kogito, e para o irmão Gii, da ilha dentro do tempo circulante, se tornaria depois o seu trabalho contínuo. Isso seria como se você, que permaneceu neste mundo envelhecendo e caminhando gradualmente para a morte, escrevesse cartas para o "menino" que formou um só corpo com você.

"O irmão Gii dos anos nostálgicos é o 'menino'. A ilha do Grande Cipreste é a ilha da sua nostalgia, Kogito. Se tomarmos a origem grega da palavra nostalgia, ela é formada por *nostos*, significando retorno, e *algos*, sofrimento. Em outras palavras, a ilha do Grande Cipreste é o sinal do *retorno que te causa sofrimento*. Minha monografia trata dessa questão, e acredito que ela poderá elucidar ainda mais o que o 'menino' representa para você."

Kogito percebera já havia algum tempo, no espaço da porta deixada aberta quando Rose entrara, revestida por uma lona, Akari de pé, um tanto acanhado, num pijama amarelo. Após terminar a conversa, Rose se virou na direção dele que reagiu avançando um passo. E, ainda calado, ergueu o braço e, como na conversa que Kogito e Rose mantiveram dentro do carro, apontou na direção do vale para além das cortinas. E o fez enquanto observava alternadamente os dois com olhos expressivos como se ouvisse algo. Tanto Kogito quanto Rose apuraram os ouvidos para o exterior, um lugar onde aparentemente faltam todos os sons, algo inexistente nas metrópoles.

Kogito nada pôde ouvir, e Rose também mantinha uma expressão *ríspida* e desconfiada. Ele ergueu a parte superior do corpo encostada na inclinação da cama e, apenas com o braço esquerdo, abriu a porta de vidro e a tela de proteção contra a chuva.

— Posso ouvir minha música! É o "Mistério da floresta". Embora o tom esteja diferente!

Apenas o som fraco e abafado de uma flauta alto, acompanhado pelo vento úmido, ressoou no vale escuro.

— Kogito, sua mãe não afirmava poder ouvir esse som ao entrar na floresta?

O semblante de Rose, lívido devido à friagem, era também o do próprio Kogito. Apenas Akari parecia desfrutar de tudo com uma imensurável expressão cautelosa.

Capítulo 2

Ayo, Ayo, Ayo!

1

Kogito acordou antes das cinco da manhã, quando mesmo os pássaros ainda não cantavam na floresta. Desde antes da luz solar transpassar a fresta das cortinas sobrepostas, estava desperto com a sensação de ter retornado a um lugar especial. Sentia enorme nostalgia. Na verdade, durante um longo tempo, mantivera profundas raízes naquele local. O tempo passado distante dali fora para ele semelhante a uma "breve saída de casa"...

    Antes dessa sensação da existência do local surgir nele, ele sonhava. Isso porque ouvira de Asa que os carpinteiros trabalhando na obra lhe haviam afirmado que ninguém poderia viver em uma casa *construída* sobre uma rocha duramente fustigada pelo vento! O sonho, no entanto, não se relacionava diretamente a esse perigo, mas a outro igualmente relativo à topologia da área. O Destruidor, um gigante lendário, surgiu no cume da montanha, desceu correndo com vigor e deu um salto bem alto pouco antes de pular para dentro do vale. Kogito rolou finalmente na cama para evitar o gigante que, tombando com a mão posta sobre o galho dobrado de um choupo, aterrissou com estrondo no chão.

Kogito quase escorregou e caiu pela beirada da cama estreita na qual se alongava.

Ele se pôs de pé ouvindo o trinar de um bando de chapins-reais se deslocando pela encosta em direção ao vale e quebrando o silêncio na parte inferior do fundo da floresta. Em meio à penumbra, vestiu-se, caminhou pelo curto corredor ladeando o dormitório e saiu da casa. Amanhecia; o céu era de um azul quase kitsch, no qual se destacavam nuvens de algodão reluzindo alvas em exíguas formações alinhadas.

Em meio à luminosidade matinal, a floresta de cedros e ciprestes de copas densas parecia molhada. Altaneiras, carvalhos *shirakashi* e *konara* esverdeados cintilavam. As folhagens de um verde-claro com tons de dourado da castanopsis em plena floração saíam delas como se estivessem inflamadas. Ele lembrou vagamente de como o ambiente em seu tempo de menino era tão deslumbrante quanto aquele.

Algum tempo depois, ele subiu pisando com delicadeza as ervas que se estendiam até o limite norte onde se destacavam, assim como do lado leste da casa vista no dia anterior, os ciprestes *chabo hiba* plantados pela mãe nos limites do terreno. E vislumbrou, cercados em círculos por rebentos, os restos das raízes dos choupos decaídos que eram sólidos até sua época de menino.

Quanto tempo teria demorado para essas árvores se tornarem adultas e preencherem com seus galhos brancos o espaço alto em formato de jarro que se via a partir do vale?

— Até voltar recentemente, você não costumava ficar assim tão pensativo...

Ouviu-se a voz de Asa vindo de trás à sua direita. De início, Kogito não percebera a presença da irmã ali.

— ... Chikashi é verdadeiramente ousada por largar uma pessoa com tendência a depressão geriátrica e partir para Berlim.

— Tem razão — respondeu ele virando o rosto para finalmente descobrir onde estava a irmã.

Em contraste com o seu comportamento de fato senil, era deslumbrante a vitalidade expressa por todo o corpo da irmã mais nova segurando de pé um balde ao sol.

— Ontem à noite, meu marido foi pescar e trouxe lulas ovais. Diferentemente de quando éramos crianças, agora, graças aos carros, o mar também passou a integrar o âmbito da vida diária dos moradores locais. Rose e Akari ainda estão dormindo? Bem, vou deixar as lulas na cozinha. Ah, por ora, gostaria de te pedir uma ajuda.

Para evitar que o som do motor acordasse Akari e Rose, Asa deixara o carro na bifurcação do caminho da floresta e seguira caminhando. O pedido em questão era que Kogito fosse com ela até o armazém da Casa Kurayashiki, cuja demolição estava decidida, a fim de verificar se haveria na biblioteca do irmão Gii, que Asa cuidara por longos anos, livros que poderiam interessar à loja de livros usados.

Enquanto caminhavam até o carro em meio à luminosidade transpassando as jovens folhas, Asa falou sobre algo suspeito — seu sentimento de início — que seu marido havia visto no monte Koshin diretamente ao sul, na divisa do terreno de Jujojiki e do vale, quase ao amanhecer, quando retornava até a base da grande ponte.

Um fogo se movia no topo baixo do monte Koshin. Se fossem jovens menores de idade fumando às escondidas, na qualidade de *ex*-diretor o marido teria por obrigação repreendê-los. Portanto, ele atravessou a grande ponte e estacionou o carro ao lado da escola ginasial defronte ao ponto de início de subida do monte. Ao subir iluminando o caminho de pedras com a lanterna usada na pescaria noturna, deparou com Ayo.

— Aparentemente, ao retornar do terreno de Jujojiki, Ayo decidiu observar vocês enquanto comia no monte o bentô que eu tinha preparado e acabou se demorando mais do que o previsto. Mas, de certa forma, ele parecia ter planejado isso, pois tinha em sua bolsa um par de óculos de ópera e até mesmo uma ocarina.

"Conforme Ayo declarou ao meu marido, ao observar com os binóculos ele viu você de pé na ampla porta de vidro da sala de estar olhando fixamente para o vale abaixo. Tudo estava encoberto pela névoa e já tinha anoitecido fazia algum tempo, e sem dúvida não se enxergava nada, mas, mesmo assim, durante um bom tempo você permaneceu ali apenas contemplando o vale a distância...

"Depois disso, todas as cortinas da casa foram fechadas, a luz deixou de vazar e, passado algum tempo sem que nada acontecesse, Ayo teria imaginado fazer algo para surpreendê-los. Pois bem, eu falei agora sobre a ocarina. Ele a tomou emprestada quando foi conversar com o sacerdote do santuário Mishima, a tirou da bolsa e tentou tocar a música composta por Akari... Ao fazê-lo, a janela do quarto de Kogito se abriu e três vultos surgiram parecendo apurar os ouvidos...

— Então foi isso? Bem que eu achei tudo muito esquisito. Mas Ayo me parece ser um rapaz bem problemático.

— Como ele se mostra determinado a trabalhar para um velho bastante problemático, não estaria tenso e se comportando *sob pressão*?

2

O armazém, que havia tempos Kogito não visitava, apresentava sinais evidentes de deterioração. Estacionando o carro na estrada distrital e seguindo pela estreita senda cheia de água entre arrozais, a hidrovia construída na base do terreno onde a encosta proveniente do vale terminava secara e, bloqueando a passagem, havia apenas um portal tombado sobre o qual se empilhava uma montanha de móveis velhos e tatames. Asa e Kogito subiram pelo sólido caminho de pedras restante na extremidade oeste do terreno. Para impedir o trânsito, uma rede fora colocada circundando a parte onde o caminho de pedras serpenteia desde o portal até a portaria do prédio principal.

Asa destrancou a porta lateral do prédio anexo e, empunhando a lanterna multiúso usada na noite anterior pelo marido, iluminou o espaço totalmente vazio. O corredor que conduzia ao prédio principal do armazém estava coberto de excrementos de baratas, teias de aranha e poeira, um tipo de sujeira que impedia que entrassem descalçados. Mesmo se sentindo culpado por estar de sapatos, Kogito se dirigiu até a biblioteca do irmão Gii.

Bastou entrar para ele se tornar mais ativo, entreabrindo a janela que dava para o pátio interno para que a luz exterior, de alguma forma, chegasse até as estantes. No interior do cômodo não havia a umidade que ele temia; na verdade, era preciso tomar cuidado para que uma poeira enegrecida não esvoaçasse.

— Olhando bem, a biblioteca do irmão Gii é menor do que a imagem que eu fazia dela quando criança — afirmou Kogito após examinar as estantes ao redor. — Ainda há mais?

— Isso é tudo o que temos. Pedi ao professor encarregado da biblioteca da escola colegial de Maki para checar se não haveria livros que pudessem ser utilizados por eles, mas ele se recusou a recebê-los, alegando serem obras muito específicas e, na maioria, redigidas em idiomas ocidentais.

— São específicas porque foram selecionadas com muito critério! Tanto os livros relacionados a Dante quanto os demais seguiram o princípio do irmão Gii de descartar os livros que não leria uma segunda vez! Pelo que vejo agora, é uma quantidade substancial!

— Sendo assim, você não poderia consultar seu amigo dono de sebo e falar por alto o teor dos livros para verificar se ele poderia ficar com eles? Se ele se interessar, posso arcar com os custos de entrega expressa. As caixas de papelão que você usou para o envio dos seus livros devem ser suficientes. De minha parte, meu único desejo é que os livros que cuidei por tantos anos possam ser de alguma forma reutilizados.

Depois de fechar a janela que dava para o pátio interno, Kogito pediu a Asa que voltasse a iluminar com a lanterna as estantes e retirou de uma delas um volume de uma coletânea de traduções diretas do original grego. Ele o folheou por um tempo dentro do carro e conseguiu encontrar uma passagem que procurava. Falou com ímpeto.

— A tristeza nada mais é do que uma *impressão* humana, mas, para Cícero (ou seja, para a Escola Estoica), as mulheres em particular a expressam sob *diversas formas abomináveis*. Sujam o rosto com cinzas, arranham a face... Ele também afirmava que quando uma família estava de luto pela morte de um de seus membros e as crianças corriam animadas ao redor conversando entre si, as mulheres as forçavam a chorar mesmo que para isso precisassem açoitá-las com um chicote. Eu, quando tomei emprestado do irmão Gii este livro, senti ter aprendido de verdade sobre a tristeza ao lê-lo. Tem aqui a parte que sublinhei em lápis vermelho!

— Quem chicotearia uma criança despreocupada e animada para fazê-la chorar, mesmo em face à morte de um parente? O pai? A mãe?

— Ele afirma serem notadamente as mulheres...

Asa se manteve calada, pensativa. Havia algo especial nesse seu aspecto. Kogito se pôs na defensiva ciente de que a irmã logo lhe dirigiria o que ela tentava organizar mentalmente. De fato, Asa começou a falar.

— Você vai morar por um tempo em algum lugar do vale, mas espero que demonstre cortesia para com o casal de sobrinhos que tem protegido a casa ao longo do rio. É o mais natural, certo? E não me refiro com isso a nada material! Tenha cuidado porque as pessoas que se mudam para uma metrópole têm tendência a julgar que tudo se resolve com o vil metal. Você também, muito mais do que tem consciência!

"Mas, retomando a conversa sobre Cícero, você falou sobre a tranquilidade das crianças diante da morte de um familiar, e isso me trouxe um lampejo de recordação sobre a família dos nossos sobrinhos. Saiba que eu me colocarei do lado deles sempre que houver palavras e gestos para expressar o relacionamento com eles a partir de agora. Quando vovó faleceu, vi você chorando sob um bordo e me horrorizei com sua infantilidade. A esposa do nosso sobrinho se preocupou e acabou indo chamar você de volta para a sala dos fundos!

"Conforme avançavam os preparativos do funeral, houve uma pausa nos trabalhos. Foi quando os parentes trocavam poucas palavras sentados diante do cadáver que jazia na sala dos fundos. A filhinha dos sobrinhos deu um passo à frente até o travesseiro do cadáver estirado sobre um cobertor tão fino quanto ele próprio. Ela virou com suas mãozinhas a cabeça envolvida pelo turbante.

"Em meio às risadas contidas, você se levantou abruptamente. Atravessando o dormitório da mãe contíguo à sala dos fundos, desceu até a horta criada outrora por ela e, obstruída agora pelo muro de concreto de um talude, e sob o bordo ali plantado, derramou suas lágrimas.

"*Se a avó era tão importante a ponto de bastar uma pessoinha tocar de forma um pouco rude nela para ele se levantar com o semblante alterado... se a mãe fosse igualmente importante, por que não a levou para Tóquio? Se o fizesse, não reduziria os transtornos aos jovens parentes bastante ocupados? Algumas pessoas deviam censurá-lo dessa forma.*"

Kogito se mostrou incapaz de revidar. Na realidade, usando *Dom Quixote* como pretexto, ele até expressara palavras apologéticas a Rose sobre esse evento que o incomodara por tanto tempo...

Em continuação ao seu conselho *cordial* a Sancho Pança quando este assume o posto de governador da ilha, dom Quixote lhe diz: "E nos últimos passos da vida te alcançará o da morte na velhice suave e madura, e te fecharão os olhos as ternas e delicadas mãos de teus tataranetos." Por ocasião da morte da mãe, essa passagem evocou nele o ato da filha do sobrinho.

Por mais que Kogito se mostrasse abatido, quando Asa começava a falar, seu temperamento fazia com que ela não contivesse as palavras até terminar tudo o que tinha para dizer.

— Reagirei e me colocarei ao lado da esposa do nosso sobrinho caso você diga que *deve-se chicotear para fazer uma criança despreocupada e animada chorar, mesmo em face à morte de um parente.*

Ao chegar a ponto de ouvir algo tão incisivo, Kogito se limitou a resmungar apenas para si mesmo.

No entanto, o próximo da família que pode morrer não seria eu, no fim das contas?

Ao retornar ao terreno de Jujojiki, Asa cortou com verdadeiro vigor as lulas ovais, o que também serviu de *motivação* para Rose demonstrar suas habilidades preparando lulas fritas à italiana e *spaghetti alla pescatora*. Enquanto comiam o brunch reforçado, Asa elogiou a maneira de comer espaguete de Akari ensinada pelo tio Goro. Tomando café, ela explicou a Rose sobre o tipo de circunstâncias envolvendo o jovem Ayo, a começar pelo acontecimento da noite anterior no monte Koshin.

Essa se tornou uma conversa realmente longa.

— O estranho nome escrito com o ideograma de *movimento* e pronunciado *Ayo* foi escolhido pelo tio Hyoe dentre os nomes de crianças constantes nas muitas lápides existentes no antigo cemitério da Casa Yamadera. Sem saberem o porquê de o ideograma com o sentido de movimento no nome do menino ser lido Ayo, conforme transmitido na Casa Yamadera, eles decidiram consultar Kogito. Devem ter sido alertados pelo oficial de registro civil de que, se continuassem ignorando o motivo, precisariam registrar a criança com uma leitura em japonês mais corriqueira do ideograma, tal como *do* ou *ugoku*. Mas Kogito logo informou haver descoberto a origem da leitura japonesa *Ayo*.

Assim, Kogito apontou e explicou para Rose a passagem na respectiva página no *Izumo no kuni fudoki*[1] que estava em

---

1. O *Izumo no kuni fudoki* é o mais antigo *fudoki* (documento de registro topográfico e cultural) do Japão, com tópicos sobre topografia, origem de nomes de lugares, tradições, flora, fauna e outros aspectos da província de Izumo.

meio aos livros de literatura clássica japonesa da editora Iwanami Bunko ainda empilhados no chão.

> *Conforme narrado pelos antigos, outrora certo camponês produziu um arrozal na montanha daqui, o qual ele protegia. Nessa época, um demônio caolho apareceu e devorou esse agricultor. Os pais do homem se esconderam em meio a um bosque de bambu, cujas folhas se 'moviam'. O homem sendo devorado gritava Ayo. Por esse motivo é chamado Ayo.*

— É interessante, mas não seria surpreendente demais ter isso como origem para se atribuir o nome a uma pessoa? Se procurarmos no Velho Testamento, também encontraremos uma razão na origem de muitos dos nossos nomes cristãos.

— O próprio "menino" em "menino Ayo" demonstra uma pessoa que transmite uma tradição especial. Seja como for, desde que tinha idade suficiente para entender as coisas, Ayo aparentemente não nutria bons sentimentos com relação ao tio Hyoe e a você, Kogito. É bastante complicado.

3

— Kogito recebeu o prêmio quando Ayo estava no primeiro ano do colegial. Embora os dois fatos não estivessem diretamente relacionados, havia a necessidade de um guia para os turistas que visitariam o distrito de Maki. E Ayo aceitou realizar esse trabalho temporário.

"Quando me perguntaram se eu não conhecia alguém adequado, eu o apresentei ao pessoal da prefeitura distrital de Maki. Também fui eu quem, de início, sugeriu a necessidade de um guia."

Asa tomou providências concretas prevendo os transtornos que seriam eventualmente causados aos sobrinhos da família principal vivendo ao longo do rio pelos telefonemas recebidos dos visitantes ao distrito de Maki. Criou um mapa relacionado às lendas da região e aos exemplos históricos constantes nos romances de Kogito, e mandou imprimir grande quantidade de cópias.

Ela fez recomendações a Ayo sobre como conduzir o trabalho temporário. Mais especificamente, ele estava proibido de puxar conversa. Tanto os nomes dos locais quanto a posição das árvores e outros dados, ficcionais ou não, estavam devidamente incluídos no mapa. Desde o início, as pessoas que vinham até locais na profundeza da montanha — com raras exceções — conheciam os romances de Kogito e demonstravam interesse concreto pelos locais descritos neles. Por isso, sua tarefa seria levar esses leitores, profundos conhecedores de cada romance, até os lugares que desejassem visitar.

Ayo iniciou o trabalho de guia observando à risca as orientações de Asa. Quando, algum tempo depois, os dois se cruzaram por acaso em um caminho ao longo do rio, ela lhe indagou como ia o trabalho.

— Levo as pessoas aonde querem ir, mas me vejo em apuros quando alguém reclama que aquele local é outro, diferente — respondeu. — Romances são romances, e a pessoa que acredita existir na realidade um local que se encaixa perfeitamente àquele descrito no livro não deve bater bem das ideias, para dizer o mínimo. Por que isso acontece?

— Também não entendo. Mas o mais importante é você não esquecer a pergunta que me fez agora. Seria problemático se até você acabasse se convencendo de que os romances são reais.

Enquanto ouvia com atenção a conversa de Asa e tomava notas, Rose manifestou a ela uma opinião divergente.

— Mesmo que os escritos de Kogito sejam, sem dúvida, superficialmente incompatíveis com a realidade, eles se vinculam em um nível mais profundo a acontecimentos reais desta região. Nesta sua estada, ele pretende manter um novo foco no "menino". Acredito que você preparou um informante muitíssimo útil.

— Esse foi também, com certeza, um dos motivos de eu haver escolhido Ayo.

— Kogito, você não imaginou subir ao bosque em algum momento à procura de Kogi, que partiu antes de você? Em se tornar, você também, um "menino"? Você lia livros na casa construída sobre um bordo e ouvia as conversas sobre o "menino" que nossa mãe contava de pé sob a árvore. E você escreveu que insistia em afirmar ser o "menino".

— Aquilo se passou uns quatro ou cinco anos depois que me separei de Kogi, e eu ria de mim mesmo ao afirmar que permaneceria para sempre no vale...

— Quando a avó faleceu e vi Kogito chorando sob esse bordo, me lembrei também da "casa de leitura de livros". Também não penso ter sido brincadeira o que ele disse à avó.

"Essas palavras que o faziam rir de si mesmo não estariam expressando rancor por não ter sido escolhido como 'menino'? Justamente por isso, ainda criança, você perdeu a autoconfiança. Mesmo assim, como era preciso continuar vivendo, contava essas histórias às pessoas em tom de anedota. Em algum momento você declarou que havia se tornado uma pessoa assim. A meu ver, esse tipo de personalidade perdura em você até hoje."

Procurando mudar o assunto, Rose falou que gostaria de perguntar sobre o santuário na montanha que mantém uma profunda relação com o "menino". Asa aceitou de imediato esse pedido.

— Quando criança, costumávamos ir com frequência ao santuário na montanha. As lápides com o formato de uma boca banguela se alinhavam na borda da montanha ao fundo do terreno e decidimos ler os nomes dos "meninos" gravados nelas. Havia, inclusive, um "menino Ko", não? Kogito afirmava que esse nome estava ligado a ele.

— Apenas a do "menino Ayo" era nova e, assim mesmo, estava em uma inclinação das moitas de bambus, afastada da linha de túmulos dos "meninos". Aproveitando-se disso, o tio Hyoe nos contou que o "menino Ayo" atuou na rebelião que dinamitou a mina de cobre Besshi!

"O 'menino' renascido de Meisuke, na fase em que os líderes da rebelião se viam diante de um impasse, encontrou o caminho para uma solução servindo-se de uma estratégia inusitada!"

Rose perguntou enquanto inseria folhas soltas adicionais ao seu caderno.

— O "menino" renascido a que você se refere diz respeito ao renascimento de Meisuke, líder do primeiro levante anterior à Restauração, correto? Contam que, antes de morrer na prisão, a mãe de Meisuke veio fazer a ele uma visita no intuito de encorajá-lo. *Não se preocupe, não se preocupe, mesmo que o matem eu logo o farei renascer!*, ela assegurava a ele. E acho interessante que essas palavras da mãe de Meisuke tenham se tornado lenda na região. Kogito, quando era criança e ficava doente, recebia as mesmas palavras como estímulo.

— Pensando assim, sinto que tudo está mesmo vinculado.

— O "menino" renascido de Meisuke, e novamente renascido, seria o "menino Ayo" nesta nossa conversa? — perguntou Rose incentivada pelas palavras de Asa.

— Hum, será? Seis ou sete anos após a morte de Meisuke no cárcere, o Meisuke renascido ajudou os líderes da rebelião campesina que lutaram contra o governador do condado alçado ao poder pelo novo governo. Depois de algum tempo, ocorreu um levante de cem mineiros que trabalhavam na mina de cobre de Besshi da Sumitomo Metal Mining. Isso foi bem no fim da era Meiji.

"Esse levante foi sufocado pelas tropas da divisão do Exército provenientes da cidade de Zentsuji, mas, quando os soldados e os mineiros estavam prestes a se engalfinhar, foi o 'menino Ayo' quem se pôs do lado dos mineiros como intermediador, tendo como contrapartes a polícia provincial e a seção de extração mineral da empresa. Isso tem sido transmitido dessa forma nesta região. Os mineiros também tinham poder suficiente para fazer voar pelos ares com dinamite as residências dos administradores da Sumitomo."

4

Na sequência, Kogito detalhou sobre o "menino Ayo".

Ao contrário de outros "meninos" com lápides, mas com poucos documentos escritos remanescentes, o "menino Ayo" era o único de quem era possível encontrar notícias no jornal local. Ou seja, era uma pessoa de verdade. Na época em que Kogito e outros ali viviam — deixando de lado Kogi, que desapareceu naquela floresta —, era também o "menino" mais próximo. O fato de não haver registros seus na história do distrito se devia a seu caráter *suspeito*. Mesmo nas coletâneas de documentos publicados pela editora especializada na história local e nos materiais de leitura de crimes populares, essa faceta suspeita do "menino Ayo" aparece relacionada ao famoso criminoso denominado Gatuno Tartaruga.

O larápio ficou conhecido por essa alcunha. De pernas fortes, era capaz de se deslocar com velocidade assustadora durante a noite pela floresta, executar saltos sobre-humanos para escapar de apuros que o deixavam entre a vida e a morte, além de ter como esconderijo vários fortes construídos nas montanhas. Relacionado a tudo isso, quarenta anos depois de o Gatuno Tartaruga ter sido enforcado na prisão de Hiroshima, quando Kogito ainda era criança, sua lenda mística ainda se espalhava no vale e entre as crianças locais.

De acordo com documentos a que Kogito teve acesso após começar a escrever romances, o Gatuno Tartaruga, que atuava por toda aquela região, começou ainda criança a cometer assaltos, foi preso e escapou repetidas vezes. O meliante chegou até mesmo a assassinar policiais. No entanto, havia uma ligação entre ele e o "menino Ayo". Na segunda metade de sua carreira de crimes, ambos mantiveram um relacionamento dinâmico. Em particular no período de um ano e meio antes de sua última prisão, os dois sempre atuavam em parceria. Notadamente, o "menino Ayo" ajudava o malfeitor em suas impetuosas fugas pela floresta durante a madrugada.

Podia-se depreender, à medida que se seguisse pela malha plana conduzindo à rodovia nacional ao longo do rio Maki, que a base de atividades do Gatuno Tartaruga compreendia uma área bastante afastada do velho vilarejo do distrito de Maki. Todavia, ao se chegar à parte mais alta da floresta e se deslocar ao longo do topo da montanha, caso se pegue o caminho que desce para o outro lado do vale, a distância até o distrito de Maki se torna inesperadamente curta. Quando se toma toda a região em uma malha tridimensional, podem-se depreender duas áreas totalmente distintas. Tal qual em um mapa-múndi para os viajantes terrestres ou seguindo a projeção de Mercator para viajantes marítimos.

Na verdade, o Gatuno Tartaruga pediu por estadia em uma casa afastada da aldeia situada na área da antiga vila. Isso foi noticiado na página três do jornal local, destinada à publicação de notícias escandalosas, na época do fim da guerra entre o Japão e a Rússia. Em particular, o 22º Regimento de Matsuyama, que participou do ataque a Port Arthur, foi vítima da estratégia fracassada do general Nogi que causou a morte de mais de mil soldados e cerca de três mil e trezentos feridos. Portanto, as principais notícias nas manchetes dos jornais se relacionavam à continuação dos tumultos em protesto às condições de paz a partir do evento de celebração ocorrido em Matsuyama, mas o grande acontecimento que prendeu a atenção dos leitores foram as atividades noturnas livres em todas as direções do Gatuno Tartaruga.

O Gatuno Tartaruga se tornou um rebuscado criminoso, com repetidos roubos desde sua época de adolescente e com um histórico de mais de mil desses delitos durante a vida. Ele convivia sempre com suas amantes, e provavelmente o ardor sexual que sentia por elas era o motivo de seus crimes.

Kogito e seus amigos de infância despenderam metade de um dia se aventurando até o local conhecido como "Otsuru no Iwaya", onde o Gatuno Tartaruga promoveu um salto extraordinário. Ele se escondia nas ruínas de um antigo forte juntamente com duas amantes quando foi cercado pela polícia guiada por um informante. Ao se sentir acuado pela aproximação da polícia, e de mãos dadas com uma figura parecida com um macaco, saiu pulando da caverna aos berros, aterrissou cerca de vinte metros ao lado e fugiu.

As amantes que deixou para trás jamais voltaram a vê-lo. Desde então, ele estabeleceu sozinho — ou melhor, em conjunto com o "menino Ayo" — sua base operacional nas ruínas de um forte mais para o fundo de uma montanha.

Em 10 de setembro de 1905, o Gatuno Tartaruga, atraído para uma armadilha quando cuidava das "celebrações" de seu casamento com uma nova amante, foi preso. Relacionando-se com o "menino Ayo" e tendo o passo da sua vida ficado mais veloz por conhecer muito bem a geografia da floresta noturna, por qual motivo teria ele retornado? Bem, isso é o que reza a lenda local relacionada ao Gatuno Tartaruga. Entre quatro e seis dias antes de sua prisão, ouviu-se em meio à tempestade que assolou a região de Nan'yo uma voz angustiada em Jujojiki, onde agora se localiza a casa de Kogito, dirigida para a parte superior da floresta.

Ayo, Ayo, Ayo!
    O repetido chamado ecoou na encosta da margem oposta do rio produzindo várias camadas de som. Em meio a esse turbilhão, o vale e os moradores locais não sabiam como lidar com suas profundas emoções. O chamado deixava de ser ouvido por um tempo para recomeçar duas ou três horas depois, repetindo-se até a aurora em meio às violentas rajadas de vento com chuva. O Gatuno Tartaruga voltara a viver com suas amantes e a roubar por necessidade financeira, mas, ao sentir a rede do cerco se aproximando, expressou seu arrependimento. Essa voz era seu pedido de socorro ao "menino Ayo". É o que reza a lenda. Contudo, isso se mostrou inútil.
    O novo interesse do "menino Ayo" era o levante em junho daquele ano na mina de cobre Besshi promovido por centenas de mineiros armados com dinamites. Quando cem pessoas representando os mineiros viram a resolução da insurreição na reunião de negociação do chefe do Departamento de Polícia Provincial, evitando assim uma trágica repressão do levante pelo Exército, um jovem aderiu positivamente ao grupo para atuar como intermediário, fazendo lembrar de Meisuke. O Gatuno Tartaruga não se encontrava nesse momento. Isso pode ser confirmado indiretamente nos jornais da época. E o chefe do Departamento de Polícia Provincial presente no momento era justamente aquele que, por vários anos, perseguira o Gatuno Tartaruga. Se o seu alvo estivesse escondido entre os mineiros, isso não passaria despercebido ao chefe do Departamento.

5

— Por que a relação entre o "menino Ayo" e o Gatuno Tartaruga é contada como um grande acontecimento e parece agora lançar uma sombra especial sobre Ayo?

Rose perguntou ao ouvir a conversa de Kogito enquanto fazia anotações no seu caderno.

Asa respondeu.

— Após ser preso, o Gatuno Tartaruga foi escoltado da delegacia de Ozu em uma diligência especial, passando pelo distrito de Maki a partir do Passo de Inuyose, cujo túnel você, Rose, atravessou de carro até Matsuyama. Havia uma enorme quantidade de circunstantes, e dizem que, quando descansavam no distrito de Maki, o Gatuno Tartaruga perscrutou com particular atenção os arredores.

"Se fosse apenas isso, a Casa Yamadera teria ignorado por completo, e, em pouco tempo, ele acabaria relegado ao esquecimento. Isso porque mesmo a prova de que o 'menino Ayo' e o Gatuno Tartaruga haviam sido vistos juntos se resumia ao fato de os dois terem corrido ferozmente à noite de mãos dadas pela margem da floresta…

"Mas o dia em que finalmente seria possível entrar na floresta após as fortes chuvas foi justo aquele em que o Gatuno Tartaruga seria enviado para Matsuyama. Só que os trabalhadores da montanha encontraram o cadáver do 'menino Ayo' preso no rio formado pelas fortes chuvas na fissura da floresta — chamada de *bainha* no dialeto local. Depois disso, houve até rumores de que ele teria morrido de tristeza pela condenação à morte do

Gatuno Tartaruga, o qual, pouco antes, teria ofertado dinheiro para os reparos do santuário na montanha.

"E dizem que a vida no vale também se tornou muito difícil para os Choko da Casa Yamadera. Depois que os antecessores de duas gerações anteriores de Ayo se mudaram para Kobe, o santuário da montanha permaneceu deserto por muito tempo, mas seus pais acabaram tendo um impasse nos negócios e retornaram. Por essa razão, também o pessoal da Casa Kurayashiki, em função do que aconteceu com o irmão Gii, acabou se reduzindo substancialmente.

— Mas, na família Choko da Casa Kurayashiki, Kogito havia tido sucesso como escritor, e a música de Akari também se tornou amplamente conhecida, não é?

— Quando Kogito recebeu o prêmio, houve de fato um florescimento, mas, posteriormente, quando soube que receberia um prêmio do imperador, ele de pronto o rejeitou, lembra? Isso serviu para apagar toda a glória. Além disso, nesta região, um deficiente intelectual ainda é visto como algo negativo em uma família!

"O fato de Goro ter se suicidado também pesou muito. O liame entre ele e Kogito e a relação dos dois com Chikashi eram de conhecimento geral nesta província; o suicídio do amigo representou um castigo para Kogito. O retorno dele para a região não constitui um problema, mas, caso ele provoque algum escândalo, o castigo decerto será duplicado ou triplicado."

Rose se mostrava preocupada se Asa não estaria fazendo uma insinuação crítica por ela estar vivendo sob o mesmo teto com Kogito. Asa logo o percebeu e o refutou por completo com um meneio de cabeça.

— Mesmo que Kogito tivesse vinte anos a menos, quem bem o conhece jamais suspeitaria que ele pudesse estar fazendo algo assim com uma americana tão cheia de vitalidade física e espiritual.

Capítulo 3
Caminho de sonhos

1

Quando a bagagem enviada em separado chegou, Rose tirou de dentro dela a versão em inglês de *Dom Quixote* de capa em listras verticais douradas sobre um fundo âmbar lustroso. Era um livro antigo e volumoso, de encadernação peculiar e com as páginas grudadas.

    Suas ilustrações haviam sido criadas com exclusividade por Gustave Doré. Dado que Rose era desajeitada para trabalhos manuais, foi o próprio Kogito quem cortou as páginas de papel fino e macio para separá-las, tarefa que lhe consumiu metade de um dia, pois ele tendia a parar com frequência para admirar as imagens.

    Rose colocou o livro sobre a mesinha baixa usada para leitura de sutras no cômodo de seis tatames, fazendo o livro se transformar no *marco* inicial de sua nova vida. A tonalidade da capa em si combinava com a da mesinha. Kogito recebeu esse móvel da família como herança da mãe. Os parentes jovens, cujo estilo de vida consistia em descartar coisas desnecessárias, queriam se desfazer de objetos da vida diária da avó guardados no depósito dos fundos, aproveitando para jogá-los fora no dique quando estivesse cheio pela água da enchente. O fato de Kogito carregar com uma das mãos a mesinha lhes serviu de autorização para se livrar dos objetos restantes.

O livro que Rose de fato lia — estendendo a almofada adquirida, segundo ela, em uma loja de quinquilharias de Kyoto numa recente viagem de carro — era *Dom Quixote* na edição da Modern Library, o mesmo que ela também lia na calçada em frente à estação Maki da ferrovia nacional. Ela, como era costume entre americanas cultas, explicou a Kogito sua maneira particular de leitura.

— Meu professor Northrop Frye escreveu numa referência a Roland Barthes: "O bom leitor é aquele que realiza *re-readings*, releituras"... Isso não significa necessariamente ler mais de uma vez, mas ler de uma perspectiva estrutural do livro. Dessa maneira, transforma-se uma leitura que vagueia pelo labirinto das palavras em uma busca direcional.

"Eu releio várias e várias vezes *Dom Quixote* em virtude dessa busca. Você não se cansa de afirmar ter voltado para a floresta trazendo Akari talvez por se conscientizar de seu envelhecimento, mas não seria também para realizar essa *releitura*? No seu caso, isso não significa reler obras de outros autores. Obviamente é possível incluir isso também, mas, primeiramente, o mais valioso é tudo aquilo que você escreveu e vem realizando.

"Você não leria de uma perspectiva estrutural tudo o que escreveu e realizou até o momento? Desejo que isso represente uma busca direcional da vida e da morte de um ser humano envelhecido e não o mero vagar pelo labirinto das palavras.

"De minha parte também, por ter obtido a bolsa de estudos para viver um ano no Japão, penso em consubstanciar o tema da minha monografia como testemunho da sua busca direcional. Conto com sua colaboração!"

Tendo se mudado para a casa da floresta há menos de uma semana, Rose falou citando Shakespeare e Yeats antes e após suas declarações desafiadoras. E o fez por meio do seu *professor* Northrop Frye.

— Me recordo de versos que aprendi em uma aula dele quando eu estudava em Toronto.

"Um deles é retirado do final de um ato de *Rei Lear* em que o vassalo da pessoa morta declara não poder voltar a servir o seu senhor... ecoando como um espírito indo galantemente para o outro lado.

I have a journey, sir, shortly to go; My master calls me, I must not say no.[1]

"E, opostos a esse, há outros versos de Yeats que se referem a alguém que, apesar de idoso, continua sempre se empenhando do lado de cá."

An aged man is but a paltry thing.
A tattered coat upon a stick, unless
Soul clap its hands and sing, and louder sing
For every tatter in its mortal dress[2]

---

1. Em inglês no original: "Eu tenho uma viagem, senhor, pronta missão. O meu rei me chama: não posso dizer não" (William Shakespeare, *Rei Lear*. Trad. Millôr Fernandes. Porto Alegre: L&PM Pocket, 1997).
2. Em inglês no original.

Kogito, que havia, ele próprio, traduzido o poema, reconheceu que esta última estrofe parecia enaltecer quem ele era agora com certeza.

Um homem velho é apenas uma ninharia,
trapos numa bengala à espera do final,
a menos que a alma aplauda, cante e ainda ria
sobre os farrapos do seu hábito mortal.[3]

— Mas, Rose, mesmo meu *espírito* aplaudindo e cantando sem cessar, talvez isso não passe de um esforço absolutamente inútil! Afinal, quem lê coisas assim?

"Porque, por vezes, eu próprio me sinto perdido quanto à minha motivação para continuar a escrever... Para subsistir? Para enviar dinheiro para minha esposa, que partiu sozinha para Berlim, e para alimentar meu filho incapaz de se tornar independente de mim? Mas um outro trabalho, diferente de escrever romances, não me forneceria, bem ou mal, o suficiente para me sustentar?

"Por que, com esta idade, eu insisto em escrever romances? Por ser para mim um ato gratificante e por não conseguir viver sem escrever? Mas, mesmo nos momentos em que vejo um prenúncio de miséria ao meu redor, eu o observo e começo minha busca por palavras. Por vezes tarde da noite, pondero sobre isso sem encontrar respostas!"

Rose dirigiu a Kogito seus olhos de um azul-claro acinzentado — quando a encontrou pela primeira vez, ela lhe informou

---

3. Augusto de Campos, *Linguaviagem*. São Paulo: Companhia das Letras, 1987.

que eram azul-turquesa —, tendo ao centro pupilas escurecidas dessa cor.

— Ao contrário, isso não significa que seu *espírito* está aplaudindo e cantando? Não canta ainda mais alto quando uma nova descosedura se abre na carne destinada a morrer? A existência de Akari impede você de partir galantemente como o conde de Kent, por isso está se tornando um velho furibundo insensato. Por que não deveria?

"Obtive uma bolsa de estudos da Fundação Guggenheim para viver um ano ao lado de uma pessoa assim como você. Kogito, *o que há de errado nisso?*"

2

Num dia ensolarado, após o almoço, Kogito e Rose subiram pelo caminho que conduzia ao topo da floresta acompanhados de Akari. Devido ao reduzido tráfego de carros, Akari também desfrutava do passeio. Ele tinha o hábito de ficar alerta à aproximação de veículos mais pela audição do que pela visão, mas relaxou bem e, embora não permitisse a Kogito ou Rose que o ajudassem tomando seu braço — ele escapulia girando as costas e a cintura —, caminhava bem-disposto. Com ele à frente, os três chegaram a um ponto ao fim da subida do caminho da floresta. Um céu azul-pálido podia ser vislumbrado entre dois pequenos montes de terra vermelha, onde pinheiros haviam sido totalmente arrancados do bosque de azinheiras e carvalhos.

Rose contemplou o local admirada, seu rosto suado repleto de vivacidade.

— Recorrendo a uma palavra que você costuma usar com frequência, esta paisagem é *melancólica* — comentou ela. — E eu entendo o motivo de ser assim. Para mim, ela é melancólica por eu ter cruzado de carro paisagens semelhantes a ela.

"Fui rumo a El Toboso seguindo o caminho feito por dom Quixote. Avistei ali uma paisagem muito semelhante a esta em um local conhecido como El Campo de Montiel. Depois, vi uma paisagem parecida ilustrando a capa da nova edição que comprei para substituir a antiga da Modern Library já bem desgastada de tantas leituras. Você deve se lembrar dos desenhos de Baldomero Galofre y Gimenez no livro que eu tenho agora.

"A cena em que, convencido de que a bruxa havia transformado a amada Dulcineia em uma lavradora, o cavaleiro de figura cada vez mais triste depara com uma carreta carregando a trupe de uma misteriosa companhia teatral. O homem no papel de bufão bate no chão com um cajado em cuja ponta estão presas bexigas de vaca cheias de ar, e, com isso, o cavalo se assusta e desata a correr!"

— Sobre o bufão, imaginei uma vez como devia ser barulhento o som dos guizos presos em todo o seu corpo e o das três bexigas no cajado batendo no chão. Senti uma agressividade excessiva num bufão como ele, de uma peça de teatro tão antiga.

— Um bufão dançando insanamente, dom Quixote derrubado do cavalo que desatou a correr e Sancho Pança de braços erguidos montado em seu burrico... À exceção da carreta, ao longe a cor do céu e da terra e a sombra das pessoas não eram idênticas à paisagem que vislumbramos agora?

Kogito se pôs ao lado de Rose, que se calara, e contemplou a trilha de solo vermelho deserta mediada pelo céu azul.

Rose encarou Kogito com olhos deslumbrantemente dissimulados no fundo da depressão de órbitas cansadas.

— Quem Cervantes considerou como o verdadeiro vilão em todo *Dom Quixote*? — indagou ela.

Kogito foi incapaz de responder de pronto.

— Creio que Ginés de Pasamonte. Quando li esse romance no colegial, achei estranho ele ser o único a aparecer nos dois tomos da obra, à parte dos personagens principais e dos coadjuvantes regulares.

— Apesar de, na primeira parte, ter sido salvo das galés por dom Quixote, ele incitou os companheiros de cela a atirarem pedras em seu benfeitor. Na segunda parte, ele foi o mestre em um espetáculo de marionetes e cobrou uma indenização exorbitante por aquelas que haviam sido destroçadas por dom Quixote.

— Ele é realmente perverso! Kogito, você não teve na vida alguém assim como Ginés de Pasamonte? Alguém que, apesar de praticar maldades terríveis, um tempo depois ressurge fingindo tê-las esquecido por completo? E que reaparece maquinando engendrar novas maldades...

— Tive, sim! Rose, estou só e prestes a ver em breve reaparecer essa pessoa na minha frente!

"Você não leu meu fax sobre Ginés de Pasamonte?"

— Li. Depois de me mudar para cá, os faxes que chegam são todos do seu agente, não? É uma estranha sensação ele escrever unilateralmente que aguardaria o momento adequado para visitar a casa de Jujojiki...

— Você percebeu claramente o jeito dele em relação a mim.

— Ao contrário, é a leitura dos faxes do senhor Kurono que o deixa de mau humor. A ponto de Akari se preocupar!

— É isso mesmo — concordou Akari, que ouvia ao lado atentamente.

3

Se o personagem surgido na conversa aparecesse para uma visita, Kogito não poderia se furtar a apresentá-lo a Rose. No momento em que pensou em falar sobre Kurono, ele se deu conta de que não conhecia a história com exatidão. Após se formar pelo mesmo departamento da universidade, sem repetir de ano como acontecera com Kogito, Kurono ingressou em uma grande firma de publicidade, a Dentsu ou a Hakuhodo. Ou seja, era um rapaz bastante inteligente. Obviamente os dois haviam frequentado juntos algumas disciplinas, mas Kogito não se lembrava de terem conversado durante o curso. Porém, quando Kogito começou seu trabalho de escritor, por vezes o movimento contra o Tratado de Cooperação Mútua e Segurança entre os Estados Unidos e o Japão se acalorava e não era raro os dois se cruzarem em encontros sociais e reuniões com jovens jornalistas e pesquisadores. Esse foi o começo e, passado algum tempo, se a memória não o traía, os dois *sempre* estiveram envolvidos em diversos planos, e ele próprio resolvia os problemas relacionados. Além disso, Kogito se aproximou de diversas formas do "movimento" devido a uma serialização em uma revista semanal voltada a jovens na qual Kurono escreveu reminiscências do "Nosso *Sturm und Drang*"[4], sem, no entanto, se entregar de corpo e alma a ele, o que o levou a ser criticado por Kurono como um oportunista que apenas ambicionava ascensão social.

Kogito falou sobre isso, mas Rose, totalmente alheia à situação social do Japão na década de 1960, parecia não compreender sua essência. Assim, Kogito deu um salto temporal abrupto para discorrer sobre o plano urdido por Kurono — ignorava se era sério ou não — por ocasião do recebimento do seu prêmio.

— Na hipótese de um japonês ganhar aquele prêmio, é de praxe que outorguem a ele a Ordem do Mérito Cultural, caso ainda não tenha sido agraciado com ela. E aconteceu algo desagradável comigo.

"Recebi uma carta de Kurono, com quem havia tempos não mantinha contato. Por algum motivo, ela era anônima, mas logo percebi ser ele o remetente devido à sua peculiar caligrafia torneada. Ele escreveu: 'Não cometa uma grosseria recusando o prêmio no Japão por ter recebido o do exterior. Receba-o e transforme essa oportunidade em um evento único na sua vida.' Um cientista, parente dele, também recebeu a Ordem do Mérito Cultural e, numa celebração da família Kurono, a teve em mãos: uma medalha bem grande cunhada no formato de uma flor de laranja silvestre. Ele prosseguia: 'Se você instalar um novo tipo de explosivo em uma réplica da medalha, poderia pendurá-la no pescoço em uma faixa lilás ao participar do jantar comemorativo com a presença do casal imperial.'

---

4. "Tempestade e Ímpeto". Movimento literário romântico alemão da segunda metade do século XVIII em reação ao racionalismo iluminista.

"Ao final da carta havia um fraseado que ele costumava empregar em relação a mim quando bebia. 'Obviamente, antes de mais nada, sua cabeça voará pelos ares, mas você será lembrado como o realizador de uma façanha única na história deste país! Você também escreveu *A morte do menino político*, não é? Eu farei a intermediação com o grupo de pesquisadores que desenvolve esse novo explosivo e com o artesão que fabrica a réplica da medalha com o interior oco. Até o jantar comemorativo no Ano-Novo, o cheque em coroas suecas, com certeza, já terá sido descontado. Assim, você poderá arcar com os custos envolvidos. Quando penso na estrofe 'Descer pela escura nebulosa por onde a placenta do puro imperador escorre' do poema que você escreveu em *A morte do menino político*, vejo que essa será a realização de seu sonho secreto.' Assinado: você-sabe-quem."

Segundo Kogito, mesmo que durante o dia pudesse descartar de sua mente a carta expressa de Kurono considerando-a um mero assédio, quando se revirava na cama tarde da noite tentando dormir naqueles dias estranhos envolvendo a família, a carta exercia uma sombria força real provocando uma sinergia com suas distantes lembranças.

— Durante a guerra, quando você, Rose, ainda não era nascida, e eu era criança nesta região, um professor me questionou: o que você faria se o imperador em pessoa ordenasse a sua morte? Embora, obviamente, assim como todas as crianças na turma, eu não tivesse intenção de refutar como se pisasse uma imagem sacra, eu tampouco desejava externar a resposta já definida e, por me mostrar hesitante, acabei sendo surrado. Vacilei em responder "eu morrerei, morrerei cometendo haraquiri..."

— Li isso em um ensaio escrito por você para a revista *The New York Times*. Nele você reagia argumentando que o imperador jamais dirigiria a palavra a crianças vivendo no fundo de uma montanha.

— E durante o alvoroço da premiação, me brotou na cabeça insone o pensamento de que o imperador sabe quem eu sou. Apesar de já ter apresentado minha recusa à condecoração, eu estava atordoado. Além disso, quando consigo dormir de alguma forma, logo vejo em sonho a pessoa que está produzindo a arrasadora réplica me contatando...

— Esse tal Kurono pretendia realmente intermediar uma bomba no formato de uma flor de laranja silvestre?

— Creio que não, mas... Ouvi dizer que, depois de um tempo, ele bufou quando soube do motivo da minha recusa em receber a condecoração.

— *Mister* Kurono pôde criticá-lo por ter adotado uma medida para não responder à sua proposta.

— Exatamente — voltou a afirmar Kogito em meio a melancólicas lembranças.

— Talvez por não revelar o segredo... e a forma de me expressar aqui é bem japonesa... mesmo agora ele deve achar que você tem uma *dívida* para com ele.

4

Dias depois, Kogito levou Rose e Akari até o cemitério onde as cinzas da mãe estavam enterradas. Analisava se Akari conseguiria ou não subir pelo caminho com ciprestes de um lado, bambuzais do outro — o velho cemitério se situava ao fundo —, que Ayo estava encarregado de limpar com uma foice de cortar grama.

Situado em outro local, o cemitério da família ficava em uma encosta bem ensolarada onde todo ano inúmeros eventos próprios de cada estação eram realizados. Lembrava-se de a mãe ter entabulado uma longa conversa com o monge predecessor do templo Fushiki quando a avó falecera. O reduzido cortejo fúnebre da avó se dirigira a um cemitério diferente daquele no qual as cinzas do pai foram enterradas. Abriu caminho por entre os arbustos de gleichênia que cobriam a *beira* do córrego, entrando até o cemitério em um local sem saída. Para legar de antemão a Kogito a casa de Jujojiki na extremidade do rochedo, a mãe conversou com o monge atual e providenciou também para si um pequeno túmulo ao lado da avó.

No dia, tudo o que poderia se tornar um obstáculo espinhoso a Akari no caminho até o cemitério foi posto de lado, a erva no entorno da lápide foi cuidadosamente arrancada, e até mesmo os ramos inferiores da castanheira da parte traseira foram eliminados. Porém, não se avistava Ayo em parte alguma.

Antes de mais nada, Kogito limpou o musgo e a poeira de uma pedra redonda na qual poderia fazer sentar Akari, que ajustava a antena do rádio FM enfiado no bolso da jaqueta. Talvez tivesse vindo com a avó até ali para ouvir música quando residia no vale.

Rose caminhava ao redor com seus grandes tênis de corrida examinando cada canto do cemitério. Ela comentou que as velhas lápides eram todas de pedra natural com processamento mínimo e seu formato era bem "feminino".

— Realmente. Todos os nomes gravados nos epitáfios são nomes póstumos budistas de mulheres fiéis.

— Ayo falou que isso contrasta com os túmulos antigos do templo da montanha que pertencem todos aos "meninos".

Nos últimos dias, Rose havia caminhado energicamente ao redor, desde o vale até o vilarejo, tendo Ayo como guia. Ela acrescentou sua opinião.

— Uma crença antiga do vale é de que o *espírito* de uma pessoa morta subiria para a floresta rodopiando em um vazio no formato de um jarro até chegar à raiz de uma árvore definida para si e ali descansaria, não é isso? Até o dia em que o espírito voltaria a descer da floresta e penetraria no corpo de um bebê... Se for assim, nos túmulos construídos no terreno do vale haveria apenas cadáveres que nunca foram relevantes? No meu entender, os túmulos modestos daqui são apropriados. Mas isso não explica o porquê de os túmulos deste cemitério terem todos nomes femininos...

"Na origem, os cemitérios nesta região não teriam em geral esse tamanho? Ayo comentou que há fundamento no fato de o velho cemitério do templo da montanha ser apenas dos 'meninos'. Por isso imaginei que você pudesse me contar sobre as características dos cemitérios daqui."

— Minha mãe apenas construiu seu túmulo aqui sem deixar explicações.

— Teria ela imaginado que, assim como o templo da montanha é importante para Ayo, o cemitério das mulheres não o era para você?

"Mesmo assim, aonde Ayo foi parar? Ele fez toda a limpeza conforme nos prometeu... mas para onde foi depois? Teríamos nos desencontrado quando ele desceu para nos recepcionar? Seja como for, vamos esperar até que ele apareça."

Kogito continuava receoso de levar Akari para locais difíceis de caminhar e, depois de explicar isso a Rose, subiu por entre uma fileira de ciprestes exuberantes, passando por cima da vegetação rasteira sobre a qual os raios solares filtrados pelas árvores formavam um padrão de listras. O córrego logo se estreitava e caía em um estado de concavidade ocultando ao fundo o rio do vale. Por fim, havia à esquerda uma grande rocha maciça com um estreito caminho rodeando seu sopé e uma ponte de terra batida cruzando o rio na direção deles. Na outra extremidade da ponte, havia, transpassada na rocha, uma caverna da altura de uma pessoa adulta.

Quando estudante ginasial, Kogito se aventurava pela área seguindo a trilha que descia a partir da antiga estrada florestal. Havia ali um dos inúmeros "buracos" existentes no vale tão conhecidos das crianças. Uma série de cavernas laterais na parte alta da floresta — uma das quais a fortaleza na montanha que servira de esconderijo ao Gatuno Tartaruga — e o "buraco" existente atrás da casa com o grande ginkgo situada na metade do caminho para o monte Koshin após cruzar a grande ponte.

Kogito atravessou com cuidado a ponte de barro na qual folhas mortas se acumulavam. Olhou o fundo da caverna a partir de cuja entrada recendia um cheiro fresco e úmido do musgo azul-viscoso.

Vinte anos antes, o primo, cônsul-geral em San Francisco e pesquisador amador de Yeats, viera viver em reclusão no vale após se submeter à cirurgia de um câncer. Kogito praticamente transferiu a moradia do primo, incluindo a cama que ele projetara, para o local onde está morando. O cônsul demonstrava particular interesse nesse "buraco". Durante muito tempo, ninguém entrou na caverna, e as paredes laterais continuaram se deteriorando. Muito cauteloso, não penetrava e, permanecendo em frente a ela, lia Yeats em voz alta. Contou para Asa que se tratava do poema "The Man and the Echo". Era, com certeza, um poema apropriado para se fazer uma retrospectiva da própria vida em frente a uma caverna.

> *Tudo o que eu disse e fiz,*
> *Agora que velho e enfermo estou,*
> *Uma pergunta se tornou,*
> *Até, noites a fio, eu desperto me estender*
> *E jamais corretas respostas obter.*[5]

Surgiu diante dos olhos de Kogito a imagem do *ex*-diplomata de pé declamando o poema original que Kogito havia traduzido. Com o tempo, por algum motivo — talvez se conscientizasse da estranheza do seu ato — inclinou-se na direção da caverna onde algo brilhava vagamente e gritou: *Mãe! Nós nos tornamos piores do que quando nascemos, deitaríamos e morreríamos!*[6]

Enquanto Kogito gritava, sentiu como se tivesse sido estapeado nas orelhas por conta da *repetição* do poema, particularmente declamado em alto e bom tom, que retornou como um *eco* instantâneo de uma voz aguerrida e distorcida. Depois de projetar bem para a frente a cabeça e emitir uma alta voz, soltou uma tosse seca, como se fosse alguém mais velho do que realmente era, e sentiu uma mão posta sobre seu ombro expressando hesitação.

— Tio Kogi, é perigoso... Vamos voltar para o local onde Akari nos espera.

---

5. W. B. Yeats, "The Man and the Echo". No original: "All that I have said and done,/ Now that I am old and ill,/ Turns into a question till/ I lie awake night after night/ And never get the answers right."
6. Ibidem. No original: "[...] would lie down and die".

Ao se virar, Ayo estava de pé logo atrás dele. O rosto juvenil, visto pela primeira vez de tão perto, era parecido com o do tio Hyoe, com traços fisionômicos realmente dignos e imponentes como os dos membros da linhagem da família Choko da Casa Yamadera.

5

Kogito e Ayo desceram até o local onde Akari e Rose ouviam a transmissão em FM encostados no tronco de um grande abeto. Akari compartilhou com Rose um dos fones de ouvido — eles encostavam suas cabeças quase na mesma altura — por estar recebendo a transmissão monofônica. Desde que passara a morar na casa de Jujojiki, Akari percebeu que a recepção em estéreo causava ruídos devido à situação das ondas de rádio.

Deixando Akari se distrair com o rádio, Kogito e Rose ouviram de novo de Ayo sobre como o cemitério onde estão enterradas as cinzas da avó e da mãe de Kogito, mais do que o mausoléu da família Choko, era parecido com o cemitério do templo da montanha, ou seja, o cemitério dos "meninos". Rose também desejava perguntar a Ayo como ele entendia a relação entre o "menino Ayo" e o Gatuno Tartaruga.

— Sou, sem dúvida, um membro da Casa Yamadera e procurei, do meu jeito, pesquisar o que se refere ao "menino"...

Para as pessoas que estudam sobre a literatura do tio Kogi, deve ser um caminho interessante, estou enganado?

Ao dizer isso, Ayo se calou, e Rose, que já aprofundara seu relacionamento com ele, o encorajou de uma maneira, ao mesmo tempo, gentil e impositiva.

— Em sua pesquisa, ficou claro que o "menino Ayo" não cooperou do começo ao fim com os crimes do Gatuno Tartaruga, se limitando a acompanhá-lo apenas em seu último ano e meio de vida?

— Isso mesmo. Considero esse ponto relevante. O "menino Ayo" parece ter encontrado pela primeira vez o Gatuno Tartaruga no parque Dogo Onsen onde se reuniam cinco mil cidadãos insatisfeitos com o tratado de paz da guerra entre o Japão e a Rússia. O encontro estava relacionado a movimentos sociais violentos, não?

"Contam que nessa noite, enquanto não amanhecia, o 'menino Ayo' puxou o Gatuno Tartaruga pela mão e retornou com ele às pressas para cá. O larápio, havia muito tempo procurado pela polícia, devia estar prestes a ser preso por um policial que supervisionava a manifestação. Foi nessa oportunidade que o 'menino Ayo' percebeu o talento do Gatuno Tartaruga, e este, por sua vez, deve ter sentido que havia encontrado um guia para conduzi-lo em seus deslocamentos pela montanha sombria. O Gatuno Tartaruga podia saltar de lado uma distância de dez *ken*. Devia ser uma afirmação exagerada, pois um *ken* corresponde a aproximadamente um metro e oitenta... Seja como for, creio que o 'menino Ayo' se encantou com a capacidade e a energia animalescas de poder saltar longas distâncias.

"Na greve da mina da Sumitomo, centenas de mineiros grevistas se armaram com dinamite. Era visível a energia emanada pela maioria das pessoas reunidas também na manifestação no parque Dogo Onsen. O 'menino Ayo' não teria procurado vincular a energia do grupo com a extraordinária energia pessoal do Gatuno Tartaruga? Essa foi a explicação que recebi do sacerdote do santuário Mishima.

"O Gatuno Tartaruga não apareceu no local das negociações trabalhistas, embora o 'menino Ayo' tivesse tentado convencê-lo até o fim a ir. Há uma canção entoada nas danças do festival Bon Odori que relata a cena dessa 'persuasão'. O 'menino Ayo' não pretendia que a greve fosse encerrada. Ele provavelmente desejava provocar tumulto apresentando aos trabalhadores da mina de cobre, com capacidade de enfrentar o exército, alguém com um espírito rebelde inato e experiência em confrontos com policiais, não acha? Mas o Gatuno Tartaruga não apareceu no local das negociações.

"Por fim, os mineiros aceitaram a proposta dos patrões. Seria impossível saber quem sairia vitorioso em um confronto entre um exército exaurido pela guerra entre o Japão e a Rússia e centenas de mineiros armados até os dentes com explosivos. Esse também deve ter sido o pensamento do 'menino Ayo'."

— Qual foi a causa da morte do "menino Ayo"? Mesmo com o Gatuno Tartaruga sendo escoltado preso...

— Ele morreu na noite de chuva forte da véspera da prisão. Ele se decepcionou com o resultado das negociações trabalhistas e retornou ao vale. Mas o Gatuno Tartaruga, que tinha sido encurralado nessa noite de chuva forte, gritava *Ayo, Ayo, Ayo!* e não poderia, decerto, permanecer tranquilo no templo da montanha. Por ser um "menino", ou seja, ainda uma criança, não teria ele se amedrontado e tentado fugir até a *fonte* da força dos "meninos" no interior da floresta? E justamente, ao entrar na floresta, deve ter sido vitimado por um deslizamento de terra da montanha.

Kogito ficou intrigado pelos conhecimentos e pela interpretação de Ayo — como se o rapaz tivesse um tutor firme que o orientara — em relação ao "menino Ayo". Também julgou interessante a própria mentalidade de Ayo. Ao perceber essa reação de Kogito, Rose comentou:

— Você pensa em escrever sobre o "menino", correto? Dá para afirmar que foi esse o motivo de você ter retornado para este local. De que forma está idealizando agora sobre o romance do "menino"?

— Com certeza eu pretendo escrever o romance do "menino", mas... Não é de hoje que eu carrego essa ideia e fiz muitas anotações, só que quando começo a escrever, sinto como se agarrasse nuvens.

— Você teria um plano neste momento que possa vir a substituir por algo mais concreto quando chegar à fase de realmente escrever o romance? Mas o problema deve ser como escrever a primeira página. Como você mesmo já comentou em vários ensaios...

— É verdade. Existe uma ideia claramente definida, embora de difícil realização.

Ele próprio desejava escrever a história do meta-"menino", ou seja, deitado no fundo da floresta, ele próprio sonhando com os "meninos" saindo para o mundo real e provocando um acontecimento após o outro. Além disso, a capacidade de sonhar do meta-"menino" é o motor que faz movimentar os "meninos" espalhados por todo o mundo. Em outras palavras, é como se o mundo girasse pela primeira vez graças aos sonhos do meta--"menino"...

— Tenho também uma ideia relacionada a isso, mas, na verdade, não sei como escrever estabelecendo esse vínculo. As pessoas que, apesar de nascidas neste vale, não foram escolhidas como "meninos"... e eu me incluo nessa categoria... têm, cada qual, seus sonhos. Desejo escrever que, por meio deles, elas se vinculam ao meta-"menino" dormindo no fundo da floresta. Além disso, assim como acontece quando se acessa um site da internet, as pessoas com seus sonhos conectados aos do meta--"menino" no interior da floresta podem entrar livremente em dramas de todas as épocas e locais dos arquivos de sonhos do meta-"menino" e efetivamente participar deles.

Conforme falava, Kogito percebeu que Rose estava perdida nos próprios pensamentos. As *manchas* vermelhas e brancas das orelhas até a *nuca* mostravam visivelmente que ela havia tido uma nova ideia com a qual se animava. Postado ao lado dela, Akari também a olhava como se visse um animal inusitado, mas ela não tinha tempo para lhe devolver o olhar. Por fim, expirando forte como um homem, Rose puxou para si a bolsa colocada a seus pés e retirou dela uma volumosa brochura de uma editora universitária. E, segurando uma página com os dedos, ela ergueu os olhos cintilantes.

— Kogito, é possível aplicar a ideia sobre a qual você acabou de comentar ao idioma da literatura clássica japonesa. É o *Contos da estrada dos sonhos*![7] O meu professor diz o mesmo em seu livro, apesar de não ser sobre literatura japonesa. Frye afirma que a relação entre *Finnegan* e HCE de Joyce é original na literatura do século que está chegando ao fim. Quer dizer, do século XX.

---

7. *Yumeno Kayoiji Monogatari*. De autor desconhecido, estima-se que a obra tenha sido escrita entre os períodos Nanbokucho (1333 a 1392) e Muromachi (1392 a 1573).

"O *Finnegan*, de Joyce, é o gigante que sonha aquele sonho. Por fim, representa também todos os seres humanos, todos os gigantes sonhadores. HCE é o *formato* que atua como herói nos sonhos dessas pessoas. Ele encarna a experiência cíclica da própria história.

"A relação de ambos tem, a meu ver, um paralelismo com a existente entre o seu meta-'menino' sonhador e os 'meninos' vivendo vidas reais! Além disso, é semelhante à relação com as pessoas que não se tornaram 'meninos', mas com acesso aos sonhos do meta-'menino'!"

— Eu não li o *Finnegans Wake*. Apenas vi por alto a tradução...

— Ainda bem que Joyce inventou uma linguagem especial para aquela obra. Conforme você elaborar o romance do meta--"menino" e dos "meninos" em japonês, ninguém poderá acusá-lo de plágio. Kogito, você precisa se pôr a escrever imediatamente.

— Minhas ideias ainda não estão na fase do *começar a escrever imediatamente*. Por isso estou em apuros.

Ayo ouvia com serenidade a conversa entre Kogito e Rose, em que pelo menos um deles estava muito entusiasmado, mas, depois de deixar Kogito e Akari na casa de Jujojiki, ele voltou a externar suas impressões no carro em que levou Rose até o supermercado em Makihonmachi para comprar alimentos.

— Não pude recusar a ordem de Asa e fiz as tarefas para Kogito e você. Hoje também não posso dizer que tenha entendido bem a conversa, mas, como mesmo assim se tornou interessante, pretendo dar o melhor de mim. Sinto que, em determinado momento, terei que falar com franqueza com tio Kogi.

Rose voltou carregada de sacolas de papel cheias e mostrava um enorme *entusiasmo* enquanto transmitia a Kogito o que ouvira de Ayo.

Capítulo 4

Aventura bizarra com uma "Legião de Esqueletos"

1

Embora tivesse retornado à sociedade do vale, Kogito se mantinha recluso como um eremita replicando a condição de sua vida em Tóquio nos últimos tempos. Na avaliação de Asa, o irmão parecia estar testando se poderia viver sem precisar "cumprimentar" as pessoas influentes do local. Tanto o prefeito quanto o presidente da Câmara distrital residiam na região que constituíra um governo local autônomo antes da fusão. Assim, na medida em que a vida de Kogito se restringisse à área do antigo vilarejo, não haveria possibilidade de esbarrar por acaso com eles. Portanto, tudo o que ele fazia era protelar até não mais restar escapatória senão sair para encontrá-los.

Apesar de respeitar a atitude do irmão, Asa argumentava que ele precisava conversar com os diretores das escolas primária e ginasial, com o sacerdote do santuário Mishima e com o monge do templo Fushiki, este último um velho conhecido que estava ressentido por ter sido usado como modelo em um dos romances de Kogito. Contudo, também nesse caso o irmão mantinha idêntica postura. E, à medida que as pesquisas de Rose sobre os "meninos" avançavam, surgiam situações que não lhe deixavam escolha senão contatá-los.

Rose elaborou uma lista das referências aos "meninos" contidas nos romances de Kogito e avançava a sua tradução para o inglês pretendendo usá-la como citação na sua tese. Resolveu que, tão logo tivesse uma ideia de como concluí-la, tiraria fotos que pudessem vir a ser oportunas para a secretaria da editora universitária na ocasião da publicação da tese.

A foto do *Deus das Trevas* enfiado ao lado do altar xintoísta no forno de tijolos do depósito da casa abandonada era excelente, e Rose decidiu, num impulso, definir essa fotografia colorida como a que deveria ser usada na sobrecapa do livro.

Uma pintura registrava o acontecimento que, quase duzentos anos antes, fizera com que o vilarejo do vale cercado pela floresta surgisse na história moderna à semelhança de uma humilde nota de rodapé. Segundo uma ficha na qual Rose transcrevera a passagem de um romance de Kogito, essa pintura devia descrever a seguinte cena.

> ... *A cena na pintura retratava Meisuke Kamei, ainda bastante jovem, em uma confraternização oferecida por nós, idosos do vilarejo, regada a muita bebida, tendo como convidados os líderes do levante, realizada ao lado de um populus no terreno de Jujojiki situado na extremidade da rocha da montanha de onde se avista o vale e onde o Destruidor treinava seu corpo que ainda se desenvolvia, embora já passasse dos cem anos de idade. Tanto os anfitriões quanto os convidados bebiam despreocupados enquanto se serviam de comida com a aparência de doces multicoloridos contida em caixas de marmita de laca de várias camadas. Toda a parte inferior de ambos os lados da pintura também descrevia*

> *a paisagem do vale, com a cena de agradável sensação, em sua inteireza como uma festa, onde as filhas e esposas da Aldeia = Nação = Microcosmo traziam comida e bebida em fartura para os líderes do levante que estabeleceram acampamento construindo várias cabanas provisórias por toda parte.*

Rose lia a tradução em inglês do romance, mas Ayo, que acumulava a função de assistente de fotografia, afirmou com sinceridade não haver se aventurado naquela obra extremamente longa e, para ele, de leitura difícil. Por isso, Kogito explicou a Ayo a história do tal quadro. Camponeses de dezenas de aldeias a jusante do rio Maki planejavam escapar da tirania do clã feudal atravessando a cordilheira de Shikoku. Na ocasião, subindo a linha do rio estabeleceram um acampamento provisório para milhares de pessoas na aldeia. O quadro descrevia esse acontecimento.

A aldeia precisava atravessar a crise sem se envolver com os camponeses fugitivos e evitando despertar suspeitas de que estaria trabalhando sob ordens das forças do clã que os perseguiam. Para tanto, o jovem Meisuke demonstrou suas habilidades diplomáticas. Havia nele, que conseguira a façanha de executar algo tão difícil em um ambiente de festividade, a capacidade do "menino".

Chegando a esse ponto, Kogito, de início, telefonou ao novo sacerdote que, dez anos antes, passara a comandar o santuário Mishima. No entanto, ele respondeu com *rispidez* à "saudação" de Kogito.

— A pintura que em seu romance você menciona ter visto no escritório do santuário não existe. Por você tê-la descrito como se fosse real, tivemos transtornos quando inúmeros canais de TV apareceram para tirar fotos desse quadro fictício após você ter recebido o prêmio. Agora, mesmo que você me peça de novo por pura conveniência, o objeto nunca existiu. Que tipo de mal-entendido houve desde o começo? — explicou ele.

Embora parecesse exagero, esse fato novo chocou Kogito. O jovem Kogito se sentava reverencialmente sobre calcanhares em cima dos tatames, ao lado da mãe, ambos admirando o quadro valioso mantido por gerações no templo. Uma lembrança difícil de ser esquecida.

Terminada a ligação, Kogito se retirou para seu escritório conjugado com dormitório sem dizer uma palavra a Rose e Ayo, que conversavam no sofá ao lado, ou a Akari, estendido em frente ao aparelho estéreo cujo volume havia baixado. E, sentando-se no chão de madeira entre a cama e a escrivaninha, contemplou cabisbaixo a mistura formada pela luz proveniente do vale e pela sombra esverdeada oriunda do lado da floresta. Lembrou ser esse um hábito antigo seu desde que se separara de Kogi, que subira para o mundo dos "meninos". Naquela tenra idade, certamente seriam poucas as coisas de que precisava recordar em seu tempo de vida ainda curto.

Com o tempo, ele percebeu que o local onde tinha visto o quadro do vale descrevendo a multidão fugitiva não era o iluminado e árido escritório do santuário.

Entrando na sala de jantar conjugada à sala de estar, ele ligou para Asa. Primeiramente, falou sobre o quadro que retratava a fuga. Asa redarguiu dizendo ter ouvido essa conversa de Kogito quando pequena.

— Ao consultar o sacerdote do santuário Mishima, ele comentou que esse quadro não existe — falou Kogito encorajado pelas palavras de Asa. — Pensando bem, comecei a achar que poderia tê-lo visto em um cômodo com a porta corrediça fechada em uma casa estranhamente espaçosa, talvez um albergue ou algo assim.

— Não teria sido então no templo Fushiki? Vou dar um pulo até lá para perguntar ao monge. Na realidade, o sacerdote do santuário Mishima, que é colega do meu marido no comitê de ensino, protestou sobre um pedido arbitrário que você teria feito a ele há pouco tempo!

"Ele estava enfurecido por você querer fotografar um quadro retratando um tumulto anterior à Restauração Meiji e se perguntava se você chegaria a ponto de falsificar documentos históricos da região para fazer as crianças acreditarem que seus romances se baseiam na história oficial."

2

Apesar da condicionante do monge do templo Fushiki ao afirmar também não ter visto o quadro, ele atendeu com generosidade ao pedido de Asa e permitiu que procurassem pela pintura no depósito atrás do ossuário. Acompanhado de Rose e com Ayo ao volante, Kogito se dirigiu de imediato ao templo. Era seu primeiro encontro com o monge desde os funerais da mãe, e a princípio ele parecia ter se esquecido da questão sobre ter servido de modelo para um dos romances de Kogito, inclusive convidando todos para um chá enquanto organizava os armários ao redor que guardavam as obras de caligrafia e pintura. O cômodo para onde os três foram conduzidos era separado do santuário principal por uma porta corrediça. Kogito se lembrou até da sombra da romãzeira de densas folhas jovens no jardim vista através do vidro embutido na porta. Em meio a essa sensação, Kogito detalhou suas lembranças do local onde vira o quadro em questão. Ele acreditava que aquele era o cômodo onde o havia contemplado.

Todavia, o monge, que até aquele momento se mostrava cortês, ficou pensativo antes de redarguir.

— Você afirmou que o quadro estaria diante de uma porta corrediça, mas não acha isso pouco natural? Se for o cômodo para além dessa porta que temos aqui, de um lado é uma parede na qual poderia se pendurar uma pintura...

Kogito voltou a sentir falta de confiança em sua memória e se calou. Ayo intercedeu no lugar dele.

— Tio Kogi não teria tido o poder de visualizar o quadro, estivesse ele diante da porta corrediça fechada ou atrás dela?

O monge encarou Ayo com um semblante sério como se observasse algo misterioso.

— O que significa esse *visualizar*? — foi a vez de Rose intervir.

— Ter uma visão. Ver como se fosse uma ilusão.

— Sendo assim, o problema se resolve independentemente de haver ou não um quadro pendurado para além da porta corrediça, não?

— Nessas circunstâncias, mesmo a pintura não existindo, pode ter sido uma experiência alucinatória de Kogito, não acham? — replicou o monge, como se suas palavras incorporassem um significado oculto.

— O mais importante é que a memória do quadro está gravada na sua mente. Mais do que os olhos dele de criança, foi seu *espírito* que viu o quadro.

— Antes de mais nada, desejo confirmar se o quadro em questão existiu ou não — afirmou Kogito. — Ainda não pudemos ver o depósito do templo Fushiki...

Nesse instante, a esposa do monge entreabriu a porta do lado do corredor e, sem mostrar o rosto, anunciou ao marido que os preparativos haviam sido concluídos.

Rose e Ayo decidiram ir até o distrito de Maki providenciar filmes coloridos e um tripé para tirar fotos quando o rolo da pintura fosse encontrado, deixando Kogito, sozinho, a cargo da investigação.

Constava na maioria das caixas de madeira com rolos de caligrafias e pinturas arrumadas no armário alto uma indicação do seu conteúdo. Graças a isso, foi pouco o tempo gasto, inclusive quando era preciso desenrolar algumas pinturas na investigação, embora toda a empreitada tenha resultado infrutífera. Depois disso, Kogito percorreu com os olhos e notou na parte de cima do armário uma prateleira formando um espaço amplo com o teto, onde estava enfiada uma quantidade razoável de caixas de madeira. Ele decidiu continuar a procura nessas caixas.

Depois de ponderar várias opções, trouxe uma escada que estava encostada na entrada do depósito e, definindo um ponto de apoio na parte superior do armário, subiu por ela movendo o corpo com todo o cuidado enquanto sentia uma emoção se agitar gradualmente dentro de si. Ao se sentar sobre a prateleira, deixou cair ambos os pés no espaço, contorceu o corpo e verificou do alto as caixas de madeira enfileiradas ao fundo. Havia espaço para empilhar as que iam sendo verificadas. No entanto, naquela postura era bastante difícil lidar com as caixas longas e pesadas. Ademais, o abajur, com a cúpula coberta de um pó preto, posicionado bem próximo aos seus joelhos, emitia apenas uma luz débil para cima.

Apesar disso, depois de confirmar que nem todas as caixas empilhadas continham o que procurava, Kogito percebeu uma outra, comprida e estreita, encostada em uma profunda divisória de madeira compensada. Essa caixa parecia ser tratada de forma especial.

Com ambos os cotovelos e as calças empoeiradas, Kogito projetou o corpo o máximo que conseguiu, estendendo a mão para a base da caixa posta de pé na diagonal. Ao toque de seus dedos, ela tombou deslizando ao longo da madeira compensada até o canto mais distante. Isso fez as caixas de madeira contendo vasos e jarros de plantas caírem lentamente em sucessão.

Veio-lhe à mente um trecho de *Dom Quixote* que estava lendo por sugestão de Rose na nova tradução da editora Iwanami Bunko. "*Não fujais, covardes e vis criaturas, que apenas um cavaleiro vos ataca.*"[1] Kogito decidiu avançar mais para o fundo.

Foi nesse momento. A parte plana sobre a qual ele estava se inclinou com ímpeto para a frente, e ele se viu deslizando de cabeça na direção da fenda que se abriu na borda da divisória.

Uaaaa! Kogito soltou um berro (provavelmente a esposa do monge testemunharia aos jornalistas do jornal local que o mestre Choko soltara um grito lancinante, o que reforçaria a *orientação* da notícia).

---

1. Miguel de Cervantes, *Dom Quixote*. Trad. Ernani Ssó. São Paulo: Companhia das Letras/Penguin Classics, 2012 [assim como em todas as demais citações na tradução de passagens de *Dom Quixote*].

Em pânico, seu corpo tombava cada vez mais para a frente com constância e, quando a divisória de madeira compensada se rompeu, ele foi lançado, juntamente com a tábua sobre a qual estava, para um espaço luminoso. Num átimo, Kogito viu diante dos olhos várias prateleiras repletas de vasos de porcelana branca cobertos por sombras cinza-azuladas. No instante seguinte, a tábua que sustentava seu corpo desapareceu. Ele foi arremessado no espaço, deu um meio giro chutando alguns vasos na prateleira em frente e caindo de cabeça. Tudo em meio ao barulho de vasos despencando e se fragmentando a cada prateleira arrancada pelo brandir de seus braços.

O tronco se acalmou depois do ombro e a lateral da cabeça baterem no chão, mas o tornozelo esquerdo estava preso no suporte da prateleira, e todo o corpo pendurado de ponta-cabeça. Uma areia branca misturada a fragmentos de ossos caía abundantemente dos vasos quebrados impedindo-o de manter os olhos abertos.

Kogito compreendeu que havia mergulhado para dentro do ossuário e o destruído, mas, de ponta-cabeça e olhos fechados, era incapaz de se mover. Durante esse tempo, não apenas as cinzas contidas, como também as próprias urnas, caíram lançando em sucessão ao ar fragmentos para todo lado, enquanto Kogito apenas protegia a cabeça com o braço livre.

Nesse beco sem saída, restava-lhe na mente a pós-imagem negativa, antes de seus olhos fecharem, dos fragmentos cinzentos e até âmbares *pontilhando* o branco. Os ossos de vários mortos desconhecidos misturados espalhados por todo canto… *Se existem* espíritos, *os donos dos vários ossos amalgamados devem estar enfurecidos. Seja como for, é provável que haverá, não apenas quando estiver desperto, manhãs em que acordarei totalmente aterrorizado e gritando por ter sonhado com os espíritos contra-atacando. Nos sonhos, talvez seja obrigado a enfrentar sozinho monstros formando legiões com seus esqueletos feitos de mosaicos dos ossos de várias pessoas, do branco ao âmbar...* Foi o que ele pensou.

Pouco depois, o ponto de contato entre o tornozelo esquerdo e a prateleira torcida sobre a qual repousava quase todo o seu peso, cedeu com estrépito. A perna esquerda, que ele acreditava haver ficado livre, se infiltrou entre outra prateleira e um pilar, junto com parte dos membros inferiores que haviam efetuado um giro. Quando a parte de trás de sua cabeça e a parte superior das costas foram atingidas pela quina da tábua saliente — ouviu o ruído do osso do tornozelo se quebrando, som e dor que lhe eram familiares —, Kogito paralisou.

O tempo passava sem que ele nada pudesse fazer. E, com a cabeça sobre o chão coberto de fragmentos de vasos, ossos e um pó semelhante a uma areia branca, Kogito suportava o peso do corpo invertido enquanto uma água enegrecida subia a *borda* próxima dos seus olhos quando ele finalmente pôde abri-los. Nela, *algo* de uma tonalidade marcadamente azeviche, grande e atarracado, avançava se contorcendo. Juntamente com seu forte cheiro. Kogito não conseguiu conter o grito.

Um tempo depois, o mestre Choko voltou a soltar berros, desta vez muito prolongados, a esposa do monge que os ouviu certamente assim contaria aos jornalistas.

A trajetória da água negra e do monstro cor de azeviche desviou para o lado, mas Kogito, em meio ao pânico, continuava esperando por socorro. Sandálias com sola de madeira se aproximaram pelo corredor de chão acimentado atrás do templo e estacaram. Alguém espiou pela janela de vidro polido do ossuário enquanto se ouvia o ruído das solas se *retorcendo*. A garganta de

Kogito, exaurida pelos berros, era incapaz de emitir qualquer som. O ruído dos passos de sandálias se afastou.

Após um breve silêncio, finalmente a porta do ossuário ligada à parte de trás do templo se abriu e uma lâmpada de seus quarenta watts foi acesa. Kogito ouviu a voz da esposa do monge, como sempre sem poder vislumbrar sua silhueta.

— Há pouco também foi assim, mas imaginei se estaria de ponta-cabeça.

A voz do monge se sobrepôs à dela como para cortar sua tranquila ressonância.

— Que bagunça está esse chão! Posso dobrar uma lona e empurrá-la para que caminhe sobre ela e não machuque os pés. O que acha?

Em seguida, soou a voz do sacerdote com quem, naquela manhã, ele conversara ao telefone.

— Ele está de olhos abertos nos encarando, sinal de que está consciente! Seja como for, é preciso carregá-lo para fora dali.

"Senhora, chame uma ambulância, por favor. Coloque como requerentes eu e seu marido. Deve ser melhor levá-lo ao hospital de Makihonmachi. Afinal, ele é uma pessoa de escala diferente de seres humanos comuns como nós."

Assim que se fez ouvir o som da lona dobrada sendo estendida entre as prateleiras de vasos enfileirados, Kogito sentiu algo pegajoso desde as orelhas até a pele do queixo. Essa *coisa* se mexia como se saltitasse, achegando-se diversas vezes, deixando uma sensação de dureza. Pelo cheiro, Kogito entendeu que aquela *coisa* preta e molhada hesitava se deveria fugir. Sua consciência derreteu na escuridão como se tivesse sido devorada por aquela *coisa* preta.

3

A *coisa* preta que tanto intimidara Kogito era uma salamandra capturada no rio Maki pelo primogênito do templo e por ele criada. Também ficou evidente que foi preciso algum tempo até que a esposa do monge checasse o ossuário depois de haver superado o pavor causado pelos berros de Kogito e mais outro tanto até que ela procurasse o marido e voltasse em sua companhia. No entanto, a providência de chamar uma ambulância e de contatar Rose em seguida foi habilmente executada pelo sacerdote que viera acompanhado do monge, que não esperara pelo término da investigação no depósito e fora até o santuário Mishima, o que deixou Kogito encafifado. Tendo recebido telefonema do sacerdote, Rose chegou ao hospital concomitantemente à ambulância e, apesar de expressar sua gratidão, manifestava sua desconfiança — explicada ao vinculá-la à interpretação do ser humano a que fora conduzida pelo *Dom Quixote* que não abandonava um instante sequer — de que o sacerdote e o monge teriam, naquele dia, esperado no escritório do santuário Mishima por haverem tramado alguma conspiração conjunta.

Semelhante ceticismo de Rose também fora provocado pelo fato de os jornais locais na manhã seguinte terem noticiado em pormenores até mesmo o resultado do diagnóstico emitido pelo hospital no qual Kogito fora internado. Na edição matutina, havia, inclusive, uma foto de aspecto geriátrico mostrando um semblante bastante descontente à sombra de sua perna esquerda pendendo bem alto de um pilar de duralumínio. Depois de receber algum tratamento, Kogito foi levado para um quarto individual no andar térreo quando, ao contemplar através da janela uma plantação de kiwis se estendendo bem próximo, algo aconteceu. Um homem de meia-idade, em atitude suspeita, despontou das cercas finas atrás das quais gavinhas jovens de frutas se alastravam para o alto. E, de súbito, retirou uma câmera e disparou o flash na direção de Kogito. O gesto de protesto tardio de Kogito só serviu para lhe causar dor, tanto no tornozelo problemático quanto no flanco do corpo. O homem teve tempo para tirar outra foto do ferido e, deixando um movimento ambíguo de uma das mãos, se afastou caminhando pelo corredor formado com o prédio da ala adjacente.

O artigo intitulado "Escritor local ganhador de prêmio literário internacional em total descontrole" mencionava que Kogito Choko, tendo se atirado sobre prateleiras do ossuário e destruído inúmeras urnas mortuárias deixando a área coberta de ossos, acabara gravemente ferido. Nas declarações da esposa do monge tomadas no local, havia uma vivacidade e um estranho humor do qual ela própria ou o jornalista reconheceram.

Constava o comentário *incisivo* de um pesquisador residente em Matsuyama de quem Kogito havia anos sentia náuseas só de ouvir o nome. Acima de tudo, Asa temia que ele pudesse ter efeito na vida que Kogito deveria continuar a levar no vale.

Por decisão do monge, no ossuário são mantidas as cinzas não reclamadas dos criminosos de guerra de classes BC[1] naturais da província. O ato do senhor Choko, o qual muitos devem questionar, pode ser entendido como típico de alguém que critica o santuário Yasukuni por abrigar as cinzas e honrar em conjunto criminosos de guerra de classe A. Como um colega seu do colegial,

---

1. Classificação dos crimes: classe A (crimes contra a paz), classe B (crimes de guerra) e classe C (crimes contra a humanidade).

compreendo seu sentimento, mas me preocupa o seu comportamento inconsequente.

— Desde que começou a trabalhar, Kogito vem sofrendo ataques com artigos de página inteira nesse jornal — explicou Asa a Rose. — Na forma de entrevista com uma escritora natural da província que debutou no mundo literário pouco antes do meu irmão. Ouvi dizer que o jornalista encarregado na sucursal de Tóquio enviou um cartão-postal em que avisava que tinha mandado o artigo para a casa-matriz embora não acreditasse que eles fossem publicar algo tão sórdido... Nossa família avaliou que aquele incidente tornou Kogito um pouco mais judicioso, mas o tal homem desde então não suportou mais a não cooperação dele.

Pelo menos até aquele momento, é provável que, para Rose, as empresas jornalísticas locais do Japão não fossem nem um pouco realistas. Ela não demonstrou particular interesse no que Asa contara. Em vez disso, enquanto cuidava de Kogito com devoção, Rose falou a ele, com ardor, sobre a flagrante sombra de *Dom Quixote* no acontecimento recente!

O motivo foi Kogito ter falado a ela sobre a passagem que lhe veio à mente quando, subindo ao topo do depósito, estava prestes a embarcar numa aventura cujo desenrolar foi inesperado para ele. Agora, com o corpo engessado, ele falou num tom autodepreciativo, mas Rose logo intuiu como sendo palavras antecedendo a famosa "aventura maravilhosa nunca imaginada dos moinhos de vento".

Rose expressou sua opinião. Apesar de não estarem presentes na investigação do depósito, o monge e o sacerdote cuidaram diligentemente de Kogito ao verem-no em terríveis apuros, tendo mudado sua atitude da água para o vinho. Eles equivaleriam ao padre e ao barbeiro em *Dom Quixote*. Além disso, ela manifestou a seguinte perspectiva otimista.

— Apesar de dom Quixote amargar aquelas quedas terríveis do cavalo e levar surras homéricas, não eram ferimentos dos quais não pudesse se recobrar. Salvo quando, por fim, acabou acamado. Acredito que você também tenha recebido graças assim como dom Quixote.

4

Sem dúvida, Makihiko, do santuário Mishima, e Matsuo, do templo Fushiki — nomes que se tornaram familiares a Kogito e Rose só depois de Kogito começar sua vida hospitalar —, trabalharam bem sob vários aspectos.

Bastou o nome do hospital de Makihonmachi ser veiculado no artigo do jornal local para periódicos e emissoras de TV de todo o país com sucursal em Matsuyama aparecerem para fazer reportagens juntamente com curiosos em pretensas visitas ao enfermo. Foram eles dois que instalaram uma mesinha ao lado da entrada do hospital, criando condições para lidar com essas pessoas cuja presença eles, sem exceção, rejeitavam. Homens da sociedade local, à sua maneira influentes, colegas de classe durante um único ano na escola colegial de Maki e outros da época de sua posterior transferência para a escola colegial de Matsuyama Leste, já aposentados e com *tempo livre*, ao saberem que não poderiam encontrar Kogito, se mostravam todos indignados. A presença do monge Matsuo, um homem que havia passado por fases difíceis, foi imprescindível para lidar com a situação. Makihiko, um arguto debatedor de seus trinta e poucos anos, recepcionou cada grupo — separadamente os que eram contra e os que eram a favor — enaltecendo a questão de se abrigar as cinzas e honrar em conjunto criminosos de guerra de classes BC.

No dia em que o transferiram para a Cruz Vermelha de Matsuyama para uma tomografia computadorizada do cérebro, Kogito, pela primeira vez, pôde conversar com tranquilidade com Matsuo e Makihiko. Na percepção de Rose, os dois equivaleriam ao padre e ao barbeiro de *Dom Quixote*, mas, seja como for, deixando de lado a questão de qual deles seria qual, nesse dia pela manhã Matsuo deu um jeito na barba e no cabelo de Kogito, que haviam crescido desde o dia do incidente. Um novo interesse pelos dois surgiu em Rose, que ouvia a conversa dos três sem interferir, sempre com seu caderno aberto sobre os joelhos.

Em relação à tomografia, que era o assunto iminente, Makihiko — com o semblante sisudo, diferentemente do jeito sorridente dos japoneses ao falar em qualquer situação, algo apontado por Rose que estava atrás dele — perguntou:

— O que você fará, Kogito, se a tomografia acusar alguma anormalidade cerebral? Obviamente, ignoro qual seria o nível de anomalia apontado no exame! Mesmo assim, se o médico diagnosticar que seu cérebro já não funciona como antes...

— Isso significa que eu, ouvindo você agora, possuo algo diferente do cérebro saudável de antes, não? Não sinto contradição em que meu cérebro atual seja eu.

— Antes de se suicidar, o crítico Uto registrou em seu testamento que, comparado ao estado anterior ao infarto cerebral que tinha sofrido, ele se tornou alguém diferente no que se refere a atividades relacionadas à fala. Naquela época, você o criticou por considerar um insulto às pessoas em tratamento fisioterápico após um infarto cerebral ele ter escrito algo do gênero ciente de que seu testamento acabaria sendo veiculado na mídia. E isso foi refutado categoricamente por um velho escritor com notáveis serviços na área cultural, que argumentou que de nada valeria um romancista afirmar coisas tão *pomposas*. Muitos editores e jornalistas devem ter aplaudido. A razão pela qual não provocou muito furor naquele momento não teria sido o efeito do prêmio que você havia recebido?

"'Mesmo sendo detectada alguma anormalidade na tomografia, continuarei a escrever como fiz até agora.' Se você afirmar isso, eles talvez aleguem falta de autocrítica de uma pessoa com deficiência e que de fato houve *clareza* da parte de Uto, não?"

— Mesmo que na tomografia apareça no centro do cérebro uma mancha branca no *formato* de um morcego e ela aponte objetivamente que o meu eu atual é diferente do meu eu saudável de outrora, continuarei vivendo. Se puder escrever, escreverei. Como lidar com isso é trabalho da mídia, não?

— Mas por que você acha que, mesmo sendo objetivamente comprovado que seu cérebro não é saudável, você continuará vivendo e tentando escrever?

— Isso porque o cérebro atual sou eu. Apesar de ele ter sido saudável em outros tempos — na hipótese de agora não ser mais esse o caso! —, houve momentos em que procurei pôr um ponto-final na minha vida. Da mesma forma, talvez seja possível tentar parar de viver mesmo com o cérebro atual.

Makihiko inclinou a testa alta de veias salientes e permaneceu pensativo. Foi quando Matsuo apresentou sua opinião pessoal pela primeira vez.

— Apenas torço para que a tomografia não mostre nenhuma anormalidade em você. Mesmo assim, no caso de ser constatada alguma anomalia, não haveria duas possibilidades? A primeira: ela ter sido provocada pela espalhafatosa queda sofrida no ossuário. E a segunda: ela já ter surgido devido ao uso desmoderado do cérebro durante longos anos.

"Qualquer que seja o caso, desejo que você se recupere gradualmente. Quer dizer, concordo com sua diretriz de viver a qualquer custo. É preciso pensar em Akari! Provavelmente continuar a escrever é uma outra questão."

Foi a vez de Kogito sentir o sangue lhe subir à cabeça. Rose não tirava os olhos de Matsuo. Ele, que talvez estivesse simplesmente se deixando levar quando se imaginava que mostraria ideias mais complexas e descuidadas, tinha ciência do olhar de Rose ao mudar o timbre de voz para que ela ouvisse.

— Por via das dúvidas, procurei saber sobre a pintura que você não conseguiu pegar quando, dia desses, arriscou a vida subindo até o topo do armário e descobri que meu predecessor a recebeu de alguém com quem se relacionou no templo Eihei. Nela, consta uma frase de duas linhas; em cima, um □ e um ○[2], embaixo, *letra quadrada e som redondo*. Você se lembra? Depois do falecimento do seu pai, meu predecessor visitou sua casa para o serviço religioso e orou para sua mãe. Nesse momento, quando escreveu o rolo de caligrafia, certamente apenas tinha ouvido as frases... Ele falou com base no *Registro amplo dos aforismos do monge Dogen*. Ainda criança, você ouvia ao lado, admirado com o que ele poderia estar escrevendo, não?

---

2. No budismo zen, o quadrado representa terra, e o círculo, água.

— Quando escrita em ideogramas, a palavra "nirvana" se torna angular, mas, quando pronunciada no som original, em sânscrito, ela se arredonda. Mesmo criança, eu me questionava se seria realmente assim!

— Parecem ter sido as palavras proferidas pelo monge Dogen quando celebrava no templo o serviço religioso pela morte de Buda. No meu templo, essa caligrafia também é pendurada no dia de celebração de Sua morte. O fato de você tatear essa caligrafia não estaria inconscientemente ligado à sua mãe? Você teve inúmeros conflitos com ela, mas, segundo Asa, sua mãe era quem mais se preocupava com você neste mundo! Ela também se tornou um Buda entoando o nirvana com seu dialeto de sons arredondados. Essa inconsciência de procurar confirmar isso o fez ficar tão imprudente, ou estou enganado?

"Talvez eu exagere nas minhas conclusões, mas você escreveu *A matriarca e o trapaceiro: as maravilhas da floresta*, não? Para ser sincero, há uma afeição maior pelo trapaceiro que age na surdina do que pela poderosa matriarca. Nesta região, Meisuke seria o epítome do trapaceiro! Em outras palavras, fingindo procurar um quadro provavelmente inexistente que descreve Meisuke, você não estaria, ainda que inconscientemente, desejando se reconciliar com sua mãe, a verdadeira matriarca, razão de ter agido daquela forma irrazoável?

"Kogito, eu te peço que faça uma doação significativa, pois pretendo aproveitar essa oportunidade para reformar o ossuário! Mais do que tudo, representará um serviço memorial para sua mãe!"

Enquanto acompanhava Kogito na ambulância em direção a Matsuyama, Rose retificou sua opinião e a expressou da seguinte forma:

— O monge desempenha o papel do padre, mas esta manhã ele realizou o trabalho do barbeiro, não? Ele, sozinho, atuou ao mesmo tempo em ambos os papéis! O sacerdote é o bacharel Sansão Carrasco. Ele o ataca por haver algo nas suas ideias, Kogito, das quais ele discorda, mas acredito que, no fim das contas, ele também procura trabalhar a seu favor.

Pelo que foi informado a Kogito, a tomografia apresentou resultado normal. No entanto, ele parecia ciente de que algo mudara dentro dele em virtude da idade avançada.

Capítulo 5
Os sofrimentos da "pessoa comum"

1

Ao voltar para casa após a alta hospitalar, o escritório conjugado com dormitório de Kogito fora remodelado. Ayo havia executado o trabalho antes de sair para pegar a bagagem de mão do hospital, sem cruzar com Kogito. A posição da cama fora invertida de forma a acomodar uma mesinha do lado oposto da janela para que Kogito repousasse sobre ela a perna engessada. Ao deitar a cabeça na posição onde antes ficavam os pés, teve uma nova visão da linha da montanha ao lado sul para além do vale. Assemelhava-se a um traço esboçado a lápis de ponta macia em um papel grosso de desenho, ao longo do qual se conectava de leste a oeste uma floresta natural de árvores latifoliadas. O céu se estendia como no plano azul impresso de uma xilogravura.

Havia listras verde-claro e escuro até nos arbustos das roliças árvores perenes; olhando para elas, Kogito foi, de alguma forma, seduzido por vagas lembranças. Abaixo, cedros e ciprestes se estendiam em uma superfície plana na qual a grama verde grassava nos restos das árvores derrubadas, e, ainda mais abaixo, destacava-se um denso bosque de altas magnólias de flores brancas, não replantadas, em uma encosta íngreme projetando-se em direção ao vale.

Em terreno baixo, um dos aglomerados remanescentes de esparsas árvores perenes estava retorcido. Como o mesmo ocorria em outros grupos afastados, podia-se sentir que o vento os atravessava parcialmente. A série de matizes de verde nos cumes das montanhas permanecia silenciosa.

... Embora a campainha estivesse funcionando, uma voz chamando diretamente do lado de fora da porta fechada se fez ouvir. O ruído do chuveiro que se escutava havia um tempo cessou, reverberando os passos de Rose ao sair dele.

O visitante era um rapaz que tinha um estranho jeito de falar, com sílabas distintamente pronunciadas e servindo-se de rodeios em sua explicação. Ao ouvir repetidas vezes seus esclarecimentos, aos poucos foi ficando evidente o que pretendia. Embora sua equipe não tivesse agendado nada, era óbvio que ele e seu pessoal vieram expressamente de Matsuyama determinados a se encontrar com Kogito Choko. Seu pedido de uma entrevista por carta fora recusado, mas, ao tomarem conhecimento no hospital sobre a alta naquele dia, vieram solicitá-la de novo, agora diretamente.

Rose recusava esse tipo de solicitação por não ter havido agendamento prévio e também pelo fato de Kogito estar enfermo, o que tornaria impossível um encontro com jornalistas. No entanto, o rapaz permaneceu impassível e começou a explicar uma vez mais. Até então, Rose atendeu o rapaz sem sair, mantendo a porta apenas entreaberta, mas, cansada da reação *letárgica* do interlocutor, procurou mudar de postura. Ela decidiu mostrar-se por inteiro diante deles.

— Como vocês podem ver... Eu estava tomando uma ducha, peço desculpas.

— Não se preocupe! Não se sinta mal por isso! — replicou o rapaz com um jeito apropriadamente juvenil na voz.

— Apenas saí para esclarecer as coisas, está bem? Como encarregada de cuidar da correspondência, faxes e telefonemas de Kogito, estou a par da situação. Ele recusou a entrevista, não foi?

— Sim. Mas isso foi antes dos seus ferimentos. Viemos porque a situação mudou e gostaríamos de te pedir diretamente.

— Mudou como? Se ele se feriu, entrevistá-lo se tornou ainda mais difícil.

— Com certeza — admitiu o interlocutor.

Após um momento de silêncio, Rose parecia não conseguir mais se manter calada.

— Seu jornal zombou dos ferimentos de Kogito escrevendo um artigo cômico.

— Aquilo foi redigido pelo pessoal do departamento de notícias sociais — respondeu um homem de meia-idade no lugar do rapaz. — Nós somos do departamento cultural, e este ano estamos realizando um projeto especial chamado "Redescobrindo Shiki Masaoka". Você deve conhecer o poeta haicaísta.

"No passado, o senhor Choko implicou conosco por algo banal, e ainda assim nunca adotamos uma postura crítica em relação a ele! Mas existe um plano para o centenário da morte de Shiki, e fizemos uma proposta educada para tentar manter uma alta perspectiva mútua. Não é nada agradável ter nossa entrevista recusada! Mesmo assim, viemos expressamente de Matsuyama como forma de fazê-lo reconsiderar.

"Se ele estiver acamado em virtude dos ferimentos, também não poderá se dar ao trabalho de escrever, correto? Pensamos se ele não poderia ter uma breve conversa conosco. O que acha?"

— Será? Sou americana e ignoro a complexidade da língua japonesa e as práticas jornalísticas do Japão. Mesmo assim, não é como se, por exemplo, tivessem descoberto um texto novo de Shiki, correto? Kogito decerto consideraria inútil repetir o que já escreveu sobre Shiki. Encontrar-se com ele dessa forma não levaria a nada!

Agora foi a vez de o homem de meia-idade também permanecer calado. Como o silêncio perdurasse, a voz de Rose, com a paciência esgotada, ecoou com nitidez.

— Mesmo tendo declinado duas vezes, vocês aparecem do nada forçando uma entrevista com Kogito, que está ferido. Apesar de não ter obrigação, eu os atendi com paciência. Ainda assim, repetem o mesmo pedido e, já não tendo mais nada para dizer, espiam todo o meu corpo sorridentes e não fazem menção de ir embora. Por quê? Vou acusá-los de assédio sexual!

— ... Assédio sexual? Você já está na *melhor* idade, não? Por que iríamos fazer algo assim com você? De que forma isso é assédio sexual?

— Vocês estão aqui há um tempão crivando de perguntas uma mulher que interrompeu sua ducha e saiu enrolada numa toalha. Olham com malícia para o corpo de uma mulher na *melhor* idade.

"Vocês não leram um episódio em *Dom Quixote* em que uma moça se veste de homem para lutar pela sua honra? Será que só vão acreditar quando uma mulher americana pegar numa pistola para se proteger de jornalistas bárbaros de uma região bárbara de um país bárbaro?"

Na cama, Kogito aprumou a parte superior do corpo e procurou aos tatos pelas muletas, mas suas mãos, literalmente frementes de raiva, as deixaram cair. Nessa condição, com a perna engessada posta sobre a mesinha, ele era incapaz de esticar o braço até o chão. Enquanto se contorcia de dor, o som da porta de entrada sendo fechada com estrondo chegou aos seus ouvidos. Após um breve momento, ouviu o vozerio de pessoas dando a volta por fora da casa até a janela no lado oposto de sua cama.

— Choko está numa posição confortável. Está bem servido de uma linda morena totalmente nua para cuidar de seus ferimentos em plena luz do dia.

— Existe a teoria de que Shiki era virgem, não? — replicou uma voz jovem incapaz de conter sua indignação.

Bem ao lado de Kogito, enfurecido até as *entranhas*, Rose, com a mão pousada sobre a perna engessada, vestida com a toalha de banho e tendo lavado a maquiagem de seu rosto de nariz arrebitado e testa brilhante, com apenas os olhos vermelhos vivos, gritou:

— Que ódio! Meu conhecimento do idioma japonês foi insuficiente para dissuadir aqueles sujeitos!

E isso a fez se debulhar em lágrimas.

2

Akari retornou. Durante todo o tempo em que Kogito permaneceu internado, ele estivera sob os cuidados de Asa. De início, no entanto, ele não dirigia o olhar para o rosto ou para qualquer ponto na parte central do corpo do pai. Mesmo passado um tempo, ele se limitava a contemplar amiúde a perna envolvida pelo gesso projetada ao lado da cama. Depois, começou a dar tapinhas no gesso e, quando Kogito mostrou sinais de dor — doía de fato —, Akari finalmente sorriu e falou:

— Tem algo mais maravilhoso!

E, como mantivesse a boca fechada em meio a um sorriso discreto, Asa, que o trouxera, fez uma pergunta que ajudou a manter o clima:

— Akari, que coisa mais maravilhosa é essa? Comparada com o quê?

— Não há nada de mais maravilhoso, eu acho! — foi sua resposta.

— Tem toda razão, Akari! Ma-chan tirou férias da biblioteca da universidade, não foi? Ela manteve segredo porque queria surpreender o papai, mas não há nada mais maravilhoso, não? É o melhor!

— Eu acho!

— Sendo assim, vamos pedir de novo a Rose para recepcionar Ma-chan junto conosco.

— Vamos! O que Ma-chan vai comer aqui?

— É importante pensar o que uma jovem vai comer. O supermercado do distrito de Maki carece de opções, e a maioria dos alimentos é muito salgada — ponderava Rose com seriedade.

Três dias depois, à tarde, quando Maki chegou, sua voz foi ouvida em frente à porta agradecendo a Ayo por ter ido buscá-la no aeroporto. Sua chegada causou espanto tanto a Kogito, que lia um livro com a perna engessada projetada, quanto a Akari, que checava programas de rádio na revista *FM Fan* com as nádegas coladas ao chão no lado norte do quarto, envolvido pela penumbra de um verde-escuro e em cujos pés se viam calos rosáceos formados por se sentar sobre os calcanhares. Maki também fez uma saudação dolorosamente sincera, embora convencional, a Asa e Rose, que a esperavam na sala de jantar conjugada à sala de estar. O rosto enrubescido de Maki, tenso, mas, ao mesmo tempo, procurando a todo custo esboçar um sorriso — sobretudo por ser seu primeiro encontro com uma mulher estrangeira —, saltava aos olhos de Kogito. Mesmo depois, Maki custou a aparecer no escritório conjugado com dormitório do pai. Justamente devido à timidez, ela preparou a cena de sua aparição e procurou eliminar o motivo para Asa e Rose a acompanharem no momento em que, depois de muito tempo, pretendeu encontrar Akari.

Por fim, Maki terminou de conversar com as duas e veio não sem antes arrumar sua bagagem no quarto onde deitaria no futon estirado no chão ao lado da cama de Akari. Depois de abrir a porta corrediça revestida de lona até o teto, ela a fechou com firmeza atrás de si e, finalmente, voltou a Kogito um afogueado rosto redondo. Ela observou rapidamente a condição do gesso do pai, mas, segurando uma grande sacola de papel, sem fazer qualquer saudação em particular, sentou-se ao lado do irmão na mesma direção dele.

— Akari encontrou um erro tipográfico no guia de programação *FM Fan*? — perguntou ela com o sotaque de Kansai herdado da mãe, diferente da maneira de falar que o pai ouvira pouco antes.

Akari, sentado de lado com o rosto colado à revista posta sobre os joelhos, não respondeu e nem sequer se virou na direção da irmã. Mesmo assim, em meio à luz esverdeada, a cor da pele ao redor dos seus olhos se adensou, e os contornos das bochechas pareciam aos poucos se distender.

— Akari, trouxe para você o *Dicionário de música padrão* da editora Ongakunotomo! E também o volume *suplementar*...

Sabe por que eu não os enviei pelo correio? O atendente na agência de correios de Seijo atira no chão os pequenos pacotes recebidos para envio! Você não gostaria que as bordas do livro ficassem amassadas, certo?

Quando Maki tirou da sacola de papel, que aparentemente carregara em separado das malas, dois livros grandes, um grosso e um fino, e os colocou no chão, Akari manteve o corpo reto voltado para a frente, retirou o livro do estojo e o abriu.

— Mas como eles são grandes e pesados, comprei também o *Dicionário de música de bolso*. Você agora está estudando teoria musical, não é?

O fato de Maki continuar falando sozinha ao se dirigir a Akari, embora sempre fizesse uma pausa e esperasse por uma resposta, se devia à mesma tensão que levava o irmão a custar a se pronunciar. Logo depois, Akari passou a folhear também o pequeno dicionário e, com ele em mãos, empurrou para diante dos joelhos da irmã a revista que, até pouco antes, não havia parado de ler.

— Mendelssohn estava escrito *Mendlessohn*! — declarou ele.

Ele respondeu à primeira pergunta feita pela irmã. Maki examinou com cuidado seus joelhos e os do irmão alinhados.

— Tem razão. Nesta revista, erros tipográficos são comuns.

— Escreveram Tarruga em vez de Tárrega. Às vezes, *confundem* com *Tarêga*, mas Tarruga?!

— Rá, rá, você tem razão. Eles nem sabem da pronúncia *Tarêga*, Akari!

Assim, o constrangimento entre os dois por não se encontrarem desde o final da primavera — nesse ínterim, por conversarem diariamente ao telefone, a maneira de se expressar de Akari se firmara — foi, aos poucos, se dissipando.

Além disso, conforme o tempo passava, eles começaram a brincar usando um presente mais trivial. Colavam adesivos de pessoas e de pequenos animais em um livro ilustrado do animê *Ojamaru* enquanto escolhiam aqueles correspondentes à cena da página. Calado, Akari estava concentrado, e Maki dava dicas num tom de voz habilidoso, não inconsistente com sua seriedade, mudando-o conforme a personagem do animê. O tom de voz era do criado do vagalume trabalhador.

— O trio de *endiabrabos* e a princesa Okame estão escondidos atrás da rocha? — ela procurava chamar a atenção de Akari, que tinha dificuldades de visão.

Kogito lia *Lições sobre Dom Quixote*, de Nabokov, que havia ganhado de presente de Rose, aparentemente usado no curso do ex-marido. O livro era impresso em fontes grandes e papel de alta qualidade. Com a capacidade de inglês de Kogito, ele precisava consultar um dicionário para refletir sobre o elaborado vocabulário e a sintaxe do texto. Era perfeito para tê-lo sobre o ventre ao passar o tempo deitado na cama feita sob encomenda.

Maki, como uma secretária experiente, aproveitou um momento em que Kogito, após erguer o rosto da página do livro, não consultava o dicionário ou escrevia algo nas fichas para lhe transmitir notícias da mãe.

— Genta (essa era a forma de colocar em ideogramas Günther, o nome alemão do bebê parido pela namorada de Goro, mais jovem do que ele, que estudou no curso de doutorado da Universidade Livre de Berlim, nascido sem parentesco com o tio) parece estar crescendo muito satisfatoriamente. Tomando conta dele, ela percebeu não haver diferenças fundamentais em cuidar de um bebê ou de vários, e acabou acolhendo também os dois filhos da amiga de Ura. Em Berlim, há muitas mulheres estudando e criando sozinhas suas crianças.

Pouco tempo depois, Kogito sentiu vontade de urinar. Durante o tempo de sua internação hospitalar, quem se incumbia dos cuidados do urinol era, durante o dia, a enfermeira, e à noite, Makihiko, que permanecia no hospital como acompanhante. Desde que retornara para a casa de Jujojiki, Kogito dependia de Rose, mas estava constrangido em falar a Maki para pedir à mulher americana que lhe trouxesse o urinol.

No entanto, Maki, ao lado de Kogito, sentiu que o pai estava aflito e, pressionada por algum motivo, levantou-se de súbito.

— Vou trazer o urinol, ele já foi lavado — declarou e desapareceu num movimento semelhante ao trote de um potro.

Até sofrer bullying de um professor com a mesma idade de Kogito quando estava na quarta e na quinta série da escola primária pública, Maki tinha uma personalidade alegre. Quando vivia na cabana nas montanhas em Kitakaruizawa, corria para todo lado conduzindo Akari, na época ainda com capacidade de se exercitar.

Enquanto descartava com diligência o conteúdo do urinol, Maki prosseguiu.

— Tia Asa comentou comigo que não considera de bom-tom você ser cuidado dessa forma por uma amiga com a qual não mantém uma relação física! Se bem que a relação da tia Asa com você, papai, tampouco é uma relação física, mas genética, e mesmo o meu trabalho...

Esse progresso na situação propiciou a Kogito a perspectiva de suportar seus apuros fisiológicos dos dias subsequentes, bem como o fez perceber que Asa fornecia à filha as informações necessárias, a serem relatadas a Berlim, sobre a forma de viver do pai no vale dentro da floresta.

Por outro lado, Rose não hesitou em expressar sua amabilidade para com Maki preparando um jantar especial todas as noites e até mesmo convidando Asa. Assim que anoitecia, Kogito ouvia as vozes de Rose, Asa e seu pessoal em animada interação na sala de jantar. Ele o fazia enquanto jantava sozinho na cama na qual fora acoplado um aparelho fazendo as vezes de mesa, do mesmo tipo instalado para o cônsul-geral. Lamentando esse estado de Kogito, Rose, por vezes, vinha até ao lado da cama para conversar um tempo com ele. E não se importava que a conversa deles, invariavelmente sobre Akari e Maki, fosse ouvida da sala de jantar.

— Em momentos em que Akari e a irmã estão juntos, sossegados no quarto deles, Akari se parece com Sancho Pança quando retorna após desistir de ser governador da ilha e reencontra seu burro de pelo cinza. E os olhos pensativos de Ma-chan também são idênticos aos da ilustração de Doré.

— Tudo bem se Akari se parece com Sancho choroso de alegria! Mas não é estranho comparar minha filha solteira com um jumento?

— Kogito, aquelas ilustrações são para mim obras-primas de Doré. Eu estava com ciúmes vendo sua felicidade e a de Akari sabendo da vinda de Ma-chan. Fico envergonhada comigo mesma por ter imaginado que não seria tão divertido.

"Pelo que vi, Ma-chan é uma pessoa simples. Apesar de haver entre as moças elegantes deste país e da Coreia as que usam até mesmo prêt-à-porter de Dior e Chanel, Ma-chan traja um terninho básico de gola redonda bastante comum. A propósito, acho isso muito chique.

"Não conheço Chikashi pessoalmente, mas, por ser irmã mais nova de Goro, Ma-chan deve ter herdado da mãe esse senso. Por isso é difícil imaginar que, com esse atributo, ela não tenha namorado. Penso ser ruim se a presença de Akari, conscientemente ou não, estiver influindo para que ela rejeite pretendentes."

Kogito comia costeletas de cordeiro assadas com especiarias ao estilo americano que Ayo expressamente fora comprar na loja de departamentos Mitsukoshi de Matsuyama. A salada também foi bem preparada e, nesse dia, ainda veio acompanhada de um bagel no estilo nova-iorquino. Depois de Rose voltar com boa disposição à sala de jantar convencida da impossibilidade de arrancar uma opinião satisfatória de Kogito, que continuava a comer calado, este relembrou as palavras deixadas por Chikashi antes de partir para Berlim.

"Enquanto Ma-chan estiver aqui, não há por que eu me preocupar com você e Akari. Mas não esqueça que, por mais confiável que seja, Ma-chan pode se tornar psicologicamente instável. Se até agora não falei muito sobre isso foi para não o preocupar...

"Conforme ela escreveu em sua redação de formatura na escola ginasial, ela é uma 'pessoa comum'. Deve ser realmente doloroso quando jovens que se consideram 'pessoas comuns' têm sofrimento psíquico. Todos me perguntam se vou para Berlim deixando Akari para trás para trabalhar em prol do bebê de outra pessoa. Mas, enquanto Ma-chan estiver aqui, estarei tranquila com relação a você e Akari. O que me preocupa é a própria Ma--chan. Isso porque não considero você e Akari 'pessoas comuns', seja num sentido bom ou não."

3

Dias após ter retornado para casa, quando começou a ser capaz de usar o banheiro de muletas, Kogito percebeu que o sofá de encosto alto usado para separar a sala de jantar da sala de estar fora colocado no lado oposto, bem em frente à porta de vidro que dá para o vale, formando um espaço independente, embora exíguo. O local de trabalho assim criado contava com telefone, aparelho de fax e arquivos postos sobre uma mesa baixa ali instalada. E durante sua estada, Maki costumava se sentar ali com a intenção de proporcionar mais tempo para Rose. Embora talvez Rose também tivesse testemunhado algumas cenas, quando a irmã se instalou na casa do vale, Akari voltou a levar uma vida tranquila ouvindo as transmissões no rádio FM ou se dedicando aos estudos de teoria musical em seu quarto.

Isso também só se tornou possível graças ao *Dicionário de música de bolso* trazido por Maki, contendo explicações compactas das teorias musicais e ilustrações claras de partituras. Akari assimilara as inter-relações melódicas de várias músicas familiares aos seus ouvidos. Na mesa do café da manhã, ele exibiu o exemplar como forma de demonstrar seu agradecimento à irmã por ter comprado um livro realmente necessário e, além disso, de fácil manuseio. Usando uma passagem de partitura extraída desse pequeno livro enquanto comia, explicou a conexão entre os tons de dó maior e ré menor ou mi menor relacionada à música que ouvia na FM.

— É isso! A partir daqui se torna fá menor, mas ele tem o mesmo tom do acorde dominante!

Dessa forma, a vida de Akari e Maki na casa de Jujojiki, assim como em Tóquio, apresentava aspectos daquilo que Rose, admirada, avaliara como "ideal, nem tanto ao mar nem tanto à terra" e que Chikashi denominava de "controle *irmã*-moto".[1]

Durante o tempo em que Rose desempenhava a função de assistente, o telefone basicamente permanecia com a secretária eletrônica ativada. Por uma hora a partir das cinco da tarde, ela checava as mensagens recebidas e, quando necessário, retornava o telefonema. Nesse horário, Maki ligava de Tóquio para conversar com Akari. Quando um telefonema inesperado entrava enquanto a secretária eletrônica estava desativada — todas as ligações eram de pessoas desconhecidas que descobriam de alguma maneira o número do telefone —, Rose afugentava o interlocutor falando num inglês rápido, próprio de quem foi criada em Manhattan.

No entanto, certo dia após a maior parte das tarefas administrativas ter sido delegada a Maki, esta parecia confusa ao telefone.

— Não, eu não sou Sakurako — deitado na cama, Kogito a ouviu corrigir inúmeras vezes.

Ele achou isso suspeito. No entanto, sem confirmar com Maki de quem seria a ligação, Kogito entrou na cozinha para pegar água mineral no refrigerador. Maki arrumava documentos no espaço do escritório. Acompanhada de Ayo, Rose saíra em um trabalho de campo, e o quarto de Akari estava silencioso — nessas horas, ele costumava ler partituras musicais para peças corais. Kogito retirou o jarro de água e a forma de gelo. Era inconveniente fazer isso de muletas, mas, frente ao sucesso

---

1. Em japonês irmã mais nova é *imoto*, que soa como *rimoto*, que é a pronúncia japonesa para o termo inglês *remote* em *remote control*, controle remoto.

obtido, sentiu vontade de fazer algo mais pela geladeira. Sempre que ia ao supermercado em Makihonmachi, Rose voltava com uma grande quantidade de alimentos congelados. Eles agora abarrotavam o congelador. Carne bovina e costeletas suínas envoltas em filme de PVC, postas de peixe, curry em recipiente de plástico, coxas de javali caçado pelo *ex*-diretor da escola ginasial, peixes de água doce também envoltos em filme de PVC separados em algumas unidades, tartaruga de casco mole desmembrada e outros, realmente em grande volume.

 Quando, de pé, Kogito acabou de tomar água, começou a colocar na pia de aço inox, em sequência, os produtos congelados. Depois que os *blocos* tivessem derretido, ele pretendia separá-los nas lixeiras e pedir a Ayo que as levasse de carro margeando o rio.

 Bem, sem querer se gabar com a filha de que teria feito um bom trabalho, Kogito passou direto pela sala de jantar conjugada com a sala de estar e, voltando para a cama, retomou a leitura de *Lições sobre Dom Quixote*. Depois de um tempo, escureceu do lado de fora, e Maki, na cozinha, falou algo com um tom de voz infantil.

 — Ah, o que eu faço? O que eu faço? Hoje é minha vez de preparar o jantar, mas não vai dar tempo! O que eu faço, o que eu faço?!

 Maki não cansava de repetir com uma voz débil e tensa. Pouco depois, ressoou o som de batidas em algo pesado, porém mais macio do que metal e pedra. *Tum, tum.* Batidas repetidas intervaladas.

 Kogito apenas ergueu metade do corpo mantendo o livro grande sobre o ventre e, por um tempo, apurou os ouvidos. Todavia, o barulho — incluindo a estranha impressão — continuou. Finalmente, pegando suas muletas, ele saiu da cama e se dirigiu à cozinha ainda ruidosa. Maki estava de costas, de frente para a grande quantidade de alimentos congelados enchendo a pia. Um enorme saco de plástico transparente jazia a seus pés e dava para ver em seu interior o bloco de carne vermelho-claro começando a descongelar. Kogito pensou como seria bom que o som fosse dos pacotes sendo jogados um a um dentro do saco posto no chão. Porém...

— O que eu faço? O que eu faço?!

Maki falava alto e, contorcendo o corpo, começou a bater com a testa contra o caixilho do guarda-louça. *Tum, tum.*

Maki era calma, à sua maneira, mas entrara em um pânico tal que a fazia se agitar assim tão brutalmente...

Por detrás, Kogito tentou abraçar o corpo esguio da filha, mas ela se virou e lutou para se desvencilhar dos braços do pai, continuando a bater a lateral da cabeça inclinada para trás. Em seu rosto pardacento de inesperada sensação carnuda, rugas preto-avermelhadas se talhavam em seu lábio inferior inchado e saliente.

— Não acreditou em mim... A pessoa da piscina pública do distrito de Maki me chamava de "Sakurako", "Sakurako..." e por mais que eu dissesse a ela que era um engano, não conseguia fazê-la acreditar... O jornalista vem cortar minhas orelhas... O manequim no sonho empunhava um estilete... O que eu faço? O que eu faço?!

Kogito sentiu que Akari devia estar no quarto dele apurando os ouvidos. Ele estaria assustado e assomado por pensamentos dolorosos. Se não bastasse, parece que Rose tinha voltado. No entanto, em momentos assim, ciente de que uma pessoa de fora da família não tem papel a desempenhar — talvez algo gravado no coração em meio à desafortunada vida de casada no Japão —, ela prendeu a respiração e se manteve quieta. Kogito abraçou Maki, que continuava a lutar, e a conduziu até o sofá da sala de estar sendo atingido no queixo inúmeras vezes pelo movimento convulsivo de sua cabeça. Sem interromper seu desabafo e obediente apenas a uma repulsa física supostamente incontrolável, Maki se sentou no sofá, pegou com a mão direita livre um peso de papel de vidro e começou a bater com força na cabeça com ele. Kogito procurava de alguma forma reaver o peso de papel, enquanto verificava os ferimentos na cabeça e no rosto da filha.

— Você não pode fazer coisas assim com o facão — falou Kogito.

— Não uso o facão, tenho medo — Maki deu uma resposta decente, mas logo recobrou o tom de voz anterior. — Não acreditou em mim... Perguntou se eu era "Sakurako"... E ainda se irritou, duvidando de mim. Se eu for à piscina, ele vai me afogar... Ele não acreditou em mim... Sou uma inútil. Não consigo sequer me lembrar o nome da pessoa que telefonou...

Quando Akari tomou coragem e saiu do quarto, ele tocou na mão de Maki estendida de forma estranha nas costas do sofá. No entanto, ele certamente ignorava o que se passava. Apenas agiu com gentileza.

— Apesar de o encarregado da piscina ter se identificado, eu não ouvi direito. Como Akari só consegue nadar dois metros, ele vai se afogar... O jornalista escondido no vestiário virá cortar minha orelha... O manequim no sonho empunhava um estilete... O que eu faço, o que eu faço?! É melhor eu sumir deste mundo... Porque eu sou uma inútil...

— De jeito algum, Ma-chan. Na verdade, Akari conta muito com você neste momento — falou Kogito, mas Maki fez ouvidos moucos.

Depois de um bom tempo, o rosto ainda sombrio da filha voltou a apresentar uma expressão razoavelmente humana. Os lábios também se franziram e retomaram uma cor suave. Kogito, de súbito, notou um charme lúbrico no rosto dela que estava no limite. Em meio a uma sensação de tensão que poderia fazê-lo cair em crise, ele desejava continuar falando com Maki enquanto a abraçava.

4

No dia em que Maki voltou para Tóquio, Asa a levou até o aeroporto de Matsuyama acompanhada de Akari. À tarde, Rose veio até Kogito, que lia um livro na cama do escritório conjugado com dormitório.

— Nesses últimos tempos, graças ao trabalho de Ma-chan, tive tempo livre e pude ler *A montanha da alma*, de Gao Xingjian, o ganhador de um prêmio no ano passado. Eu me espantei ao ver aparecer no livro pessoas como o "menino". Isso é taoismo. Existe influência do taoismo nas lendas do seu vilarejo?

— Fomos eu, você e Akari ao templo Koshin, do qual minha mãe e minha avó eram devotas, não é? Nele há o sincretismo de budismo e de xintoísmo, proveniente em sua origem do taoismo. O "menino" talvez também tenha emanado dessa *fonte*.

— Os "pequenos homens" descritos por Gao vivem como parasitas no fundo das gargantas dos homens. Eles se alimentam da membrana mucosa deles. Acho necessário inserir uma nota de rodapé na tradução sobre o que o seu "menino" estaria comendo na floresta. Mesmo usando como moradia um forte na montanha, contam que os "pequenos homens" esperam que seus hospedeiros durmam para irem relatar ao Senhor do Céu os vícios desses homens.

"Durante sua viagem pela região, o personagem de Gao vai ao encontro da médium obesa que diz que ele está rodeado pelos 'pequenos homens'. Quando eu tinha acabado de chegar a Tóquio, em uma mesa-redonda com você e alguns franceses, havia um conselheiro cultural, ávido leitor dos seus livros, lembra? Ele comentou que, nos seus romances, uma pessoa gorda servia de intermediária entre o lado de cá e o de lá. Talvez os médiuns orientais sejam em geral obesos... O personagem de Gao, que de início não levava a sério a mulher gorda, se espantou quando ela diz a ele que, *quando o desastre e a desgraça forem iminentes, você estará cercado pelos 'pequenos homens'*.[2]

Kogito imaginou que, ao comentar de forma inusitada sobre um livro que não era nem *Dom Quixote*, nem um de seus romances, Rose teria na realidade outra ideia — se assim fosse, devia ser algo relacionado a Maki — e procurava uma maneira de externá-la. Ele não tinha alternativa senão esperar, mas, como Asa e Akari, que foram levar Maki, acabavam de voltar, a conversa foi interrompida nesse ponto. No entanto, tanto Akari quanto Asa se mostravam invulgarmente abatidos, e ela logo se retirou.

Após os três jantarem com ar desanimado, Akari foi se deitar em seu quarto, e Rose, que retomara de Maki os cuidados

---

2. Gao Xingjian, *A montanha da alma*. Trad. Marcos de Castro. Rio de Janeiro: Objetiva, 2001.

dele e o fazia com enorme zelo, apareceu no escritório conjugado com o dormitório de Kogito.

— Com relação às "pequenas pessoas" no romance de Gao... — introduziu Rose, trazendo com ela o livro de bolso com a espessura da metade de um pão de forma.

Kogito continuava a pensar com melancolia em como nunca havia estado tão fisicamente próximo de alguém e sentido o *afeto* de suas palavras antiquadas como quando na ocasião da convulsão de Maki. Sem fechar as cortinas, ele contemplava a luminosidade tênue do próprio céu sem lua formando um fundo acinzentado por sobre a aparente barreira negra da floresta de cedros na outra margem.

— O protagonista do romance de Gao é um intelectual em uma situação difícil que não considera estranho que "pequenas pessoas" estejam grudadas nele. Apesar de ser esse tipo de pessoa, assim como eu devo ter dito hoje à tarde, ele não levou a médium a sério. Enfurecida, a mulher se tornou histérica e, sem se importar com dolorosas contorções do corpo, pensava o seguinte.

Ao acabar de dizê-lo, Rose leu uma página após colocar os óculos vermelhos de sempre:

— *Na verdade, o homem pertence a esta espécie de animais que, quando feridos, podem se tornar particularmente ferozes. O que o atemoriza é a sua própria loucura, e, enlouquecido, ele se tortura mortalmente, eis o que penso.*

"Não acredito que Ma-chan esteja louca. Mas por vezes nos resignamos em aceitar atos cruéis mesmo sendo surpreendidos por um laivo de insanidade. Permitimos ser *terrorized*. Sei disso por experiência própria! Eu te contei como era tratada pelo meu marido, não?

"Quando Ma-chan começou a fazer um barulho incomum na cozinha, apesar de eu estar com medo e tremendo em meu quarto, você, como sempre, continuou a ler seu livro na cama. Não pensou que algo anormal poderia estar acontecendo?"

A profunda exaustão de Kogito vinha desde o incidente no ossuário, e ele percebia que toda a sua pele, a começar pelas mãos avermelhadas, esquentava quando ele se conscientizava disso. Mesmo agora, sentia inchaço ao redor dos olhos ao ser encarado por Rose e não tinha palavras seguras para responder.

— Captei sinais de que algo incomum acontecia! Na introdução de seu livro sobre semiótica, Umberto Eco dá como exemplo um gerador de energia de uma barragem antes defeituoso que começa a operar iluminando as casas. Essa também é uma transmissão do poder dos símbolos... Dessa forma, sem palavras, foi como se parte da minha cabeça tivesse se iluminado diretamente.

— Mas você não se levantou para ver.

— Meus olhos continuaram a seguir as frases, e eventualmente eu falei comigo mesmo que isso era algo que eu precisava me esforçar para enfrentar!

— Apesar de ter captado os sinais desde o início, teve medo de decifrá-los. O fato de a luz ter acendido em casa é interpretado como o fim do corte de energia elétrica? Experimente pensar que o interruptor estava desligado. Mesmo a eletricidade chegando, nada acontece.

Kogito não teve escolha a não ser se calar. Rose o retinha em seus olhos de um claro azul-turquesa.

— Como romancista... assumindo que Ma-chan apenas se lamentava em voz miúda, você não imaginou o que poderia ocorrer em seguida?

— Seria possível afirmar que eu não construí uma imagem por meio de palavras?

A suavidade desapareceu dos olhos de Rose, e via-se que ela já não prestava atenção ao que Kogito falava. Ela passara para a fase de articular claramente o que seguia pensando.

— Sua filha é gentil, engraçada e observadora, não se destacando quando está com todos e apenas sorrindo discretamente... Foi difícil entender como ela pareceu ter sofrido sozinha até agora.

"Mas Ma-chan não permite que outras pessoas penetrem no seu coração. Eu não me opus a que ela voltasse para Tóquio. É certo que ela se recuperou o suficiente para isso.

"Para ser sincera, eu vejo psicopatia em você. Sua força de vontade a mantém sob controle. Ma-chan é diferente de você. Ela não sofre de psicopatia. Ela sofre porque é alguém que não pode extrapolar seus limites. É uma pessoa com tal *vulnerability*.

"Por ter sido criada como sua filha quando você já era famoso, teve vários aborrecimentos em sua vida escolar, e não é estranho que isso tenha se incorporado a ela, concorda? Pelo lado de Chikashi, ela tem também vínculo com Goro, que se suicidou. Não se podem menosprezar os laços sanguíneos. Por isso, Ma-chan deve ter sempre se recuperado por força própria.

"Não considero o surto de Ma-chan como loucura. Assim como não denomino loucura o que supostamente impulsionou dom Quixote a aventuras desastrosas...

"Naquela noite, eu vim buscar uma explicação sua quando Ma-chan dormiu após tomar o seu tranquilizante *para casos inesperados*. Ela bateu a cabeça no guarda-louça, se autoimolou com o pesado peso de papel, seu rosto se ensombreou como se se congestionasse e seus lábios incharam. Enquanto ouvia você insistindo nos fatos, tive pena por vocês dois.

"Quando Gao fala sobre *madness*, entendo isso como sendo uma 'pequena loucura'. Mesmo se for em referência à palavra em japonês, lembro-me do *m* minúsculo. Esse *m* levou Ma-chan a cometer terrorismo contra si mesma. Aquele *m*, uma loucura realmente assustadora, se tornou um *M* maiúsculo, e se ele conduzir Ma-chan, que não opõe resistência, à autodestruição, você, Kogito, nunca mais conseguirá se recuperar. E os dois corredores que levam Akari ao mundo real acabarão por se fechar juntos. Isso realmente não deveria acontecer!

Capítulo 6
Aquilo e gota

1

Passados alguns dias, Rose trouxe de novo à baila a conversa sobre o *m* minúsculo e o *M* maiúsculo. Quando se trata de expressar novamente determinado assunto de maneira assertiva, ela costuma vinculá-lo a *Dom Quixote*.

— Sancho Pança procura exortar dom Quixote em seu leito de morte. É desnecessário eu relembrar isso a você. Passei a me interessar por você após ler o resumo de sua palestra em Madri na qual você comenta a inversão entre sanidade e loucura no discurso de Sancho.

"Veja as palavras de Sancho na segunda metade do capítulo 74."

Kogito acompanhou na edição em brochura a passagem lida em voz alta por Rose.

— Ai, meu senhor, não morra! — respondeu Sancho, chorando. — Ouça meu conselho: viva muitos anos, porque a maior loucura que um homem pode fazer nesta vida é se deixar morrer assim sem mais nem menos, sem que ninguém o mate nem que outras mãos lhe deem cabo além das da melancolia...

— Lastimo que você não tenha podido ler para Goro essa passagem antes de ele morrer. Desde criança, você atuou como o bufão do rei Goro e, quando necessário, emprestou a ele sua sabedoria nessa capacidade. Você desempenhou por cinquenta anos o papel do Sancho de Goro! Por que então, nos importantes momentos finais, você silenciou?

"A lamentação de Sancho termina com *slain only by the hands of melancholy*.[1] *Slain* é o particípio do verbo *slay*, uma maneira antiquada de falar. O escritor devia estar debochando. Se fosse eu, optaria por traduzir seriamente como ele sendo morto pelas mãos da melancolia...

"Mas você não deseja aplicar essa passagem à morte de Goro, correto? Assim como aconteceu outro dia ao receber uma carta de um historiador americano de mesma idade te pedindo uma carta de recomendação e você se revoltou por ele ter tido a mesma doença de Goro, mas ter se recuperado, apesar da teoria segundo a qual a depressão constitui uma doença generalizada em pessoas no início da velhice. Você afirmou que foi diferente com Goro por ter morrido lúcido após amadurecer muito suas ideias... A começar pelo fato de ter legado à família o dinheiro reunido no escritório de Los Angeles...

"Mas, quando penso em Goro, sinto que *slain only by the hands of melancholy*. Melancolia também começa com *m*, mas não considero que seja em letra maiúscula. Se Ma-chan voltar a se sentir obcecada pelo doloroso *m*, o que você fará desta vez? Apenas se limitará a relembrar da teoria semiótica de Eco?

"Se você apenas se afligir, sem mover uma palha sequer por Ma-chan, isso equivalerá a *the greatest madness that a man can*

---

1. Em inglês no original: "Outras mãos lhe deem cabo além das da melancolia."

be guilty of!² Além disso, agora você também sofre de melancolia todas as manhãs, não? O *m* de *melancholy* não deve se converter no *M* de *madness*!

2

No princípio da meia-idade, Kogito escreveu sobre a importância do "a continuar", parafraseando a expressão contida em um romance de Shigeharu Nakano.³ Analisando bem agora, a morte de Goro é justamente para ele um "a continuar" até o momento de sua própria morte.

  Quando Chikashi lhe mostrou os rascunhos do plano de um filme deixados por Goro, Kogito redigiu uma longa anotação. Seu foco era o acontecimento vivenciado por ele, à época com dezesseis anos, e Goro, com dezessete, que ambos se referiam como *aquilo*.

  Em poucas palavras, o plano surgiu da ideia de Goro de tratar *aquilo* na concepção do filme. O próprio Kogito não podia deixar de considerar a morte de Goro como o sobrepeso pelo tempo de *aquilo* estar gravado em seu corpo e sua mente. Não seria algo que voltaria a afetá-lo em um futuro não muito distante?

---

2. Em inglês no original: "A maior loucura de que um homem pode ser culpado."
3. Referência a *Goshaku no sake* [Cinco taças de saquê], obra de 1947 de Shigeharu Nakano, que se encerra com a expressão "a continuar".

No roteiro com *storyboards* criado por Goro eram descritos dois tipos de passagens que corresponderiam ao núcleo *daquilo*. Chikashi indagou Kogito sobre qual dos roteiros Goro pretendia filmar.

— Uma vez que desenhou *storyboards* tão pormenorizados, ele devia estar pensando em filmar ambos — respondeu ele.

Apesar de Chikashi não o expressar em palavras, Kogito intuía sua insatisfação.

Num dos roteiros, constava:

Acontecimento ao final do período de ocupação. Peter, oficial do Exército americano com domínio do idioma japonês, foi atraído ao esconderijo de Daio, sobrevivente dos ultranacionalistas que planejavam se apossar de armamento da base do Exército americano, usando Goro, o lindo rapaz, como isca. Ele e Goro agora estão juntos nas águas termais. Ali, Peter é subitamente atacado pelos jovens discípulos de Daio. Ele é suspenso e carregado nu pela encosta gramada, e, por fim, atirado ao chão. O mesmo se repete inúmeras vezes.

Consta ainda no roteiro que

"*enquanto o jogo vivaz às raias da barbárie é repetido com violência cada vez mais intensa, ele corre para arbustos no sopé da encosta. Um instante depois, soa um grito como um clamor selvagem*". *O local do outro lado dos arbustos era onde, nesse dia, os jovens abateram um bezerro para seu banquete.*

No outro roteiro era descrito um desenrolar distinto, com Peter se banhando com os rapazes e as moças da aldeia designados para substituir Goro, e este, após dar cabo de sua tarefa, descia sozinho pelo córrego à noite.

Se Kogito tivesse declarado julgar que Goro filmaria o primeiro roteiro, Chikashi decerto identificaria o irmão como cúmplice no assassinato de Peter.

Em continuação à conversa de antes, Rose ainda afirmou:

— Sei pela experiência de alguém próximo a mim que o *m* de *melancholy* se converte com facilidade no *M* da *madness* do suicídio. Não pretendo classificá-lo como depressão de pessoas no início da velhice, mas você não se considera desvinculado dela, não é? Você próprio não deve alegar que suas mãos não estão sujas por não ter estado no local naquele momento? Você também viveu carregando a dor de um assassinato ter sido provocado por *aquilo*.

"Jamais salte do *m* de *melancholy* para o *M* de *madness*! Se Goro estivesse vivo, ele decerto teria afirmado isso ao Kogito de agora."

3

Na época em que Kogito falou com Rose sobre o suicídio de Goro, também abordou o assunto com Makihiko, do santuário Mishima. Kogito não percebeu naquele momento que isso não se tratava de mera coincidência.

O fato de ele não ter estabelecido uma ligação entre a referência a Goro para Rose e aquela para Makihiko foi por saber que este último, que logo após o incidente no templo Fushiki esteve continuamente com Kogito no hospital, desde cedo demonstrou interesse pelos filmes e pela vida de Goro no geral.

Apesar de no primeiro telefonema Kogito e Makihiko não terem expressado simpatia mútua e seu encontro posterior ter sido bizarro, tornaram-se amigos e costumavam conversar bastante. Desde quando ainda estava no hospital do distrito de Maki suportando dores, Kogito dependia de Makihiko para os cuidados com o urinol durante a noite. Sem poder tomar bebidas alcoólicas e também temeroso de se viciar nos hipnóticos prescritos pelo médico, as conversas de Makihiko eram providenciais para um Kogito que passava noites insone.

— Sabe, eu assisti a todos os filmes de Goro Hanawa, mas não acredito no que velhos colegas de escola dele dizem, como se *imbuídos de total conhecimento*, que o diretor morreu por se encontrar num impasse profissional — declarou Makihiko. — Alguém que produziu tantos filmes bem-sucedidos, mesmo numa crise criativa no seu trabalho por dois ou três anos, gera, ao contrário, expectativas positivas quanto à sua próxima obra. Pessoas muito talentosas, mesmo transtornadas por vivenciar um obstáculo, interiormente não têm um plano para superá-lo? Não tenho intenção com isso de lisonjeá-lo...

Mesmo Kogito, aos poucos, falava com ardor sobre a morte de Goro, transformado no assunto das altas horas das madrugadas passadas com Makihiko. Além disso, acontecia também de ele continuar a ponderar sozinho no dia seguinte sobre a réplica recebida de Makihiko acerca do tópico.

Por exemplo, Kogito falava da seguinte forma.

— Tenho uma lembrança inesquecível de quando eu e Goro, estudantes colegiais em Matsuyama, costumávamos, em nossas conversas, chamar certo acontecimento de *aquilo*.

"Por vezes, tenho a convicção de que *aquilo* e a morte de Goro estão diretamente ligados, outras vezes, não. Mas, seja como for, não haveria algo vinculado *àquilo* em Goro, sinais de uma certa melancolia senil — como eu sempre digo, discordo da opinião popular de que ele morreu de depressão — reproduzidos a ponto de fazê-lo sentir ódio em continuar vivendo? Às vezes é o que penso. Mas já não seria capaz de desvendar de que maneira."

Afirmando isso, Kogito pretendia encerrar a conversa e apurou os ouvidos para detectar algum sinal oculto como um zumbido no fundo do completo silêncio a envolver de madrugada o hospital localizado nos arrabaldes da bacia de Maki.

— Sobre o seu *aquilo*, Kogito, seja ele uma travessura sexual, seja algo que pudesse conduzir à perpetração de um crime, a *sombra* gravada em seus corações pelo acontecimento não seria compartilhada entre vocês dois?

"Por que o que advém da memória *daquilo* foi fatal para Goro, enquanto você, mesmo assim, conseguiu sobreviver? Chego mesmo a conjecturar que, pela personalidade dos dois, deveria ter ocorrido justamente o contrário…"

Nessa noite, Kogito seguiu ponderando sobre as provocações de Makihiko enquanto secretamente se revirava na cama — sem poder mover da mesa o pé engessado, era impossível se virar por completo — de forma a não perceberem que estava acordado.

Ele não previa obter uma resposta para seus pensamentos e, em seguida, poder dormir. Sabia por experiência própria que, naquele momento, sozinho em meio à escuridão, não obteria as respostas desejadas.

Sabia que pensar (à noite) com urgência e obstinação e (pela manhã) continuar pensando daquele jeito não poderia ser chamado de um ato sensato, sem falar da resposta que parecia ter se aproximado dele na noite anterior. No entanto, estava ciente de que (à noite) o pensamento voltaria.

Assim, enquanto convivia com tais elucubrações, os acúmulos da vida real involuntariamente o puxavam de volta, em algum momento, para o fundo da consciência, e essa era, a princípio, uma solução.

Outra solução provinha das diversas críticas recebidas após abordar o tal assunto em seus romances, como um "costume" baseado em sua profissão. No entanto, ambas as soluções demandavam tempo e não dirimiam as dúvidas. Com o passar dos anos, Kogito aprendeu isso por si mesmo.

4

Duas mensagens chegaram até Kogito, que retirara o gesso e substituíra as muletas por uma bengala. Embora por um lado cada uma delas tivesse relação com as dores no pé, por outro lado desviavam-se dos ferimentos sofridos no ossuário e se conectavam de forma distante com *aquilo*.

A primeira foi um recado de Chikashi — e *algo* que o acompanhou — transmitido por Maki, que telefonava regularmente para a mãe em Berlim. Falando de início nesse *algo*, tratava-se dos supositórios analgésicos remanescentes recebidos no Hospital Universitário Karolinska de Estocolmo cinco anos antes.

Cautelosa em tudo o que faz, Maki relatou à mãe ter passado as férias em Shikoku e que o pé esquerdo do pai voltara a apresentar problemas, aparentemente evitando elucidar sua causa direta. Chikashi depreendeu tratar-se de gota, que havia tempos não se manifestara, julgando ter sido causada por negligência do marido que ela deixara para trás ao ir para a Alemanha. Segura de que ainda restava o analgésico recebido no Hospital Universitário Karolinska, ela orientou Maki a procurar pelo remédio e o ministrar ao pai.

Kogito tinha sentimentos contraditórios ao pousar sobre a palma da mão a cápsula no formato de uma bala de revólver com o revestimento cor de chumbo reluzindo prateado. O atendente enviado pelo Ministério das Relações Exteriores sueco, um rapaz simpático que, na Marinha, tivera o rei como colega, se enfureceu com os secretários e conselheiros da Embaixada japonesa que o contataram nessa ocasião. Por esse motivo, quando, após a cerimônia de recebimento do prêmio, Kogito visitou a casa onde nasceu a autora de *A maravilhosa viagem de Nils Holgersson*, remediou a situação recusando-se a ser acompanhado pelo pessoal da Embaixada. Posteriormente, alguém da representação diplomática escreveu um artigo no boletim da organização para residentes japoneses reclamando dos afazeres inesperados que recaíram sobre eles por causa do recebimento do prêmio pelo escritor japonês, de forma que a decisão de Kogito, embora tardia, se mostrara acertada. O diplomata sueco, positivamente nervoso, não foi embora até que o remédio ministrado a Kogito, deitado na cama, fizesse efeito. No passado, ele tivera experiência com um vencedor do prêmio que, tendo apresentado os mesmos sintomas, tomou o supositório por via oral e precisou de um bom tempo para o efeito aparecer.

Bem, graças ao supositório, cujos efeitos apareceram rapidamente, Kogito pôde participar da cerimônia de premiação e realizar seu discurso de agradecimento. Contudo, o quarto ataque de gota que sofreu em sua vida foi um caso à parte.

O primeiro ataque foi, sem dúvida, causado pelo acúmulo de ácido úrico. Os artigos de fofocas que zombaram do caso pareciam ter dado uma pista, mas a causa da dor excruciante na segunda vez foi outra. Tratou-se de uma represália e advertência dos membros remanescentes da organização contra o que Kogito havia escrito sobre a ideologia ultranacionalista do pai e sua morte trágica logo após a derrota na guerra. Três deles apareceram em sua casa em Tóquio e, privando-o de sua liberdade, fizeram cair uma pequena bala de canhão sobre a base de seu polegar exposto.

Kogito não envolveu a polícia porque as palavras trocadas pelos atacantes entre si eram do dialeto das profundezas da floresta, e ambas as ações aconteceram logo depois do lançamento do romance em que ele tratava sobre o pai, de forma que suas intenções eram claras.

Três dias antes da cerimônia de premiação em Estocolmo, Kogito, após examinar pela última vez o texto em inglês de seu discurso, fez acréscimos e correções à sua versão em japonês e a distribuiu aos jornalistas vindos de Tóquio. Por serem poucas as empresas jornalísticas dispostas a imprimir seu discurso se referindo à situação no Japão do pós-guerra, era necessário revisar com extrema cautela as palavras usadas em japonês.

Kogito e os jornalistas saíram do saguão lotado do Grand Hotel e, em uma extremidade do átrio de frente para a baía do mar Báltico, fizeram os ajustes nos termos das versões em inglês e japonês do texto. Também durante esse tempo, Kogito percebeu, bem mais afastado, um Volkswagen coberto de pó com placa de Munique de trás do qual três japoneses espiavam em sua direção.

Ao final da conversa, os jornalistas começaram a voltar para o hotel, e os três homens que tudo observavam de longe se puseram a caminhar na direção de Kogito. Nesse momento, um cavalheiro japonês surgiu de um carro estacionado defronte ao hotel e se aproximou a passos céleres.

— Peço ao senhor mil desculpas. Fui impedido de vir cumprimentá-lo devido ao burburinho da mídia — explicou ele dirigindo-se a Kogito. — Logicamente, nós, membros da Academia Real, participaremos da cerimônia de premiação.

O homem, com toda pinta de professor, fora acusado de assediar sexualmente uma aluna da pós-graduação de uma universidade de Kyoto, e Kogito entendeu que os jornalistas se dispersaram rapidamente se acautelando para evitar uma eventual exposição de ficar face a face com esse homem.

Instintivamente, Kogito caminhou a passos rápidos até os três japoneses desconhecidos que se encaminhavam em direção a ele como se tivessem um encontro marcado. Por um instante, os três pareceram recuar, mas o do meio, vestindo um casaco com gola Mao que parecia familiar a Kogito, fez sinal aos outros dois pondo-se em posição para cercá-lo. Acolhendo-o dessa forma, eles o guiaram na direção oposta à grande ponte que conduz à cidade velha ao longo do cais onde barcos turísticos e balsas se alinhavam. Pouco depois, os dois homens mais jovens e também de compleição maior do que a daquele que aparentava ser o líder seguraram à força os braços de Kogito por ambos os lados e, levantando-o, o arrastaram.

Como se estivesse suspenso no ar, Kogito na realidade apenas girou o pescoço e, ao se virar, percebeu o professor que, da escada na frente do hotel, distante cem metros, não mostrou sinais de que pretendia lhe oferecer ajuda. Sentiu também que não haveria meios de apelar nessa situação difícil às pessoas caminhando pela estreita calçada do hotel do outro lado da rua.

O homem que aparentava ser o líder se ajoelhou diante de Kogito. Ele o descalçou o sapato e a meia do pé esquerdo com habilidade. Ao olhar bem, o homem em gola Mao, de pescoço velho e enrugado, participara de ambos os ataques. O homem se conformou em segurar o tornozelo esquerdo procurando fixá-lo no chão.

— Mais um pouco e a largue — ordenou ao comparsa.

A sola do pé *descalço* mal tocava o frio calçamento quando a mão do homem que se levantara largou a bala de canhão. Ela atingiu a base do polegar já deformado com uma protuberância e saiu quicando e rolando. Kogito gemeu de dor. O objeto atravessou a vala rasa da extremidade do pavimento de pedras e foi cair dentro da água entre os navios *Värmdö* e *Varö*. Os dois homens, ladeando Kogito, soltaram uma voz patética que fez uma velhinha elegante de casaco comprido, que passava bem naquele momento, se virar.

Com os braços liberados e o pé ardente suspenso, Kogito desmoronou e, por um tempo, permaneceu gemendo nessa posição para depois levantar a parte superior do corpo da calçada de paralelepípedos. Diagonalmente acima, ele podia ver na extremidade direita do hotel o quarto projetando-se arredondado do quinto andar. Era a suíte atribuída à sua família de onde se podia vislumbrar a baía abaixo e onde Akari continuava a escrever no cantinho da folha da pauta musical a palavra "mar". Seria bom que Chikashi viesse à janela, observasse a situação e, ao olhar para baixo, se desse conta de haver algo errado...

Apenas isso Kogito considerava urgente. No entanto, naquele momento, a esposa conversava com a senhora japonesa residente cuja incumbência era vesti-la para a cerimônia de premiação, e Kogito, estendido na rua, acabou sendo descoberto pelo atendente treinado na Marinha que saíra para fumar um cigarro na varanda do saguão.

5

A outra mensagem veio de um distrito ao norte do túnel atualmente modernizado, na direção de Matsuyama, que, segundo um poema chinês de autoria do pai de Kogito sussurrado quando ele bebia álcool, se situava *atravessando o túnel Inuyose a partir da bacia de Maki*. Apesar da mensagem ser anônima, a caligrafia lhe era familiar.

A primeira carta estava anexada a um pacote enviado por entrega a domicílio no dia em que Kogito retornara ao Japão de sua estada em Berlim. O presente pelo seu retorno foi, na verdade, uma maravilhosa tartaruga de casco mole viva. A carta mencionava ainda o fim das atividades até então levadas adiante sob a liderança dos sobreviventes da organização.

Logo depois de lutar e ficar coberto com o sangue fedorento da tartaruga, que acabou virando um grande volume de sopa, uma segunda carta chegou. Assim como no caso da entrega anterior, essa carta tinha sido enviada da cidade de Matsuyama em condição de anonimato.

> *Por que matou a "tartaruga"? Tem por acaso o direito de dar fim ao "rei das tartarugas"? Isso demonstra um ato bárbaro e desavergonhado, e se o faz com um animal pode muito bem matar uma pessoa. Quando jovem, além de fazê-lo, também não foi você quem, do teto de um prédio em Azabumamiana, empurrou pelas costas uma pessoa? E se sente aliviado continuando a fugir da responsabilidade?*

A carta atual estava em um maço enfiado como correspondência separada da que Rose processava administrativamente. Ela procedeu dessa forma pela indicação de "confidencial" que constava no envelope. Seja como for, ela observava com retidão os costumes nipônicos.

> *Evitarei a pretensão de citar nomes específicos posto que a organização já foi dissolvida, mas fomos educados e treinados sob os ensinamentos do mestre Daio em uma fazenda com profunda conexão com a família Choko. Tenho boas lembranças de quando ouvi do chinês conhecido comumente como Okawa, cozinheiro durante muitos anos no centro de treinamento até a sua dissolução, memórias da infância do mestre Kogito e dos episódios por ocasião de sua visita à fazenda vindo de Matsuyama. Anos depois, foi o momento de estar junto com a pessoa que se tornaria futuramente o diretor Hanawa. Atualmente, nós, derradeiros discípulos do mestre Daio, estamos todos aposentados. No entanto, isso não significa que todos os resultados obtidos no centro de treinamento tenham sido em vão. O empresário que adquiriu nosso alojamento, tirando proveito*

do estouro da bolha econômica, concebeu um local de recreação e relaxamento construindo ali instalações hoteleiras inovadoras. Elas incluem uma estação de águas termais — você tem alguma lembrança disso? — e, valendo-me da minha amizade com o ex-proprietário, fui informado de que ela será inaugurada na próxima primavera.

Soube por uma recente notícia lida nos jornais que você começou uma vida nova em sua terra natal. Devido à proximidade, o que acha de utilizar as instalações que mencionei? O lugar está equipado com uma banheira de água quente sem riscos para seu filho que teve poliomielite infantil. Peço-lhe respeitosamente perdão por uma carta tão desinteressante e seca, mas pertenço a um grupo de broncos que não aprecia frases elegantes.

P.S. *Quando você recentemente recebeu o prêmio, por acaso um pseudoacadêmico residente na Suécia postou em seu site na internet um texto alegando ser vexatório para os japoneses um conterrâneo se estirar no pavimento de pedras do porto muito alcoolizado, sem discernir hora e local. O mestre Daio, caolho e maneta, se enfureceu alegando não ser esse o caso. Ele afirmou que, em um momento tão memorável, não teria você pensado em um retorno aos grandes ideais do seu pai? Nossos desejos finalmente seriam atendidos, e as preleções de Kogito Choko doravante não seriam guiadas pela música do professor Atsutane?*[4]

Propaguem continuamente nas muitas nações, para além das marés intermináveis dos oceanos, esta via imperial do Japão.

---

4. Atsutane Hirata (1776-1843). Nativista, teólogo, pensador e médico do fim do período Edo.

6

Por orientação de Rose, que durante longos anos praticou ioga e exercícios de alongamento, Kogito relaxava o corpo e calçava sapatos de *trekking* para treinar subindo e descendo pelo caminho da floresta. Rose planejou uma caminhada para checar os resultados desse entusiasmo de Kogito.

Encontravam-se em meio à estação das monções, mas não chovera durante dois dias, e, como a floresta estava relativamente seca, eles levariam adiante a empreitada se no terceiro dia o tempo também estivesse firme. Makihiko se encarregou dos preparativos específicos. Verificou no jornal local a previsão meteorológica semanal para a região de Nanyo e, sentado no sofá da sala, de ombro colado ao de Akari, que havia algum tempo se preocupava com as condições climáticas em Chugoku e Shikoku — desde que Chikashi partira para Berlim, ele checava o calendário de jogos de beisebol do Hiroshima Carp para torcer também em lugar dela —, examinou a previsão do tempo na TV.

A primeira proposta do plano de caminhada assim concebida foi bem-sucedida, e, em um domingo de verão ensolarado desde a manhã, eles adentrariam a floresta. Decidiram ir a partir das três da tarde por ter levado algum tempo para Makihiko preparar um programa em segredo de Kogito, alegando que seria voltado, sobretudo, a Rose.

Havia como festividade local uma procissão dos "fantasmas" partindo da floresta em direção ao vale, aparentemente relacionada ao grande templo de Warei em Uwajima.

Os "fantasmas" de figuras lendárias desde quando a aldeia fora fundada pelo Destruidor, quase todas mortas violentamente e cujas almas não se apaziguaram, descem da floresta para o vale acompanhados pelo ritmado *tum, tum, tum!* de tambores e gongos de diferentes tamanhos. Hoje é costume os "fantasmas" das crianças mortas reunidas com antecedência na parte inferior da floresta aparecerem no átrio do templo, mas, segundo pesquisa de Makihiko a registros antigos, parece que eles teriam iniciado no santuário associado existente no alto da floresta — o da área do rio é o santuário associado do monte Koshin — pertencente ao santuário Mishima localizado tanto na área ao lado do rio quanto da montanha.

O atual santuário associado ao monte Koshin foi construído restaurando-se a parte mais alta das ruínas de alvenaria denominada "caminho dos mortos", para onde foi transferido durante a guerra o prédio do Hoanden que abrigava a escola de ensinos elementar e ginasial. A intenção de Makihiko era iniciar uma procissão de "fantasmas", embora pequena, a partir desse santuário associado para mostrar a Kogito e Rose o "caminho dos mortos" por sua outra extremidade.

Embora incomparável à dimensão do festival regular, Makihiko, de alguma forma, liderou a procissão tendo várias pessoas no papel de "fantasmas" e contando com um diretor musical. Seria difícil levar Akari a um local onde só havia um caminho de escalada para trabalhos na montanha; portanto, deixando-o aos cuidados de Asa, saiu de casa com Kogito e Rose, além de Ayo, que viera buscá-los. O grupo liderado por Makihiko refez o antigo trajeto, entrando no bosque por trás do santuário Mishima e margeando o córrego em direção ao "caminho dos mortos". Com fantasias e instrumentos musicais, Ayo comentava que aquela deveria se tornar uma marcha forçada.

Kogito e Rose subiram de carro até o ponto mais elevado de interseção do caminho da floresta e, a partir dele, seguiram o trajeto que desce até o lado oeste chegando à parte de trás das árvores do terreno de Jujojiki. A partir desse ponto, dirigiram-se para o fundo pelo caminho antigo, de seus cinquenta centímetros de largura, cuidando para não tropeçar nas muitas raízes aparentes e nodosas. Ayo não apenas os guiava, como também, preocupado com Rose, trabalhava com encantadora diligência afastando galhos e movendo árvores caídas.

Rose entrou na floresta calçando seus habituais tênis de corrida, enquanto Kogito usava sapatos encomendados especialmente para o inverno rigoroso de Princeton, resistentes o suficiente para envolver com firmeza até os seus tornozelos, razão de não se preocupar com as cicatrizes de seus recentes ferimentos.

Uma vez tendo entrado na floresta, havia uma inclinação com árvores latifoliadas luminosas e uma visibilidade inesperadamente boa. Kogito apresentou a Rose as árvores imensas, cada qual lhe parecendo uma velha amiga.

— Os aldeões costumam se referir a esta área como uma floresta virgem, mas meu avô instruiu os jovens arrendatários a proceder com "cortes seletivos". As árvores consideradas excelentes permaneceram, transformando-se em um bosque com poucas árvores finas, retorcidas, deformadas ou envelhecidas. Os "cortes seletivos" continuaram até cerca de setenta anos atrás, depois o trabalho foi inviabilizado porque os jovens foram arregimentados para lutar na guerra. No pós-guerra, havia uma profusão de vegetação inútil por toda parte, pois só algumas árvores foram cortadas por empresas para servir como porta-enxertos de cogumelos *shiitake*.

Rose parecia sem tempo de perscrutar ao redor, mas, ao se aproximar de touceiras de camélias com um grande número de flores remanescentes, deteve-se para contemplá-las.

— Kogito, você é capaz de distinguir todas essas árvores só de olhá-las?

— Não diria todas, mas, sim, as de folhas novas após a queda das antigas. Sobretudo na área em que meu avô realizou os cortes seletivamente, onde as espécies de árvores são limitadas... Graças à boa incidência de luz solar, podem-se ver morangos no inverno e orquídeas na primavera.

O grupo de Kogito chegou à extremidade leste do "caminho dos mortos" no horário previsto. Parado entre rochas cobertas de musgo e grossas árvores tombadas, um pouco distante do local onde começava uma passagem com grandes pedras empilhadas à altura do peito, o grupo admirava o "caminho dos mortos". Na superfície das pedras planas sobrepostas, que continuavam por uma boa distância, apesar da incidência da luz solar, não se viam mudas jovens nascidas de sementes. Quando criança, Kogito acreditava que esse mistério decorria do poder dos alienígenas.

— Costumavam afirmar que alienígenas desceriam no "caminho dos mortos", e eu acreditava que ele brilhava nas noites de luar tal qual uma serpente branca como um sinal para os extraterrestres... Essa era a minha fantasia.

— As ararutas entrelaçadas ao lado desse edifício têm as folhas semelhantes a limões... Olhando bem, elas não têm flores retorcidas de cinco pétalas? A brancura delas era provavelmente a *fonte* da sua imaginação. Essas flores cheiram a lavanda.

Na distante extremidade oeste do "caminho dos mortos", havia uma parte um pouco saliente do espaço que cortava as árvores densamente cobertas em que se vislumbrava o antigo

Hoanden, em tamanho menor do que o das suas lembranças. E, de fato, quando criança, Kogito pensou que o *ranger* de cavacos de madeira fosse o ruído da porta e *agora* o som dos instrumentos ressoou deixando-o apavorado, com a impressão de que um deus estivesse prestes a emergir do santuário. O *tum tum!* da música tocada em três compassos continuava. Da porta aberta do santuário associado, surgiu o "fantasma" do Destruidor com sua enorme cabeça paramentada, que, mesmo de longe, poderia ser identificada como produzida em papel machê, e um segundo "fantasma" com uma massa negra sobre a cabeça do tamanho de um futon dobrado, que poderia ser confundido com o penteado de uma boneca do festival das meninas. Este último tinha longos cabelos negros até os pés, deixando a massa sobre a cabeça escorrer sobre os ombros enquanto caminhava.

— Oh, *fanciful*! — soltou Rose um suspiro espontâneo.

Na sequência, surgiu um novo par de "fantasmas" caminhando lado a lado, um pouco afastado dos dois primeiros. De início, a impressão era a de um homem tendo à sua volta uma criança ou um cão. Ele parecia ter problema em uma das pernas e saltava sem hesitar subordinando-se à outra perna sã. Seja como for, Kogito forçava os olhos para sobrepor esses "fantasmas" com os que vira no passado.

Nesse momento, Rose exclamou alto com uma admiração ainda mais profunda.

— Você se lembra do filme em que Ava Gardner é salva na Revolta dos Boxers? O "espírito" se parece bastante com Goro em sua atuação no filme![5]

---

5. *55 dias em Pequim*, filme épico de 1963 estrelando Ava Gardner, Charlton Heston e David Niven. O ator e cineasta Juzo Itami, personificado em Goro, atuou na película no papel de coronel Shiba.

O homem caracterizado como um oficial militar do Ministério das Relações Exteriores da era Meiji certamente se parecia com Goro na meia-idade, até mesmo sua testa *franzida* entre os óculos escuros modernos e o quepe militar. O "fantasma" que acompanhava com esforço o jeito de andar peculiar de Goro não era um cachorro, mas um homem. Tinha um quepe de soldado americano e vestia uma camisa de gola aberta feita de tecido encorpado como as usadas pelo pessoal das forças de ocupação e, agachado e com uma das pernas dobrada, andava aos saltos com dificuldade.

No instante seguinte, Kogito soltou um grito, impossível de discernir se por medo ou raiva, e, fugindo dos "fantasmas" de Goro e Peter, disparou pela pobre vegetação rasteira da floresta de árvores latifoliadas atravessando arbustos e moitas. Irresistivelmente guiado pela inclinação do terreno, aos poucos correu em direção ao riacho batendo com o braço no tronco das árvores e recuperando o equilíbrio. Entretanto, quando derrapou em um denso arbusto de caniços baixos de bambu, incapaz de se reequilibrar, acabou escorregando de cabeça com tudo encosta abaixo.

Capítulo 7
As crianças de *Dom Quixote*

1

Kogito guardou silêncio por três dias desde o incidente em que, tendo fugido do "caminho dos mortos", continuou correndo em desvario por entre as árvores e acabou mergulhando dentro do riacho coberto de densas folhas de bambu verde-brilhantes.

No hospital, voltaram a engessar seu tornozelo, trataram as contusões e arranhões em todo o corpo, e suturaram uma laceração na sua orelha esquerda. Mesmo voltando para a casa de Jujojiki no final da tarde, continuou mudo, sem se dirigir a Rose, que o acompanhara, e sem cumprimentar Asa, que retornara para casa com Akari e permanecera com ele até de madrugada.

Akari acompanhou com o olhar o pai entrar no escritório conjugado com dormitório apoiado no ombro de Ayo, com um pé engessado e incapaz de descalçar, por conta própria, o sapato do outro pé.

— Que horrível! — exclamou Akari, mantendo-se depois afastado.

Muito aturdida com a atitude de Kogito, Rose citou a versão de Putnam, o que o deixou ainda mais contrariado.

— *The badly wounded Don Quixote was melancholy and dejected.*[1]

Diferentemente de dom Quixote, a mudez de Kogito não durou seis dias, mas não estava apenas *melancholy and dejected*, ele ainda fora pressionado para um mutismo saturado de ressentimento.

Todavia, Rose, que *não desanimava* ao entrever o descontentamento alheio, contanto não fosse ela a responsável por ele, declarou o seguinte certa manhã ao levar o desjejum à cama na qual Kogito se prostrava:

— Naquele momento, Ayo logo foi investigar sobre o "fantasma" que assustou você. E descobriu ter sido Makihiko quem armou aquela *brincadeira* nociva, por isso partiu para uma retaliação contra ele. Quer dizer, mesmo provavelmente não havendo malícia no intento de Makihiko, não foi *too much*? Depois, Ayo não desceu diretamente ao córrego dentro do qual você caiu, preferindo voltar ao caminho da floresta para pegar o carro — eu o acompanhava no veículo — e subir a partir do cemitério da sua mãe. Assim, pôde salvá-lo e conduzi-lo de carro até o hospital, não? Ayo se empenhou como se fosse o "menino" reencarnado.

"Em termos dos papéis desempenhados, o de Makihiko deveria corresponder ao de Sansão Carrasco. No discurso dele, estão basicamente incorporadas críticas a você. Da mesma forma que o discurso de Sansão era permeado de evidente interesse e desaprovações a dom Quixote. Em consequência, Sansão chega a desafiar dom Quixote para um duelo.

---

1. Em inglês no original: "O gravemente ferido dom Quixote estava muito melancólico e amuado."

"Para Makihiko, também, o desejo de compreendê-lo corretamente, Kogito — e daí também surgiu seu discurso crítico — evoluiu para a situação atual. Makihiko está profundamente arrependido. Ele jamais poderia imaginar uma reação tão descomedida da sua parte. Ele foi visitá-lo duas vezes no hospital.

"Makihiko e eu compartilhamos um idêntico sentimento em relação ao ocorrido. Chegamos a essa conclusão após conversar com calma. Ambos acreditamos que você, na realidade, é igualzinho a dom Quixote. Há inúmeras cenas em que Rocinante, cavalgado por ele, se assusta e galopa desembestado, não? Em geral, embora não seja algo que dom Quixote esperasse, sempre há um charme nele disparando encavalgado nas costas de Rocinante. A sua figura, Kogito, correndo entre as árvores em desvario, também foi esplêndida!

"A dignidade pungente e a comicidade de dom Quixote sendo derrubado de cima de Rocinante e conservando-se de pernas para o ar não são realmente peculiares? Dia desses eu te falei que o *m* de *melancholy* não deveria ser convertido no *M* de *madness*. Mas isso não significa um desejo meu de que você se torne um 'dom Quixote que recobrou a lucidez'. Assim como as palavras proferidas por Sancho enquanto chorava, eu precisava a qualquer custo te expor isso."

Mesmo com Kogito ouvindo tudo conservando seu mutismo, Rose se sentiu empoderada e, naquela noite, ao trazer o jantar, continuou a falar.

— Pensando em fazer você recuperar logo o ânimo, eu te mostrei a ilustração de Doré da cena em que dom Quixote fica com a cara escalavrada na peleja com o gato e se prostra no leito. Com o nosso aparelho de fax, só seria possível tirar cópia caso eu arrancasse a página, portanto fui até a biblioteca distrital de Maki. Quando cheguei no carro de Ayo, Makihiko estava lá lendo uma revista recém-chegada. Os dois conversaram *displicentemente*. Como naquele dia Ayo estava furioso e passou dos limites, Makihiko ainda tinha o braço na tipoia...

"Depois disso, Makihiko disse: 'Acredito ter sido real a surpresa de Kogito. Em primeiro lugar, ele não deveria saber que há décadas temos aqui um boneco do *fantasma* do soldado americano. Desde sempre, as calças da fantasia estavam tingidas de vermelho-escuro abaixo dos joelhos e não há sapatos no depósito do escritório do santuário. Pessoas nesta região viram um soldado americano fugindo para o fundo da floresta, abrindo caminho com ambos os braços pela mata, apesar de ter os pés esmagados... Segundo o relato transmitido por essas pessoas, novos *fantasmas* foram acrescidos, porém Kogito deve desconhecer esse fato por ter vivido sempre em Tóquio após ter se formado na universidade. Evidentemente, o *fantasma* de Goro foi uma encenação criada por mim..."'

Kogito continuava deitado e, dada sua irritação, involuntariamente bateu com o pé engessado. Com os dentes trincados de dor, seu olhar, por fim, se direcionou para a cópia da ilustração do enfermo dom Quixote, reforçada com um papelão, posta de pé ao lado da bandeja junto ao café da manhã que lhe fora trazido. Rose se retirou com a expressão de uma menina que tinha levado uma surra.

Em Kogito, novamente se sobrepuseram a conversa que acabara de ouvir e a figura do "fantasma" que de fato tinha visto. A dor no tornozelo também causou sua pior regressão. Ele gemia com a cabeça coberta pelo cobertor. Um tempo depois, lembrou-se de que, dentro da gaveta da mesinha de cabeceira, havia o analgésico do Hospital Universitário Karolinska enviado por Maki. Retirou o pó de uma cápsula, colocou-o na boca e o engoliu com a água do copo! Logo percebeu seu erro, pois o remédio não teve o mesmo efeito eletrizante de quando estava em Estocolmo. Durante toda a noite, ele sofreu com insônia e dores lancinantes.

Na manhã seguinte, Rose, ainda mantendo o semblante de alguém injustamente ferido, junto com o café da manhã colocou também sobre a bandeja o *Dom Quixote* da Modern Library. Na qualidade de mulher americana que vive como intelectual em meio a estrangeiros, ela tem como princípio expor seu pensamento até o fim.

— Próximo do fim da segunda parte, o bacharel Sansão Carrasco, na pele do "Cavaleiro da Branca Lua", faz dom Quixote concordar em se recolher à sua aldeia após o derrubar, não é? Além disso, explica todas as circunstâncias ao protetor de dom Quixote em Barcelona.

> *Venho da mesma aldeia de dom Quixote de la Mancha, cuja loucura e estupidez nos leva, a todos que o conhecemos, a morrer de pena, e eu estou entre os que mais se compadecem. Achando que sua salvação está no descanso em sua terra e em sua casa, tramei esse plano para que voltasse.*

"No entanto, estando ele na pele do 'Cavaleiro dos Espelhos', na peleja foi inesperadamente empurrado por dom Quixote e caiu do cavalo (Rose continuou a ler a tradução de Putnam).

"[...] *derrotado, humilhado e alquebrado pelo tombo, que foi dos mais perigosos; mas nem por isso perdi a vontade de procurá-lo de novo e vencê-lo.*

"O plano de Makihiko, pensando em você, foi tramado para que ele pudesse depreender bem a verdade *daquilo* que, efetivamente, você próprio não compreende em sua inteireza. Me convenci disso ao conversar com ele. Você com certeza se machucou, mas qual ferida do coração é a mais profunda? Não seria a de Makihiko, por ter sido derrubado por Ayo? Isso corresponde à derrota de Sansão na pele do 'Cavaleiro dos Espelhos'.

"Entretanto, mesmo após ter ficado tão machucado, Makihiko não vai parar de tentar descobrir a verdade sobre *aquilo* em seu benefício. Do mesmo jeito que Sansão Carrasco. Você também não tem motivo para recusar, não é mesmo? Mais do que ninguém, você não consegue parar de pensar sobre *aquilo*.

"Fale com Makihiko tão logo surja uma oportunidade."

2

Além da inclinação da cama, a parte superior do corpo de Kogito estava aprumada graças também à almofada que Rose colocara sob ele. Makihiko estava sentado empertigado em uma cadeira posta perpendicular à cama, com o braço ainda imobilizado na tipoia. Kogito também não havia tirado ainda os pontos da orelha esquerda.

— Vamos evitar dar justificativas, fazer críticas ou mesmo refutá-las, sobre o que Ayo, você, e logicamente eu próprio fizemos durante o evento da semana passada! — esclareceu Kogito antes de mais nada.

"Graças ao caso dos 'fantasmas', me dei conta de que há lendas locais que eu ignoro e poderia ouvir de você as histórias desde a época em que deixei o vale, se elas forem bem conhecidas dos adultos. Por outro lado, pela minha experiência, me interesso também pelas histórias difundidas entre as crianças. Gostaria de criar oportunidades para conversar com alunos da escola ginasial.

"O marido de Asa consultou a escola, e aparentemente não é impossível... Segundo Rose, Matsuo, do templo Fushiki, e você estão provavelmente aptos a me aconselhar sobre um plano concreto."

Kogito encarou Makihiko, que permanecia calado, exortando uma resposta.

— Tudo começou quando conversei com Matsuo sobre você talvez não se sentir à vontade apenas usando os alunos para coletar informações. Nesse sentido, você poderia fazer uma palestra para os alunos ginasiais, que Rose traduziria em um inglês bem acessível. Tive a ideia de vocês realizarem uma aula nesse formato.

"Rose se mostrou interessada por esse plano, e, em meio a várias conversas, surgiu a seguinte ideia. O que acha de você realizar uma palestra sobre *Momotaro, o menino-pêssego*, e Rose ler para todos a versão em inglês, *Peach Boy*? Ouvi dela um resumo da história e me pareceu interessante."

Cerca de três anos antes, Kogito havia realizado no auditório da Universidade de Columbia uma *public lecture* juntamente com o tradutor de sua obra *Uma questão pessoal*. Nela, ele discorreu sobre Momotaro. Rose, que residia em Nova York, estava presente e comentou tê-la achado indubitavelmente interessante.

Originalmente, na palestra intitulada "Topologia dos contos", Kogito tomou como exemplo o conto infantil japonês

"Momotaro", evidenciando as relações entre personagens e locais que nele aparecem. O eixo vertical é apresentado logo no início, com o avô indo à montanha (+) para cortar lenha e a avó se dirigindo ao rio (-) para lavar roupa. Da parte alta (+) do rio, que forma o eixo horizontal, um enorme pêssego desceu flutuando em rodopios.

Para poder viver feliz no exíguo espaço do vilarejo, a criança retirada de dentro do pêssego parte em direção a Onigashima, a "ilha dos ogros", posicionada abaixo (-) do eixo horizontal.

Kogito também acrescentou seu comentário pessoal de que o paraíso do rio a montante, de onde o pêssego viera flutuando, estava conectado a Onigashima por trás da cena, como a fita de Möbius, por uma distorção cosmológica invadindo o eixo horizontal.

— Nasci e cresci em Tóquio, e ignorei por gerações que meus ancestrais haviam sido os principais sacerdotes dos santuários desta região. Mesmo assim, eu li o seu *Jogo de rúgbi em 1860*, Kogito. Me surpreendi de verdade quando soube, ao chegar aqui, que um dos mentores do levante era um antepassado meu. Mas, quando procuro repensar o acontecimento como tendo ligação comigo, há pontos para mim incompreensíveis.

"Por essa razão, comecei a estudar sobre as lendas e a história locais. Aprendi muito com a análise de Rose a respeito do seu método de compor romances. Também nos locais dentro desta floresta há eixos horizontais e verticais. Tomando emprestadas suas palavras, diversas histórias nasceram nesta região em virtude da topologia. Há também pessoas adentrando e saindo ao longo do eixo horizontal.

"O que me diz de falar sobre esse princípio na escola? Se o fizer por meio de *Momotaro*, provavelmente ficará mais fácil para os ouvintes se familiarizarem. Se o interesse das crianças se voltar às lendas sobrepostas à estrutura regional, poderá ser possível desencavar de dentro delas historietas transmitidas na família. Algumas pessoas sustentam que a cultura local atual é padronizada em todo o país em função da TV e das histórias em quadrinhos... Seja como for, deve ser possível fazer as crianças verificarem em locais reais as histórias de Kogito baseadas nesta região."

Kogito constatou já haver na cabeça de Makihiko — graças à sabedoria de Rose — um plano formado.

— Falando sobre a procissão dos "fantasmas" na qual expus meu comportamento vergonhoso, e em particular o "fantasma" do soldado americano que, impossibilitado de fugir, teve ambos os pés esmagados... Como é a lenda que testemunha esse soldado? Ela incorpora detalhes sobre o local na floresta onde ocorreu e quem o testemunhou? Depois de ir de Matsuyama para Tóquio, eu, assim como Akari, perdi por completo a ligação com este local, algo que era alvo de muitas críticas da minha mãe. Apesar de tardio, vim morar na casa de Jujojiki também por orientação dela.

Makihiko encarava Kogito com um olhar estranhamente poderoso devido ao formato irregular entre os olhos por debaixo das pálpebras com as marcas vívidas dos ferimentos causados por Ayo.

— Mas, deixando isso de lado, há uma lenda de meio século atrás... Contam que, numa certa noite de tempestade, justamente no terreno de Jujojiki, avistaram algo semelhante a um javali ferido se levantando sobre as patas traseiras... Talvez tenha sido apenas a forma como vislumbraram uma pessoa que, por não conseguir se manter de pé, apenas levantou o torso. Isso deve ter trazido de volta memórias coletivas dessa época em que ainda se caçavam javalis por esta região, mas claramente alguém gritava chorando *Goro, Goro!* num sotaque estrangeiro. Era essa a lenda. Sinto haver nela certa confusão com a história do "menino Ayo" e do Gatuno Tartaruga que você está pesquisando...

Embora não pretendesse confrontar Makihiko, a certa altura Rose, cuja presença de pé atrás da cabeceira da cama de Kogito não havia sido notada, se pronunciou, como era de seu temperamento, expressando sua obsessão pela precisão.

— Não ouvi falar que isso seria uma lenda. Apesar de você tê-lo preparado como a nova encenação dos "fantasmas", não conseguiu levá-lo a cabo por Kogito ter inesperadamente desandado a correr... Não é justamente essa parte que você afirmava se lamentar?

O rosto de Makihiko se empalideceu a ponto de ressaltar a cor escura do hematoma da contusão. Mesmo assim, ele não desanimou.

— O centro de treinamento do pai de Kogito foi dissolvido, mas um membro sobrevivente que transferiu residência para uma ilha localizada próximo à grande ponte de Shikoku atesta que havia também uma lenda semelhante para além das montanhas. Ele se lembra bem de Peter e de Goro adolescentes. E, logicamente, também de você, Kogito.

"Mas ele falou apenas vagamente a respeito do caso em si. Quando soube que eu estava pesquisando sobre o assunto, ele me contatou.

"Dois ou três anos atrás, foi veiculada a seguinte notícia, que se refere a algo provavelmente ocorrido na ilha de Ie, onde a batalha de Okinawa teve fim, antes da rendição do Japão. Um soldado americano malfeitor fugiu do acampamento à noite e estuprou uma moça. Ele foi linchado, e seu corpo, jogado em uma caverna à beira-mar chamada Gama. Segundo a notícia, sua ossada havia sido descoberta...

"As vozes a favor do linchamento alegavam se tratar de um assassinato realizado com o acordo tácito dos habitantes do lugarejo para se proteger de um predador sexual habitual. No nível geopolítico, a guerra continuava. Mas estávamos no fim do período de ocupação, quando os ultranacionalistas tentavam obter armas, não é?

"Se a ossada de Peter fosse descoberta na fortaleza da montanha e submetida a um exame genético, embora prescrito como um caso de assassinato, o episódio seria amplamente divulgado nesta região. Isso preocupava os *ex*-membros do centro de treinamento.

"Em *A criança trocada*[2], você escreveu sobre isso *vagamente*. Rose afirma não ter sido intencional, mas devido à incerteza de ter havido ou não um crime, certo? Ela acrescentou que, uma vez que os filmes de Goro faziam sucesso nos Estados Unidos e Kogito era um doutor honoris causa pela Universidade de Harvard, se Peter estivesse vivendo em seu país natal, ele teria percebido as atividades dos dois e os contatado."

— Haveria algum fundamento concreto nessa "descoberta da ossada na fortaleza da montanha"?

— Quando você voltou para cá após uma longa ausência e passou de carro pela extensa estrada da floresta, não se surpreendeu ao descobrir que as cidades, antes bastante distanciadas umas das outras na estrada nacional ao longo do rio, pareciam coladas no mapa da floresta? Há muitos fortes antigos ladeando o trajeto para o outro lado da montanha. Você deve ter lido sobre

---

2. Há ao longo da obra referências aos trabalhos passados de Kogito, cujos títulos são semelhantes aos do próprio Kenzaburo Oe. Neste caso, há um paralelo entre a obra fictícia *Torikaedoji* ("A criança trocada", conforme consta na tradução) e *Torikaeko* (publicado pela Estação Liberdade com o título *A substituição ou As regras do Tagame*). [N.E.]

a rota de fuga do Gatuno Tartaruga e do "menino Ayo". Seria interessante uma linha de pesquisa desde o local de construção do novo hotel, onde antes se situava o centro de treinamento, descendo até o vale, seguindo o trajeto da floresta. Posso ser seu guia!

Assim, a postura altiva e relaxada inicial de Kogito = dom Quixote teve um avanço significativo para uma provável reversão devido a Makihiko = bacharel Sansão Carrasco.

3

Kogito começou a nadar na piscina distrital de Maki — devido ao pedido feito havia algum tempo para autorizarem o uso da piscina, Maki era atormentada por telefonemas incompreensíveis — também como exercício de recuperação de seu tornozelo. Rose, que na casa de Jujojiki se dedicava com fervor à ioga, teve a ideia de sessões de hidroginástica para Akari, que ganhava peso devido à falta de exercícios, e decidiu acompanhá-lo.

Embora a estação das monções chegasse ao fim, uma garoa caía durante todo o dia desde a manhã. Akari e Kogito partiram para a piscina distrital no sedã azul, com Rose ao volante. Ladeando o antigo trajeto do ônibus que conduzia da estação de trem da ferrovia nacional até as profundezas da bacia, estendia-se uma folhagem verde-escura bastante molhada. A direção enérgica de Rose, ao estilo americano, causou aflição a Kogito ao passarem por um grupo de crianças, todas em casacos amarelos, lideradas por um professor de pequena compleição.

Seguindo os procedimentos aos quais já se acostumara, Kogito trocou a roupa de Akari no vestiário masculino e, após o deixar em frente ao vestiário feminino onde Rose demorava para se trocar, foi sozinho nadar. Uma dezena daqueles alunos pelos quais eles passaram pouco antes também havia descido para a borda da piscina e começava os exercícios de aquecimento com o professor trinta anos mais velho do que eles.

Um grupo de meninas nadava na raia ao lado da de Kogito. Seus membros bem *fornidos* e musculosos nos maiôs marrom-avermelhados em debrum verde — havia nas costas nuas um padrão de alças vermelhas cruzadas, e elas tinham pernas altas — se assemelhavam aos de atletas da natação, apesar de não passarem de crianças. Tanto as braçadas quanto o batimento das pernas eram precisos, e as viradas, curtas, firmes e ágeis.

Nas duas outras raias, um grupo de alunos nadava dinamicamente, com sua força ainda mais controlada. Kogito também se empenhou em nadar enquanto ingeria a água das ondas formadas pelos alunos ginasiais.

Um tempo depois, o treinador começou a dar instruções ao lado da escada feita de tubulação metálica do lado sul da piscina. Voltando-se ao grupo de alunos na beira das respectivas raias, em uma voz não muito alta, mas vigorosa, falou com vagar de forma que os ouvidos de Kogito, mesmo continuando a nadar, puderam captar o sentido.

— Acham que, nadando nesse ritmo, estão realmente treinando? Vocês não se *esforçam*! Estão brincando na água? Imitam quem só se diverte na piscina, que nem o acompanhante molenga da mulher estrangeira?

Kogito entrou na raia no canto oposto dos alunos ginasiais reunidos, sobretudo preocupado com Akari e Rose que caminhavam dentro da água. Então, descansando o corpo na extremidade da raia, resolveu continuar ouvindo o discurso do professor. Este pareceu percebê-lo rapidamente.

— "Mente sã em corpo são." Conhecem esse *ditado*? Neste país, os "defensores dos direitos humanos" agora se encontram por toda parte, e *ditados* como esse também viraram seu alvo. "Sendo assim, um corpo malsão é inútil?", é o que eles argumentam. Mas esse ditado vem do latim. "*Mens sana in corpore sano.*"

"Olhem bem! Aquele sujeito caminhando ali, dentro da água, deixando uma estrangeira segurar sua mão, não é normal. Não chamarei de transtorno mental. Mas observem bem o corpo dele. Difícil afirmar que seja um corpo saudável. Não é um fato?

"Não citarei nomes, mas, a partir do segundo período, a aula especial de certa pessoa vai estragar o treino de vocês das segundas-feiras. Não ouviremos na aula especial a velha ladainha dos 'defensores dos direitos humanos' de que piscinas foram feitas originalmente para se caminhar dentro e quando há exercícios em grupo é perigoso para os fracos?"

O treinador soprou com força o apito pendendo de uma corrente dourada em seu grosso pescoço. Podiam-se ver os braços gordos e brancos de Akari, que já havia interrompido seu exercício, tampando ambas as orelhas projetadas para fora da touca de natação. Kogito mergulhou na água até os ombros e, aproveitando sua capacidade de flutuar, fez força nas pernas e, num impulso, subiu para a borda da piscina. Girou com força o corpo aproximando-se do treinador que procurava ignorá-lo.

— Oi, garoto! — chamou-o Kogito. — Você é professor da escola ginasial? Ou instrutor de natação?

— Não sou garoto! Sou professor de inglês da escola ginasial e instrutor nos clubes de natação das escolas ginasial e colegial.

— Então o professor se destaca tanto nos esportes quanto nas artes literárias. Sem dúvida consta no seu *Dicionário de citações* o nome do escritor Juvenal, mas o texto original dele tem um significado um pouco diferente. "Em um corpo são, *não necessariamente* existe uma mente sã." É um poema de encorajamento aos que partem para a morte e não de estímulo às cabecinhas selecionadas para treinamentos intensos.

— Está praticando para sua palestra especial? É só isso o que tem a declarar?

— Se me permitir acrescentar, eu afirmaria que você é um ser desprezível.

— Se você não fosse um velhote caquético, ia se ver comigo.

— A distância me impede de fazer alguma coisa. Mesmo assim, se eu pudesse *agarrá-lo*, eu morderia sua orelha e não largaria! Olhe bem para a minha orelha. Aprendi quando fizeram comigo.

O treinador olhou fixamente a orelha de Kogito expressando um pavor e um asco infantis.

— Morder orelhas não é uma transgressão?

— Você acha que morder orelhas não é correto? Pois saiba que é ainda mais incorreto ensinar aos alunos noções erradas sobre deficientes físicos.

Kogito percebeu Akari e Rose de pé bem atrás dele. Eles o ouviram, e o asco pelo que ele dissera se intensificou. Ele insistiu com Akari para começarem a andar.

— Você não queria dizer que *roer as unhas* não é correto? — perguntou Akari.

4

A chuva cessou ao chegarem à bifurcação da estrada nacional de onde se via a casa de Jujojiki. Ambas as encostas do vale, antes encobertas por um espesso nevoeiro, se tornaram bem visíveis.

Rose desacelerou o sedã.

— Que tal caminharmos a partir daqui? — sugeriu ela. — Não é bom se trancar no seu quarto assim tão deprimido!

Kogito não estava deprimido apenas por causa da desavença com o treinador de natação, mas também porque, quando Rose saiu com o carro do estacionamento subterrâneo, os alunos ginasiais imitavam o jeito de Akari caminhar dentro da água. O aspecto vacilante e sinuoso no andar do filho fazia com que Kogito previsse como seria o caminhar dele próprio dali a alguns anos.

Todavia, Akari desceu do carro com o corpo e a mente revigorados depois da sessão de hidroginástica, pondo-se à frente do grupo. Apesar de preocupado com o próprio tornozelo, Kogito seguiu a liderança do filho, e, numa velocidade incomum, subiram até uma altura de onde se avistava abaixo o "grande açude" do rio Maki. Ele explicou a Rose, que lançava o olhar à superfície do rio:

— No vale, chamam esse matiz da água do rio de *sasanigori*, literalmente "um pouco baço". Se procurar no seu dicionário, verá que o vocábulo *nigore* transmite uma sensação de passividade maior do que *nigori*... Quando criança, eu cismava que a palavra tinha relação com bambu, porque *sasa*, significando "um pouco", é uma palavra homófona. Pensava que fosse uma comparação com a cor das touceiras de bambu nas margens do rio, mas parece ser realmente "um pouco baço". Percebi ao consultar o dicionário e me espantei, decepcionado. Mesmo contemplando a água ainda agora, penso na cor das folhas dos bambus...

— Originalmente, *sasa* também significava "pequeno bambu", não é? — Rose mostrou sua proficiência no idioma. — Sua sensibilidade linguística quando criança era muito apurada. Ali já havia a raiz do escritor.

— Apesar de ler muitos livros, não suportava ser visto como uma *criança nerd* e me empenhava em fazer aventuras incomuns. No estilo quixoteano, como os japoneses costumam dizer. Mas me tornei colegial e me acomodei ao ler *Dom Quixote*, no qual as crianças praticamente não desempenham papel ativo.

— Isso talvez se deva ao fato de Sancho Pança ter a personalidade invertida de uma criança. Há os pirralhos que pregavam *peças* em dom Quixote na cidade de Barcelona e o menino que foi salvo das chicotadas dos patrões camponeses no início da aventura, mas mesmo este volta mais tarde até dom Quixote e o *retalia* com rigor, porque, apesar de ter sido salvo, seu trabalho árduo tinha sido redobrado.

— Apesar de o personagem dom Quixote ser conhecido mundialmente pelas crianças, o romance em si não é um livro infantil.

— Realmente, *Dom Quixote* não é um livro direcionado a crianças. Logo no início do romance, consta que "*nosso fidalgo beirava os cinquenta*". E, no que se refere ao seu corpo, era um adulto e assim aparentava. Embora afirmem que "*era de compleição rija, seco de carnes, rosto enxuto*", na realidade se mostra um tipo vigoroso. Esse deve ser o motivo pelo qual, posteriormente, mesmo deparando com enormes adversidades, ele é capaz de se recuperar e dar continuidade à sua aventura. Pelos meus cálculos, ele só teve uma ou duas costelas quebradas.

"Sei que pode soar como uma estranha forma de incentivo, mas a sua postura é ruim, e a forma de andar parece de uma criança ou de um velho; se conseguiu escrever tantas obras é porque seu corpo é de um vigor inato. Algo que notei ao ver você há pouco confrontando o treinador foram os músculos na parte externa dos ombros e o seu tórax maciço..."

Kogito imitou Rose, que caminhava a passos firmes, para não escorregar na água que brotava do meio da vegetação rasteira do bosque de ciprestes e transbordava da vala à borda do caminho. Ele esperou até que ela retomasse o fio da conversa.

— Veja a batalha com os moinhos de vento conhecida de todos. Se desde o início se soubesse que os oponentes não eram gigantes, as crianças não teriam interesse, certo? Como eu sempre digo, li *Dom Quixote* pela primeira vez como tarefa no colegial, mas senti apenas indecência na sua figura em roupas de baixo se penitenciando sobre uma rocha. Só muito tempo depois é que me interessei pela profunda sabedoria nos diálogos entre dom Quixote e Sancho Pança.

"Aquele homem *se tornou* DQ depois de ler em demasia romances sobre cavalaria pela primeira vez quando estava próximo dos cinquenta anos. Ele se tornou DQ nos anos finais da vida, portanto é absurdo levantar questões sobre sua adolescência.

"Mas… logicamente, a imagem de DQ disseminada por todo o mundo também é aplicável a adolescentes, sendo possível pensar em jovens como ele. Você se tornou um adolescente do tipo DQ como havia imaginado?"

Seria eu um adolescente do tipo DQ? A resposta é NÃO! Como Kogi era um bebê do tipo DQ, ele pôde subir a floresta e se tornar o "menino". Eu não me tornei um "menino", tampouco alguém que se equivalesse a DQ, ponderou Kogito.

Ao sair do bosque de ciprestes, Kogito mostrou a Rose uma velha ponte de concreto atravessando o rio Maki a partir da estrada nacional que o bordeia. Ela não era utilizada desde a construção de um desvio que cruza o rio num local de onde se pode avistar o monte Koshin ao avançar direto a partir de Makihonmachi.

— A estrada que vai desde a jusante até o outro lado daquela ponte é em declive, não? Assim que me tornei um aluno ginasial, uma vez acelerei numa bicicleta de aro vinte e cinco ou vinte e seis… ou seja, de tamanho médio. E tentei fazer uma curva ali. Porque todos os adultos faziam. Mas, sem conseguir girar o guidão, bati forte contra a balaustrada da ponte. Só que em vez de tombar para a frente, a roda dianteira entrou no arco de concreto, e isso me salvou. Diante dos meus olhos, havia um galho luxuriante de uma árvore conhecida nesta região como figueira pesada.

"Ao vê-la, ao mesmo tempo que me alegrei por poder contemplar um verde tão esplêndido, também me vi como o 'menino' que devia ter voado direto para a floresta, pois ao pedalar minha bicicleta em alta velocidade, bati com força na entrada da ponte e fui atirado ao ar."

Rose não teceu nenhum comentário direto a respeito. Em vez disso, apontou para o alto da floresta, onde não havia mais nenhum indício de neblina. Ao olhar para cima, um objeto voador branco, grande demais para ser uma borboleta, mas também sem fazer movimentos circulares como um pássaro, esvoaçava tentando inúmeras vezes penetrar no fundo do céu.

— Aquele é um morcego albino — afirmou Rose convicta. — O céu ainda está claro, mas, para os morcegos, o anoitecer está começando. Ainda mais por ser albino, sua visão deve ser fraca...

Capítulo 8
Momotaro, o menino-pêssego

1

O monge do templo Fushiki apareceu para uma visita em uma manhã de ar seco e branco, diferente de uma neblina, que caía sobre a encosta na floresta atrás da casa de Jujojiki. Na porta, Matsuo anunciou que aulas extracurriculares seriam *difíceis*. Ao entrar na sala de estar, repetiu o que dissera.

— A palavra "difícil" em japonês denota uma dificuldade real — comentou Rose. — Além disso, a mensagem é imposta.

Matsuo quase se deslumbrou com o olhar de Rose que lançava frustração e energia. O foco dela se voltou em seguida para Kogito.

— Não significa que eu, ou que nós, não aceitemos sua solicitação. Dizendo ser difícil, recusa-se com uma expressão objetiva pela qual ninguém se responsabiliza.

— Mas, mesmo Proust e Updike têm certas expressões que devem ser de intrincada compreensão se traduzidas em japonês!

— Essa maneira de se exprimir deve estar arraigada na vida social dos japoneses e em sua mentalidade individual — Rose não deu o braço a torcer.

— Não há ambiguidade na dificuldade desta nossa discussão — afirmou Matsuo.

— Para Kogito não há nada difícil — Rose conservava a expressão em seu semblante. — Você disse isso por ter preparado exemplos de Proust e Updike?

Quando Matsuo recomeçou a falar, ficou claro que o monge, negociador experiente que representava os interesses da região da antiga aldeia desde a administração até a educação do distrito de Maki, também trouxera uma contraproposta naquele dia.

— Seria uma aula em um dia nas férias de verão e, ainda por cima, na parte da tarde... Ou seja, não há problema de alunos das séries iniciais permanecerem ou voltarem para casa. A escola ginasial, no fim das contas, traçou um plano com base na palestra de Kogito e na explicação em inglês de Rose sobre "Momotaro".

"Além disso, o que eu gostaria de propor à escola é: por ser a primeira palestra de Kogito em muito tempo, eles deveriam abri-la ao público em geral. O que acha? Está muito em cima da hora para pedir o comparecimento do prefeito distrital, mas um ou dois responsáveis devem marcar presença.

"Kogito não precisa ir até a Prefeitura, mas não fazer nenhuma 'saudação' também não seria de bom-tom. Esse meu jeito de falar expressa de fato a mentalidade japonesa, e Rose ficará de novo incomodada."

— Quantos dias de aula há durante as férias?

— No momento não saberia dizer ao certo, mas... Não seriam uns três? A palestra seria em apenas um deles.

— Se for apenas um dia, não faz sentido de uma perspectiva de ensino do inglês.

— Ora, não diga isso... O que Kogito precisa... Bem, seja como for, eu devo voltar para o templo, e peço a vocês dois que analisem. Levem em conta também que aqui é uma região interiorana do Japão...

2

No primeiro sábado de agosto, tendo terminado mais cedo o almoço, Kogito e Rose partiram para a escola ginasial cujo prédio fora projetado muito tempo antes por um amigo de Kogito. Asa e o marido os acompanhariam enquanto Akari ficaria aos cuidados de Ayo durante a ausência da tia. Dois prédios de salas de aula com pequena diferença de altura se alinham na parte de trás, apoiados por uma parede de concreto que se estende por todo o terreno. Na extremidade esquerda, há uma sala de concertos em formato cilíndrico a ser usada como o local da palestra. Eles atravessaram o terreno sem ver nenhum aluno e se dirigiram ao prédio das salas de professores na extremidade direita. Parecendo formar um corte na parede de concreto, no lado oeste da escada que conduzia às salas dos professores, uma multidão se aglomerava procurando escapar dos fortes raios solares.

Quando Kogito estava prestes a passar ao lado dessa multidão, um homem da mesma faixa etária, que tanto poderia ser o proprietário de uma pequena fábrica quanto um playboy, se aproximou dele.

— Ei, sou eu! Não se lembra de mim?

Calçando sandálias de borracha, com um dos pés apoiado na escada por onde Kogito subia, ele esperava por uma resposta sem nem mesmo olhar para o rosto do seu interlocutor. A parte traseira da cabeça comprida e extremamente plana do homem avivou em Kogito uma memória não muito feliz.

— Um dia nos encontramos em Sennichimae, em Osaka, mas, infelizmente, eu tinha um jantar para ir e não pudemos conversar... Foi há uns quarenta anos.

De fato, algo do tipo havia ocorrido com Kogito durante uma viagem, quando, baseando-se em um catálogo que lhe havia sido enviado, procurava por um sebo na área central do seu local de destino. Ainda aparentando estranheza com uma vida urbana não familiar, um rapaz de cabeça *chata*, fingindo que olhava a disponibilidade na agenda, tentava mostrar compostura ao conterrâneo. Kogito o ouvira dizer que se empregara em uma madeireira na área de Hanshin, com a ajuda de um parente, um proprietário florestal.

— Tem algum netinho nesta escola?

— Não, não, voltei a negócios — o homem exibia uma expressão que destacava fortes matizes de velhice em meio aos rostos em uma multidão de Osaka. — Estou com a agenda tomada e não poderei assistir à palestra... Queria revê-lo, apenas isso!

No lugar do homem descendo as escadas com as solas de suas sandálias de borracha emitindo um barulho ribombado, uma mulher por volta de seus quarenta e cinco anos deu um passo à frente. Ela estava acompanhada de duas pessoas, cada qual portando um chapéu parecido com um capuz em estilo ocidental. Uma delas entregou a Kogito e a Rose um panfleto da "Reunião de proteção da orla do rio Maki".

— Fazemos parte desse grupo, mas, independentemente disso, gostaríamos de te fazer uma pergunta. Foi algo que ouvi do senhor Hayashi, membro do movimento em defesa do rio Nagara, que nos presta solidariedade! Ele te enviou uma carta pedindo que se tornasse membro do Comitê do Trust dos Cem. Embora ele não tivesse muitas expectativas por ter sido logo depois do recebimento do prêmio, ele recebeu sua resposta com a opção SIM assinalada. Mas, ao te enviar todos os seus livros e pedir que participasse de uma coletiva de imprensa, parece que foi informado de que houve um erro no preenchimento e que o senhor havia cancelado.

Numa fração de segundo, Kogito se viu perdido sem ter como responder.

No entanto, outra mulher, cuja pele parecia uma jujuba murcha, prosseguiu em tom de acusação e não de pergunta.

— O senhor Mura, ensaísta conhecido por suas pesquisas de túmulos de escritores modernos, apesar de muito ocupado, se esforçou para vir ver esta escola e escreveu que ela é "um prédio de arquitetura ultramoderna com alunos provenientes de um conjunto de casas miseráveis". O mestre Choko guarda algum tipo de *ressentimento* em relação a isso?

— Você é da região do antigo vilarejo do distrito de Maki?

— Não, sou de Uwajima.

— Sendo assim, seu neto não sai de uma casa pobre para vir até esta escola, correto?

— Não, não, aquilo foi escrito, segundo ele, tendo em vista a declaração de um amigo no encontro em uma cervejaria após encerrada a visita!

Rose se conteve para não falar algo às duas mulheres, mas Asa se dirigiu a elas em tom amigável.

— Há limitação de assentos, e parece haver muitos pais desejando assistir à palestra. Que acha de ocuparem logo seus lugares?

— Se não estiver enganada, é uma palestra destinada a alunos ginasiais, não? Estamos voltando para casa depois de pedir ao prefeito distrital para revisar as obras de proteção das margens do rio Maki. Na nossa rede nacional de informações, há comentários maldosos sobre o senhor Choko, por isso desejávamos ouvi-lo.

— Obrigada. Kogito tem má reputação entre mulheres bonitas e independentes. Por fazer parte de uma geração feudal.

Asa levantou a voz e chamou as pessoas reunidas na escada que os observavam.

— Por ser uma palestra direcionada a alunos ginasiais, começa e termina pontualmente. Peço que deem passagem aos professores!

Com esse ímpeto, a "saudação" às pessoas presentes vindas da prefeitura distrital se tornou vaga.

3

Na sala dos professores, o diretor iniciou um discurso para que *os alunos não se desconcentrassem* devido ao atraso causado por um pequeno acidente... Uma professora que os esperava nessa sala os avisou e, logo em seguida, pôs-se à frente para conduzir Kogito e seu grupo pelo longo corredor.

Entrando na sala de formato cilíndrico cujo tratamento acústico representou um enorme esforço para os arquitetos, Kogito teve um choque ao constatar o número reduzido de alunos. Menos de trinta deles se enfileiravam nas cadeiras a um lado do salão e quase no mesmo número de cadeiras postas atrás deles — como prova de que as palavras de Asa se baseavam na realidade, não havia assentos vazios — os adultos se acomodavam.

Inúmeros violões, instrumentos de sopro, um piano e instrumentos musicais eletrônicos encostados nas paredes indicavam que o espaço era utilizado para aulas de música. No espaço plano semiocupado por eles, o jovem diretor falava tendo às costas um quadro-negro móvel. Parecia explicar a estrutura dessa aula chamada classe de estudos gerais. Encerrava com habilidade a explicação ao ver que Kogito e Rose chegaram quando um rapaz na extremidade direita na primeira fileira de alunos se levantou.

— De pé! — berrou.

Assustados, Kogito e Rose se entreolharam com intensidade. O movimento simultâneo dos alunos parecia o dos bandos de dois tipos de pássaros negros e cinza: *Cumprimento! Sentar!* Kogito, que no ginasial recebera a nova educação do pós-guerra, não estava acostumado com isso e sentiu como se aquilo fizesse parte de algo violento. Seja como for, mesmo assim se pôs a falar.

— Sou Kogito Choko. Fui aluno da primeira turma desta escola ginasial, na qual ingressei na primeira série e concluí todo o curso. Quando a escola foi criada como um novo ponto de partida em função da derrota na guerra, além de nós, primeiranistas, havia os alunos da segunda e da terceira série.

"Havia um total de trezentos e cinquenta e quatro alunos na escola. No meio século que se seguiu, como se explica que haja tão poucas crianças na área do vilarejo... ou melhor, do distrito? Isso é horrível. Além disso, desde que ingressei na escola até me formar no ginasial, vivi em uma época em que a democracia foi adotada integralmente e não havia comandos de 'levantar' e 'cumprimentar' emitidos a plenos pulmões."

Nesse momento, do centro dos assentos para os pais atrás da fileira de alunos, após rejeitar com um gesto a tentativa do marido de lhe deter, Asa se levantou.

— Kogito, por favor, aborde de uma vez o texto que foi preparado. Caso contrário, Rose ficará em dúvida se fará a interpretação ou apenas lerá em voz alta a tradução do texto. Essa introdução de adulto, seja ela qual for, só deixa as crianças entediadas!

4

Nesse dia, terminada a aula, obedecendo à enérgica ordem dada por um rapaz que não se constrangeu com as palavras introdutórias de Kogito, as crianças permaneceram de pé até que ele saísse da sala de concertos tendo Rose à frente. Não importava onde fosse, Kogito apreciava o alvoroço que se formava ao fim das aulas, porém, enquanto caminhava só o silêncio reinava atrás dele. Ao questionar a senhora Higashi, professora que servia de guia, ela esclareceu que os professores encarregados fariam reuniões com os alunos para debater os temas abordados na palestra. Como foram reservados cinquenta minutos para a aula de Kogito e Rose, e o mesmo tempo para o debate com os alunos, isso significava que a classe de estudos gerais fora estruturada para o período equivalente a duas aulas.

Desobrigados de participarem da segunda parte do programa, os pais seguiram pelo corredor lateral da sala de concertos descendo para o pátio e dirigindo-se ao portão da frente da escola. Asa e o marido estavam entre eles, mas, vendo que Kogito e Rose eram conduzidos pela professora Higashi para a sala de professores, o marido os seguiu.

Kogito, desanimado, e Rose, cansada de conversar com as crianças, decidiram descansar por um tempo na sala de professores antes que o *ex*-diretor da escola os conduzisse até a casa de Jujojiki.

A professora Higashi tinha sobrancelhas espessas e escuras que combinam com seus grandes olhos e seu comprido nariz, mas, em lugar de algum terno de marca famosa comprado em uma loja de departamento, trajava um suéter branco de verão e uma saia de algodão cor de grama seca, uma visão que se destacava, *rara no interior*. Na mulher de rosto moderno havia também uma expressão pensativa.

— Podemos entender que a palestra de hoje teve por base sua visão do livro *O nascimento de Momotaro*?[1] — indagou ela.

— Que visão seria essa? — redarguiu Kogito. — Não li o livro a que você se refere.

— Não, não! — interveio a professora Higashi com um sorriso cauteloso. — Eu mesma não posso afirmar ter lido seriamente.

— Se não o leu, qual o motivo da pergunta?

---

1. Escrito em 1933 por Kunio Yanagita (1875-1962), escritor e folclorista.

Ao ser indagada por Rose, todo o sinal de cordialidade se esvaiu do semblante da professora.

— Para os japoneses, a análise de Momotaro é um consenso nacional. Nessa medida, temos uma boa ideia da interpretação por um novo campo do conhecimento acadêmico.

Porém, como nem Kogito nem Rose expressaram uma reação desproposital, o *ex*-diretor da escola intercedeu.

— Pode-se afirmar que as explicações em geral dos japoneses sobre Momotaro formam uma malha, concordam? Coisas novas podem ser totalmente inseridas nos espaços abertos da trama. Se for esse o caso, deve ser possível prever novas interpretações.

— Por assim dizer, uma abordagem estruturalista — disse Kogito, restringindo a contra-argumentação de Rose, que exprimia um ar descontente.

Embora tudo se tenha limitado a isso, na tarde do dia seguinte, Asa apareceu na casa de Jujojiki e, de imediato, criticou o irmão.

— Vocês parecem ter zombado da professora Higashi. Meu marido costuma encorajar excessivamente seus antigos subordinados quando os encontra, então parece que a bela professora percebeu bem a intenção de vocês.

Asa contou que, nessa manhã, fora abordada pela professora na rua que margeia o rio, onde conversaram. Morrendo de curiosidade, Rose inclinou a orelha para ouvir o relato detalhado de Asa.

A primeira coisa que a professora teria declarado a Asa foi que ela não era uma pessoa para conversa fiada e, por isso, gostaria de lhe oferecer um tema literário.

"Eu não li o livro, vi apenas uma resenha dele no jornal, mas parece que, numa das cenas descritas em *Meu século*, de

Günter Grass, o notável escritor alemão, Erich Maria Remarque, autor de *Arco do triunfo*, conversa com outro velho escritor, diante de uma jovem, sobre suas lembranças da Primeira Guerra Mundial. A moça teria reportado a seu chefe que os dois se empenhavam a todo custo em mostrar um charme indelével.

"Tinha minhas dúvidas se velhos numa posição como a deles realmente são assim, mas ontem, ouvindo a conversa entre o mestre Choko e o diretor da escola, acabei me convencendo."

Asa mostrou a Rose apenas sua expressão contrariada por essa maneira de falar e reproduziu sua resposta.

— Por acaso eu li esse livro. A esposa do meu irmão mais velho, que mora em Berlim, numa sessão de leitura na Academia de Artes, obteve uma edição de luxo autografada contendo cem aquarelas e a enviou a Kogito. Como meu irmão não consegue ler livros em alemão, ele me presenteou e estou lendo os cem episódios. Li o capítulo a que você se referiu.

"Os dois velhos escritores, antigos camaradas, compartilham lembranças conflitantes sobre a guerra na Europa. Nessa época, Remarque tinha a idade que Kogito tem hoje. A professora Higashi continua bonita, mas o que me diz da idade dela? Está mais próxima de Kogito e do meu marido do que da ouvinte, e caso *aqueles dois* estivessem zombando não teria ela sentido nisso certa intimidade?"

Depois de um *arremate* que deixou Rose bastante contente, Asa admoestou Kogito.

— Mulheres autoconfiantes, tanto nas cidades quanto em montanhas como esta, são misericordiosas e cheiram bem para homens acima dos sessenta, mas não devem ser desprezadas por adotar uma postura firme e crítica. Meu marido também me diz para me libertar de ilusões.

No entanto, depois de expor seus argumentos sólidos que fizeram doer os ouvidos de Kogito, ela presenteou o irmão e Rose com elogios acerca da palestra da véspera. Encorajados por suas palavras e tendo Ayo como novo membro da audiência, Kogito e Rose recordaram o que fizeram diante das crianças e procederam a uma reanálise.

— Seguindo o conselho de Asa, fiz com que Kogito lesse, de início, o texto da edição bilíngue inglês-japonês do *Momotaro* da editora Kodansha. Durante a leitura, as crianças se mantiveram muito quietas.

"Mas quando comecei a ler a tradução em inglês elas se alvoroçaram. As mesmas que, quando orientadas a se levantarem e cumprimentarem, obedeceram docilmente. É algo inacreditável nos Estados Unidos... As crianças, todas com o mesmo uniforme e a mesma expressão facial, me opunham resistência."

— Ao contrário, não estariam elas tentando, com todo o fervor, compreender o que você falava? Elas têm pouca experiência ouvindo o inglês de um falante nativo e, incapazes de manter a atenção, devem ter começado a tagarelar.

— Elas conhecem bem a história de Momotaro — Ayo saiu em defesa dos jovens colegas de sua antiga escola.

— Conhecer a história é diferente de ouvir o texto sendo narrado. Rose, as sentenças iniciais são do conhecimento de qualquer criança japonesa. "Era uma vez um casal de velhinhos. Quando a avó lavava roupa no rio, um enorme pêssego descia a correnteza. Veio rolando, *donburako, donburako*."

"Em comparação, a tradução em inglês é bem mais longa. Tive até vontade de perguntar a você o motivo. Além disso, nela a avó lavava no rio *her clothes*, suas roupas, o que soou para mim como se ela lavasse seu quimono. Fiquei cismada em saber o que aconteceu com a roupa de baixo do avô.

"Em seguida, o pêssego *came bobbling down*, descendo e rolando, a meu ver uma ótima expressão.

"Mas a questão é o que ocorreu depois. Essas frases feitas devem existir em países de língua inglesa, mas, quando se trata da canção entoada pela avó '*a água daí é amarga, a daqui é doce; a água daí é feita das lágrimas dos peixes*'... ao chegar a esse ponto, as crianças fizeram uma grande bagunça ao ouvir a longa tradução em inglês.

Rose assentiu com a cabeça. Depois, insistiu com Kogito.

— Sua preleção era sobre a análise estrutural do texto, e, uma vez que eu gostaria de repensá-la juntamente com todos, poderia, por favor, explicá-la primeiramente a Ayo?

Kogito falou o seguinte:

Segundo o "Momotaro" que guardo na memória, "o avô ia à montanha cortar lenha, e a avó, ao rio lavar roupa". Comecei dizendo isso às crianças. Quando pequeno, eu sentia haver significado no contraste entre as duas ações. E, assim, estabeleci a questão como ponto central da preleção.
Na tradução em inglês do livro ilustrado, antes da cena em que o avô retorna para casa para almoçar e se surpreende com o pêssego recolhido pela avó, aparece *He'd been out chopping wood* [ele estava fora cortando lenha], mas, na nossa percepção, ele não cortava uma grande árvore. "Cortar lenha" representa uma pequena tarefa cotidiana para provisionar combustível — assim como também é a lavagem de roupa da avó. Algo que aprendi nos livros de Kunio Yanagita é que, em geral, os agricultores de outrora — e ele não se referia

àqueles com grandes plantações de arroz — tinham suas casas entre a floresta e o rio, ou seja, elas pareciam estar situadas em encostas da montanha. Dessa casa, o avô e a avó saem para trabalhar em duas direções:

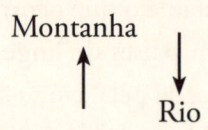

$$\text{Montanha} \uparrow \quad \downarrow \text{Rio}$$

Primeiramente, existe o eixo vertical montanha-rio. E o rio forma o eixo horizontal que leva para o lado externo.

⟶ Além da fronteira, para a profundeza da montanha
Além da fronteira, por fim para o mar ⟵

Esses dois eixos ordenam o mundo do vilarejo.
A *fonte* do poder místico se situa na profundeza da montanha, para além da fronteira. Locais terríveis onde moram inimigos externos estão do lado oposto do rio. A ilha, atravessando o mar, é o mais extremo deles.
Da *fonte* mística, veio um ser extraordinário que demonstra um crescimento estranhamente acelerado. Depois disso, ele desce o rio e vai lutar com os inimigos externos. Num processo de extensão em direção a esse eixo horizontal, ele encontra o cachorro, o macaco e o faisão. Eles exercem seus respectivos poderes no ar, em posição rente ao solo, ou ainda subindo e descendo pelas árvores que ligam esses dois pontos. A recompensa pelo contrato firmado com seus ajudantes foram *kibidangos*, bolinhos de milhete, preparados pela avó na casa do vilarejo, com a água para a comida decerto trazida do rio. O milhete foi cultivado pelo avô no campo mais acima do local da casa.

Além disso, gostaria de chamar a atenção de vocês para o fato de que não foi apenas Momotaro que apareceu naquele dia no local do avô e da avó, que levavam uma vida estável em meio a essas estruturas de eixos horizontal e vertical.

"Naquele momento, pela primeira vez eu me senti prendendo a atenção das crianças. Consegui continuar graças à concentração delas. Uma 'história' também apareceu. A 'história' veio ao longo do eixo horizontal. Para chegar, deve haver algum lugar. E o lugar é criado a partir dos eixos horizontal e vertical. Desejava deixar isso bem gravado em suas mentes.

Essa "história" se desenvolve. Confome os personagens principais se movimentam pelo eixo horizontal, no meio do deslocamento há o encontro com outros personagens: animais, pessoas que transcendem o ser humano e outros. Para estabelecerem um elo com eles, são úteis os presentes que embutem um *sinal* de seu local de origem.

Bem, o desenrolar da "história" se dá em um local distinto e, quando tudo é concluído, o personagem — e seus aliados — retornam trazendo uma lembrança que incorpora o sinal do novo local.

Então eles viveram felizes para sempre? A "história" termina com *final feliz*... Mas vocês que assistiram ao desenrolar da "história" até aqui não percebem que, no final verdadeiro, Momotaro vai embora subindo o rio do eixo horizontal?

"Isso foi tudo o que eu falei! Mas, ao chegar à metade da palestra, as crianças ficaram entediadas. É inegável que se alvoroçaram ouvindo a leitura em voz alta de Rose. Naquele momento, como observou Asa, podia-se sentir interesse da parte delas. Só que quando chegava minha vez, apenas, resignados, esperavam passar aquele momento para eles desagradável."

5

Asa, conhecendo o hábito de autorreflexão de Kogito desde menino e sua tendência a repetir sem disciplina os mesmos erros, se limitou a balançar a cabeça sem uma palavra. Alguns instantes depois, Ayo se manifestou.

— Há um professor de nome Fukuda, responsável pelas aulas de inglês e treinador da equipe de natação. Por estarmos em um local pequeno, logo se sabe quem está fazendo o que, mas, depois de a aula de ontem acabar, suas impressões sobre a palestra foram publicadas no jornal local matutino sem citar seu nome. Ele declarou ser inútil fazer alunos ginasiais ouvirem uma conversa tão abstrata e que seria, ao contrário, até mesmo condenável... Segundo me confidenciou Makihiko, o jornalista é hostil para com Kogito e Rose, e procurou justamente por esse tipo de opinião.

— Eu me pergunto o porquê de uma completa refutação sob a alegação de se tratar de uma conversa abstrata — observou Rose. — A educação não deveria conduzir as crianças a um nível abstrato a partir de observações e impressões concretas? Acredito ser um processo interessante para as crianças abstrair a história de "Momotaro" em um arquétipo mitológico.

— Arquétipo folclórico? — corrigiu Ayo acanhadamente.

— Meu professor se posicionava por não reconhecer diferenças arquetípicas entre mitologia e folclore — replicou Rose.

— Você não é aluno ginasial — afirmou Asa. — Basicamente, concordo com o pensamento de Rose. Sobretudo, vejo a necessidade de que as ideias das crianças sejam retroalimentadas com coisas concretas e seu interesse pela realidade seja estimulado. Para ser sincera, o meu marido também considerou sua palestra interessante até determinado ponto, mas, quando ela se tornou abstrata, teve a impressão de que você não parecia ter levado muito em consideração o perfil dos ouvintes.

— É mera curiosidade pessoal, ou seja, uma pergunta que se afasta das questões das aulas aos alunos ginasiais, mas o senhor falou que os eixos horizontal e vertical criam um local e que a "história" se forma dependendo desse local, correto? Então pensei na "história" do "menino". No caso desta região, é possível formar um eixo vertical pela ligação do vale com a floresta, não?

Tendo dito isso, Ayo olhou ao seu redor, e Rose, sempre preocupada com todos, arrancou duas ou três folhas soltas de seu caderno e as entregou a ele, da mesma forma como fizera no dia anterior com Kogito.

Floresta
↓
Vale

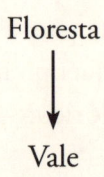

— O rio Maki e a estrada nacional que o margeia formam o eixo horizontal. A expressão "curso do rio" demonstra bem isso.

Rio / Estrada
←———•

"Tentei esquematizar me valendo do que aprendi com o senhor, mas eu mesmo não sinto que esteja bem ilustrado. Na base da seta, desenhei um círculo preto que representa este vale, ou seja, um local sem saída. Significa que dali é impossível retroceder. Mas as águas do rio obviamente fluem a partir da montante, não sendo correto entender o rio em semelhante formato. O que quero demonstrar é que o local da "história" do "menino" não é o mesmo "local" de Momotaro...

"Contam neste vilarejo que, quando uma pessoa morre, seu *espírito* sobe à floresta e para debaixo da árvore que foi atribuída a ela.

"Assim:

Floresta
↑
Vale

"E, decorrido algum tempo, o *espírito* hibernado na raiz da árvore desce ao vale e se incorpora em um recém-nascido.
"Assim:

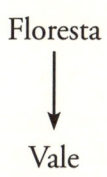

Floresta
↓
Vale

"Dessa forma, podemos resumir da seguinte maneira o nascimento e a morte das pessoas desta região:

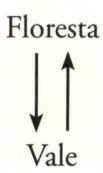

Floresta
↓↑
Vale

"O eixo horizontal, tanto do nascimento quanto da morte, não oferece espaço para entradas. Não existe a possibilidade de vir flutuando pelo rio, assim como no caso de Momotaro. Mas, por exemplo, há casos como o de Kogito, que saiu daqui para viver em Tóquio e depois retornou.

Exterior ⇌ Vale

"Seria desse jeito. Se tomarmos a história do 'menino', no caso do o 'menino Ayo', que atuou como comparsa do Gatuno Tartaruga, o fato de ir ido para o vilarejo e distrito rio abaixo corresponde ao movimento acompanhando o eixo horizontal e, ao retornar, acaba subindo para floresta.

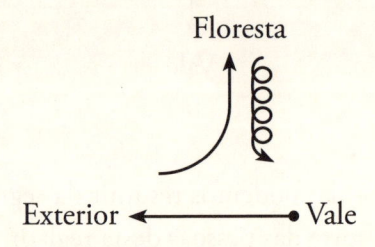

"A seta com inúmeros giros do lado direito mostra o momento da descida do *espírito* da floresta num trajeto em formato espiralado para entrar no corpo, de acordo com a lenda. Por isso, o nascimento e a morte das pessoas nesta região, mais comuns do que o caso do 'menino Ayo', não seriam algo assim?

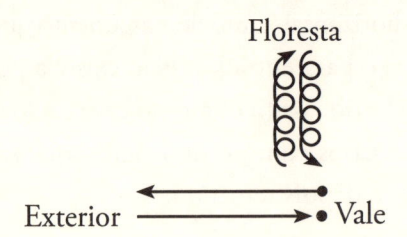

Rose era quem mais demonstrava interesse por essa explicação. Aproximando-se de Ayo, ela o reabastecia de papel.

Não se contendo, ela soltou uma exclamação.

— Sua explicação por meio dos gráficos foi muito bem elaborada!

— Que nada, ela foi organizada pelo senhor Makihiko.

— Você tem um domínio completo do assunto. Se permitir dar minha opinião, a montante do rio, de onde veio Momotaro, e a altura da floresta para onde o "menino" sobe podem ser entendidas como uma só unidade por serem outros mundos para além das fronteiras. Se pusermos num gráfico, como ficaria?

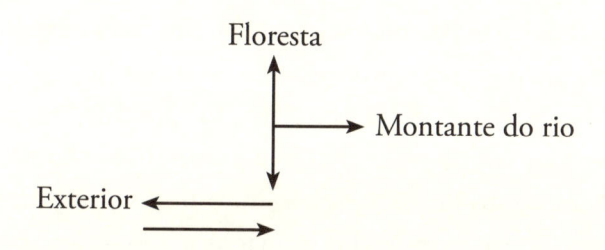

```
                    Floresta
                       ↑
                       ├──→ Montante do rio
                       ↓
       Exterior ←──────┤
                ──────→
```

— É desse jeito que eu penso, mas... Na realidade, a floresta e a montante do rio não estão na mesma altura e não consigo desenhar bem sua *torcedura*.

— O movimento do *espírito* para cima e para baixo num formato de espiral pode ser a chave para se compreender a contradição da *torcedura*!

— Kogito não é da área científica e consegue se expressar mais realisticamente em palavras do que em gráficos — afirmou Asa. — Mas não é virtual. Em outras palavras, mesmo havendo uma sensação real, a essência não é capturada. Acrescentei isso porque aprendi com Rose a diferença entre real e virtual.

6

A aula de apresentação de "Momotaro" na escola ginasial foi parar na página do "Fã-Clube de Kogito Choko" na internet. Rose o descobriu quando usava o computador trazido de Nova York e o anunciou entusiasmada.

— Kogito vive se queixando de não contar com leitores na sua terra natal, mas, entre os pais presentes na sala de concerto, alguns até utilizam as redes sociais. O surgimento desse novo tipo de leitor não estaria justamente abrindo o seu mundo literário para o futuro em comparação ao passado?

No entanto, no mesmo site foi postado na semana seguinte um comentário crítico à aula sobre "Momotaro". Antes mesmo de Rose, o primogênito de Asa, um professor da escola ginasial em Makihonmachi, o encontrou, imprimiu e fez chegar a suas mãos. Quem o postou foi uma colega dele, que costuma incorporar o Museu do Memorial da Paz de Hiroshima ao programa das excursões escolares e promove encontros de intercâmbio entre rapazes e moças da região com migrantes decasséguis das Filipinas e do Brasil a trabalho em Makihonmachi. Asa avaliava essa professora como a mais ativa de todas que já tinha conhecido.

> *Por ser a primeira preleção de Kogito Choko acerca de "Momotaro", eu estava ansiosa para saber como ele abordaria Onigashima, a "ilha dos ogros". Que enorme frustração! Sinto-me enganada!*
> *O pêssego desenhado na bandana na cabeça de Momotaro é descaradamente um substituto para a Hinomaru, a nossa bandeira nacional. Se conjecturarmos a partir disso, o grande pêssego*

pintado na vela do barco representa a bandeira de um navio de guerra. Eu não chegaria a afirmar que a forma como um belo adolescente japonês é descrito seja antiasiática, mas, seja como for, Momotaro está armado com uma espada japonesa na cintura e invade um país vizinho de fácil acesso por barco. The Adventure of Momotaro, the Peach Boy, *a edição em língua inglesa, descreve em minúcias o estado real da invasão, mas o texto lido pelo senhor Choko mencionava apenas "o cão mordeu, o macaco arranhou, o faisão bicou os olhos".*

Mesmo assim, imaginei que, na etapa dos comentários, ele não se restringiria a isso, mas Kogito Choko descambou para Dom Quixote! *Fui obrigada a presenciar e ouvir coisas maçantes! Que trabalho inútil! Essa é a minha sincera opinião, e, se pensarmos no efeito disso sobre as crianças, urge proceder a um acompanhamento crítico em sala de aula.*

Rose voltou a explicar a Asa que o texto em inglês não explicitava suficientemente a invasão e as atrocidades de Momotaro e seus animais correligionários.

— Um ponto em comum é o faisão ter bicado os olhos. Com certeza o texto em inglês detalha o macaco arranhando e o cão mordendo coxas. Mas não consta que o nosso herói tenha revidado com uma espada japonesa quando um ogro o atacou com um bastão de metal. Momotaro, mais do que depressa, *dodged about* ("esquivou-se agilmente", conforme Kogito havia traduzido em japonês), e o ogro revirou os olhos, caiu e se rendeu. O texto em inglês também não descreve uma batalha sangrenta.

— Falando nisso, Kogito, os textos que líamos durante a guerra não continham cenas sangrentas, não é?

"Mas concordo com ela acerca da digressão para *Dom Quixote*."

Ayo, que também nesse dia ouvia ao lado, questionou por que, no ensaio da aula, quando ele também estava presente, não houve tal "digressão", e Kogito esclareceu.

— O motivo de eu ter gasto um bom tempo ao final discorrendo sobre *Dom Quixote* foi: Sancho Pança partiu para se tornar governador da ilha largando dom Quixote sozinho. De madrugada, o duque e a duquesa do castelo desenrolaram um cordão pendurado à janela do dormitório de dom Quixote em que vinham amarrados mais de cem chocalhos e um grande saco de gatos. A cena é descrita assim: "*Foi uma barulheira tão grande dos chocalhos e dos miados dos gatos que, embora os duques tivessem ideado a brincadeira, mesmo assim se assustaram, e dom Quixote, amedrontado, ficou pasmo.*" Nabokov considera nessa passagem a mudança de um dom Quixote intrépido para um ser humano atemorizado.

"De minha parte, desejava traçar um paralelo entre o pavor de ser arranhado no rosto na escuridão por um gato e o pavor de ser bicado nos olhos por um faisão e unhado no rosto por um macaco em Onigashima."

Asa contou ter ouvido mais uma vez o boato sobre algo que a professora Higashi teria falado. Logicamente, ela é apontada como a porta-voz do diretor da escola. Segundo consta, o diretor se preocupava com a impressão que causaria nos pais dos alunos caso Kogito usasse a passagem sobre Onigashima como exemplo de invasão a países vizinhos. Ele ficou aliviado por ter sido uma palestra com aquele tom calmo. O fato de o professor de inglês Fukuda ter *falado diretamente* com Kogito na piscina pública de Maki também parece ter tido efeito.

— Falei para meu marido e para Kogito que um homem não é capaz de entender a essência de uma mulher que, durante anos, foi tratada como uma beldade. Mesmo que a abordagem seja gentil, é preciso ter cuidado. Bem, certamente isso serviu de lição.

Kogito não estava *totalmente deprimido* como quando dom Quixote foi se deitar repleto dos arranhões dos gatos, porém, uma vez mais, tampouco demonstrou entusiasmo.

Capítulo 9
Cruelty and Mystification

1

Era um dia quente e ensolarado desde a manhã. Ao ouvir a voz de uma criança começando a deixar mensagem na secretária eletrônica, Rose excepcionalmente atendeu ao telefone e depois, com bom humor, repassou a Kogito o teor da conversa. Os alunos ginasiais presentes na aula especial expressaram o desejo de conversar diretamente com ela em inglês. Queriam também perguntar ao mestre Choko sobre estudos e brincadeiras da época em que ele vivia no vale e ouvir a execução do arranjo para instrumentos de sopro da música composta por Akari. Perguntaram se eles não poderiam ir à sala de concertos da escola à tarde. Seria algo planejado apenas pelos alunos. Eles haviam conseguido pegar a chave do salão de concertos sob o pretexto de executar voluntariamente uma grande limpeza. *Miss Rose, a senhora pode manter isso em segredo da escola, não?*, a criança teria lhe pedido.

Apenas uma coisa parecia incomodar Rose.

— Lembra quando você participou de uma sessão de autógrafos acompanhada de uma breve palestra na grande livraria Barns & Noble de Nova York e eu elaborei a programação? Antes disso, você tinha recebido do consulado japonês um convite para jantar, não foi? Eu recusei alegando que você estava às voltas com os preparativos para a palestra, mas, quando me ofereci para arranjar um assento para o secretário caso ele desejasse assistir a ela, ele gargalhou, correto? Eu não entendi o motivo.

"Esta manhã, enquanto o aluno representante falava comigo ao telefone, os colegas ao redor dele também riam. Sentia neles uma ingenuidade própria das crianças do interior, mas..."

— Quando eu vivia aqui, embora fosse um provinciano, eu não era nem um pouco ingênuo! Seja como for, é recomendável termos cautela.

Depois disso, Kogito se barbeou com disposição e trocou a camisa e as calças. Eles descobririam mais tarde que Akari, que havia escutado atentamente a conversa dos pais dos alunos, tomara suas precauções.

Para não serem vistos da sala de professores, Rose não só estacionou o sedã azul do lado de fora do portão da escola, mas também o grupo seguiu pela extremidade leste do pátio diretamente para o salão de concertos. Como os alunos ainda não apareciam para recepcioná-los, entraram no prédio cuja porta estava aberta e descansaram.

As copas das árvores latifoliadas atrás da escola estavam densas a ponto de escurecer o ambiente. À noite, quando havia algum evento no interior do prédio, olhando para baixo a partir de Jujojiki, as luminárias do teto brilhavam intensamente como se oito discos voadores de cor creme estivessem reunidos. Mantendo certa distância, Akari se postou diante de dezenas de violões postos de pé diretamente no chão e explicava a Rose a amplitude dos sons em função do tamanho dos instrumentos.

Apesar do concreto aparente, as paredes em formato cilíndrico de textura fina, fruto da engenhosidade do arquiteto, eram equipadas com placas acústicas também bem elaboradas. Na parte inferior, havia janelas verticais cuja largura só permitia a passagem de gatos. Todos os ângulos relativos planos das janelas foram deslocados de modo a evitar repercussão acústica. Kogito também explicou a Rose o árduo trabalho do arquiteto. Os olhos dela estavam cativados pelas flores da árvore sal entremeando o verde-escuro da encosta da montanha.

Justo nesse instante, ocorreu um choque geral provocando a sensação do espaço cilíndrico se deformando. Kogito imaginou se tratar de um terremoto. Akari avançou dois ou três passos vacilantes, se agachou e, tampando um ouvido com uma das mãos, inclinou a cabeça sobre o ombro oposto enquanto com a outra mão livre procurava algo dentro do bolso. Nesse momento, pela primeira vez Kogito percebeu sons altos amplificados por um conjunto de cordas preenchendo a sala de concertos!

Rose se apressou em direção a Akari e segurou sua cabeça entre os braços. Kogito correu freneticamente e se lançou à porta pela qual pouco antes eles haviam entrado. Ela estava bem trancada a ponto de se torcer o punho ao tentar girar a maçaneta. O mesmo acontecia com a porta de acesso ao vestiário lateral. Olharam ao redor, mas seria impossível fugir pela estreita janela na parede.

Kogito recuou atordoado ao que foi mais uma explosão sonora de uma grande banda em formação do que uma música e dirigiu um movimento vago de cabeça a Rose, a qual, enquanto segurava a cabeça de Akari, olhou para ele fazendo uma forte torção da nuca. Pouco depois, Kogito encontrou uma luminária de mesa escondida no fundo da prateleira de instrumentos de sopro. Ele a pegou e arrancou o fio do corpo do suporte. Separou a extremidade e, com os dentes, desencapou cada fio entrelaçado. Ele os enfiou na tomada e pisou com seu tênis de corrida a bobina posta no chão. Irrompeu uma centelha, e o som gigantesco reproduzido do alto-falante cessou.

Do lado de fora do salão de concertos silencioso, uma porta foi aberta com estrondo e ouviram-se passos de várias pessoas se afastando às pressas. Tentando acompanhá-las com os olhos, Kogito aproximou a cabeça de uma janela e espiou o corredor que ligava o salão de concertos ao pátio, ao passo que Rose, chorando, gritava em inglês. Acreditando que seria admoestada por Kogito por berrar enquanto enlaçava a cabeça de Akari, Rose abaixou a voz, mas continuou sussurrando em inglês.

— Que crianças horríveis! Não seriam ainda mais *mischievous* do que as que atormentaram dom Quixote? Afinal, espantaram, aterrorizaram e fizeram Akari sofrer. Isso não é uma travessura infantil, mas uma violência cruel. Esse é o tipo de retribuição que recebemos por nosso ato voluntarioso?

Pouco depois, Kogito percebeu que Akari lutava para se desvencilhar de Rose, que continuava a falar e balançar no chão seus joelhos grossos e manchados de vermelho e branco.

— Você está bem, Akari? Está se sentindo mal?

Enquanto perguntava, Kogito, assim como Rose, poderia chorar devido ao ressentimento e à raiva que sentia pela sua impotência.

No entanto, tendo se libertado dos braços maciços, Akari tirou algo de ambas as orelhas com um movimento calmo a ponto de fazer Rose se calar e olhar para baixo. E o que Akari apresentou segurando em seus encantadores dedos unidos parecia uma massa de modelar de borracha rosa-pálido.

— Tenho plugues de ouvido, sem problema! Tocava o "Sexteto de cordas nº 1", de Brahms — explicou Akari.

2

Avisada por Rose pelo celular, Asa se apressou em libertá-los. A chave estava largada em frente à entrada. Rose estava exausta, e uma vez que Kogito se mostrava um velho deprimido de movimentos morosos, Asa julgou ser impossível preparar em casa o jantar. Apesar de ainda estar cedo e ter acabado de abrir, ela sugeriu irem a um restaurante de culinária local, popular entre os funcionários da prefeitura e os gourmets do distrito de Maki.

Asa pediu ao marido que negociasse com a escola as providências a adotar em relação ao episódio daquele dia, incluindo o incidente que involuntariamente tirara Kogito do sério. Ainda fez a reserva no restaurante enquanto Rose e Kogito tiravam um cochilo durante o restante da tarde para recobrar as energias. Quando, depois de se levantar, Rose tomava banho de chuveiro, já era tarde para o jantar, mas, seguindo a recomendação de Asa, todos saíram para Makihonmachi.

Ao fazer a reserva, Asa também pediu para mandarem por fax um mapa com o trajeto até o restaurante. Acostumado a deixar a direção a cargo de outras pessoas, Kogito, de início, não prestou muita atenção no trajeto até o restaurante Okofuku. Ele apreciou a denominação cunhada a partir do nome de um dos ativos participantes do levante campesino pouco antes da Restauração Meiji. Acreditava que o estabelecimento fosse voltado aos turistas na "aleia" onde se conservavam armazéns dos abastados comerciantes que outrora prosperaram na produção de cera de madeira. No entanto, ultrapassando o cruzamento em nível construído no local onde o rio Maki abraça um afluente, ao subir em direção à "aleia" na colina, Kogito procurou no mapa, a pedido de Rose, e descobriu que, na verdade, o estabelecimento se situava em um recanto de pousadas e pequenos restaurantes descendo pelo lado oeste.

Chegava-se ao Okofuku caminhando por uma antiga via estreita a partir de um outro estacionamento. A aparência externa e interna do local alegrou Rose, que, por um bom tempo, esteve deprimida. Desde o momento em que escolheram pratos de nomes com os quais ele estava familiarizado, Kogito começou a tomar saquê como aperitivo. Tanto Rose quanto Akari davam fim aos pratos que eram trazidos, um após o outro. Até então tudo corria bem aos moldes de um jantar tranquilo de uma família de poucos membros. Outra razão para eles poderem relaxar foi o fato de, por já ser bem tarde, não haver outros clientes, além do grupo de Kogito, acomodados nos assentos no espaço de chão de terra batida ao lado da calçada. Porém, um cliente do único grupo que bebia na sala de tatames ao fundo, no caminho de ida e volta ao banheiro situado nesse espaço do grupo, reparou na presença de Kogito, o cumprimentou com uma leve vênia, mas foi ignorado. Retirando-se para a sala de tatames, o cliente não tardou a voltar.

O homem estava bastante alcoolizado — num estado em que a exaltação da embriaguez parecia se transformar numa obsessão melancólica própria ao caráter do seu local de origem. Observando dessa forma, Kogito também se tornou introvertidamente ébrio para *evitar* com habilidade a retórica do rapaz. Tendo sido ignorado, o homem permaneceu de pé ao lado da mesa parecendo refletir sobre o que fazer.

— Tentei cumprimentá-lo por você ser um renomado escritor desta cidade e não ligo que não tenha retribuído minha reverência, mas por que me ignora quando me disponho a abordá-lo como estou fazendo agora? — começou a falar. — Talvez eu não pertença a uma família tão aristocrática como a sua, mas nunca recebi esse tipo de *tratamento* em Makihonmachi.

Nesse momento, Rose se desculpou justificando que Kogito passara por um acontecimento muito desgastante.

Embora Rose falasse com ele em japonês, o homem insistia em responder em inglês. Ele apertou a mão dela e se retirou. Depois disso, do outro lado da partição, o homem e seu grupo tiveram uma animada discussão com alusões maliciosas a Kogito e Rose.

— Esse tipo de atitude dos japoneses é incompreensível para mim — afirmou Rose. — Riem alto, fazem questão de se levantar e nos espiam sem cerimônia. Seria uma forma de compensarem o constrangimento de ter sido ignorados há pouco por Kogito?

Rose ainda acrescentou para Kogito, que permanecia calado:

— Kogito, Akari sente que a sua atitude não é normal. Usando uma palavra em japonês popular entre os jovens, você está "petrificado"! Como eu mencionei agora, mesmo tendo ocorrido um evento de grandes proporções, hoje seu comportamento está muito esquisito. Em geral você está bem-humorado na hora das refeições, mas não está sequer conversando com Akari. Tampouco me explica sobre os pratos locais. Se estiver muito cansado, podemos voltar para Jujojiki. O que acha?

Nesse momento, quando se levantavam da mesa, um homenzarrão, de seus cinquenta anos, visivelmente embriagado, calçou os sapatos e desceu da sala de tatames. Quando Kogito se dirigia ao caixa, esse homem se postou diante dele bloqueando sua passagem com seus largos ombros.

— Eu te peço desculpas pela atitude lamentável dos jovens do distrito — falou ele.

Tendo Akari e Rose às suas costas, Kogito, cujo caminho fora obstado, observou do alto o distintivo de vereador na gola do terno do seu interlocutor.

— Ô, chefe! Aí, vê se me deixa em paz! — replicou Kogito.

E, no momento em que tentou se desvencilhar, o homem que o transtornava cerrou os punhos em frente ao próprio rosto vermelho-pardacento como se estivesse se protegendo de ser espancado. Além disso, de uma maneira a que estava acostumado, pôs força nos cotovelos escondidos e deu um golpe na carótida de Kogito. Assim, a briga teve início.

Como se esperasse ansiosamente por isso, o jornal local reportou o incidente envolvendo força física, que pareceu se tornar a notícia mais comentada do vale. Nesse caso, apesar de Asa estar numa posição de concentrar mais informações do que qualquer outra pessoa, evitou trazer o caso à baila quando veio à casa de Jujojiki. O marido fez uma observação aparentemente bem fundamentada de que o pessoal do distrito não daria publicidade ao caso, já que o nome da parte contrária não fora sequer noticiado pelo veículo.

Ele aproveitou para informar isso quando veio aparar a grama ao redor da casa de Jujojiki. Ele teria redarguido da seguinte forma no momento em que Kogito expressou sua preocupação de como Asa entenderia o assunto.

— Embora soe estúpido, parece bem coisa de irmão mais velho. Tendo voltado a este local pequeno e bebendo em público, não havia como evitar esse tipo de confronto com um irmão. Diferentemente de quando era jovem, isso não terá importância na sua vida, Kogito, agora que já se encontra em idade avançada, não importa o que faça ou venha a sofrer, contanto que não saia gravemente ferido.

3

Por também ter presenciado o ocorrido, Rose não conseguia dissimular seu interesse pelo incidente. Em particular, ela analisava a estranha *gramática* e a *implicação da pronúncia* em japonês das palavras proferidas por Kogito antes do embate. E, observando com cautela Kogito se recuperar da difícil situação, agravada pela aversão à ressaca, procurou perguntar incontinente.

— Você disse: "Ô, chefe! Aí, vê se me deixa em paz!"? Pela voz, você parecia muito bêbado, o que, por si só, é assustador, mas foi a maneira bizarra de você se expressar que deixou até mesmo Akari atordoado. Por que proferiu aquelas palavras? É o tipo de clichê usado na região quando se pretende provocar alguém?

"Ô, chefe!" Até Rose lhe dizer isso, Kogito não se lembrava das palavras que havia dirigido ao grandalhão de seus cinquenta anos com o qual se engalfinhou. Ele reviveu outra cena ocorrida com ele no mesmo distrito. Aconteceu três ou quatro anos após o término da guerra, numa época em que as estalagens e os restaurantes de Makihonmachi viviam animados com os agentes dos mercados paralelos. Apesar de serem de uma família alheia a esse bom momento econômico, Kogito e a mãe acabaram puxados até lá.

Tudo começou com um telefonema recebido de uma estalagem de Makihonmachi. Usando quimono, a mãe enfiou num saco de papel suas meias e sandálias de dedo *zori*, e o juntou à bagagem na carroça, fazendo Kogito, na época estudante ginasial sob o novo sistema de ensino, empurrá-la. Assim, partiram pela estrada ao crepúsculo. Um renomado pintor de Kyoto estava hospedado na estalagem, mas o mestre, que era seu professor antes da guerra, usava o papel japonês que lhe fora enviado por um atacadista de papéis da região do antigo vilarejo. *Sei que no momento você não está mais trabalhando, mas não haveria papéis velhos remanescentes no depósito?*, fora o seu pedido.

Os itens solicitados estavam separados por tipo de matéria-prima para a fabricação do papel e armazenados em boa quantidade. As primeiras palavras em latim que Kogito aprendeu foram as que constavam nos papéis colados na armação do armário. *Broussonetia kazinoki* (*kozo*, papeleira), *Broussonetia papyrifera* (*kajinoki*, amoreira), *Edgeworthia papyrifera* (*mitsumata*, arbusto de papel), *Wikstroemia gampi* (*koganpi*), *Wikstroemia sikokiana* (*ganpi*).

Era interessante notar que essas plantas receberam nomes de áreas locais, como *kajinoki*, *ganpi* ou *shikokiana*, e que os próprios nomes de localidades foram utilizados como nomes científicos.

Após categorizar as matérias-primas para a fabricação de papel, o estoque remanescente foi embrulhado conforme as especificações dos papéis, fixado em uma carroça com uma corda e levado por cerca de uma hora até Makihonmachi, pela perspectiva de uma certa quantidade poder ser comprada ali.

Kogito se animou ao saber que as pinturas produzidas no próprio local pelos artistas eram vendidas no salão do andar superior. Ele guardou a carroça próximo à entrada onde as garçonetes e os funcionários transitavam carregando comida e garrafinhas com saquê. Esperou ali pela volta da mãe que subira as escadas. Ela fora apresentar aos pintores as diversas amostras postas em separado dos pacotes com os diversos papéis. Kogito não se lembra se nessa noite ela conseguiu efetivar alguma venda.

Isso também por causa da confusão ocorrida. Homens embriagados que desciam titubeantes pela larga escada mostraram interesse pela carga protegida por Kogito e se reuniram ao redor da carroça. Estendiam seus braços e tentavam rasgar o canto do papel que envolvia os pacotes ou arrancar seus barbantes. Tempos depois, Kogito ouviu que, diante dos homens que assistiam às pinturas sendo criadas, um pintor que conversava com a mãe sobre os papéis comentou que o *mitsumata* estava sendo usado para fabricar notas de dez ienes até que uma nova moeda fosse emitida devido à derrota na guerra.

A memória dolorosa enraizada em Kogito é a dele deitado de bruços sobre uma pilha de pacotes de baixa altura procurando em pânico impedir os homens que tentavam puxar à revelia, para todos os lados, com as pontas dos dedos, duas ou três folhas de papel. *Ô, chefe! Aí, vê se me deixa em paz!*, ele pedia.

Kogito contou o caso a Rose.

— Na época me enfureci, senti uma enorme impotência. Bem, é possível alegar que eu estava em pânico, mas, no outro dia, tive a mesma reação quando o homem de cinquenta anos e com sotaque local se aproveitou do fato de eu estar bêbado. Também foi insano como agi depois. Mas não dá para comparar com uma insanidade semelhante à de dom Quixote.

— Não seria algo próximo àquela perturbação de *Rei Lear*, que, segundo Nabokov, é uma obra-prima escrita no mesmo ano de *Dom Quixote* e à qual ele até fez referência?

Nesse ponto, Kogito foi procurar a nova edição de *Rei Lear* da editora Iwanami Bunko e, depois de confirmar com Rose, leu a fala contida na cena sete do quarto ato.

"Por favor, não zombes de mim. Sou um velho idiota com oitenta e tantos anos, nem uma hora a mais, nem uma hora a menos, e, para ser franco, receio não estar com o juízo perfeito."[1]

4

Nos dias que se seguiram, enquanto ruminava com autoaversão e arrependimento o incidente da briga, Kogito se recordou de certo ano na escola que frequentara em Maki, quando se viu cercado por colegas com o mesmo sotaque de Makihonmachi — sutil e um tanto diferente do da região do antigo vilarejo —, idêntico ao do homem com quem brigara no restaurante de culinária local. Foram dias em que não havia escolha a não ser suportar o sofrimento. E, quando julgava que as coisas não poderiam piorar, surgiu de forma inesperada a conversa de transferência de escola. Desde então, procurava evitar as lembranças, mas não lhe saíam da mente os socos desferidos pelo grande homem na base do seu pescoço, as joelhadas no seu baixo-ventre e a sensação opressiva reiterada dos três ou quatro homens parados às suas costas. Havia uma nítida semelhança dos rostos e das ações

---

1. William Shakespeare, *Rei Lear*. Trad. Millôr Fernandes. Porto Alegre: L&PM Pocket, 1997.

dos homens com os do líder da gangue e de seus capangas que dominavam a escola colegial.

O auge da opressão deles foi o incidente com o canivete. Adquirido pelo pai em Xangai, o esplêndido objeto era dotado de lâmina entra e sai automática. Um dos colegas que frequentava a escola da região do antigo vilarejo o reportou ao líder da gangue, que exigiu a Kogito que o oferecesse a ele como *presente*. Cercado por vários deles na parte de trás da escola, Kogito se recusou. Desde então, as frequentes intimidações conduziram, por fim, a um "duelo" com os capangas do líder.

Kogito não tinha confiança em sua força para empunhar o canivete. Aparecia em seus devaneios o objeto escorregando com um impacto e acabando por cortar os próprios dedos que o seguravam e todo o seu sangramento. Ele fixou a lâmina dobrável em duas peças metálicas e a amarrou na palma da mão esquerda com várias voltas de um cordão de palha. Depois de examinar se poderia agarrá-lo com o movimento dos dedos, na manhã do "duelo" enrolou uma toalha do pulso até as pontas dos dedos e, usando-a pendurada ao pescoço, partiu para a escola.

Na pausa para o almoço, Kogito foi chamado para a sala de equipamentos do clube de beisebol e foi posto de pé, separado do seu oponente no "duelo" por uma velha mesa de tábuas grossas. Quando o líder pediu que cada um deles prometesse jogar limpo, em frente às mãos direitas segurando as respectivas armas, vendo que Kogito estava distraído com a palma da mão sobre a madeira, o oponente enfiou nela o seu canivete.

O líder da gangue pulou da cadeira de madeira e, no impulso, atingiu com o punho cerrado a *têmpora* de seu correligionário. Puxou então para si o canivete que balançava sobre a tábua enfiado na unha do dedo médio de Kogito anunciando o início do "duelo". O oponente brandiu o canivete diante do peito e do rosto de Kogito, que, com o dedo sangrando, não era sequer capaz de segurá-lo com firmeza. Irado, ele contra-atacou. O oponente sentiu o impacto desagradável da lâmina amarrada à mão de Kogito ao atingir o osso do seu pescoço. Chorando copiosamente, o oponente fugiu para o espaço do bebedouro ao lado do ginásio de esportes.

Ao ouvir a história, Rose mostrou sua visível repugnância a ponto de seu rosto ser assaltado por uma incomum expressão sombria e tensa.

— Tenho medo desse seu lado violento, provavelmente o motivo de nunca termos ultrapassado os campos do escritor e da pesquisadora — afirmou Rose.

5

Kogito foi de novo levado por Asa a um hospital com hematomas e outros ferimentos causados pela briga no restaurante — no fim das contas, ele acabou expulso do local a pontapés pelos vários oponentes — e, embora não tenha podido se ver livre de uma sucessão de sensações melancólicas, descobriu um fato novo que o inquietou.

Ele mergulhara de cabeça na encosta com gramas de bambu e teve a orelha direita gravemente ferida. Apesar de ter sido suturada com destreza, a ferida era complexa, de difícil cicatrização. Pouco tempo depois, foi revelado pela enfermeira, e não pelo médico, que Kogito, bêbado das cervejas consumidas antes de dormir, incapaz de se controlar, coçava as feridas depois de adormecer acabando por fazê-las purgar. Então, eram realizadas incisões e novas suturas. O médico alertara para uma provável alteração também no formato da orelha.

Rose expressou ao médico sua preocupação de que isso causasse um desequilíbrio com a outra orelha, provocando transtorno aos leitores estrangeiros habituados a ver apenas por fotos o rosto do escritor.

— Os leitores, cujo contato até agora com Choko se deu por meio de fotos, com certeza nunca o encontrarão diretamente — argumentou o médico.

— Mas eles verão fotos recentes dele.

— Sendo assim, o jeito é tomar cuidado para sempre tirar fotos de seu perfil direito. Ou, considerando que ele foi gravemente ferido duas vezes em um curto espaço de tempo, não é improvável que haja uma nova queda no charco de bambus. Dessa vez, ele deveria dar um jeito de ser empurrado com o lado direito para baixo para poder recuperar o equilíbrio das orelhas.

Dito isso, Kogito não se preocupou em sair expressamente para remover os pontos da orelha suturada; aguardaria até uma próxima eventual ida ao hospital. Sentia certa estranheza ao lavar o rosto pela manhã, mas acreditava que, ao retirar os pontos, a orelha retornaria à condição original. Quando foi receber tratamento para uma laceração que surgiu sob um olho, aproveitou para remover os pontos e, ao retornar para casa, Asa primeiramente observou com atenção seu rosto e comentou com Rose sobre o novo *formato* da orelha.

— As orelhas de Kogito são grandes e se projetam direto da cabeça, não? Agora também uma delas continua inalterada, mas meu irmão apanhou do professor de japonês devido ao *formato* dessa orelha. Foi a partir daí que se pensou em como se deveria chamar suas orelhas, não foi?

— O professor declarou na turma que aquelas iguais às minhas são chamadas de "orelhas-cesta" por não apresentarem um *formato* bonito. Eu respondi dizendo que as pessoas são livres para vê-las no formato de cestas, mas o fato de a palavra ter uma conotação ruim é provavelmente porque, assim como a água vaza de uma cesta, as orelhas esquecem aquilo que ouviram.

— O fato de ter pensado previamente nisso demonstra que você devia mesmo se importar com o formato das orelhas. Sua mãe se lamentava como se fosse culpa dela. Também falou isso quando você se casou com Chikashi e ela estava feliz.

— Não é que Chikashi odiasse minhas orelhas! Goro era realmente um lindo rapaz, e ela não se importava com a aparência de outros homens.

Dado que Kogito estava de péssimo humor, Rose evitou tecer comentários a respeito, preferindo mudar de assunto.

— Ainda no início da primeira metade do livro, dom Quixote duela com um seguidor biscainho e acaba tendo metade de uma orelha decepada. Sua nova orelha, Kogito, tem um jeito destemido como afirma Asa! No momento, a reforma é apenas de um lado...

— E espero que continue sempre apenas de um lado — replicou Kogito.

Rose parecia ter mais uma coisa a falar, desta vez positiva.

— A cada leitura que faço de *Dom Quixote*, fico mais impressionada com a força daquele senhor de mais de cinquenta anos. Vendo seus pelos crescendo nas costas e os sinais na pele, Sancho afirmou serem *sinais* de um homem heroico, e dom Quixote era de fato um grande guerreiro, não é? Acontecia de ser derrotado, mas, pelo menos duas vezes, venceu oponentes armados.

"Além disso, por pior que fosse a situação, sempre se recuperava em um curto espaço de tempo. Ele é conhecido como um homem descarnado e de silhueta longilínea, mas é basicamente uma pessoa saudável e forte.

"Você também se feriu gravemente duas vezes ao retornar para a floresta, mas se recuperou por completo. A orelha foi lacerada e mudou de *formato*, e não deve recuperar a forma original. Dom Quixote também se feriu em três de suas viagens aventurescas e teve partes do corpo que não voltaram a ser o que eram antes... Acredito que, apesar da metade da orelha perdida e alguns ossos das costelas quebrados, no leito de morte ele tocou nessas cicatrizes sem qualquer sensação repulsiva."

Em seu lugar diante da porta de vidro que dava para o vale, Akari sublinhava palavras no encarte do CD e as procurava no *Dicionário de música de bolso*. Ao ouvir a palavra "costelas", dirigiu a Kogito um sorriso de felicidade. Quando a esposa do homem que lhe ensinou os fundamentos de composição musical quebrou a escápula por ter o esquadrão policial, na época da democratização da Polônia, dispersado uma manifestação de protesto à embaixada da qual ela participava, Akari compôs uma curta canção intitulada "Costelas". Por mais que Chikashi lhe fizesse ver que a senhora quebrara a escápula, ele não cedeu, alegando que *costelas* era interessante.

— Creio que para você, Kogito, estar morando agora no meio da floresta seja uma aventura. Você saiu daqui criança e, durante cinquenta anos, não retornou. Decidiu fazê-lo depois de muito tempo. Para você, esta é uma aventura perigosa e importante como as viagens de dom Quixote. Você deverá, a partir de agora, superar inúmeros perigos. Mas, para um escritor experiente, esta representará sua última grande experiência de vida!

Rose se agitava à medida em que falava, e os seus olhos cor turquesa se afiguravam acentuados por linhas pontilhadas vermelhas.

— Meu irmão passou por poucas e boas desde a época do colegial, mas conseguiu escapar de internações hospitalares. Agora, sob aquelas circunstâncias, permaneceu internado, e até o *formato* de suas orelhas mudou. Você, Rose, encontrou um sentido positivo em toda a história, não?

"Sendo assim, Kogito, vamos fazer uma festa para nos livrar dos infortúnios. Meu marido se reuniu duas ou três vezes com o diretor e o vice-diretor da escola ginasial. Discutiram se seria possível continuar com a combinação de aulas de inglês e japonês de Rose a partir do segundo período, mesmo sendo difícil no horário regular.

"Mas, em função do ocorrido, o plano foi abortado. Por Kogito estar bêbado e ter ido às vias de fato com um vereador da Câmara provincial, no momento em que Rose entrar na sala de aula será alvo da chacota das crianças!"

Rose interveio.

— As crianças também *pregaram uma peça* cruel em um senhor formado pela sua escola e em alguém com deficiência!

— Isso mesmo! Ninguém deve ser elogiado, pois aqui todos têm sua *parcela de culpa*. Como *ambos* foram vítimas, não vão partir para uma retaliação mútua, correto, Rose?

"Em vez disso, fizemos a escola ginasial concordar com que vocês se associem livremente com as crianças, que poderão porventura ser úteis na investigação do 'menino' de Kogito. Dois meninos do ginásio e uma menina do colegial foram selecionados.

"Vamos reunir Ayo, que tem trabalhado bastante, o monge e o sacerdote, e fazer uma festa pela recuperação de Kogito. Será também um banquete em comemoração à sua nova orelha!"

6

As três crianças que visitaram a casa de Jujojiki eram completamente diferentes de Kogito e de seus amigos de brincadeiras da mesma série meio século antes. Embora ingênuos, comportavam-se naturalmente de forma destemida. A colegial se chamava Kame, e apesar de terem sido atribuídos a seu nome ideogramas usuais atualmente, o *som* do nome denotava se tratar de uma moça oriunda de uma família tradicional. Aparentava ter um temperamento maduro e tranquilo, combinando bem com seu corpo sólido. Por ser seu nome um homônimo da palavra "tartaruga" em japonês, deveria ser alvo de chacota não apenas de seus colegas de turma, como também dos professores. Provavelmente seu temperamento advinha do fato de, durante muito tempo, ter aprendido a aceitar a situação sem protestar.

Podia-se perceber a admiração por ela professada pelos alunos ginasiais que a acompanhavam. Arata é um rapaz alto e de testa lisa e brilhante, e Katchan, um pouco mais baixo, tem o semblante introvertido, mas, ao lado de Arata, não deixava de se atentar a detalhes. Kogito se sentiu um pouco ansioso e agitado diante de ambos.

Sua conversa continuou desde que se reuniram a partir do anoitecer. Kogito tinha algo em mente. Makihiko falava sobre os filmes de Goro tendo Rose como principal interlocutora. O conhecimento dele sobre Goro Hanawa estava longe de ser superficial, e a começar pelos filmes em que atuou como ator — o "fantasma" de Goro em que ele se travestira era convincente e próximo à realidade —, ele parecia ter assistido repetidas vezes a todos os vídeos de suas obras como diretor.

— Mas, das pessoas que estão aqui, ninguém teve a oportunidade de ver ao mesmo tempo juntos Kogito e Goro, com exceção, claro, de você próprio, Kogito.

Ao ouvi-lo, Asa fez a seguinte correção.

— Na realidade, eu também vi ambos! Quando estava no segundo ano do colegial, Kogito trouxe Goro de Matsuyama e eles dormiram em casa. Aos dezesseis ou dezessete anos, Goro não era um jovem *comum*. Kogito era do tipo normal, estudioso. Ele cuidava de detalhes no que se referia a Goro.

— Não eram parecidos com a dupla Arata e Katchan? — interveio o marido de Asa. — Um professor encarregado me disse ter decidido que Arata, sozinho, não seria útil para a pesquisa de Kogito, mas somente Katchan também seria desinteressante. Isso, aparentemente, o levou a recomendar ambos!

Kogito demonstrava interesse por cada um deles: por Arata, que recebera tranquilamente no passado um elogio impreciso de um velho diretor da escola ginasial sem lhe dar particular importância; por Katchan, pelo seu jeito perplexo e orgulhoso; e por Kame, que ouvia a conversa mais relaxada do que os outros dois, até com um leve sorriso estampado no rosto.

Realizaram um churrasco no almoço em um pequeno espaço da rocha do terreno de Jujojiki aberto para o lado do vale a partir da casa. O marido de Asa trouxe em um *cooler* usado em suas pescarias em alto-mar, peixinhos do Mar Interior, além de verduras cultivadas por ele próprio. Eles foram grelhados numa chapa de ferro juntamente com os hambúrgueres que Rose levara o dia inteiro preparando.

Os três jovens apenas comiam com avidez sem participar da conversa que tendia a ser intermitente entre Kogito, Asa e seu marido. A névoa do rio se erguendo do fundo do vale restringia a visão de Makihiko e Rose, que continuavam a conversar sentados lado a lado em uma projeção da rocha em formato de sela de cavalo, pouco afastados um do outro. Por vezes, Makihiko se levantava e dava uma volta ao redor de Rose para, segundo Asa, espantar os insetos em torno dela.

Terminada a refeição, as crianças partiram apressadas. Kogito e os outros estenderam as mãos por sobre as brasas inflamadas diante do forno de pedras arredondadas sobre o qual estava posta a chapa de ferro e ouviam em silêncio o som distante do rio. O *ex*-diretor puxou gravetos que reunira no bosque e os colocou sobre as brasas. A figura de Ayo podia ser vista esmaecida entre as chamas. Cautelosa, Asa evitava olhar tanto para Ayo quanto para Rose e Makihiko, que continuavam a conversar com seus contornos já indistintos.

Capítulo 10
Rivalidade amorosa

1

Havia uma razão para Rose estar tão emocionalmente ligada a Makihiko. Antes de tudo, ela fora convidada como palestrante na reunião geral do Grupo de Pesquisa de Ensino do Idioma Inglês da província realizada na escola colegial de Maki. Na manhã do último dia foi realizada uma sessão sob o tema "tradução de romances japoneses".

Rose se sentou no meio do palco, ladeada pelos professores de escolas colegiais provinciais encarregados das perguntas, com um docente do Departamento de Língua Inglesa da Universidade de Matsuyama atuando como moderador. Primeiro, ele provocou risos ao abrir a sessão declarando como teria sido oportuna a presença de Kogito Choko como palestrante, mas que seu cachê poria em risco o orçamento de toda a reunião geral — para estranheza de Rose pelo uso de algo assim como piada. Apesar de ela ter ido no próprio carro, recebeu o valor em ienes equivalente a trinta dólares a título de "taxa de deslocamento", uma atitude para ela inconcebível.

As perguntas dirigidas a Rose começaram da seguinte forma, conforme ela anotara resumidamente em seu caderno de folhas soltas.

Você lê os romances de Kogito Choko em japonês e inglês?
— Leio, sim.
O que acha das traduções?
— Dos cerca de dez livros vertidos para o inglês, com exceção de um que foi excepcionalmente mal traduzido por uma tradutora japonesa, as traduções são, a meu ver, adequadas. Em particular, há uma excelente, realizada por um professor da Universidade da Califórnia, amigo de Kogito desde os tempos da adolescência. Esse tradutor e Kogito realizaram uma palestra no teatro da Universidade Columbia, muito interessante por ter o tradutor complementado os pontos fracos do inglês de Kogito.
O que acha da opinião de que os textos das traduções em inglês são de leitura mais acessível do que o original japonês, e que isso, nesse sentido, representaria uma vantagem para Choko?
— Quando um aluno meu frequentou o colegial de Oregon num intercâmbio, teve como tarefa ler um romance japonês e fazer um relatório. Pediu à mãe que enviasse a ele um livro de bolso de uma das obras de Kogito, mas não conseguiu avançar na leitura e acabou se servindo da tradução em inglês existente na biblioteca para realizar a apresentação. Segundo ele, a tradução em inglês era mais fácil de ler.
"Mas seria mesmo? Não apenas para alunos do colegial, como também no caso de adultos com experiência em ler em idiomas estrangeiros, aqueles que cresceram tendo o japonês como língua materna não teriam mais facilidade em ler livros em seu próprio idioma do que em um idioma estrangeiro? Sobretudo no caso de romances, me parece improvável serem as traduções em idiomas estrangeiros mais fáceis de ler do que na língua materna."
Hakucho Masamune argumenta ser melhor ler o Genji Monogatari *na versão de Arthur Waley. Que acha?*

— Mesmo no caso da nova tradução de Seidensticker, Kogito sustenta que, tendo o leitor experiência até certo ponto com a linguagem clássica, é mais fácil ler direto no original.

O debate em inglês terminou nesse nível, sem chegar à essência vital da tradução. Tão logo retornou da escola colegial de Maki, Rose se declarou frustrada, embora não estivesse de mau humor. Isso se deveu ao fato de Makihiko ter se levantado na plateia para fazer comentários em resoluta defesa dos romances de Kogito.

Segundo Rose, a manifestação de Makihiko não apenas demonstrou necessariamente um firme suporte a Kogito, como também embutiu uma crítica e, assim, ofereceu aos ouvintes uma sensação de justiça. Makihiko levou um gravador digital e depois o emprestou a Rose junto com uma fita gravada de sua palestra, uma vez que ela demonstrara interesse. Assim, Rose e Kogito reproduziram a fita e puderam ouvi-la juntos. Um ponto negativo era o baixo som das vozes mais distantes — apenas o teor da fala de Makihiko pôde ser ouvido com nitidez. Ele falou o seguinte:

"Kogito Choko voltou agora para viver na região do antigo vilarejo de Maki, mas, antes disso, costumava passar todos os verões no seu chalé de montanha em Kitakaruizawa. No ano passado, a pedido do sindicato da área de casas de veraneio de lá — bem, certamente com o intuito de saudar os residentes locais —, ele parece ter realizado uma palestra. Como eu anunciava na internet estar coletando materiais sobre Choko, chegou às minhas mãos um panfleto com o anúncio da comercialização do vídeo da tal palestra.

"O que estava escrito nele? Era um texto de propaganda no qual um diretor do sindicato apresentava, digamos, o romancista como deslocado em um local de moradias que, supostamente, privilegiava docentes universitários e seus filhos e netos. Na palestra, Kogito contou histórias interessantes e engraçadas da vila de veraneio, o que fez mudar por completo a impressão do escritor cujo teor das obras é um tanto complexo. Vejo que não apenas os professores no palco, como todos na plateia — com exceção de Rose, a palestrante especial — estão se divertindo bastante. Bem, é assim que ele é entendido. Em seus escritos 'um tanto' complexos, há, por exemplo, 'um leve' atrevimento! Embora não tão abertamente, ele sempre recebeu críticas ao seu hermetismo, frases mal redigidas e dúvidas se o que ele escreve pode ser considerado língua japonesa. As discussões de hoje dos professores — e, novamente, isso não se refere a Rose — não seriam um reflexo dessa tendência ter se espalhado internacionalmente?

"Tenho investigado a *fonte* de seus maus escritos que são alvo das críticas. Todos decerto rirão de mim, mas o assunto é sério!

"Quando bem jovem, Choko escrevia ótimos textos que permitiram a ele ser aceito com tranquilidade no mundo literário, mas houve um motivo para ele acabar gradualmente se perdendo no impasse da *complexidade*. A partir de determinado momento, ele começou a revisar seus textos em sua inteireza. Ele próprio confessou isso. Fazia muitas marcações em vermelho até nas provas de impressão. Cá entre nós, os editores que lançaram o seu *Jogo de rúgbi em 1860* talvez estivessem em sintonia com ele, mas uma vez li num artigo anônimo que era estranho ele se passar por um democrata torturando de tal forma os trabalhadores da área de impressão.

"Revisar os textos no formato de infindáveis *acréscimos*... Por mais que se adicionem anotações a frases, pelas características da gramática de uma língua aglutinante, o texto, a princípio, se completa. Reside aí o fascínio das sentenças em japonês. Em francês isso é realmente impossível, e mesmo em inglês seria possível criar um estilo? Gostaria de perguntar isso à palestrante especial de hoje.

"Seja como for, Choko executa sem fim esse tipo de acréscimo. As frases se tornam longas e sobrepostas. O texto tende a se desdobrar e, incessantemente, faz perder a respiração natural da fala humana.

"Todos os professores desta localidade devem saber há algum tempo que nossa região, conforme escreveu Kunio Yanagita... não, talvez não tenha sido ele, mas tudo bem... linguisticamente falando, forma uma área linguística denominada de cinturão sem acentuação.

"Portanto, Choko talvez tenha uma resistência inata para um estilo que continua de forma monótona. Mas, com toda a sinceridade, misturar de forma prolixa vocábulos estrangeiros é asfixiante para quem lê. Conheço inúmeros leitores sérios que desistiram de ler as obras de Choko na época em que essa tendência dele era mais pronunciada.

"Mas, com o passar do tempo, Kogito Choko procedeu a um exame de consciência. Ele deve ter sido forçado a fazê-lo. Uma editora há muito conhecida trocou Choko, cujos livros não vendem, por uma jovem escritora bem peculiar. Coisas assim aconteceram. Ele é filho! E ele também é pai de uma criança com deficiência. Deve ter ponderado como fazer para sobreviver a partir de agora. Nesse sentido, foi uma sorte ele ter recebido um grande prêmio no exterior graças às traduções de suas obras. Não é mesmo?

"Assim, nos últimos tempos, ele parece tentar ajustar o tom do texto acrescido cortando algumas coisas. A princípio, escrever em profusão não é garantia de sentido. Ele parece ter se dado conta de que não é necessariamente assim. Bem, ele é do tipo que leva tempo para assimilar.

"Mesmo assim, o estilo pensado por Kogito Choko é, em si, especial, em virtude de sua obsessão por escrever de forma *inequívoca*. Talvez até a morte ele não consiga alcançar um estilo tão primoroso que, ao se ler em silêncio, faça brotar no coração uma música de ritmo claro e uma profunda sabedoria possa ser depreendida de cada linha pura e simples ou de cada parágrafo.

"Portanto, afirmo que as suas obras foram bem recebidas no exterior devido às ótimas traduções. Como poderia dizer? Choko, um nativo de uma língua bárbara, justamente não tem o espírito do informante nativo cuja sensação é de estar sob o patrocínio do oeste europeu. Não quero que a discussão acerca do pós-colonialismo cultural seja trazida até Shikoku.

"E, mesmo que seja um número reduzido, alguns milhares de cópias apenas, parem para ler as novas obras do velho escritor. Releiam também trabalhos que ele escreveu na meia-idade. Fazendo isso, palavras e ideias incomuns não acabarão em algum momento começando a ressoar dentro de vocês? Espero dos jovens aqui reunidos uma experiência semelhante de leitura lenta e profunda.

"Mesmo assim, se me questionarem o porquê de escolher Kogito Choko para uma tal experiência, não saberei responder. Apenas, se me permitem expressar minha opinião pessoal, gostaria de manifestar que eu não sinto compaixão. Como sempre, ele escreve literatura pura, já passou da casa dos sessenta e luta com novas obras. Por vezes, ele exercita também um poder espalhafatoso, mas quase invariavelmente parece ser uma cruel *batalha* perdida!

"Sou o único responsável pelas risadas que acabaram de acontecer. Ciente disso, termino aqui meus comentários conforme me foram solicitados pela direção da reunião geral."

2

Após o tornozelo estar praticamente recuperado, Kogito estendeu uma esteira de junco sobre a cama, colocou várias almofadas encostadas em diagonal à cabeceira e executava seu trabalho em uma prancheta posta sobre os joelhos. Também se acostumou a ler livros nessa postura. Nesses dias, Akari resolvia problemas de teoria musical, compunha ou, na maior parte do tempo, ouvia programas de música clássica na rádio FM ou CDs, refestelando-se sob a mesinha do telefone no espaço de trabalho criado quando Maki estava na casa.

Isso porque Akari passou a se encarregar das ligações telefônicas. O motivo foi o fato de Rose passar a ser alvo de vários telefonemas obscenos feitos por homens — ela afirmava que havia entre eles estudantes colegiais. Até então, ela lidava com as ligações deixando-as cair na secretária eletrônica, mas também cabia a ela checar as que eram recebidas. Ela se impressionava, em particular, com os *trotes* em inglês, afirmando que os erros de pronúncia e gramática serviam para acentuar os efeitos danosos. Por outro lado, Akari aguardava impaciente a qualquer momento telefonemas de Maki lhe avisando para *ligar* imediatamente a TV ou a rádio FM quando ela encontrava um programa interessante. Portanto, a secretária eletrônica tinha sido desativada, e Akari assumiu para si a incumbência de checar diretamente todos os telefonemas. Assim, a triagem ficou muito mais eficaz. Rose, que havia designado a ele a tarefa, ficou impressionada e perguntou a Akari o critério de seleção em tão pouco tempo nas respostas aos telefonemas recebidos.

— Você consegue distinguir de cara os telefonemas importantes dos trotes, não? Como faz para saber quais ligações deve levar ao seu pai e quais deve desligar imediatamente?

— Pelo tom... da voz.

— Você memorizou o tom de cada voz? Mas deve haver pessoas com tons idênticos. Afinal, existem limites à amplitude vocal humana. De que forma você as separa ao ouvir?

— Deve ser pela entonação...

— Entonação? Mesmo cantando a mesma melodia com som idêntico, Gigli e Carreras são diferentes.

— Muito diferentes.

— Quando você conhece a pessoa, mas Kogito está ausente, você informa que ele não está, correto? No caso de um desconhecido, você desliga imediatamente, mas se ele volta a ligar, você apenas deixa o fone fora do gancho de lado e permanece calado?

— Exatamente. Porque é uma pessoa má.

— Mas e se for alguém que fique num meio-termo? Alguém que não seja uma pessoa legal como Ma-chan e Asa... Mas que também não seja uma pessoa má, que diga coisas que me fazem sofrer...

— ...

— Quando eu cuidava dos telefonemas, com a secretária eletrônica desligada houve casos em que passei ligações que eu achava serem neutras para Kogito e ele acabou se enfurecendo bastante! E acabei por deprimir não só a ele mas também a você, Akari, que detesta voz alta. Você agora está protegendo não só o seu pai, mas todas as pessoas nesta casa!

— Acho que sim.

Rose se alegrava de estar livre do trabalho das ligações telefônicas já que agora Makihiko ia até seu quarto diariamente para atuar como consultor em seu trabalho de cotejamento das tradições locais com os romances de Kogito. Confirmavam os locais descritos nos romances, e uma vez concluído o trabalho de tirar fotos, ela podia pedir a Ayo outros afazeres quando ele aparecia na casa de Jujojiki. A pedido dela, ele fora, inclusive, fazer compras em um supermercado de Matsuyama e passara em uma livraria para Kogito.

Ayo trabalhava dessa forma e, mesmo nas muitas vezes que estava na sala de jantar conjugada à sala de estar ou no dormitório de Kogito, sempre se interessava pelas discussões literárias entre Rose e Makihiko compartilhando com Kogito suas impressões.

— Makihiko afirma que as lendas mitológicas e a história desta região são modificadas pelos vieses da sua memória e imaginação, tio Kogi.

"Makihiko é membro de uma família de sacerdotes xintoístas que planejou a rebelião anterior à Restauração Meiji. No vale, ele foi chamado de volta por ter perdido a linha de sucessão do santuário Mishima. Ele originalmente estudava na pós-graduação da Universidade Doshisha, e todos estavam perplexos por não entender a razão de ele ter vindo para um santuário no interior."

— Makihiko deseja reconfigurar a revolta da qual seus antepassados participaram e fazê-lo em seus pormenores misturando modos e costumes. Na verdade, ele agora está apaixonado pelo festival dos fantasmas que mantém viva a tradição. Chegou até a inventar novas ideias para os "fantasmas"... Eu acabei passando por maus bocados por causa disso...

— Ele está convencendo Rose a confiar em seu novo método de pesquisa histórica mais do que nas suas memórias e imaginação, tio Kogi. Disse ser da Escola dos Annales. E que contra-ataca a memória e a imaginação com as quais os romances lidam...

— Li apenas um livro bastante conhecido de Le Roy-Ladurie, e o método é diferente do dos romances.

— O que ele pretende persuadindo Rose daquela forma? Ela estuda a sua literatura, algo diferente da pesquisa sobre história local de Makihiko, penso eu.

— Ayo, no mundo dos seres humanos não existe apenas um relacionamento devido a pesquisas! — declarou Kogito.

Na casa sem aparelho de ar-condicionado — o *ex*-diretor sustentava que, no terreno de Jujojiki, a temperatura era sempre dois ou três graus inferior à do vale —, todas as janelas para o exterior e as divisórias entre os cômodos estavam abertas, e durante esse tempo era possível ouvir a voz animada de Makihiko vinda do quarto de Rose.

3

Não que Ayo não planejasse atuar em novas áreas. Naquele dia mesmo, ele veio com o plano de irem nadar no "grande açude" no começo da tarde do domingo seguinte. Ele desejava que Kogito e Akari — e, logicamente, Rose também — descessem caminhando até o local depois de fazerem o *brunch*, por volta do meio-dia, e, antes de partir, asseverou que isso seria um substituto para exercícios de aquecimento. Ele ia até Makihonmachi buscar Kame.

Kogito ligou para Asa para falar sobre suas preocupações. Ela respondeu:

— Acho muito natural que Ayo tenha um sentimento de rivalidade para com Makihiko. Ele sempre estava junto no levantamento dos locais descritos nos romances. Mas, tendo depreendido os contornos, é preciso passar para o nível seguinte do estudo. Não dá para reclamar caso Rose tenha escolhido Makihiko como seu novo tutor. Também acho natural deixar a vida emocional de Rose nas mãos de um homem de mais idade como ele.

"E, com relação a Kame, evitei comentar algo antes por ela estar presente, mas ela faz parte de uma antiga família que monopoliza o que, nesta região, chamamos de 'as três brancuras de Maki', ou seja, indústrias representativas de cor branca, que são as de papel japonês, velas e fios de seda. Por um tempo, parece que o papel *mitsumata* também foi fabricado aqui por nossa família, mas nem se comparava ao volume de produção do papel para caligrafia de Maki.

"Ah, sim, o pai de Kame parece ter sido seu colega de escola no colegial em Maki, Kogito. A turma devia ser outra, e vocês não se relacionavam. Faz *sentido* uma jovem como ela ser filha de alguém da sua idade. O pai foi trabalhar em Osaka, e depois que a família foi esfacelada por lá, Kame voltou para cá acompanhando a mãe. Devido às circunstâncias familiares, embora não seja exatamente por isso, pode-se afirmar que ela é uma das alunas mais problemáticas da escola colegial de Maki. Logicamente, ela também tem suas virtudes. Era uma exímia nadadora de peito, sem rivais em toda a província. Mas se desentendeu com o instrutor e foi forçada a sair do clube de natação. O mesmo instrutor de natação do colegial que intimidou você na piscina pública acumula funções na escola ginasial.

"Meu palpite é que ela se inscreveu no programa, em parte, como forma de demonstrar seu desprezo pelo treinador de natação. É certo que a família de Kame está ligada à lenda do 'menino'.

"Os dois alunos ginasiais foram recomendados pelos professores, mas, no caso do colegial, a escolha foi realizada entre os que se inscreveram livremente. Ayo parece ter pressionado o professor da escola ginasial a cargo do programa. Também houve uma consulta ao meu marido, e eu aprovei porque imaginei ser melhor para Ayo sair com uma moça da mesma faixa etária dele do que se engraçar com Rose."

O fim do verão se aproximava, mas, durante todo o tempo, não se viam crianças brincando livres nas ruas ribeirinhas ou no rio Maki. Kogito estranhava isso. Ao perguntar a Asa, ela explicou que as crianças de agora preferiam nadar na piscina a nadar no rio, e à tarde viviam enfurnadas em casa jogando videogame.

Desde cedo pela manhã, o dia estava ensolarado e quente, e ao meio-dia Kogito, de início, fez Akari trocar de roupa. Ele trouxera um calção de banho de tamanho grande, mas Akari havia engordado mais do que ele imaginara. Aliado à constante falta de exercícios, num futuro próximo Akari teria sérios problemas de saúde. Desde que Chikashi partira para Berlim, exceto pela tentativa da hidroginástica idealizada por Rose, Kogito nada pôde fazer de positivo pelo filho.

Pensando nisso, Kogito, desanimado, também pôs um traje de banho e, juntamente com Akari, vestiu por cima calça e camiseta. Ao saírem de casa, Akari perguntou com seriedade para Rose, que parecia invejar de fato o nado no rio:

— Você não trouxe traje de banho?

— De tarde eu tenho compromisso com Makihiko — respondeu ela notadamente enrubescida.

Quando Kogito e Akari desciam até o "grande açude", depararam com Ayo de pé encostado na porta do carro no espaço aberto da encruzilhada em direção ao caminho na floresta, onde Rose anteriormente estacionara o carro ao retornar da piscina pública do distrito de Maki. Recepcionando Kogito e Akari, ele carregava uma cesta de roupas com a toalha de banho que trouxera na noite anterior da casa de Jujojiki e, preocupado com os pés de Akari, adiantou-se descendo pelo leito do rio. Ele subiu na esteira que já havia estendido e ajudou Akari a ficar em trajes de banho.

— Kame não veio?

Ayo não respondeu diretamente à pergunta, indicando com o queixo a rodovia nacional por onde caminhões não paravam de trafegar.

— Ela agora está se trocando dentro do carro depois de fazer exercícios formais de alongamento como era seu costume quando integrava o clube de natação. A descida até aqui deve ter esquentado o corpo de vocês, não?

Pouco depois, Kame saiu do carro, desceu correndo com leveza, a ponto de se alegrar, pelo caminho difícil para Kogito e Akari, e imergiu os tornozelos no banco de areia à margem do rio. A moça usava um maiô de malha de peças separadas que estava longe de ser o do tipo usado em corridas. O ventre alvo e o umbigo de bom formato eram cândidos e sem exposição ao sol. Além disso, a tensão das coxas e os músculos arredondados dos ombros da moça causaram uma impressão *incomum* em Kogito, que durante muitos anos se acostumara a ver as estudantes das competições esportivas orientando aulas de natação na piscina do clube.

Ela devolveu o olhar com seu rosto muito arredondado devido à touca de natação.

— Mestre Choko, em geral, quando treina, qual é o seu ritmo ao nadar? — perguntou.

— Quando frequentava a piscina em Tóquio, eu gastava quarenta e cinco minutos nadando mil metros e descansando duas ou três vezes.

Ponderando um pouco, ela voltou os olhos para o "grande açude" onde a água se movia de leve sobre a superfície da ampla rocha.

— As rochas aqui têm, em geral, um formato retangular, tanto que costumam chamá-las de tábuas de lavar roupa, mas há uma corrente e uma profundidade com cerca de dez metros a partir do ponto em que as rochas apresentam um corte. Os atletas da região pareciam treinar ali giros rápidos. Vamos fazer também, mas sem os giros...

"Quando estiver prestes a alcançar a rocha, faça os ajustes apropriados, por favor."

Kame caminhou na água com largas passadas até alcançar a extremidade do "grande açude" e se deixou cair na corrente com o tronco ereto. Voltando-se para Kogito, dobrou um dos braços circundando o peito do maiô, que, molhado pela água, se tornara bege-escuro, indicando a profundidade. Então, depois de se atirar e fluir água abaixo, ajustou a posição e começou a nadar rio acima com braçadas leves. A parte superior das costas e da cintura até as nádegas exibia uma sólida figura escura através da película brilhante da água. Salvo pela rotação segura dos braços e pelo movimento visivelmente forte das pernas, ela parecia fazer parte de uma cronofotografia estática.

— É simplesmente espetacular. Mas você comentou que sua especialidade é nado de peito!

Ayo respondeu aos suspiros de Kogito descalçando os sapatos e descendo com Akari na água que encharcava as rochas.

— Antigamente o tio também nadava aqui?

— Nós apenas nadávamos com toda a nossa força... Não podíamos controlar a velocidade usando a corrente daquela forma!

Kogito se aproximou de Akari, que permanecia parado bem ao lado de Ayo enquanto os dois conversavam. Ayo pretendia usar o *navio* do tamanho de uma banheira — mais adiante, havia o *barco* —, denominação da qual Kogito se lembrava, dentro de uma enorme cavidade do "grande açude". Ele fez Akari deitar de bruços com a cabeça voltada para a parte de cima do rio. Segurando a *borda* da concavidade da rocha com ambas as mãos, ergueu o rosto para se habituar à corrente da água. Ayo agachou seus vigorosos joelhos e *panturrilhas* desnudos ao lado do *navio* e fez Akari mergulhar morosamente o corpo na água. Akari respondia à força da água ao mesmo tempo com seriedade e alegria.

— Akari, vamos tentar mover as pernas? Devagar para não bater na rocha! Empurre a água com o peito do pé... com a parte de cima do pé!

As pernas de Akari não se moviam diretamente para cima e para baixo, parecendo mais remos balançando dentro da água, mas, ainda assim, visivelmente num movimento voluntário.

Kogito também nadou. O cascalho multicor no fundo da corrente e o verde jovem do bosque de castanheiras que vislumbrava enquanto tomava fôlego, de tão vívidos, o emocionavam. De início, ele nadou demais batendo com os dedos na rocha e, ao retornar, pisando a areia após ser arrastado pela corrente. Aos poucos, conseguiu controlar sua velocidade e, assim como nas raias da piscina, nadou tendo como referência Kame ao seu lado. E, mais uma vez, se encantou com o nado da moça. Sua pélvis elevada e as coxas firmes pareciam pálidas dentro da água.

Tomado por um desejo ardente, Kogito sentia como se conhecesse o corpo jovem e molhado se movimentando envolto por aquele maiô. Parecia até conhecer o aspecto do órgão genital, ou melhor, da parte *inesperadamente* ampla que o circunda, molhada com um rico fluido corporal, transparente e puro como terebintina.

Logo a origem desses pensamentos bizarros se esclareceu. Isso porque a voz de Goro parecia ressoar sobreposta a eles. Agora, no lugar dos fones de ouvido *tagame* do aparelho de reprodução enviado de presente por Goro, Kogito tinha os óculos de natação na cabeça, mas, por meio deles, ouvia claramente a voz do amigo.

"*Acho que não tive muitos momentos eróticos como esse em minha vida! Portanto, digo isso para que você se lembre desse momento pelo resto de sua vida a partir de agora, como sendo sua experiência pessoal.*"

O que Goro pensou para sua velhice agora se desenrola em sua mente enquanto ele nada no rio de sua cidade natal...

Kogito se lembrava dos amores lamentáveis na prematura velhice de Goro. As lágrimas escorreram embaciando os óculos de natação e comprometendo sua visão por completo; perdendo o equilíbrio, seu ombro acabou sendo atingido com uma força implacável pela *lateral* da palma da mão de Kame. Kogito parou de nadar e, deixando-se levar pela correnteza, se deu conta de que, naquele momento, as lágrimas que derramara não passavam de comiseração por estar vivendo dessa forma seus anos derradeiros.

4

Graças à sabedoria própria da velhice, Kogito logo recuperou a serenidade. De pé sobre os cascalhos de grandes grãos que se destacavam onde a água era rasa e a corrente rápida, retirou os óculos de natação e espargiu água no rosto. Kame nadou até a extremidade do "grande açude" e se virou depois de apoiar seus braços fortes sobre a superfície da base da rocha. Kogito nadou com ímpeto contra a corrente em estilo livre e, sem fôlego, alcançou a *orla* da rocha.

— Vacilei de repente e, sem poder desviar, acabei batendo contra o senhor — afirmou Kame. — Depois do choque… fiquei preocupada se não o teria feito desmaiar…

— Foi só um encontrão! — minimizou Kogito, que se manteve encarando os olhos desconfiados dela. — Você nasceu e cresceu em Makihonmachi, não é? Por isso tive a impressão de que está acostumada a nadar aqui.

— Parece que eu nasci em Osaka, mas… Este ano faz calor, fico irritada, e meu corpo requer movimento por ter largado o clube de natação pouco antes das férias de verão. Vim nadar aqui apenas um dia. Um membro do clube de natação da escola ginasial, sabendo que eu havia saído do clube, me assediou. Ele se alongou na concavidade do "grande açude" e defecou como um bebê. Flutuava, e era difícil nadar.

"Até o instrutor do clube de natação que veio ver o treinamento dos alunos ginasiais defecou. Alegaram que o fato de eu ter comentado sobre o caso com uma amiga feria os direitos humanos do treinador…"

Kogito ouvia sorrindo sem conseguir depreender o ponto vital do desfecho da história. Pelo que pôde discernir do relato de Kame, apesar de ela ser uma colegial, era preciso reconhecer que não devia ser desrespeitada.

— Comentei que, por ser um adulto, as fezes do treinador eram mais volumosas do que as de um estudante do ginásio. Mas parece que o treinador sempre teve fama de ser homossexual…

Depois de Kame subir diretamente ao "grande açude" e dar a volta até um local raso da correnteza, Kogito a alcançou. Ayo falou com ela enquanto, com uma toalha de banho, cobria Akari, que acabara de sair da concavidade no formato de banheira. Depois de ouvir o que Ayo falara, Kame subiu até o local onde o carro estava estacionado. Ayo disse a Kogito, que recebeu Akari e se dirigia para a areia do leito do rio:

— Kame se interessou pela sua pesquisa porque na casa dela há um "canil" relacionado ao "menino". O local é espaçoso porque, originalmente, consistia num estábulo da casa em formato de L, no estilo tradicional japonês!

"Kame afirma que ela própria nunca ouviu seriamente a lenda do 'menino'. Que acha de ir ver o 'canil' e conversar com o pessoal da família?"

— Será um prazer! Soa como algo que eu nunca havia ouvido… Isso mostra que você, Arata e Katchan realizaram uma investigação prévia. Bom trabalho.

Ayo mostrava uma expressão deslumbrante — também devido aos fortes raios solares e à luminosidade da superfície da água —, bem própria à sua idade, mas continuou a falar de trabalho.

— Combinei com eles para te mostrar o interior da casa — declarou e logo acrescentou deixando entrever o seu objetivo principal: — Vamos convidar Rose também? Eu ligo para ela. Ela deve descer com seu sedã para levar o senhor e Akari.

Kogito teve a impressão de que Makihiko estaria naquele momento com Rose. Com os calcanhares na corrente rasa, Ayo ligou de seu celular pendurado no pescoço. Kogito fez Akari se sentar em uma grande pedra arredondada no leito do rio e secou seu corpo com a toalha de banho. Apesar da temperatura elevada, Akari sentia arrepios por ter ficado longo tempo imerso na água. Bem, o olhar de Ayo ao retornar mudara por completo.

— Rose informou que não poderá ir a Makihonmachi porque precisa ter uma conversa com Makihiko. Mas seria bom que ela também visse o canil. Vamos deixar para uma próxima oportunidade?

Kame trocou de roupa dentro do carro e veio descendo com seus longos cabelos caídos sobre os ombros. Ao ouvir de Ayo sobre a mudança de planos, manteve-se calada e com uma expressão distante.

— Rose parecia preocupada com o horário em que o senhor retornaria com Akari — voltou a informar a Kogito em tom queixoso.

O formato da boca de Kame bem poderia desatar num assovio.

5

Kogito teve a sensação de que ele e Akari haviam se exercitado bastante. Para fechar o dia com chave de ouro — e também pelo fato de Rose não ter vindo buscá-los de carro —, eles voltaram a pé até a casa de Jujojiki. Porém, no meio do caminho, Akari teve uma convulsão e, até se recuperar, precisou ficar de pé à margem do caminho apoiando o corpo resfriado pela água do rio. Quando chegaram a casa uma hora depois de Ayo ter telefonado, Rose e Makihiko esperavam por eles aconchegados no sofá. Os dois pareciam tensos, e Kogito teve de explicar a eles sobre a convulsão de Akari e a necessidade de levá-lo a um banheiro, acautelando-se para a diarreia que se seguiria.

Nessas horas, Rose procurava ajudar Akari e Kogito, mas hoje não esboçou sequer um gesto, permanecendo sentada ao lado de Makihiko, ambos de rostos solenes e afogueados. Kogito levou Akari ao banheiro e, enquanto ouvia o som vigoroso do desarranjo intestinal, presumiu que Rose e Makihiko não dariam maior importância à situação.

Após pôr Akari na cama e retornar para a cadeira de braços de frente para o sofá, Kogito deparou com a seguinte afirmação de Makihiko:

— Eu e Rose conversamos bastante e decidimos nos casar. Ela assegura que não precisa da sua autorização, mas eu, mais do que ninguém, gostaria de obtê-la.

— Makihiko afirmou dar importância aos seus sentimentos. Disse a ele que não devia se preocupar, pois, na verdade, é desnecessário.

Rose, com o rosto cada vez mais vermelho, como se estivesse no colegial ou no primeiro ano da faculdade, conforme se vê com frequência, inclinou a parte superior rígida do corpo contra Makihiko para reforçar as palavras de ambos por meio da linguagem corporal.

— Em resumo, meu medo ao me casar com Rose seria feri-lo. Eu o machuquei fisicamente. Na realidade, há agora, diante dos meus olhos, uma orelha com a marca... É inconcebível que uma pessoa como você possa se ferir fisicamente, mas não psicologicamente...

— É mais fácil de se convencer do que o *contrário*. Ou seja, se você se fere psicologicamente, não pode deixar de se ferir fisicamente.

Makihiko não pôs em palavras, mas expressou seu sentimento. Em um feliz casamento internacional, com que frequência o casal costuma brigar?

Rose interveio com seus olhos azul-turquesa nos quais havia um brilho misturado a pontos vermelhos.

— Desde que assumiu o cargo de sacerdote do santuário Mishima, Makihiko passou a ter um especial interesse pelos seus romances, Kogito. Posto que estudiosos de cultura comparativa criticaram o uso do nome próprio do santuário Mishima em seu *Jogos contemporâneos*, alegando se tratar mundialmente de um sarcasmo repugnante a Mishima, Makihiko parece ter escrito um texto em sua defesa. *Se esses acadêmicos treinados no exterior estudassem um pouco sobre a história cultural de seu país, eles decerto conheceriam o nome do santuário consagrado ao deus Oyamatsuminokami*, declarou ele.

"Makihiko agora se interessa por *Árvore em chamas, árvore verde* e por *Salto mortal*. Essas duas obras foram criticadas como sendo tautológicas, não é? Em relação a isso, ele pensa que tem sentido escrever duas vezes sobre uma religião surgida e desaparecida neste vale.

"Assevera que suas obras *prenunciam* o surgimento de um genuíno 'salvador', sendo também uma *premonição* fermentada durante um longo tempo pela geologia desta região. Além disso, Makihiko planeja se revelar como o genuíno 'salvador'. Não na forma de um escritor como você, mas, na verdade, pretendendo fazer todos os preparativos e esperar pelo surgimento do 'salvador'.

"Ouvindo isso, lembrei-me de *Cervantes, ou a crítica da leitura* de Carlos Fuentes, no qual ele sumariza a história da religião na Idade Média!"

Rose pegou a tradução em inglês de Fuentes que já havia deixado sobre a mesa. Kogito também foi buscar a tradução em japonês na estante do dormitório.

— Fuentes apresenta diversas teorias "heréticas" sobre Jesus Cristo, desde as professadas por seitas gnósticas do Egito até as de seitas gnósticas do judaísmo. Elas asseveram que não foi Jesus quem morreu na colina de Gólgota; que ele estava entre os espectadores assistindo à *crucificação* do seu substituto; e que, até então, ele havia sido protegido pelo "salvador", que se transmutava em uma pomba, mas foi por ela abandonado na Gólgota e morreu como um ser humano sofredor...

"Após oferecer inúmeras teorias 'heréticas', Fuentes menciona o seguinte:

> *Ao reescreverem os ensinamentos da Igreja, essas linhagens heréticas ampliaram e diversificaram as visões sobre questões relativas à vida e à personalidade de Cristo, à Trindade e à sua posição como Pantocrator. Basta um olhar superficial sobre as teorias*

heréticas para compreender que elas mereceram receber o status de verdadeiros romances da Idade Média.

"Não é interessante, Kogito? Você é um *verdadeiro romancista* da virada deste século. Por um lado, Makihiko analisou os 'salvadores' criados pela sua imaginação e deseja criar um 'salvador' nesta região que, na realidade, os supere. Entendeu? Makihiko é um revolucionário!

"Como leitor conhecedor de seus romances — ou, reproduzindo as palavras de Fuentes, como especialista de leitura —, gostaria de ajudar para que o projeto dele, cuja contraparte é a realidade, seja correto também de uma perspectiva literária. Por esse motivo, vou me casar com ele!"

Capítulo 11
O "menino" que cuidou do cão de Saigo

1

A partir desse dia, Rose iniciou sua nova vida de casada com Makihiko no escritório do santuário Mishima. Durante a semana, ia até a casa de Jujojiki, onde trabalhava oito horas diárias.

Apenas Asa avaliou positivamente essa rápida aproximação de Rose e Makihiko, que pegou todos de surpresa.

— Falando apenas sobre você, de fato correram boatos por estar morando sob o mesmo teto com uma americana enquanto sua esposa estava na Alemanha! E, pensando também em Ayo, fico duplamente aliviada. Apaixonar-se por uma mulher morena mais velha não seria benéfico para o desenvolvimento saudável de um adolescente.

"Também houve rumores sobre a vida de solteiro de Makihiko e uma provável predileção dele por crianças. Não seria nada bom se, *desprezado* por Rose, Ayo ficasse *tentado* a enveredar nessa direção.

"Tanto você quanto Ayo devem compensar o que falta a Rose e se concentrar, por favor, na pesquisa conjunta com Arata e Katchan."

Quando tudo foi definido, Ayo ajudou na mudança de Rose sem fazer corpo mole. Procedeu a novos arranjos para irem visitar a casa de Kame numa data em que Rose pudesse participar.

Na universidade, Rose estudou história japonesa contemporânea. Quando Ayo explicou que iriam à casa da família do "menino" que tinha ligação com Takamori Saigo[1], ela pesquisou todo o catálogo da editora de uma universidade americana e encomendou uma monografia sobre a Rebelião de Satsuma.

Dentro do carro em direção a Makihonmachi, Ayo conversou com Rose sobre conectar as lendas locais a Takamori Saigo. Kogito também ouvia pela primeira vez os detalhes.

— *Se formos a Tóquio, tudo se resolverá*. O exército de Saigo partiu com esse plano displicente, mas foi bloqueado pelas tropas do governo e lutou durante seis meses em vários locais a leste de Kyushu. Por fim, os oficiais resolveram retornar a Kagoshima e desafiar a nação para uma batalha decisiva. Saigo também decidiu pôr em liberdade os dois cães Satsuma que o acompanhavam inseparavelmente. Ele confiou os animais ao "menino" em um local chamado Wadagoe, cujas colinas se estendem de leste a oeste e onde contínuas batalhas eram travadas, apesar da derrota. Há registros de que o Exército do governo avistou Saigo acompanhado pelos dois cães no campo de batalha no cume dessa colina. Decerto foi seu último passeio com eles. Nesse dia, ou no dia seguinte, o "menino" — que afirmavam ter dezesseis anos, embora tivesse de fato treze ou catorze — recebeu os cães.

"E o 'menino' decidiu levar os animais na direção de Hyuganada. Kame me relatou ter ouvido do pai sobre o 'menino' *original*

---

1. Takamori Saigo (1828-1877). Samurai e político, apoiou a Restauração Meiji e liderou em Kagoshima a Rebelião de Satsuma, de samurais contra o governo central.

que, até seus oitenta anos, viveu na casa. Contam que o exército de mais de mil homens de Saigo, reunido no lado do cume onde ele tinha sido avistado, foi recebido por mais de quarenta mil soldados do Exército do governo concentrados no sopé do lado oposto.

"É um terreno amplo, de contínuas colinas, numa escala bem diferente de Makihonmachi, não se parecendo com o formato de jarra da área do antigo vilarejo... Por isso, contam que, apesar do medo de ser capturado pelas tropas circundantes, ele se fez passar por um menino camponês acompanhado de seus dois cães, o que permitiu a ele caminhar com total tranquilidade.

"E, ao chegarem ao bosque de pinheiros em uma suave colina onde não parecia haver tropas do Exército do governo, os dois cães pararam e se olharam mutuamente na *diagonal*. Um deles ganiu, virou a cabeça na direção de Kagoshima e, de súbito, desandou a correr. Esse cão de pelagem preta, por fim, retornou à casa de seu dono original.

"Sem intenção de voltar de imediato para o local onde se travavam as batalhas, o 'menino' se dirigiu ao mar acompanhado do cão remanescente de pelagem cor de *palha*. Depois de chegar ao litoral, caminhou durante vários dias até Usuki, onde pediu que o deixassem embarcar num navio zarpando em direção a Iyo. Assim, chegou a Nagahama. Dali retornou para casa caminhando ao longo do rio Maki.

"Estamos quase chegando. Estamos indo ver o canil que se empenhou para aumentar a linhagem do cão de Saigo que ficou com o 'menino' — por acaso o cão remanescente era uma fêmea e também estava prenha. Contam que os filhotes da linhagem do cão de Saigo eram oferecidos gratuitamente na época, mediante solicitação, a quem visitasse o canil. Eles cresceram num ritmo acelerado não apenas no distrito de Maki."

— Como ficaria a eugenia se os filhotes da fêmea reproduzissem sob controle? Não sei muito sobre procriação de cães...

— O "menino" criou, a princípio, as bases para expandir a linhagem do cão de Saigo. Ele foi para Kagoshima levando inúmeras fêmeas criadas por ele. E contam ter visitado as casas das pessoas que presentearam os cães a Saigo, uma delas situada no seu local de nascença em Sashi; a outra era de um agricultor em um local chamado Kamagahara, em Oyamada, pedindo que acasalassem os cães.

"Foi uma viagem de grande escala. Contam que o tal Gatuno Tartaruga perseguiu o 'menino' e seu grupo ao desembarcarem em Miyazaki, buscando reaver despesas de viagem e uma gratificação pelos favores prestados, mas, devido aos muitos cães, ficou de mãos atadas."

Depois de se transferir para a casa de Jujojiki, Kogito visitou a fábrica de cera branqueada que atualmente abriga um museu de cera de madeira. Situa-se em um prédio cercado por muros altos de barro, mas, no caminho, há na parte de trás uma residência de construção sólida que se destaca das casas circundantes. Contíguo à direita desse prédio, há um terreno baldio com profundidade, com a metade do lado que dá para a rua sendo usada como estacionamento. Essas duas ruas são paralelas, em particular a "aleia" da rua principal voltada a turistas. Ayo parou ali o sedã azul de Rose e guiou Kogito e os demais.

Entrando pelo portão de trás da residência do lado esquerdo, há uma edícula separada do grande prédio principal por um jardim. Embora independente, a antiga e sólida casa térrea é mais contemporânea do que o prédio principal. Dava para ver que o edifício em formato de L para o qual eles se dirigiam tinha ares de ser um "canil" especial.

Antes de Kogito e seu pessoal chegarem, a entrada do prédio principal fora aberta, e Kame e um homem corpulento de cabelo branco curto apareceram. No fundo da fisionomia severa e da expressão visivelmente deprimida do homem havia vestígios memoráveis de um rapaz do clube de inglês. Quando Ayo apresentou o pessoal, o homem pousou os olhos por instantes sobre Kogito como se fosse um míope sem seus óculos. Embora não tivesse familiaridade, ele parecia confirmar ser alguém da mesma série de Kogito na escola. Limitou-se a fazer uma reverência, mas saudou Rose num inglês peremptório. Ela também lhe respondeu em inglês, algo raro para ela nessa região quando tinha um japonês como interlocutor.

— Como estou estudando, vou falar daqui para frente em japonês — explicou e continuou. — O senhor deve sempre usar inglês de negócios, não?

— Trabalhei em uma empresa comercial — disse o homem em japonês. — Mas isso já faz muito tempo. Voltei para meu local de nascimento e tenho vivido como um camponês. Enquanto minha esposa era saudável, trabalhava com os visitantes que vinham ver a "aleia", e entre eles também havia estrangeiros.

"Eu me lembro de Choko — logicamente conheço sua atividade de escritor — como alguém que confrontou o líder que dominava o clube de beisebol. Você perseverou e trabalhou duro."

— No fim das contas, eu fugi depois de um ano. Você, sim, foi um dos poucos que se mantiveram independentes do poder do líder. Ser forte no judô, provir de uma família tradicional e coisas do tipo deve ter sido o motivo de você ser respeitado por eles…

— Kame me falou muitas coisas, mas, por mais que tente, não me lembro de ter realmente falado com eles… Seja como for, mesmo vindo das profundezas da montanha, eles me olhavam de longe, de uma forma neutra, como se eu fosse um aluno se esforçando para empregar o japonês-padrão.

Quando os dois se calaram, não havia mais tópicos para manter a conversa.

— Então, poderíamos ver o "canil"? — pediu Ayo.

— Kame fará as honras da casa — declarou o homem simplesmente e se retirou para a entrada do prédio principal.

Guiado por Kame, o pessoal de Kogito fez o contorno pela cerca de tábuas no estilo das residências dos samurais e chegou a um amplo jardim que também devia servir de oficina. Dali era possível avistar o "canil". Na altura do telhado, na profundidade e, inclusive, na obscuridade, havia vestígios de um estábulo. Uma tábua horizontal preta, grossa e lustrosa o atravessava exatamente na altura do peito de um cavalo. A partir dela, finas travessas de madeira chegavam até o chão. Para além, havia uma leve inclinação no solo escuro compactado com um duto que fora cortado ao longo da parede de madeira.

— A caixa de madeira no canto é um tanque para água potável e para a limpeza dos cães, e, aparentemente, mesmo quando meu pai era criança, uma calha estava ligada ao poço no jardim central.

— Até quando eles criaram cães?

— O tio-avô que cuidava deles nunca se casou e parece ter passado toda a vida ajudando nos trabalhos da família principal. Contam que, mesmo com mais de oitenta anos, criava dez cães. Meu pai lembra que, com o fim da guerra, a fim de fornecer peles ao Exército, esses animais foram sacrificados, e o tio-avô, talvez por ter ficado deprimido, acabou se enfurnando na montanha e morreu.

— Como os muitos cães que ele criou até então foram tratados nesta região?

Ayo respondeu em lugar de Kame.

— Por serem cães Satsuma, de excelente linhagem, até aquela época deviam ser valiosos para alguns caçadores especializados. Mas, com a ajuda de uma família, a criação continuou sem fins lucrativos. Quando chegou a hora de os sobreviventes do grupo de Saigo convocá-los, parece que tiveram a ideia de juntar todos os cães espalhados pela região e participar com eles do exército rebelde.

"Assim, contam que, periodicamente, visitavam e treinavam os cães doados às residências desta área. Isso aconteceu até por volta do final da década de 1920. Ao término da Guerra do Pacífico, como comentou Kame, houve um extermínio de cães para fornecimento de peles ao Exército. Não apenas os animais remanescentes nesta casa, como também todos da linhagem do cão de Saigo que se haviam multiplicado até então. Dessa forma, o velho que antigamente era o 'menino', sem energia e força física, acabou indo viver na floresta."

Durante todo o tempo em que ouvia a explicação, Rose tomava notas e, a cada pausa, tirava fotos do interior do "canil". Um buraco aberto na orla do lambril servia para escoar a água misturada a excrementos e urina dos cães para o campo com um nível de cerca de dois metros. Ela também tirou foto de uma lata longa no formato de caixa. No espaço bem no canto da dobra em formato de L a partir do "canil", havia sinais de que o proprietário retornara do prédio principal. Kame foi até lá ver, com um jeito de andar próprio a nadadores, mas, ao retornar, tinha o ar afetado das moças de famílias tradicionais da região.

— Meu pai gostaria de convidá-los para um chá.

A entrada se assemelhava à das casas de campo comuns, mas, ao se adentrar no espaço com chão de terra batida, havia no corredor sólido e amplo almofadas enfileiradas no mesmo número dos visitantes. O pai trouxe as xícaras de chá e bule sobre uma bandeja de madeira sólida que entregou a Kame. Ele se acomodou em um assento mais elevado sem almofada. Rose estava sentada ao fundo, e Kogito, ao lado dela. Enquanto Kame servia o chá, o pai colocou em um prato de madeira doces de castanha que atiçaram a memória de Kogito. Em seguida, deu início a uma conversa que soava ter sido previamente ensaiada. Isso não é algo que se esperaria de alguém da mesma faixa etária de Kogito e que cursara a mesma série na escola colegial de Maki. Felizmente, ele não abriu a conversa com memórias incertas daquela época.

— Mais de sessenta anos haviam se passado desde a Rebelião de Satsuma, mas, até um determinado momento, meu tio-avô parecia nutrir esperanças de um contra-ataque. Ouvi dizer que ele se sentia maravilhado ao ser chamado de antigo legionário de Saigo. Era assim que as pessoas das redondezas zombavam dele, e decerto ninguém acreditaria que ele percorreria toda a ilha de Kyushu liderando um exército de cães Satsuma mantidos em raça pura...

"Quanto mais ele se esforçava tendo esse desejo em mente, mais as pessoas ao redor o ridicularizavam julgando serem as esperanças de um lunático! Foi uma crueldade.

"Depois que todos os cães da cidade foram mortos, meu tio-avô ouviu falar da proliferação dos cães que acabaram sendo abandonados na montanha por seus donos devido à escassez de alimentos durante a guerra. Grande parte deles era de animais da linhagem do cão de Satsuma. Nós os chamávamos de 'cães montanheses'. Teria ele entrado na floresta para cuidar desses cães selvagens? No fundo penso que não: ele apenas foi morrer ali por ter se desesperançado.

"Ele levou todas as anotações trazidas de Satsuma, e os livros de registros do 'canil' e dos cães enviados para outros locais. Em casa não resta nenhum documento. Até agora, tenho mostrado o 'canil' às pessoas que vêm vê-lo por apresentação da prefeitura distrital, mas eu nem sequer as cumprimento.

"Kame me falou sobre o 'menino', antepassado de Ayo, que podia fazer cem cães se moverem ao sopro de uma ocarina. E fiquei intrigado porque tanto eu quanto meu tio-avô também éramos chamados de 'meninos'. Depois disso, comecei a contar a história do 'canil' para Ayo. E hoje o recebo e converso com você, Choko. E não é por você ter se tornado um renomado escritor. Eu o faço porque sinto pena da pessoa que, com a derrota na Rebelião de Satsuma, trouxe um cão de Saigo e se empenhou na tarefa de aumentar sua linhagem."

2

Mesmo depois de começar a viver com Makihiko, Rose continuou intelectualmente ativa, mas seu rosto, antes com a vitalidade tensa da meia-idade, parecia mostrar rugas próprias à idade. Apesar de aparentar cansaço no caminho de volta naquele dia, ela se esforçava para entabular uma conversa significativa com Ayo.

Para a pesquisa sobre o "canil" do "menino", Rose levou uma câmera digital Canon que ganhara de presente de Makihiko e o seu costumeiro caderno de folhas soltas. Nele estava inserida uma cópia impressa da revisão de um guia elaborado por Kogito voltado a jovens e que ele próprio estava editando no momento. Para esse livro, Rose fazia a verificação dos registros da mesa-redonda entre Kogito, os escritores franceses e o conselheiro cultural. Ela se preocupava por ter deixado de lado o trabalho desde a época em que passou a morar com Makihiko.

Por isso, ao lado de Ayo, que estava ao volante, Rose começou a verificar detalhes dos registros com Kogito sem dissimular sua intenção de fazê-lo falar.

— Quando comentou sobre o romance que escreverá a partir de agora, você disse: "Bem, ainda não cheguei a ponto de começar a redigir um rascunho desse romance, mas estou na fase de fazer anotações diárias." E prosseguiu com base nisso. Você confessou o que pretendia fazer ao retornar em breve para sua terra natal e a maneira de criar os conceitos dos romances.

> *Por que o meu protagonista deixa de viver em uma área no centro de Tóquio para retornar ao interior das florestas circundantes? Ele, que também é meu alter ego, pretende reexaminar o sistema temático fundamental do universo ficcional por ele criado, ou, para ser exato, toda e qualquer nostalgia. Em particular, ele almeja elucidar sobre o "menino" que pertence à tradição regional e, vivendo sempre como um rapaz no fundo da floresta, aparece no local, atravessando o tempo, para salvar as pessoas da região quando estão em perigo.*

"Isso é exatamente o que você está fazendo agora, Kogito. Parte do trabalho de campo de hoje também. É o trabalho no qual Ayo coopera com você. Mas acredito que vocês dois tenham percepções divergentes sobre o 'menino'. Recentemente, Makihiko comentou sobre isso, e hoje eu senti ser realmente assim.

"Conforme acabei de ler, para você, o 'menino' é alguém *vivendo sempre como um rapaz no fundo da floresta*, correto? E *aparece no local, atravessando o tempo, para salvar as pessoas da região quando estão em perigo*. É um personagem bastante mítico.

"Por outro lado, o 'menino' Ayo não seria *real*? Alguém que de fato viveu nesta região. O 'menino Ayo' também, nas atividades junto com o Gatuno Tartaruga, pertence à mitologia, ao folclore, mas, na verdade, atuou no motim da mina de cobre. Ele acabou, por fim, se afogando na enchente na floresta, e seu cadáver foi encontrado. Ayo parece ter interesse na vida desse 'menino'. Também o 'menino' que tomou conta do cão de Saigo voltou a Makihonmachi e, durante muito tempo, continuou a criação de cães; ao final da Guerra do Pacífico, morreu quando já era um ancião de mais de oitenta anos."

Kogito viu que o pescoço encorpado e bronzeado de Ayo se transmutava em um vermelho-escuro enquanto conduzia o carro. Pensou em externar sua opinião, mas Rose não lhe deu tempo. Depois de suspirar, ela retomou de imediato a leitura dos registros.

— *O protagonista, que quando jovem explorou as profundezas da floresta por conta das crianças lideradas por um professor, desta vez agrupa e organiza as crianças do vilarejo, ele prórpio assumindo o papel de professor.*

"Ayo está planejando reunir Arata, Katchan e seus amigos, e, tendo Kogito como comandante, explorar as profundezas da floresta, correto?"

Como Ayo se calou, Kogito corrigiu em lugar dele.

— Isso se refere à exploração das "maravilhas da floresta" e pertence a uma tradição diferente das histórias do "menino".

Porém, Rose tinha mais informações concretas do que Kogito a esse respeito.

— Ayo analisa juntamente com Makihiko como interligar duas lendas que eram tratadas separadamente até agora. Eles pretendem provar isso a você na próxima exploração deles. Desculpe por ter revelado isso antes do piquenique...

"O que eu acho mais interessante nesses registros é que, quando você discursou no Instituto Franco-Japonês em Ichigaya, apesar de não passarem de ideias para um romance, uma pessoa chamada Kurono ligou para a casa de Jujojiki como se aqueles eventos fossem realmente acontecer.

"O que há de interessante na segunda parte de *Dom Quixote* é o comportamento dos personagens do romance sabendo como estão sendo descritos e se encontrando com terceiros que também o sabem.

> *Um homem que participou ao lado do protagonista dos movimentos políticos ocorridos em Tóquio na década de 1960 reorganiza, quarenta anos depois, o grupo da época, ou seja, lidera um grupo de pessoas já idosas, ressurgindo em uma nova residência no seio da floresta. Algo assim também acontece. O protagonista, igualmente um idoso, recriará com seus antigos amigos, como uma paródia, os atos políticos que não puderam desempenhar no passado. Isso revela a natureza do reexame da sociedade japonesa nos cinquenta anos do pós-guerra e as várias tentativas de se buscar o "menino" repensando, a partir da periferia, a história da modernização do país que se estende por duzentos anos, deixando claro se tratar de um ensaio teatral. Também durante esse tempo, as pessoas locais, na verdade, aceitam o protagonista que penetrou no âmbito de suas vidas como*

um velho insano. Se as crianças e os jovens apreciam manter um relacionamento com ele é porque o protagonista, como o "mad old man" de Yeats, desperta interesse neles. Ele põe Dom Quixote, *que amava desde a infância, no centro de suas leituras na residência da floresta, mas o filho com deficiência intelectual que vive com ele, na maior parte do tempo em silêncio, simpatiza profundamente com a floresta e demonstra às pessoas ao redor uma* inteligência *de um nível diferenciado da do pai. As aventuras externas e internas de pai e filho, incluindo as pequenas composições musicais do menino, têm paralelos com as ações de mestre e servo em* Dom Quixote.

Especialista no manuseio de documentos, Rose, ao terminar a leitura, dobra cuidadosamente a prova que se *projeta* para além do tamanho médio das folhas soltas.

— No conceito do seu romance, de que forma Rose é descrita? — indagou Ayo, que se mantivera calado o tempo todo.

— Por que eu preciso aparecer no romance?

Intervindo dessa forma, em um *ríspido* mau humor, Rose se livrou de uma só vez do sentimento de redenção para com as pessoas que ela ferira até então.

3

Nesse dia, pouco antes do anoitecer, Kogito e seu grupo deixaram Rose em frente à escadaria de pedras do santuário e, após combinarem que no dia seguinte Ayo iria buscá-la com o sedã dela, retornaram para a casa de Jujojiki. No entanto, assim que o carro desceu, Matsuo surgiu vestindo um casaco de verão transparente, parecendo matar o tempo próximo a uma figueira-da-índia. Asa, que cuidava de Akari, veio junto recepcioná-los.

— É uma lástima que Rose tenha retornado para Makihiko, justamente quando você queria mostrá-la uma vestimenta de verão ao estilo tradicional japonês — falou ela ao monge.

Matsuo pareceu ter se ofendido, algo raro nele. Seja como for, todos se mostravam enfadados devido ao calor da tarde. Quando se acomodaram na sala de estar, Matsuo deu início a uma fala controversa sem nem mesmo dar tempo para Asa preparar algo refrescante.

— Americanos e europeus têm a percepção de que monges budistas são algo bem nipônico. Há nisso, inclusive, um aspecto ultranacionalista. Algo de difícil refutação no caso do budismo Nichiren! Mas existe uma tendência equivocada de estender essa visão para todo o budismo. É triste que isso também aconteça com Asa. O budismo é originário da Índia. Dirigiu-se para o oeste e influenciou até o cristianismo primitivo, não é mesmo?

Aceitando o que ouvia, Asa se desculpou. Serviu chá de cevada gelado e trouxe uma *toalhinha umedecida* que conservava na geladeira para Matsuo usar na limpeza das mãos.

— O xintoísmo era inerentemente japonês e até xenófobo — disse e, antes de partir sozinha, complementou: — Makihiko conquistou o coração de Rose, como um direito natural, por ter enfatizado essa característica xintoísta. Desde o início, você não era páreo para ele, Matsuo.

— Não tenho nada contra Makihiko! — gritou ele às costas de Asa, mas foi ignorado por ela.

Quando ficou frente a frente com Kogito, o assunto de Matsuo não foi outro senão sua preocupação acerca da relação entre Makihiko e Rose. *Como Matsuo reagiria se Rose estivesse com muito ânimo para dar uma passada em Jujojiki e pôr ordem nos seus assuntos de trabalho?*, Kogito imaginou.

— Nem preciso repetir isto para você, mas os santuários japoneses, além de serem separados sistemicamente pelas respectivas seitas budistas, são estruturados de forma muito mais abrangente em uma única linhagem. O Japão tinha um xintoísmo sectário, mas, antes da guerra, visando estabelecer uma distinção, houve uma agregação dos santuários de todo o país em um xintoísmo nacional. Foi algo assim. Também no pós-guerra a poderosa organização Jinjahoncho unificou quase todos os santuários do país.

"Kogito, que tipo de problema pode haver no caso de casamento de um sacerdote em exercício com uma americana? Eu me preocupo sobre a aceitação por parte de pai, irmão e outros membros da família principal que foi estabelecida por sacerdotes xintoístas e pelo representante dos paroquianos daqui.

"O problema real é como o casamento é notificado à Jinjahoncho."

— Basta não notificar, concorda?

— Um sacerdote morar com uma estrangeira no escritório do santuário sem terem se casado no papel? Isso costuma ser escandaloso!

— Você tem alguma ideia para solucionar a questão?

— Não tenho, estou em uma sinuca de bico — declarou o monge do templo Fushiki. — Mas tem uma coisa que eu compreendo com clareza. Que, antes de mais nada, essa foi uma questão existente entre Makihiko e Ayo.

"Logo depois de Makihiko chegar a esta região, pressentindo a capacidade de Ayo, ele deu aulas particulares de inglês a ele. Afinal, ele não é um egresso da Kokugakuin ou da Kogakuin, mas da Universidade Doshisha!

"Makihiko tem como *hábito* fundamental de seu temperamento criar inimigos imaginários e aplicar todos os seus esforços em combatê-los. Quando se tornou sacerdote do santuário Mishima, havia um templo no terreno vizinho. Isso inflamou nele uma rivalidade para com o monge e o templo Fushiki. E se interessou pelo templo da montanha que é claramente mais antigo do que o meu. Foi esse o início do relacionamento com Ayo. Além disso, há o fato de o próprio Ayo ter excelentes qualidades como aluno...

"Nesse momento, você se mudou para a casa de Jujojiki. Asa cuidou para que Ayo trabalhasse para você no local. Ayo e você são parentes bem distantes, e poderíamos até afirmar que você é padrinho dele. Bem, trata-se de um relacionamento profundo. Mas Makihiko obviamente se revoltou. Antes de você chegar, parece ter executado uma lavagem cerebral anti-Choko. Soube por intermédio de Asa que, de início, ele chegou a fazer com que Ayo assumisse uma atitude rebelde em relação a você! Só que, aos poucos, o rapaz foi se sentindo fascinado por você e passou a trabalhar ardentemente em seu benefício.

"Dessa forma, Makihiko alçou você oficialmente ao posto de inimigo imaginário. Se não bastasse, pesquisou e se preparou minuciosamente para realizar a procissão dos 'fantasmas' em uma produção assinada por ele próprio. Foi de tal forma eficaz que acabou se arrependendo bastante. Nesse sentido, bem, ele é um homem de personalidade vulnerável!

"Mas não foi só você que fascinou o coração de Ayo. A razão de o rapaz se empenhar com tanta diligência em seu trabalho temporário foi Rose. Você não deve estar a par do entusiasmo dele ao acompanhá-la em suas pesquisas de campo quando você esteve hospitalizado por causa do incidente no ossuário. Você deve conhecer o provérbio que diz que é fácil entrar na *bainha* de uma mulher se a levar até a *bainha* da floresta. Ayo parece ter escoltado Rose à *bainha*!

"Se olhar dessa maneira, o maior inimigo imaginário de Makihiko seria Rose, correto? Em outras palavras, ela foi atacada. Além disso, se ele a tiver para si, Ayo certamente ficaria mais próximo do escritório do santuário do que da casa de Jujojiki. Para acertar o general, primeiro atire no cavalo!

"Bem, o plano de Makihiko caminhava às mil maravilhas. Mas houve um erro de cálculo. Ora, uma vez que a própria Rose não é seu objetivo, a relação com ela como mulher é um ganho adicional. Mesmo para Rose, uma aventura amorosa com um sacerdote se reveste de uma graça tipicamente japonesa, e ela decerto não a aprofundaria demais. Não era esse o cálculo de Makihiko?

"Acontece que, por ser uma pessoa séria e tendo surgido um relacionamento físico com Makihiko, Rose não poderia deixar de prosseguir até o casamento. Se isso acontecer, Makihiko não é o tipo de pessoa que possa ser tratada *levianamente*. É o problema da personalidade vulnerável à qual me referi há pouco. Não teria sido essa a causa da situação atual?"

— Você, Matsuo, com certeza compreendeu melhor a situação do que eu — redarguiu Kogito. — Mas a minha dúvida é sobre o motivo de tanto entusiasmo com a questão de Makihiko. Se pedir uma opinião crítica a Rose, ela talvez assevere que você teme uma infiltração dos americanos nas estruturas japonesas, sem distinção entre ser um santuário xintoísta e um templo budista.

— Acho que ela diria isso!

— Longe de mim procurar irritar você. Como falei há pouco, se não houver pressa para notificar a Jinjahoncho, acredito que, em algum momento, o casamento se dissolverá por um motivo perfeito. Rose parece ver Makihiko como um revolucionário pragmático, mas não há nenhuma possibilidade de as ideias de ambos serem implementadas de forma revolucionária. Por pensar justamente dessa forma, eu abordei uma situação parecida em um romance.

— Se você se refere à igreja no seu livro *Árvore em chamas, árvore verde*, como eu também servi de modelo, há algo que desejo te falar! Também não espero que enquanto estivermos vivos surja um novo "salvador" e concretize essas ideias. Não sei, mas não acredito que seja o último irmão Gii a aparecer como profetizado por Makihiko. Se Rose estiver fantasiando isso agora, por ser tão inteligente, não está longe de despertar de seu sonho.

— Concordo com você.

— Sendo assim, o recomendável não seria tentar impedir de alguma forma a emissão da certidão de casamento oficial? Asa deve ficar indignada com essa tática... Makihiko é o tipo de homem que logo se cansa de aperitivos, e Rose decerto só se diverte em ser usada como aperitivo até certo ponto, e, sendo esse o caso, eles acabarão se relacionando por muito tempo como *bons amigos...*

"Essa seria a maneira mais pacífica de as coisas acontecerem. Tomara que, realmente, seja assim! A vitalidade sexual das americanas de meia-idade é algo estupendo, e Makihiko já não tem energia e exprime um semblante sombrio. De fato, já ouvi esse tipo de comentários."

Farto de ouvir banalidades do monge do templo Fushiki, Kogito decidiu ele próprio pôr um ponto-final ao assunto.

— Acontece que, até o momento, o fogo da paixão está ardendo e não se deve esperar que os resultados desejados surjam de imediato. Mesmo assim, não consigo acreditar que uma pessoa como você tenha vindo para tratar de um tal assunto...

Sem perder a oportunidade, Matsuo retirou de um tecido *tie-dye* azul-claro em uma cesta de bambu vários tipos de recibos presos por um clipe. Referiam-se às despesas de conserto do ossuário e da reforma geral de seu interior. Os números apresentados pareceram a Kogito conter uma ordem de grandeza errônea.

Enquanto no jantar comiam um "combo de hambúrguer ao molho *teriyaki*" do McDonald's presenteado pelo sacerdote, Kogito perguntou a Akari o título da composição que ele vinha escrevendo no papel pautado desde que estava sendo cuidado por Asa.

— Que tal "Rose sendo usada como aperitivo"? — sugeriu Akari.

— Que tipo de música seria? — Kogito entrou no clima, mas sem se atrever a verificar como seria a melodia. — "Sendo usada como aperitivo"? Pelo visto, você ouviu a minha conversa com o sacerdote...

— Mozart compôs uma ária intitulada "Os homens procuram sempre petiscar"[2] — declarou Akari, abrindo um amplo sorriso para mostrar que as feições mal-humoradas até então eram o artifício de uma piada. — É a K433!

---

2. *Männer suchen stets zu naschen*, de Mozart.

Capítulo 12
A iconologia de Torakichi Shindo

1

Ayo estava organizando um piquenique na floresta. Denominou o grupo da expedição de "Maravilhas da floresta".

Ele era o líder; Kame, a vice-líder, e, como membros, havia vinte alunos e alunas ginasiais. Kogito e Rose participariam na condição de observadores. Pensando em algum possível acidente, Asa consultou a professora de enfermagem, mas por ela ter outro compromisso, a própria Asa se ofereceu para atuar como enfermeira do grupo. Ela fora enfermeira no hospital provincial durante longo tempo. Também trabalhara no sindicato trabalhista. Quando Kogito apoiava o movimento dos filhos das vítimas da bomba atômica de Hiroshima em prol da construção de instalações médicas, ele aceitou viajar a Matsuyama para uma palestra em um encontro com esse objetivo. Asa veio recepcioná-lo no aeroporto e arranjara para que a família fosse jantar em Dogo. Kogito pernoitou na casa de apoiadores e, quando no dia seguinte foi até o pequeno salão de conferências, Asa estava aboletada em cima de um carro de propaganda do Partido Comunista japonês proferindo um discurso crítico à "reunião para a expansão de influência camuflada dos violentos estudantes trotskistas".

No ensolarado dia do piquenique, os membros do grupo da expedição se reuniram em um terreno baldio no final do caminho da floresta de onde eram recolhidos cascalhos da montanha para reparos. Nessa ocasião, Kogito estranhou o fato de Arata e Katchan não estarem presentes, e Rose lhe esclareceu que eles eram membros de um outro grupo liderado por Makihiko. Informou que eles haviam chegado cedo pela manhã ao destino atravessando o charco a partir do caminho da floresta do lado leste.

— Tenho comigo as provas impressas da sua mesa-redonda. Nelas consta que *os múltiplos ensaios na busca do "menino" repensam, a partir da periferia, a história da modernização do país que abarca duzentos anos e deixam claro se tratar de um ensaio teatral*, correto?

"Com relação ao conceito do romance, comentei com Makihiko meu interesse desde o início pelo *ensaio teatral*. Desde a sua vinda para esta região, você tem pensado sempre no romance do 'menino', mas ainda não executou um *ensaio teatral* a que você se referiu naquela época. Ao dizer isso, Makihiko ficou sério. Ele começou a planejar com afinco para que dois 'meninos' apareçam de forma teatral diante das crianças.

— Os "fantasmas" foram uma performance bastante teatral! Logicamente, o ferimento causado foi um ato de automutilação.

— Desta vez, ele se preparou bem desejando levar avante o *ensaio teatral* para que as crianças entendam com exatidão. Arata e Katchan desempenharão o papel dos dois "meninos".

"Makihiko recolheu dados nos seus romances. Mas parece ter acrescentado elementos descobertos em sua pesquisa. O *ensaio teatral* tem o poder de recapturar o que se acreditava conhecer."

— Acredito nisso até o fundo dos meus ossos — afirmou Kogito.

Do ponto de encontro, subiram por um local ao longo do rio do vale onde não havia mais caminho na floresta e descansaram diante da "nascente" surgida diante dos olhos. Quando criança, Kogito entrava sozinho na floresta, e a "nascente" era um alvo impossível de confundir mesmo depois de escurecer. O local é realmente bem vasto.

Mais para o interior, há um amplo penhasco vertical com árvores *muku* à semelhança de sentinelas — Kogito recolheu e comeu os frutos deixados meio carcomidos pelos estorninhos — e um gigantesco bordo japonês do lado oposto. No fundo, há um bosque de árvores latifoliadas impedindo a subida. A água ali represada jorra entre duas camadas de rochas planas. Quando criança, Kogito se assustava com o grande volume de água escorrendo. Um grupo de "meninos" parecia estar escondido sob os grandes arbustos de ruibarbos atufando a parte inferior, então ele enchia às pressas seu cantil e se afastava.

Em meio ao frescor da "nascente", Rose leu o roteiro da performance de Makihiko daquele dia e o repetiu traduzindo docemente. Parece que alguns pais permitiram a participação dos filhos no piquenique por haver a prática de inglês ao estilo de "Momotaro". Rose usava um chapéu de palha de abas largas amarrado ao queixo por um tecido azul-celeste. Ela retirou o chapéu e os óculos de sol, e falou sobre o "menino" enquanto espiava com seus sombrios olhos azul-turquesa.

— As pessoas que vivem escondidas na floresta no fundo da montanha são descendentes que escaparam ao jugo do clã feudal, mas, com o tempo, foram descobertas pelos oficiais do clã que passaram a recolher impostos. Perguntem os detalhes aos seus avôs e avós — falou Rose, e as crianças riram do que foi dito tanto em japonês quanto em inglês porque deviam se lembrar de "Momotaro".

"Meisuke, um jovem *pândego*, responsável pela comunicação entre o vilarejo e o clã, era chamado com frequência ao centro da cidade rio abaixo. No castelo, havia um grupo de jovens samurais intitulado "Tutores do senhor feudal", e as histórias de Meisuke eram populares entre eles.

"Nos registros deixados por um jovem samurai, consta que Meisuke ampliou seus horizontes viajando nas costas do Destruidor. Essas costas grandes eram cobertas pelo pólen dos grandes choupos existentes na casa de Jujojiki que também tingia o corpo de Meisuke.

"Dessa forma, Meisuke estudou percorrendo mundos distantes. Quando voltou para o vilarejo carregado pelo Destruidor, gravou com um cinzel diagramas e fórmulas em uma grande pedra no fundo da floresta. Meisuke explicou aos jovens samurais: quando esquecer e não mais souber o que aprendi, restarão sempre na grande pedra os diagramas e fórmulas. Quem tiver interesse que vá vê-los.

"Poucos anos depois, Meisuke foi preso por ter liderado a rebelião e morreu no cárcere. A mãe, que o visitara pouco antes, o incentivou: *Não se preocupe, não se preocupe, mesmo que o matem eu logo o farei renascer!*

"Conforme a promessa, um ano depois a mãe deu à luz um menino. Quando ocorreu a 'rebelião contra o alistamento militar' em resistência ao novo governo, o garoto desempenhou o papel do 'menino'. Quando tudo terminou, o 'menino' subiu na raiz da árvore no alto da floresta, local onde o *espírito* de Meisuke vivia em tranquilidade, para contar uma 'longa história'..."

— Vamos entrar todos agora no lado norte da floresta. E, debaixo de uma grande árvore *katsura*, veremos a cena dos dois "meninos" conversando. Eles são Meisuke e a sua reencarnação. As crianças conhecidas do vale estão fantasiadas como as crianças de dois séculos atrás. Para vocês, crianças de hoje, é importante assistir e imaginar o teatro debaixo da árvore *katsura* que existe ali há dois séculos!

"A partir de agora, vamos contemplar as ruínas maravilhosas descobertas por Makihiko e Ayo. Elas estão relacionadas a tudo o que falei até aqui. Justamente por irmos vê-las é que batizamos nosso grupo explorador de 'Maravilhas da floresta'. Enquanto caminhamos, vamos imaginar o que encontraremos por lá!"

2

Todos os alunos ginasiais usavam calças longas, camisas de mangas compridas e portavam bonés. As meninas, em particular, vestiam calças chino em tom pastel com meias puxadas até a bainha curta e presas por um elástico. Asa vestia calças de algodão de *bolinhas* que evocavam em Kogito lembranças da mãe cultivando o campo durante a guerra. Embora não traçasse uma comparação, Kogito depreendia nas roupas das crianças locais a urbanização ou a uniformização, bem como um maior refinamento.

Ayo inspecionou as roupas de cada membro e borrifou spray repelente de mosquito nos seus rostos, pescoços e mãos. Repetiu o mesmo gesto com Kogito e Asa. Rose, fiel aos seus princípios de vida, cortou um limão em duas metades e as friccionou como substituto ao repelente.

Depois disso, Ayo, segurando uma foice, liderou o grupo que, em fila indiana, adentrou a floresta pelo lado norte.

— Algo que me ocorreu também ao descer este caminho com Ayo é que, quando se chega à *bainha* da floresta, tudo clareia, mas até aquele ponto está escuro e úmido, com pouca visibilidade entre as árvores, transmitindo a sensação de ser realmente uma floresta japonesa — falou Rose enquanto caminhavam.

Ayo estava entre Rose e Asa. No final da fila, Kogito explicou.

— Segundo a lenda, a *bainha* é uma planície formada quando um meteoro dividiu a floresta ao meio, sendo, por essa razão, naturalmente clara. Por outro lado, a visibilidade ruim nos arredores se deve à forma como a floresta é manejada. Até chegar ao relativamente claro "caminho dos mortos", a floresta tem seu âmbito definido e as árvores organizadas a cada três a cinco anos. Árvores crescendo na diagonal e as diversas outras sem perspectiva de crescimento são cortadas... Para a indústria florestal, trata-se de uma floresta de "cortes seletivos". Meu avô tentou estender esse conceito para as florestas daqui, mas sem sucesso, devido à falta de pessoal.

— Este caminho é uma *trilha de animais selvagens*?

— Mais do que *isso*, não seria um caminho de floresta manejada? Um caminho destinado à entrada de trabalhadores na montanha.

Pouco tempo depois, a descida se tornou íngreme e era preciso prestar atenção aos pés, o que deixou Kogito e Rose sem tempo para dar prosseguimento à conversa. O fato de a fila de crianças andando à frente não congestionar se devia à habilidade de quem cresceu na região. Possuindo força semelhante apesar da idade, Asa estendeu o braço protetor como um cinto ao redor da cintura de Rose. Kogito, que não estivera fisicamente próximo de Rose antes de seu casamento com Makihiko, sentia ainda mais dificuldade agora de lhe estender o braço, o que o deixava *impaciente*.

    A água fluindo da "nascente" onde Kogito e seu grupo se prepararam para entrar na floresta formava um rio de vale que desaguava ao sul. Ladeando os que caminhavam em fila indiana, também a água que descia fluindo da galeria, atravessando o caminho da floresta até o lado norte, tomava a *forma* de um pequeno rio de vale. Ao se cruzar uma velha ponte de madeira, na bifurcação, o caminho da floresta manejada que desce o rio do vale até a *bainha* da floresta é claro, enquanto o caminho que sobe após atravessar a ponte é escuro. Ao seguir este último, uma encosta íngreme avança impedindo a subida. Nesse ponto sem saída, havia uma área gramada que parece ter sido usada como depósito da madeira extraída, em cujo fundo cresciam cinco ou seis gigantescas árvores *katsura*.

    Ayo cortou com a foice as folhas dos ruibarbos que grassavam também ali à beira do caminho, carregando-as em ambos os braços e estendendo-as pela área gramada. As crianças se reuniram em frente e os adultos se sentaram às suas costas. Vistas a partir do ângulo em que estavam, as árvores *katsura* se estendiam altas no céu, e as folhagens verdejantes concentradas no topo eram claramente transparentes no firmamento. Na superfície de seus gigantescos troncos azul-escuros acinzentados pendiam fragmentos de casca.

Liderando o grupo, Ayo explicou elevando a voz:

— A partir deste ponto, há seis árvores *katsura*, incluindo aquelas cujos troncos se sobrepõem e estão ocultos. Elas descendem da árvore ancestral outrora situada no centro e a circundavam. Ou seja, quando o Destruidor desbravou a região, havia apenas uma árvore *katsura* inexistente agora.

Os alunos ginasiais se mantinham em silêncio, não parecendo demonstrar nenhum interesse. Vendo Ayo sem muito o que fazer, Rose decidiu perguntar:

— Ayo, *katsura* é uma espécie dioica, não? Aquelas ali seriam masculinas ou femininas?

— Não sei dizer. Tio Kogi, responda, por favor, de forma que todos possam ouvi-lo.

— Quando eu era ainda mais novo do que vocês, alunos ginasiais, não havia na época a expressão "absenteísmo escolar", e eu passava os dias na floresta (as crianças riram). Olhando para o alto a partir da ponte pela qual passamos há pouco, foi possível ver aquelas árvores *katsura* formando um *conjunto* de plantas. Quando as folhas eram novas, todas elas brilhavam avermelhado, uma linda visão! As folhas novas ao redor das flores masculinas das *katsura* são vermelhas, e aquelas ao redor das flores femininas, azuis. Por ter ouvido isso da minha avó, acreditava que aquelas *katsura* eram masculinas.

— Como se diz *katsura* em inglês?

— Não sei. Estou vendo essa espécie de árvore pela primeira vez — replicou Rose.

— *Katsura* não deve ser um nome comum de localidade para os americanos. Creio que se procurarmos com cuidado sobre plantas em um dicionário inglês-japonês, devemos encontrar *katsura tree* — prosseguiu Kogito. — É uma árvore tipicamente japonesa. Quando eu matava aula, sempre carregava comigo uma enciclopédia de botânica e procurava meio às cegas, mas há várias árvores desta região que podem ser consideradas exclusivas do Japão. Sempre tive interesse por elas. Em particular, por aquelas cuja casca servia de matéria-prima para o papel que produzíamos em casa.

3

No entanto, as crianças já não prestavam atenção ao que Kogito explicava. Todos os seus olhares enérgicos se voltaram para as raízes do conjunto das *katsura*. Na expectativa do que iria acontecer a partir dali — algo prometido por Rose —, os meninos e as meninas se mantinham silenciosos.

Para começar, o centro do conjunto das *katsura* formava uma espécie de palco. As árvores deviam ter duzentos anos, e havia um resquício de toco de raiz de uma delas presumivelmente maior do que o de todas as demais, com o material apodrecido seco criando uma plataforma alta de cor lilás. Sobre ela, apareceu Meisuke, fantasiado como um jovem samurai, com ar digno e um leve senso burlesco. Ao se sentar sobre uma banqueta de madeira que trouxera, surgiu também um rapaz descamisado espantosamente bonito que se encostou à única *katsura* de tronco liso cuja casca parecia ter sido previamente arrancada. Ele vestia uma calça jeans desbotada. Um *cordão* de flores brancas fofas pendia dos ombros sobre seu peito, e, na cabeça, portava uma coroa de flores silvestres com uma leve mistura de vermelho e branco. De pé, Katchan, que até se maquiou, era visivelmente desprezado pelas crianças. Olhando bem, Meisuke, com metade do rosto encoberto pela grande peruca, era Arata.

Parecia haver uma distância em linha reta de uns quinze ou dezesseis metros até o topo do conjunto das *katsura*, mas talvez fosse ainda mais alto. Asa retirou os óculos do bolso e, depois de dar uma boa olhada, informou a Rose e Kogito:

— O adorno branco de pescoço é feito juntando espigas de flores de pescoço-de-ganso. Nós também costumávamos fazer. Na coroa são espirantes-chineses. Em geral, essa flor é conhecida como *mojizuri*. É a orquídea mais comum desta região. Mas, como eu nunca vi crianças colocando-as daquele jeito na cabeça, isso deve ter sido invencionice de Makihiko.

— Que gracinha! — a voz estridente de uma menina foi ouvida na sequência.

Os meninos soltaram risadas mais relaxadas.

— Parem com esse fuzuê! — ordenou Ayo. — Vamos fazer perguntas a Meisuke e ao "menino" reencarnado! É uma oportunidade única.

A expressão *oportunidade única* suscitou risos ainda mais ruidosos. As crianças ajoelhadas não paravam de disparar gracejos e rir, não parecendo propensas a fazer perguntas.

Kame se levantou do meio deles de braço erguido. Ao caminhar do prado onde os jovens espectadores encantados se sentavam até à *beira* de uma encosta íngreme na qual as árvores *katsura* grassavam, passou para a pergunta que, aparentemente, lhe fora atribuída como papel.

— Apesar de o "menino" reencarnado estar vestido como Peter Pan, Meisuke precisa se parecer com um samurai de alguma novela de época?

Arata olhou para Kame, que acenava em busca de uma resposta, e, abanando com um leque a gola da roupa cerimonial criada em papel, abriu a boca calmamente.

— O "menino" reencarnação de Meisuke tinha, na verdade, idade de criança ao chegar ao quartel-general dos rebeldes acampados no leito do rio Maki. Ele ensinou técnicas inimagináveis aos adultos. Falou o que havia visto em sonho quando dormia profundamente enquanto os coordenadores da rebelião discutiam ao seu lado.

— O que ele pôde dizer do sonho que viu? — gritou Kame.

— No sonho, após morrer na masmorra do castelo, ele retornou girando à floresta e chegou ao local da raiz da *árvore pessoal* onde meu *espírito* descansava, queixando-se de um grande problema. Declarou que ninguém sabia mais como levar adiante a rebelião. Meu *espírito* respondeu. O "menino" despertou e contou o sonho ao comandante da rebelião. Então é isso! Quando a rebelião foi bem-sucedida, o "menino" voltou à floresta, chegando à raiz da árvore onde meu *espírito* reside, e continuou conversando para todo o sempre... Se essa história for verdadeira, o "menino" ainda hoje está nesta floresta falando descontraidamente com o meu *espírito*.

"Por isso, ainda hoje eu tenho a aparência de quando morri na masmorra do castelo tal como fui visto pelo 'menino'. O mestre Choko contou que o *espírito* da *Divina comédia* é como uma aparição. Se assim for, a mente de quem o vê definirá sua *forma*! Vocês veem a aparição do meu *espírito* como ele se apresenta em suas mentes."

Nesse momento, as alunas ginasiais gritaram. Arata acalmou a comoção agitando o leque como era comum a artistas de teatro.

— Mas o "menino" não é um *espírito* — afirmou ele com ar *solene*. — Ele sempre viveu e ainda hoje habita esta floresta, descendo ao local da pessoa que verdadeiramente dele necessita. *Justamente por isso, e com essa finalidade*, ele deve estar esperando vestido como Peter Pan.

A propósito, a pergunta feita por Kame depois de uma pausa teve um ar diferente de até então.

— Ouvi dizer que, quando criança, o mestre Choko "desapareceu", e diziam que ele havia se tornado "o jovem amante da criatura Tengu".[1]

"Quando Meisuke liderou a rebelião, ele não era mais o 'menino'. O mesmo aconteceu com o 'menino' que tomava conta do cão de Saigo, que passou a ser chamado de tio criador de cachorros. Essa é a história de Meisuke quando era o 'menino' que se cobriu do pólen dos choupos enquanto era *carregado* nas costas pelo Destruidor até longe, não? Se for isso, o Meisuke 'menino' não teria sido o jovem amante do Destruidor?"

Rose se levantou às pressas batendo no ombro de Kogito com as nádegas volumosas dentro das calças, se desculpou num inglês varonil e gritou para Kame:

— Kame, Kame (os alunos ginasiais soltaram risos estridentes como se estivessem inusitadamente envergonhados), você não deve perguntar algo assim na frente das crianças! Afinal, você mesmo ainda é praticamente uma também!

---

1. Criatura do folclore japonês que habita florestas e montanhas, dotada de poderes sobrenaturais.

Kame se voltou e olhou para Rose. Seu rosto, com os cabelos bem negros repartidos no meio da testa, diferentemente da expressão teatral de pouco antes, estava pálido e incisivo. Mesmo após ter gritado, Rose manteve a boca fechada e com o rosto avermelhado respirava sofregamente.

Nesse momento, juntamente com uma estranha música, todos os alunos ginasiais se alvoroçaram com gritos que não se distinguia se eram de lamento ou de alegria.

No palco cercado pelo conjunto das *katsura*, o "menino" soprando uma flauta abaixou a calça jeans mostrando suas nádegas brancas; já Meisuke abaixou até os joelhos a calça larga *hakama* expondo seu membro enquanto tocava com ambas as mãos um gongo!

4

Asa é a única que consegue lidar com situações assim demonstrando uma maturidade inigualável à de Kogito. Até a situação de histeria se acalmar, com as meninas aos prantos e em soluços, de ombros colados umas às outras, e os meninos escalando a encosta na direção do conjunto das *katsura* — aparentemente fizeram Ayo abrir um desvio ao lado da ladeira íngreme para encerrar a peça no palco da base da raiz das *katsura* —, Asa, depois de se postar *carrancuda*, começou um discurso que fazia rememorar os seus dias de ativista.

— Ah, idiotas, idiotas! Vocês querem entrar para a turma daqueles imbecis? Os mais tolos de todos foram os que, pretendendo subir numa árvore *katsura*, pegaram num chorão que causa alergia. Quantos têm? Nada de tocar o rosto com essas mãos! Principalmente os olhos! Agora é tarde, mas peguem sabonetes desta cesta. Dividam em pedaços naquelas pedras. Andem, vão tomar banho no rio do vale! Quem acha que tocou em chorões deve se lavar por inteiro! E não se importem de mostrar as nádegas! Farei com que as meninas não vejam essas coisas sem graça!

"Ayo, por favor, verifique os rapazes que foram se lavar quando voltarem. Vamos logo nos deslocar para a *bainha* da floresta. Ali vocês estão preparando algo muito *melhor* para o ensino extracurricular dos alunos ginasiais, não?"

Depois disso, Asa, mantendo o corpo e o rosto rígidos, falou a Kame e Rose como se enfrentasse inimigos:

— Com a idade de Kame, eu tinha mais curiosidade sobre o conhecimento sexual do que sobre a sexualidade em si. Mas não há nenhum grande segredo naquilo! Mesmo falando sobre "o jovem amante da criatura Tengu", isso está ligado à lenda e, na verdade, não passa da engenhosidade de homens despossuídos. Para nós, é apenas algo ridículo.

Seguindo obedientemente a orientação de Asa, Ayo continuou a verificação reorganizando a fila do piquenique. Criou um grupo liderado por ele e os meninos de séries ginasiais superiores, e, em seguida, reuniu as alunas tendo à frente delas Kame, que foi aceita como líder.

Asa e Kogito seguiram com o resto dos alunos, tendo Rose ao centro. O cortejo retornou até a ponte sobre o rio do vale de pouco antes, deu a volta na estrada ao pé da encosta coberta por matagais de grandes árvores latifoliadas e desceu por entre as árvores que clareavam gradualmente. Depois, chegaram sem demora à *bainha* onde se estendia uma estreita planície por cem metros. No extremo sul, há uma pradaria bem ordenada na qual, na estação das cerejeiras, se realizam banquetes para a contemplação das flores. Sem descansar ali, Ayo fez os grupos subirem por uma encosta leve até o extremo norte da *bainha*.

A expedição chegou a uma enorme rocha fusiforme no extremo norte da *bainha*, onde a relva havia crescido tanto que dificultava a caminhada. Essa rocha negra caiu queimando após ecoar um trovão. Segundo a lenda, a grande rocha derrubou a floresta virgem e rasgou o solo formando a *bainha*.

— Quando vim à *bainha* com Ayo, fiquei exaurida só de caminhar, descansamos na pradaria sul e retornamos, mas eu estava ansiosa porque prometemos, na próxima vez, subir ao lado norte para admirar as "maravilhas da floresta".

"Mas, apesar de grande, não passa de uma rocha redonda, não?"

Asa consolou Rose, que parecia assaz decepcionada.

— No romance *As maravilhas da floresta*, um objeto vindo do espaço tem a missão de absorver cada palavra humana e mudar-lhe as *formas*, não? Aquilo é exageradamente romântico. Mas nós também ouvimos as histórias antigas fazendo perguntas e obtendo as respostas dos aldeões que trabalham na grande rocha e nas montanhas. Misteriosas, éticas, com alguns elementos duvidosos, mas... Quando me questionaram o que é o "coração" humano, respondi que é "a cápsula do *espírito*". *As maravilhas da floresta* irradiaram alegremente sua glória...

Ayo se afastou de Kogito e dos alunos ginasiais e se postou em um local alto diante da grande rocha como se esperasse por alguém. Pouco depois, por trás da grande rocha, por uma abertura estreita nos arbustos alinhados um pouco mais abaixo, Arata e Katchan apareceram primeiro, desta vez em trajes comuns de alunos ginasiais. Os dois meninos continuavam agitados com o que acontecera antes. Foram chamados entre risos, mas nenhum dos dois relaxou o semblante. Essa nova atitude foi compreendida quando Makihiko, em seguida, surgiu com a aparência comum de sacerdote.

Makihiko caminhou calmamente de tamancas depois de Arata e Katchan pisarem amassando a grama com seus sapatos de corrida e, trocando de lugar com Ayo — Kogito e Rose nem sequer prestaram atenção —, começou de repente uma preleção tendo a grande rocha às costas.

— Por não ser natural desta região, não estou familiarizado com as lendas locais descritas nos romances do mestre Choko. O que gostaria que todos vissem são as inscrições gravadas atrás desta grande rocha. Elas são a *prova* da existência do "menino" nesta floresta.

"Vocês devem ter ouvido de familiares que seus ancestrais tinham um modo de vida especial, certo? Eles viviam livremente no vale, nas terras no interior da floresta que eles próprios desbravaram. Mas se viram obrigados a negociar com o clã que dominava esta região. Na época, Meisuke, ainda jovem, quase uma criança, mas extremamente inteligente, partiu para trabalhar no castelo de Ozu.

"Havia ali um homem erudito. Ele ocupava a importante posição de conselheiro-chefe do senhor do castelo. Quando jovem, ele esteve em Edo, atual Tóquio, onde conheceu um rapaz de nome Torakichi Shindo, que contou a ele sua história. O erudito participou em uma espécie de encontro cultural realizado em um restaurante. E anotou num diário as histórias de Torakichi.

"Esse ancião do alto escalão não tinha contato direto com Meisuke, mas, ao ouvir seu filho, um jovem samurai, falar sobre ele, se lembrou de Torakichi. Pegou então seu antigo diário e o mostrou ao filho. Ao examiná-lo, o jovem samurai constatou que o teor condizia com o que Meisuke havia exposto no castelo. Foi assim que os amigos do jovem samurai passaram a acreditar nele. Meisuke ganhou ali um poderoso aliado.

"Diversas histórias coincidiam. Sobretudo os símbolos de um *outro mundo* escritos num papel por Torakichi e copiados no diário batiam com os registros de Meisuke. Quando desconfiaram do que Meisuke havia escrito, de tanta raiva fez menção de puxar seu terçado para atacá-los. Os símbolos foram aprendidos no país para onde o Destruidor o levou nas costas, e logo depois de retornar de lá, para não esquecer, os gravou com um cinzel na base da rocha no fundo da floresta; para quem duvidasse, mandava que fossem até lá vê-los.

"Bem, a *prova* a que me referi está na parte de trás desta grande rocha. São os estranhos símbolos gravados nela por Meisuke. Ayo e eu os descobrimos ao cavar fundo no solo duro que os cobria!"

Makihiko estendeu algo semelhante a um cetro que carregava até então. Além disso, os alunos ginasiais se reuniam ao redor quando, ajudado por Ayo, ele o pregou com uma fita adesiva à superfície da grande rocha. Kogito e Asa espiavam tudo por detrás das crianças. Rose parecia já ter visto o que havia escrito no papel, mas Makihiko se sentiu orgulhoso de ter despertado o interesse da ouvinte ao final da palestra.

— Isto foi gravado aqui por Meisuke cento e cinquenta anos atrás. Esses símbolos talvez tenham entre três mil e dez mil anos. Olhem com atenção. Tomem cuidado com a cabeça porque o caminho que circunda até a parte de trás passa em algum ponto por dentro da grande rocha! Capacetes serão usados alternadamente para garantir o caminho de ida e volta em pares. Não demorem muito na observação. Se conseguirem ler um símbolo, já se deem por satisfeitos!

Os meninos e meninas, alunos ginasiais, esperavam obedientemente a vez de receber o capacete, indo e vindo sem se aglomerar. Todos retornavam animados, demonstrando vívido interesse. Kogito e Rose foram os últimos a pegar os capacetes. Asa refutou com determinação a insistente pressão de Makihiko alegando que não podia passar por debaixo da rocha num formato de buraco por ser claustrofóbica. Seguindo Katchan, que ao contrário da performance no palco da árvore *katsura* estava sério, Arata, ao chegar entre arbustos úmidos pelo ar frio, agachou-se com o semblante austero. No fundo de uma vala cavada ao longo da rocha, corria uma água límpida. Os símbolos mostrados por Makihiko podiam ser vistos aqui e ali na borda da superfície da rocha meio lavada pelo fluxo da água.

Pela primeira vez em muito tempo, Kogito procurou ficar ao lado de Rose sentindo o reflexo frio da superfície da rocha molhada, envolvido pelo cheiro de seu corpo e o aroma de seu perfume. De repente, fez-se silêncio e ouviu-se o trinado em dois tons de um pássaro. Sentindo-se espiado por algo, virou-se e, um pouco acima dos arbustos de cores densas, viu flores brancas de hortênsias sobre uma folhagem.

Kogito disse a Rose, que se levantou e olhou nessa direção, algo de que se lembrara:

— Minha mãe arrancava a casca daquela árvore onde florescem flores brancas e usava como matéria-prima da cola para alongar papel japonês. Virava um presente de final de ano para pintores e escritores que encomendavam esse papel de elevada qualidade...

"Eu vinha com ela e cortávamos os caules jovens no alto. Mas ela não me deixava fazê-lo em estações como agora, em que as flores desabrocham e são fáceis de distinguir. Dizia que o 'menino' se divertia com as flores... Por isso eu me lembrava do local das árvores com as flores e retornava no outono. Era conveniente para minha mãe eu ter boa memória.

"Só que como os troncos em feixes eram pesados na hora de carregá-los, eu aproveitava quando vinha ver as flores para, de qualquer forma, cortar metade da quantidade que precisávamos, amarrá-la e levar nas costas de volta para casa. No meio do caminho, eu sentia alguém me observando pelas costas, e, ao voltar e dizer isso a minha mãe, ela zombava de mim afirmando ser natural por eu ter feito algo negativo para Kogi."

— Quando criança, você tinha uma vida tranquila, não?

— Agora também sua vida não é calma no escritório do santuário de Makihiko?

— Nossa vida não é tranquila — declarou Rose, mudando de semblante.

Capítulo 13

Sociedade Japonesa Senescente (1)

1

Chegando ao extremo norte da *bainha*, Makihiko sugeriu um caminho de volta cortando a floresta para o norte. Ele já se trocara, vestindo agora uma camisa de algodão de mangas compridas, calças de tecido encorpado e tênis de caminhada. Seguindo pela estrada da montanha, o caminho da floresta sob a jurisdição do distrito vizinho se situava próximo de onde haviam estacionado o carro. Makihiko parecia ter combinado previamente com Rose. Quando tudo estava definido, com Ayo como líder, Kame próximo ao centro e Asa por último, os integrantes do grupo de exploradores "Maravilhas da floresta" galgaram o caminho por onde haviam descido antes.

Comparada à floresta pela qual haviam caminhado, a estrada onde entraram conduzidos por Makihiko passava por uma área sombria onde se destacava um conjunto de faias *sudajii*. Terminada a longa subida, a descida foi fácil, e à medida que a claridade se intensificava à frente, o ciciar das cigarras não ouvido durante todo o dia contagiou o ambiente circundante. Depois de a voz das crianças esvanecer, Kogito e o grupo caminhavam calados. Por fim, ao chegarem ao local onde árvores cortadas estavam largadas, Makihiko se embrenhou sozinho pelo mato que lhe batia na altura do peito e desapareceu.

— Makihiko explicou que, apesar da distância curta, os dois lados da bacia hidrográfica apresentam vegetação diversa — comentou Rose de um jeito cerimonioso a Kogito, com quem havia permanecido.

Makihiko voltou trazendo dois ramalhetes, um deles de erva-do-fogo com flores vermelho-claras arroxeadas, de caule longo e bem reto, e o outro com scabiosas, que se destacam por seus ramos largos e compridos.

Descendo a partir dali por um declive em que a contenção do solo fora feita por tábuas, despontou um firme caminho de floresta por onde se via estacionada a suv de Makihiko. Seguindo pelo caminho densamente arborizado de um lado com ciprestes e cedros, ele explicou para onde estavam se dirigindo. Descendo meia hora na direção nordeste, o caminho levava de fato a Matsuyama, mas desembocava em uma estrada diferente do trajeto a partir de Makihonmachi. Havia no passado um distrito de hospedarias e um renomado restaurante de *soba*[1] em frente a um santuário conhecido por sua grande ginkgo. Depois de almoçarem ali, dirigiram-se a um distrito que constituiu a base do domínio de Shikoku por Motochika Chosokabe — quando criança, Kogito costumava visitar o local com o pai em um caminhão carregado de madeira —, sendo possível estar de volta em cerca de duas horas, já incluindo o tempo da refeição, pegando a rodovia nacional por onde trafegam ônibus intermunicipais.

— A proprietária do restaurante de *soba* é também uma ativista municipal. Ela reestruturou seu estabelecimento ancestral

---

1. Tipo de macarrão feito de trigo sarraceno. [N.E.]

e, graças às boas vendas de seus produtos no aeroporto de Matsuyama, construiu uma casa moderna na parte de trás do restaurante, onde preparou um espaço para encontros de ativistas. Tem como bandeira a melhoria da vida das mulheres do distrito. Isso é tudo. Rose deve ir tomar banho na casa dela.

Após descerem para um terreno plano e avançarem entre arrozais, saíram da estrada nacional para tomar um antigo caminho esculpido no vale profundo. As primeiras coisas que chamaram a atenção deles foram o grande santuário e o venerável restaurante de *soba*.

2

Diante da *hakozen*, caixa com a comida transformada em mesinha de jantar, na qual, além do macarrão *soba*, havia berinjela, cebola e abóbora fritas, Makihiko continuou a palestra realizada no piquenique daquele dia enquanto esperavam Rose tomar uma ducha e se trocar para recuperar o ânimo. Como posicionar a descoberta dos ícones na grande rocha? Ele desejava comentar sobre isso.

— Os jovens samurais do clã de Ozu, "tutores do senhor feudal", devem ter visto com seriedade os símbolos descritos por Meisuke e aqueles no diário do ancião Torakichi Shindo. Eles embasavam a veracidade daquilo. Desnecessário dizer que o faziam sem reservas. Como você bem sabe, Kogito, foi próspero o intercâmbio intelectual entre expoentes culturais de Edo nos anos da era Bunsei, de 1818 a 1830, mesmo se observando os *eventos* em que Yoshishige Yamazaki e Atsutane Hirata competiam por informantes no além-mundo. As reuniões para se ouvir as histórias de Torakichi eram abertas ao público! Sem dúvida, eram raras as pessoas que vinham de Ozu até Edo para ouvir diretamente essas histórias. Mas acredito que muitos tomavam conhecimento das reuniões pelas notícias que corriam. É possível que Meisuke, ciente das circunstâncias, tenha se aproveitado para gravar previamente os símbolos na grande rocha, não acha?

Kogito, que acompanhava a narrativa de Makihiko, mudou ligeiramente o foco.

— A encenação do "menino" reencarnado de Meisuke feita por Katchan mostrando as nádegas sob a *katsura* foi exatamente o que também fazíamos quando éramos crianças e íamos nadar no rio Maki. Para encenar Meisuke, Arata colocou uma lâmpada em miniatura na ponta do pênis e a fez piscar, não foi? Aquilo também foi baseado em Torakichi. O discípulo de Atsutane, por pura malandragem, ensinou a Torakichi que o pênis emitiria luz na escuridão e seria prático na hora de urinar. Contam que ele acreditou nisso e, ao pôr à prova, se deu conta de como a ideia era estapafúrdia.

— Aparentemente, Arata encontrou no escritório do santuário essa passagem sobre Torakichi Shindo contida nas *Obras completas de Atsutane Hirata*. Colocou-a em prática por diversão, sem que eu soubesse.

— Acredito que aquilo foi feito em conjunto com a pergunta de Kame! — afirmou Rose, que usava meticulosamente seus hashi, erguendo a cabeça. — Ambos são expressão do interesse sexual de adolescentes e, além disso, de baixo nível.

— Mas, Rose, há também em Kame uma seriedade e um jeito peculiar!

"Enquanto Kogito e você foram olhar o fundo da grande rocha, ela veio até mim contar o seguinte: 'As crianças copiaram nos cadernos os símbolos gravados na grande rocha e escreveram suas impressões gerais sobre o piquenique. É um relatório intermediário a ser apresentado.'

"Primeiramente, qual símbolo mais impressionou as crianças? Tudo se resumia a isso. Sobre a performance de Arata e Katchan, a reação se limitou ao nível de desagrado por eles terem mostrado seus 'paus sebosos'. Creio não ter sido um efeito tão ruim a ponto de deixar você nervosa..."

— Por que você defende Kame com tanto entusiasmo? Porque ela é jovem e graciosa?

A súbita manifestação de ciúmes de Rose fez os longos cílios de Makihiko tremelicarem, mas ele continuou dirigindo-se a Kogito.

— As crianças também escolheram o tom e anotaram as partituras dos sons da flauta e gongo em seus cadernos. Mas algumas delas desenharam ilustrações de uma criança pequena pendurada nas trepadeiras, subindo na árvore *katsura*. Kame falou que as crianças hoje, no fim das contas, podem ter visto o "menino".

— Kame o viu?

— Ela própria diz que não...

— É ótimo que ela seja tão saudável. O mesmo não se pode afirmar de seu exacerbado interesse por sexo...

Makihiko exibia uma expressão severa. Todavia, retornou o olhar para Kogito.

— Os símbolos na grande rocha foram gravados por Meisuke como o "menino" que, ao se tornar adulto, convidou a todo custo os "tutores do senhor feudal" para verem a região, como estratagema para a criação de um álibi.

"A meu ver, Meisuke pretendia envolver os 'tutores do senhor feudal' num movimento cujo símbolo seria aquela grande rocha. Afinal, ele não era ancestral da *base operacional* do irmão Gii?

"Pensando assim, acredito haver possibilidade real de surgir uma 'nova pessoa', como você costuma dizer, que recrie a *base operacional* nesta área e estruture uma revolução...

"Meisuke imaginou criar uma *base operacional* nesta área exígua em meio à postura de expansão do Japão para o exterior com a abertura do país à modernização da Restauração Meiji. Além disso, é um lugar onde se abre uma passagem inesperada para o exterior representada pelo trabalho do 'menino'.

"Atualmente, com a globalização mundial centrada nos Estados Unidos, planeja-se o monopólio da riqueza e do poder pelas economias de livre mercado. Neste momento, uma 'nova pessoa' cria uma *base operacional* nesta área e arquiteta uma revolução. Se isso se tornar realidade, separados por duzentos anos, os dois não seriam infinitamente semelhantes? A 'nova pessoa' é o 'menino'. Além disso, os 'meninos' de agora, mesmo não voando carregados nas costas do Destruidor, podem trafegar pela internet."

A obsessão de Rose de pouco antes desapareceu por completo, e ela admirava com olhar benevolente a eloquência de Makihiko.

Numa pausa da conversa, a proprietária saiu da sombra da cortininha de porta tingida em batique e com a estampa de um grande ginkgo e se aproximou trazendo uma pasta de documentos em tamanho A3. Seu tipo de mulher diferia do de Kame, com traços faciais bem delineados e aparentando ser membro de alguma família tradicional. Vislumbrava-se um sorriso confiante no rosto bem volumoso no formato de coração.

— Nas ideias revolucionárias de Makihiko, nossos movimentos sociais estão apenas envoltos em fumaça... Na década de 1960, o mestre Choko participou efetivamente deles.

"Um ativista de Kochi relata em detalhes quando o movimento que conduziu à batalha final foi retomado após o retorno do mestre Choko ao distrito de Maki. A versão de Ehime do jornal *Chuo* e o jornal local publicaram artigos a respeito. Talvez você não os tenha visto... Fico fascinada com a ideia de reunir sobreviventes da 'Sociedade Japonesa Jovem'. Só mesmo Kogito Choko para dar continuidade a ela mesmo com tantos cabelos brancos se destacando!"

3

No caminho de volta, Kogito ocupou o assento do passageiro deixando Rose tirar uma soneca usando o banco traseiro como cama. Ao entrarem na rodovia nacional, ele agradeceu Makihiko pelo seu grande esforço.

— O piquenique de hoje foi muito bem organizado.

Apesar de Kogito conhecer bem o temperamento de Makihiko de não concordar com algo sem sentido, este revelou o que parecia não ter parado de pensar durante todo o tempo.

— Desde a sua volta, você ficou gravemente ferido em duas ocasiões até agora, uma delas causada por meu comportamento imprudente. Rose se preocupa se daqui em diante não surgirão situações ainda mais problemáticas.

"Ela sempre comenta sobre os seus infortúnios, Kogito, fazendo um contraponto com *Dom Quixote*. Eu também o li pela primeira vez em anos. E quando, do meu jeito, comparo você a dom Quixote, você já não teria terminado tanto a luta contra os moinhos de vento gigantes quanto a batalha final com o biscainho? Embora não seja comparável ao dom Quixote que perdeu metade da orelha... pouco antes de sairmos, a proprietária do restaurante comentou que tinha uma sensação diferente das orelhas em relação à foto no frontispício dos seus primeiros livros e que era maravilhoso ver como você superou obstáculos tão difíceis!"

— Kogito talvez já esteja agora se aproximando da segunda metade de *Dom Quixote* — interveio Rose, que, supostamente, deveria estar dormindo.

Ao virar-se, o cinto de segurança a prendia em torno da parte inferior dos seios e coxa, e ela apoiava firmemente a cabeça em um dos braços. Parecia ter adormecido de novo. Em seu semblante, Kogito expressava sua concordância, mas Makihiko, por um tempo, se concentrou totalmente na direção conduzindo pelo estreito caminho de montanha que continuava após um declive. Um bom tempo depois, ele abordou um tópico totalmente novo aos ouvidos.

— Eu também conhecia o teor do artigo extraído do jornal que recebi depois da refeição. Ouvi dizer que Rose foi contatada na casa de Jujojiki por uma pessoa chamada Kurono, que parece ser a fonte de informações de quase todo o artigo.

Se ele for um amigo seu desde a década de 1960, seria difícil recusar caso ele se mude para morar nos arredores e peça a sua cooperação, não acha?

"Sobretudo pelo que li na entrevista dada diretamente por ele ao jornalzinho da municipalidade de Kochi, talvez seja apenas uma suposição minha, mas ele parece ter a séria intenção de pôr você no centro de seu plano."

— Nunca considerei Kurono um amigo, mas, seja como for, das pessoas com quem travei conhecimento, ele é um tipo singular. Depois de um tempo, ele sugeriu que nos reuníssemos para fazer alguma coisa. Mais do que um convocador, era um encarregado administrativo se preparando para o estabelecimento de uma empresa, e, assim como eu, os que foram contatados acabaram de alguma forma participando. Mas eles não o fizeram porque confiam no caráter responsável de Kurono. Ao contrário, eles acabaram se deixando levar pela sua *lábia*... Bem, seu temperamento talvez tenha mudado com a idade.

"Foi assim de início com a Sociedade Japonesa Jovem. Na época, participavam jovens japoneses com experiência em trabalhos semelhantes na mídia em geral. Há um homem que, atualmente, é o líder de políticos conservadores e um outro que dirige uma companhia teatral que pode ser considerada uma das grandes do universo cênico. Dos já falecidos, havia o crítico Uto. Apesar de notadamente diferente deles, o compositor Takamura também fazia parte da Sociedade Japonesa Jovem. De fato, se não fosse por Kurono, da mesma geração de todos, aquela sociedade não teria sido formada.

"Desde então, ele realizou muitas coisas ao longo dos anos. Por exemplo, o plano de criar o ramo de uma universidade particular japonesa na Califórnia em pleno auge da bolha econômica. O reitor era um político, mas corria o boato de que Kurono era candidato a vice-reitor, concorrendo com vários americanos. Por muito tempo, ele trabalhou também como consultor do Ministério dos Negócios Estrangeiros e, por ocasião do colapso da União Soviética, serviu de ponte para a instalação de uma empresa comercial em Moscou.

"Mas, voltando a olhar os respectivos anos, nenhum dos empreendimentos em que participou foi exitoso. Para ser sincero, mesmo a Sociedade Japonesa Jovem não criou efetivamente nada. Ela reuniu membros que, à sua maneira, metiam o nariz em diferentes áreas e por acaso os fez se juntarem aos movimentos sociais contra a revisão do Tratado de Cooperação Mútua de Segurança entre os Estados Unidos e o Japão. Mais do que suas palavras, seus gestos foram comparados aos dos *angry young men*, os jovens revoltados da Inglaterra e da França. Kurono era o encenador desses gestos.

"Os movimentos sociais evoluíram para passeatas envolvendo o Parlamento, mas os participantes da Sociedade Japonesa Jovem pertenciam a um grupo mais discreto do qual, por exemplo, eu fazia parte.

"Acabei de lembrar que Takamura e eu caminhávamos para a estação Shinbashi encharcados após recebermos um jato do canhão de água do esquadrão policial, e, quando nos demos conta, Kurono veio até nós falando algo banal que enfureceu Takamura. Algo como a possibilidade de convidarmos quantas estudantes quiséssemos entre as que participavam da passeata naquela noite. Se pensar bem, eu devo ter estado em várias ocasiões com Kurono, com mais frequência do que eu imaginava."

— Lendo a entrevista, realmente você parece ser um contemporâneo dele bem mais do que se dá conta! Além disso, quando existe um relacionamento pessoal contínuo, ainda que limitado, pode-se asseverar que, em geral, acaba sendo um amigo para toda a vida.

"Um velho conhecido como você, que por não ter amigos sobreviventes desistiu e vai se enfurnar no local de nascimento da irmã mais nova. Que muda para lá com o filho deficiente mental e uma pesquisadora estrangeira... Pessoas como você são bizarras."

Desencorajado, Kogito não teve escolha senão permanecer calado. As coisas eram exatamente como postas por Makihiko.

— Você ainda ignora por que Kurono veio até esta região e tenta envolver você no projeto, não?

— Isso mesmo, não tenho a menor ideia.

— Por isso Rose se preocupa. Longe de confiar nele, você também não sabe o que ele pretende agora. Ela afirma ter medo justamente de você aceitar a proposta dele. Ele parece estar planejando dessa forma porque você não está muito entusiasmado, mas tampouco tem razão para recusar...

"Como eu falei, há pouco eu li a entrevista de Kurono. Rose me contou, e na verdade eu também fiz algumas pesquisas. E ela me pediu para eu te informar pelo menos o que eu descobri até o momento.

"Apesar de entender a preocupação de Rose, não tenho intenção de pôr previamente um freio em você!

"Sou de uma linhagem de sacerdotes que viveram no distrito de Maki até a geração do meu avô. Recebi até mesmo o nome de Makihiko. Mas, mesmo vindo para esta região, foi difícil simpatizar com os habitantes do distrito. Como poderia explicar?... Sempre senti que todos são tímidos, introvertidos e do tipo que apenas mantém uma vida regrada.

"Na revolta da qual meus antepassados também participaram, havia pessoas tão extraordinárias quanto Meisuke. Até agora ele é lembrado por todo o povo. É desagradável para xintoístas como eu que ele seja cultuado em *um outro altar* como *Deus das Trevas*. Ainda assim, a personalidade de Meisuke não foi transmitida às pessoas vivas. Isso é algo lastimável e nada se pode fazer a respeito. Se as crianças se fantasiam de Meisuke para fazer algo, eu procuro encorajá-las, não importa o que seja...

"Mas agora você mora na casa de Jujojiki e demonstra interesse pela lenda do 'menino', incluindo Meisuke quando criança e a sua reencarnação. Tenho expectativas quanto a isso!

"Como ser humano e escritor, você deve agir ciente de que está chegando ao fim de sua história pessoal. Ao contrário do arrependimento de dom Quixote no leito de morte, se você jogar para o alto a normalidade de uma pessoa de bom senso, eu acompanharei você!"

No assento traseiro, havia indícios de que um corpo com peso e volume se erguia. Rose circundou com as palmas das mãos ainda tépidas do sono o pescoço de Kogito. Um pescoço enrugado, aparentando *sinais* de velhice como visto toda vez na TV, de alguém que sequer virara para trás de tão cativado que estava pelas palavras de Makihiko.

— Kogito, como falou Makihiko, desconfie das *maquinações* de *mister* Kurono, mas se decidir se entregar a uma aventura quixotesca, o Sancho Makihiko o acompanhará logicamente ao lado de sua velha amiga Sancha!

4

Pelos recortes de jornais que trouxe para casa juntamente com o *soba* preparado na hora e ainda não cozido, Kogito soube dos planos concretos que começavam a ser postos em ação usando seu nome. O "idealizador" da Sociedade Japonesa Jovem assumiu a liderança do plano para um novo *resort* a ser desenvolvido na estação de águas de Dogo com o capital de um grupo empresarial. Em breve, ele tomará posse em um escritório montado em Matsuyama.

E no comunicado de imprensa destacado no referido artigo constava o lançamento do "Seminário de Revitalização Intelectual da Terceira Idade" a ser conduzido por Kogito.

Ao conversar com Rose no dia seguinte, Kogito descobriu que realmente houve um telefonema sobre o assunto enquanto ele esteve hospitalizado. Rose entendera a ligação como um método de vendas para recrutar membros para um seminário em instalações com novas acomodações, uma prática que ela vivenciara com frequência nos Estados Unidos. Também era verdade que a terminologia e o sotaque usados pelo interlocutor dificultavam para uma estrangeira como ela acompanhar o assunto. Apesar de ter feito anotações, ela não relatou o caso a Kogito com base nelas.

Makihiko, também presente na sala de estar da casa de Jujojiki quando Kogito teve essa conversa com Rose, sugeriu que, dali em diante, ela deveria pedir que falassem em inglês ao receber telefonemas semelhantes ou que mandassem posteriormente um fax. Rose se irritou não apenas por ele ter assinalado sua insuficiente proficiência em japonês, como também pela crítica recebida à sua falta de responsabilidade ao tratar o caso.

Deviam protestar contra essa notícia do jornal, visivelmente sem uma compreensão clara do movimento pelo qual tentavam envolver Kogito de uma tal forma. E Kogito tinha meios para requerer o cancelamento da parte que dizia respeito a ele se conduzisse o caso nessa direção. Todavia, Makihiko lhe pediu para ser cauteloso. Ele não tinha intenção de refrear a provável participação de Kogito em algum novo movimento — mesmo que o estivessem forçando a fazê-lo — e indicava que até pretendia dar um empurrãozinho dependendo do caso. Ele sugeriu que, de toda forma, fossem investigadas as novas perspectivas que poderiam se abrir. Chegou mesmo a se oferecer para ir até o local onde o hotel estava sendo planejado para um encontro com o administrador. Na sequência, Rose também concordou com a atitude generosa de Makihiko, e o *ruído* durante a conversa felizmente foi resolvido.

Uma vez iniciada oficialmente, a investigação de Makihiko foi célere e abrangente. Além disso, nem uma semana se passara para Kogito receber as seguintes informações.

Inusitadamente os dados também estavam ligados ao histórico familiar de Kogito. Seu avô idealizou projetos que se destacaram na percepção dos habitantes locais, como, entre outros, a imigração de toda a vila para o Brasil ou a participação em uma licitação para uma linha férrea, embora tenha fracassado em tudo o que tentara. Pode-se dizer que o único patrimônio deixado para a mãe de Kogito pelo avô, conhecido na região como um tipo *imprudente* e *fácil de se levar na conversa*, foi um terreno com fonte termal — Kogito soube pela primeira vez que a denominação oficial do local era Okuse — descendo do vale para o norte, antes de chegar ao túnel sinuoso finalmente aberto no Passo de Inuyose. Foi o local onde o avô estabeleceu uma hospedaria com fonte termal baseando-se no acordo secreto celebrado com o governador da província para a passagem de uma ferrovia.

  Sempre lhe vinha à mente, toda vez que se recordava de seu relacionamento de infância com Goro, a imagem do pai abrindo ali um centro de treinamento ultranacionalista. Depois de sua morte nos eventos por ocasião da derrota na guerra, aqueles que afirmavam ter herdado suas ideias e práticas se ofereceram para continuar as atividades na medida em que fossem permitidas sob a ocupação americana. Kogito se lembrava do desânimo da mãe ao sair para passar uma noite ali com o objetivo de conversar sobre o terreno e o prédio. Ele se recordava de ela ter pegado o ônibus anunciando estar indo para Tohokukyo, usando a denominação do lugar arbitrariamente criada pelo pai...

  Ele se lembrava de um rapaz de nome Daio, frequentador habitual de sua casa durante e após a guerra, alguém que deu continuidade ao centro de treinamento cedido pela mãe. Logo depois de ser transferido para a escola colegial de Matsuyama e conhecer Goro, Kogito recebeu a visita de Daio e de seus jovens correligionários, e, na companhia de Goro, foram visitar o centro de treinamento.

  Quem os guiou foi Peter, oficial com domínio da língua japonesa que Kogito conheceu quando frequentava a biblioteca do Centro Americano de Informações Culturais e Educação (CIE) para se preparar para o exame de admissão da universidade. E o incidente ocorreu.

  Terminou por aí a relação entre Kogito, o terreno em Tohokukyo, ou melhor, Okuse, e as pessoas. Quando a bolha econômica começou a causar estragos, as instalações nas quais Daio e os discípulos continuavam suas atividades foram requisitadas e vendidas. O comprador foi o administrador do hotel em Dogo, o mesmo que havia desenvolvido um campo de golfe em um terreno plano em Okuse. A estação termal para além do vale, do lado oposto ao centro de treinamento, foi reavaliada, e decidiu-se construir um *resort* interligando-a ao campo de golfe. Parte do prédio foi concluída, mas, na construção do edifício principal do hotel, surgiu um problema no despejo daqueles que continuavam vivendo no dormitório do centro de treinamento.

A bolha econômica estourou, o tempo passou, e agora eles pretendem reduzir o tamanho idealizado inicialmente e alterar o perfil do hotel, buscando assim um recomeço. A ideia é espalhar chalés leves por todo o terreno.

Conforme ouvia a história, Kogito compreendeu o que estava por trás do "rei das tartarugas", presente enviado juntamente com uma carta anunciando a morte de Daio, e a carta posterior à dissolução do centro de treinamento.

5

— Fui até Dogo e os fiz confirmarem que os anúncios realizados pelo hotel e pelo Escritório Kurono não obtiveram a sua anuência, Kogito. Além disso, perguntei de novo quais eram as intenções deles. O jornal local os chamava de grupo empresarial Tabe. Bem, não fui tão bem-sucedido por não conseguir me encontrar com o presidente, mas a esposa apareceu, e foi possível ter uma conversa produtiva. A administração do hotel em Okuse foi confiada a ela e, de início, funcionará em caráter experimental sem perspectiva de lucro. Parece ser isso. A senhora tinha umas ideias equivocadas, a começar por uma relação exagerada entre Kurono e você, e, ao indicar esse ponto, ela me mostrou o material com o plano previsto pelo Escritório Kurono. Segundo o plano, eles desejam utilizar ao máximo você, que retornou para Ehime.

"A senhora esclareceu que eles têm muitos planos e, bastando você concordar, o hotel fará tudo o que estiver ao seu alcance em agradecimento. Ela tem um sonho, desde menina, de convidar artistas e acadêmicos, imitando, na qualidade de administradora do hotel, o que faziam as famílias reais e os membros da aristocracia europeia do século XVIII."

Naquele dia, como Makihiko também planejava levar Rose de volta para o escritório do santuário no sedã azul, passou na casa de Jujojiki ao retornar de Matsuyama. Rose, que ouviu junto com Kogito o relatório, manifestou sua suspeita com alguma reserva.

— Essa não é a fala da duquesa na segunda parte de *Dom Quixote*? Se houvesse um duque atrás da senhora divertindo-se em zombar de dom Quixote, o enredo que Nabokov chama de "*cruelty and mystification*" estaria completo. Os pontos conhecidos pela leitura das suas obras são os mesmos daqueles que esperavam por dom Quixote. Tome cuidado.

Makihiko não pareceu se importar com o que Rose disse. Ele relatou tudo o que havia preparado, e sua atitude de tentar encerrar de maneira positiva tinha até mesmo o estilo de um "jovem empresário" apostando em um novo trabalho.

— Kogito aceitará ou recusará? Daqui em diante, tudo depende dessa decisão, mas, no que concerne ao hotel, penso que havia um fundamento no que Kurono revelou ao jornal.

"Não entendo o motivo, mas a senhora parece estar esperançosa de que Kurono poderá convencer Kogito e fazê-lo participar do plano. Ela comentou que ele está procrastinando uma negociação direta com Kogito.

"Ela achou ótimo que eu tivesse aparecido e espera que Kurono escolha um dia para vir a Matsuyama conversar com Kogito, quando ela e eu também estaremos presentes.

"Bem, de minha parte, me limitei a responder que empenharei todos os esforços para que você encare esse caso positivamente."

Antes mesmo de Kogito, Rose redarguiu com convicção.

— Makihiko, não há problema! Nesse encontro, eu também vou participar como assistente de Kogito Choko! Porque pela primeira vez em muito tempo, quero desfrutar a comida de um bom restaurante. Nesse sentido, sou parecida com Sancho Pança, não? Tudo bem, Kogito?

Kogito não tinha motivos para refutar. Vendo isso, Makihiko se mostrou aliviado. Apenas a boca ainda reclamava.

— Que tipo de personagem eu vou interpretar? — questionou ele.

— Há tempos venho afirmando que você, Makihiko, é o bacharel Sansão Carrasco — respondeu Rose.

Capítulo 14
Sociedade Japonesa Senescente (2)

1

O sedã azul dirigido por Makihiko adentrou o estreito caminho de pedras que formava uma encosta em direção ao hotel do qual se via apenas um outdoor no telhado do prédio alto. Kogito encontrou um restaurante bem iluminado especializado em macarrão *udon*, situado numa esquina ao longo de um antigo canal. Eles acabaram passando sem parar, mas era o lugar onde a família de Kogito e a de Goro se juntaram para comer quando da única vez que viajaram por Matsuyama. Goro, que publicara um livro com fotos cozinhando pratos especiais junto ao chef de um restaurante francês vanguardista, também se alegrou ao ocupar o andar superior desse restaurante com ares locais. No entanto, mesmo quando um cliente mais familiarizado com seu trabalho o chamava ou pedia um aperto de mão, Goro o ignorava por completo. Ao seu lado, Kogito não era reconhecido por ninguém.

Após subir uma ladeira movimentada bem típica de um balneário, Makihiko entregou o carro a um jovem uniformizado parado em frente à porta de entrada do hotel, que se incumbiu de levá-lo para o estacionamento. Contudo, mesmo entrando no saguão com Rose à frente, não havia funcionários do hotel para recepcioná-los.

Enquanto Makihiko ia até a recepção, um grupo de dez jovens universitários ou colegiais se aproximou de Rose e Kogito, que permaneciam estáticos. Rodearam Kogito, cada qual estendendo um livro e lhe pedindo autógrafo. Pela primeira vez isso acontecia em Matsuyama.

Esperando todos pegarem seus livros e partirem, uma mulher corpulenta em seus quarenta anos apareceu seguida de um homem em trajes pretos.

— Que surpresa ver que você tem tantos leitores entusiasmados! — exclamou ela com um semblante sorridente repleto de um vigor intencional.

Vestida em um terno branco com discreta estampa em azul-escuro, ela estendeu a mão e Kogito fez menção de apertá-la.

— Primeiro as damas — repreendeu ela e, depois de apertar a mão de Rose, envolveu com ambas as mãos a de Kogito.

— O presidente está em Tóquio, mas nos organizamos para atendê-los. Sou Mariko Tabe. Estava ansiosa em conhecê-lo. Preparamos a suíte e um outro quarto.

Depois de informar o mesmo para Rose em inglês, perguntou se eles gostariam de ir primeiro para os quartos tomar um banho com calma. Makihiko voltou da recepção trazendo duas chaves e, se antecipando a Rose, falou:

— Já são sete da noite e os deixamos esperando.

— Bem, então vamos nos conhecer enquanto jantamos. Ouvi que o mestre Choko mantém um longo relacionamento com o responsável do Escritório Kurono, com o qual estabelecemos a atual parceria.

A gerente entregou a Kogito e a Rose seu cartão de visitas. Adiantou-se a eles para tomar o elevador, abriu uma tampa no painel de controle com os botões dos andares alinhados e inseriu uma chave. O elevador logo se impregnou do aroma opressivo do perfume da senhora Tabe.

Kogito e seu grupo foram levados ao salão de banquetes passando por longas janelas de vidro horizontais — um castelo alto iluminado de forma inusitadamente familiar — de um andar em que não havia sinais de quartos de hóspedes. Ali, Kogito reencontrou Kurono, que agiu de uma maneira seca, apesar de não se verem havia mais de uma década. Com seu um metro e oitenta de altura, Kurono tinha o olhar de quem, com a margem de manobra de alguém de sua estatura, examina o interlocutor de uma maneira perspicaz. Apresentou ao seu lado um homem em seus quarenta anos e de expressão sombria num rosto que se assemelhava a um ovo cozido.

— Este é Sugita. Líder da área teatral em Ehime. Ele dá suporte às novas ideias da senhora Tabe de uma perspectiva teatral. Gostaria que você, Choko, nos ajudasse de uma perspectiva cultural. Sou da área administrativa, e, seja como for, formamos um triplo pilar. Você é mais gordo do que quando o vejo na TV, não? Se você fosse uma dessas celebridades populares, a impressão passada pelo tubo de raios catódicos costuma ser de alguém mais baixo e magro. Pensando bem, nunca estivemos face a face. Sempre nos comunicamos por meio de telefonemas ou faxes.

— Kurono, se fosse hoje seria tudo por e-mail, não é mesmo?

A senhora Tabe os guiou para seus respectivos assentos à mesa, que pareciam já definidos. Ela fez Kogito se sentar ao fim da mesa, com Kurono e Sugita de um lado, Rose e Makihiko em frente a eles, e ocupou ela própria o assento ao lado de Rose e defronte a Kogito.

— O restaurante do térreo é de comida francesa, e eu o considero o melhor de Shikoku. Quando fui ao bar, dei uma espiada e estava lotado! — comentou Kurono.

— Falam que estamos em recessão... Mas isso ocorre porque vivemos no fundo da montanha, isolados da sociedade de consumo.

— É o mesmo tipo de vida que também levava em Tóquio. Bem, a velha geração de esquerdistas sentimentais não está familiarizada com a economia moderna, não é? Nem por isso leem *O capital*. Quando jovens, devem ter lido a versão soviética dos *Manuais de economia*.

"Por mais que estejamos em recessão, a economia deste país é intrincada. Principalmente nas regiões interioranas. Se você olhar o estilo de vida opulento das elites locais, concordará que as novas ideias da senhora Tabe estão no rumo certo."

— Ora, ora, esse elogio não faz sentido no meu caso! Sou adepta da velha economia. Acredito que uma bolha de tecnologia da informação e outras afins não sejam desejáveis. A única alternativa é atacar com firmeza as áreas problemáticas e tentar novas ideias. Não se pode afirmar se funcionará ou não, nem sequer se essas novas ideias são viáveis. Tudo dependerá da cooperação do mestre Choko.

E a senhora Tabe, adiantando-se a qualquer objeção de Kurono, dirigiu-se a Rose.

— *Ma'am* — falou ela.

Tentou continuar se expressando em inglês, mas foi interrompida em japonês.

— Sendo assim, vamos abusar de sua generosidade. Criamos o cardápio que está próximo de suas mãos. O vinho pode ser um dos listados nele?

— Meu estômago não reage bem quando tomo vinho branco — declarou Rose. — O mesmo vale para champanhe. Desde o início, preferirei um bordô.

A senhora Tabe saiu para atender pessoalmente o pedido de Rose.

— É duro com certeza...

— Mas é ingenuidade você ter acreditado. Sabe os estudantes que o cercaram no saguão pedindo autógrafos? Acha mesmo que aqueles jovens estariam *congregados* numa hora dessas no saguão de um hotel nos cafundós de Dogo só para isso? Veja bem, a senhora Tabe é uma mulher de negócios!

A senhora Tabe voltou acompanhada de um jovem em trajes pretos trazendo consigo dois tipos de vinho tinto. Rose escolheu a marca e degustou um gole da taça, e, depois do ritual de passar o vinho respeitosamente para um *decanter*, fizeram um brinde, e a refeição começou. Após explicar que os acepipes eram feitos com frutos do mar colhidos próximo a Iyo, a senhora Tabe falou como se tivesse notado pela primeira vez:

— O mestre Choko é formado em literatura francesa pela Universidade de Tóquio e, sem dúvida, um bom conhecedor da culinária francesa. Espero que a comida seja do seu agrado.

Kurono bebeu todo o champanhe, pegou mais uma taça e a virou em um só gole.

— Para Choko, qualquer comida serve! — interrompeu ele. — Todos os intelectuais da minha geração são assim. Quando a reunião da Sociedade Japonesa Jovem se realizou no Hall Mikasa, apenas Ashihara foi exceção ao pedir rosbife de corte bem grosso. Mas, mesmo o garçom dizendo que só aceitavam a partir de um pedido mínimo para duas pessoas, não houve mais ninguém que se oferecesse para acompanhá-lo. Até Kaiko, que na velhice se tornou um excelente gourmet, um dos poucos no Japão, quiçá no mundo, pediu frango *karaage*. Choko, no caso, optou por *curry rice*...

— Pois é. Eu fui à reunião ansioso pelo *curry rice* especial...

— Você e Kaiko eram bem magricelos na época. De repente, com o ímpeto de uma explosão, começaram a engordar. Não teria sido por começarem a apreciar os sabores de pratos mais sofisticados?

Rose encarou um garçom sorridente.

— Não acredito que Kogito ignore a culinária descrita nos romances europeus. Quando pedi a ele que preparasse para mim um prato no estilo francês que descreveu em detalhes em um romance desses, apesar de simplificado o resultado foi muito bom. Ele comprou em uma loja de departamentos em Matsuyama os ingredientes, incluindo ervas e especiarias.

"Embora esteja seja uma cidade interiorana, temos aqui uma boa variedade de ingredientes importados. *Foie gras* de Estrasburgo, anchovas sicilianas; as escolhas são quase infinitas. Também acho estranho quando ouço que o Japão está em recessão."

— Cordeiro, por exemplo. Há uma técnica de descongelar habilmente as carnes congeladas neozelandesas, mas começamos a criação de carneiros em uma fazenda onde sopra a brisa marinha do Mar Interior de Seto. Como também o hotel de Okuse foi originalmente desenvolvido como uma fazenda, sem dúvida é possível cultivar vegetais de excelente qualidade. Pretendemos realizar seminários com o intuito de vincular esse fato a uma melhoria no padrão alimentar das famílias locais.

— Choko, o senhor Tabe sempre foi um verdadeiro homem de negócios, e o restaurante do hotel faz sucesso graças às ideias da esposa! É fantástico!

2

Sugita, que fora apresentado como líder da área teatral, parecia, mais do que acompanhar o progresso das conversas à mesa, ter Kogito como alvo de suas observações. Kogito se sentia pouco à vontade. Percebendo isso, a senhora Tabe procurou despertar seu interesse.

— Mestre Choko, há muitas coisas sobre as quais gostaria de te pedir conselhos, não apenas seminários de literatura. Mas talvez o senhor não se interesse muito por teatro.

— Não creio que seja assim — Sugita interveio na conversa. — Mantive um longo relacionamento com o diretor Goro Hanawa, que costumava afirmar que, *quando Kogito se tornou escritor, ele logo começou a escrever ensaios e resenhas críticas. Ele decerto* macaqueava *o modus vivendi sartriano, mas teria ele real interesse por temas políticos? Kogito não é, em sua origem, esse tipo de pessoa, mas, sim, um homem voltado a aspectos de seu drama familiar...*

"Um drama familiar significa teatro!"

— Goro provavelmente usaria a gíria *macaqueava*, mas não acredito que costumasse empregar a expressão *modus vivendi* — redarguiu Kogito.

Nesse momento, Rose preencheu o silêncio desanimador de todos.

— Goro Hanawa produziu um filme que teve como modelo a vida doméstica de Kogito e Akari. Foi uma ótima película.

"Mas a relação entre Akari e o mundo real foi um elemento que Goro acabou descartando da obra original. Mesmo Kogito escrevendo sobre a vida doméstica de Akari, sempre esteve consciente da sociedade que lança uma sombra sobre ela. A crítica de Goro a Kogito não seria porque ele próprio se mostrou incapaz de tratar da questão em seu filme? Certamente se sentiu como um *peixinho rangendo os dentes*.

— Seria adequado o uso desse *ditado* significando que uma crítica não mudará o resultado? — questionou Kogito. — Mas como seria na realidade? Como diretor de cinema, Goro explorou os aspectos violentos da sociedade japonesa. E quase foi morto por um inimigo real. Ele deve ter carregado feridas físicas e psicológicas até o fim da vida!

— Foi a razão da crítica de Goro a Kogito — falou Sugita com seu rosto avermelhado e liso como um ovo.

Kurono se inclinou na direção de Kogito e abriu a boca.

— Será mesmo?

"Pessoas como você e o diretor Hanawa, que sempre caminharam por locais ensolarados, não conseguem aceitar críticas que não sejam positivas? Apenas acolhem elogios para nutrir seu ego? A mesma postura em geral do pessoal de hierarquia superior nas mídias em que trabalhei.

"Mas, tendo percorrido dessa forma o caminho, ao se chegar a uma certa idade, não se faz uma descoberta feliz? Você se dá conta de que justamente as críticas negativas eram corretas e que, quando jovem, deveria ter prestado mais atenção a elas.

— Kurono é uma pessoa realmente crítica — afirmou Sugita.

— É porque pessoas do teatro são multifacetadas, rá! É muito difícil se relacionar com elas!

— Sugita é muito sincero — a senhora Tabe repreendeu Kurono. — Rose, Sugita encenou todas as obras representativas de Shakespeare em Matsuyama!

— Farei uma pergunta de quem é completamente leiga no assunto — anunciou Rose de um jeito pouco usual. — Qual das peças foi a mais interessante?

— Num certo sentido, *Rei Lear*.

— Num certo sentido... Kogito, você usou essa mesma expressão quando falou sobre *Rei Lear*.

— Ah, o que o mestre Choko falou? Que eu saiba, ele não escreveu nada sobre *Rei Lear*. Queremos ouvir, não é, Sugita?

— Rose é, originalmente, uma pesquisadora de *Dom Quixote*. *Rei Lear* foi encenado no ano seguinte à publicação do primeiro tomo do livro, e Cervantes e Shakespeare... Bem, embora o calendário ocidental seja diferente do nosso, eu apenas comentei que ambos morreram na mesma data.

— Você não disse que, *num certo sentido*, seria bom se o Bobo e Cordélia, que sempre acompanham o rei Lear, fossem um único personagem?

— Foi o que depreendi das notas da tradução do livro da editora Iwanami Bunko. Elas apresentavam um artigo de Empson. Ele afirma que, *na cabeça louca de Lear, Cordélia e o Bobo formam imagens duplicadas...* Sendo assim, achei que poderia literalmente ser encenado dessa maneira.

— Dizendo: "E o homem triste acabou sendo estrangulado!", Cordélia, que tinha morrido, e o Bobo, naquele momento ausente, se sobrepõem — afirmou Sugita. — Acredito ser dessa forma no coração de Lear...

— "O homem triste", no texto original, é *fool*.

— Mas, Rose, para além daquela cena, não seria exagerado se juntássemos o Bobo e Cordélia?

— Você também comentou, Kogito, que desde o início Cordélia parecia estar grudada ao rei Lear como uma Boba. Virando do avesso o bom senso e os costumes da corte, é certamente jocosa a atitude de não expressar seu desejo de um velho que, ao mesmo tempo, é rei e pai. Cordélia não é agressiva a ponto de falar grosserias frente a frente...

"Comentei que é de fato o comportamento de Boba que causou sua fácil derrota enquanto continha o tumulto na Inglaterra junto ao exército do rei da França com quem tinha se casado...

"Você chegou a afirmar que, se você próprio dirigisse a peça em um pequeno teatro, gostaria de fazer o Bobo e Cordélia serem encenados por uma única atriz. Isso não vai além do seu *num certo sentido*?

— Que espetacular! — exclamou exultante a senhora Tabe. — Tenho vontade de encenar o rei Lear no hotel de Okuse, mas o salão tem a dimensão de uma pequena sala de concertos, sem contar que o orçamento ficaria apertado. Kurono, como essa seria a primeira produção de Kogito de uma peça de Shakespeare, não acha que a mídia ficaria fascinada se uma atriz desempenhasse ambos os papéisde Bobo e Cordélia?

Diante da animada senhora Tabe, Sugita guardou silêncio em seu rosto de ovo avermelhado numa atitude de desobediência — demonstrando que não fora a primeira vez.

A senhora Tabe também parecia ter notado e procurou encerrar o banquete, que estava na fase do café e da sobremesa, de acordo com a intenção original da conversa. À medida que o sorriso forçado se desvanecia, surgiu em sua expressão um ar de formalidade até então escondido pela obesidade, fazendo-a parecer realmente uma mulher de negócios.

A senhora Tabe anunciou que, na manhã seguinte, gostaria de conversar sobre as condições concretas do plano para receber Kogito como o principal palestrante do seminário de Okuse. Contariam com a presença do advogado encarregado de todo o projeto do hotel e restaurante. Naquele momento, ela só queria confirmar o acordo básico com Kogito e Rose, na presença de Makihiko.

Entretanto, quando Rose retrucou que o mais importante seriam as cláusulas contratuais a serem apresentadas no dia seguinte, a senhora Tabe explicou o que ela entendia por acordo básico. Enquanto os quatro homens desviaram o olhar e se mantiveram calados, Kogito encarou Kurono pela primeira vez em muito tempo e percebeu que, mesmo sendo careca até a nuca, seu denso cabelo na parte inferior — tingido de preto — evocava a cena da *crucificação* de Sogoro Sakura em uma peça que vira no teatro do vilarejo quando era criança.

A senhora Tabe apresentou Kogito e Rose ao chef de cozinha que veio cumprimentá-los. Apesar de Rose externar sua impressão sobre a comida, Kurono ordenou ao chef que lhe trouxesse alguma bebida forte. A senhora Tabe procurou acalmá-lo convidando todos para tomarem um conhaque em seu escritório.

— Para mim não há necessidade. Desejo entrar na fonte termal do antigo prédio que vi no caminho para cá — interrompeu Rose.

— Isso é impossível! O sistema ali é o de uma casa de banhos públicos — alertou Makihiko. — Em um banho público no qual as mulheres japonesas estão imersas a seu bel-prazer, uma mulher ocidental teria resistência!

— Eu não sinto resistência alguma.

— Não, não você, mas, sim, elas, tendo diante dos olhos a sua esplêndida...

A senhora Tabe interrompeu Kurono que estava prestes a dizer algo impudente.

— Essa maneira de falar configura assédio sexual! — declarou com firmeza. — Isso não condiz com alguém como você, com longo histórico de vivência no exterior.

"Rose, todos os quartos deste hotel são dotados de fonte termal anexa, e a suíte ocupada por você e mestre Choko dispõe de banheira de cipreste, ao estilo japonês. Enquanto conversamos mais um pouco, o que me diz de você ir utilizar o ofurô? A governanta encarregada do quarto pode ajudá-la nos preparativos."

— Não é a suíte minha e de Rose — corrigiu Kogito. — Rose e Makihiko são um casal. Eu ficarei com o quarto destinado a Makihiko.

— Se forem eles dois, a governanta será desnecessária — replicou Kurono segurando o copo de conhaque que trouxera. — O ofurô em estilo japonês não foi originalmente concebido para banhos individuais. O que significa que tanto eu quanto Choko, da imortal "Sociedade Japonesa Senescente", tomaremos banho completamente sozinhos?

3

Afirmando que retornaria para uma cidade portuária suburbana — quando era aluno do ensino médio em Matsuyama, sentia como se ali fosse um local realmente distante —, o diretor da companhia teatral se despediu e partiu. Rose e Makihiko se recolheram à suíte que lhes fora designada, e apenas Kogito e Kurono foram levados pela senhora Tabe até seu escritório. Ao se transferirem para o cômodo grande e iluminado, com apenas um exíguo espaço para receber os convidados, Kurono demonstrou um comportamento diferente daquele de sua embriaguez anterior. O garçom entrou empurrando o carrinho carregado de garrafas de bebidas e água, e preparou drinques para a senhora Tabe e Kogito. A propósito, na época da Sociedade Japonesa Jovem, também com o intuito de encarnar os costumes dos jovens de determinada época, Kurono demonstrava o mesmo tipo de solicitude em relação a Ashihara, que mais do que um escritor era uma celebridade, e Uto, um crítico que, complementando-o, efetivamente dirigia a sociedade.

    Quando sossegou na cadeira de braços de couro vermelho, aparentemente seu assento cativo, a senhora Tabe fez Kogito se sentar diante dela. Enquanto ela bebia conhaque, Kurono verteu em um grande copo uísque *single malt*, que também ofereceu a Kogito, acalmando-se em seguida na penumbra.

    — A bem da verdade, conhecia o mestre Choko de nome, mas não havia visto nenhuma de suas obras. Tampouco sabia que o mestre se formou pela escola colegial do leste de Matsuyama. Depois de ter recebido o prêmio, os jornais escreviam sobre isso diariamente, não é mesmo? Então, o pouco que eu sabia era que havia nascido em Ehime.

"Por outro lado, conheci o diretor Hanawa através de Kurono, que, na época, trabalhava na Dentsu. A esposa, Umeko, se hospedava com frequência no nosso hotel e, de tão *simpática*, nem parecia ser uma renomada atriz. Mesmo assim, não imaginava que o mestre Choko fosse cunhado de Goro. Nem ele nem Umeko comentaram isso comigo.

"Se me permite explicar o motivo da obsessão que sinto pelo trabalho do mestre Choko, ela tem origem em um dos seus ensaios. O mestre escreveu sobre Maurice Sendak, correto? Eu era aluna do Departamento de Piano da Universidade de Artes, mas, desde o início, fazia parte de um grupo de colegas que abandonaram os estudos, e eu adorava ler com eles os livros ilustrados de Sendak. Quando foi concluída uma sala de concertos em Okuse, convidamos todos os clientes a irem de ônibus e apresentamos uma ópera baseada nos originais de Sendak *Onde vivem os monstros* e *Higglety Pigglety Pop*. Que foi, inclusive, televisionada ao vivo pela emissora de TV local! Fiquei surpresa quando, pouco depois, o mestre Choko escreveu que conhecia os livros ilustrados de Sendak!"

— Falando sobre esse encontro com as obras de Sendak, desde jovem eu visitei a Universidade da Califórnia em Berkeley, um lugar com muito verde, e li os anais do seminário que ele realizou. Não só os desenhos, mas suas observações de sabor inusitado são interessantes. A partir do impacto psicológico que o sequestro do bebê do casal Lindbergh teve sobre ele ainda na infância, o assunto deixou de ser um problema de terceiros.

— Li recentemente que a senhora Lindbergh morreu! — comentou Kurono, que estava a uma certa distância.

— Isso mesmo. Sendak falou que, quando ela era viva, morava numa cidade vizinha à dele, e ele fantasiava visitá-la e declarar a ela que *seu filho não foi assassinado. Sou eu. Eu voltei!* Ele terminou a palestra rindo da ideia que, provavelmente, a mataria de susto...

"Mas Sendak não pretendia, com isso, afirmar que, no lugar do bebê sequestrado e morto, ele próprio tinha sobrevivido? Foi como eu depreendi.

"Claro que você ainda não era nascida, mas, logo depois do fim da guerra, ocorreu o caso do sequestro da filha primogênita da família Sumitomo. Menino do interior, eu acabei seduzido pela história. Sobretudo, me identifiquei com o rapaz que a sequestrou. Sonhei que eu era ele e mantinha uma relação de cumplicidade com a menina. Tudo começou com um artigo por ocasião da prisão do rapaz em que a menina afirmava não odiar ou temer o seu sequestrador.

"Desde então, tenho essa estranha ideia fixa. Um crime é cometido. Mas ele... pode ser 'anulado'. Na verdade, aquele sequestrador deveria ser punido, mas a menina havia 'anulado' o crime socialmente grave como não sendo uma transgressão. Se a sociedade seguisse a visão da menina, o rapaz poderia sair caminhando da cena do crime como alguém isento de culpa. Por se tratar da mente de uma criança, fiquei fascinado pela ideia, mais pelo sentimento do que pelo pensamento em si.

"Eu a incorporei a um dos meus livros. Intitula-se *Levando as cabras ao campo*, uma novela que descreve uma mulher que sai de seu vilarejo carregando consigo uma mácula. Por meio da mulher, o pecado de todos os habitantes locais é 'anulado'...

"Tratei do mesmo tema também em meu romance *O nadador: a árvore de chuva dentro d'água*. Um jovem comete um crime sexual. Escrevi sobre o professor de uma escola colegial que assume a culpa e morre enforcado no lugar do criminoso, para ele um completo estranho.

"E Goro Hanawa tomou como referência essa passagem para seu único filme baseado em um romance original meu. A maioria dos críticos de cinema desaprovou ferrenhamente por não entender o sentido da inserção dessa cena. Mas pensei em como Goro conseguiu distinguir um tema de minha vida.

"Até me ocorreu que seria pelo fato de ele também compartilhar esse tema..."

— Escritores tendem a falar muito quando estão diante de suas fãs, não? — interrompeu Kurono. — Deve ser porque tanto você quanto Hanawa compartilham uma culpa, uma mácula da juventude, e ansiavam por um milagre que a fizesse *desaparecer*. Goro Hanawa não teve alternativa a não ser se suicidar, e Kogito Choko está conseguindo sobreviver... Não seria isso?

"Mas, pobre Goro, caso o sobrevivente esteja convicto de que ele morreu assumindo sozinho toda a culpa e mácula compartilhadas. Até agora corriam boatos de que você estaria fazendo Akari de bode expiatório, mas será que também usou até mesmo Goro?

"Muitas pessoas naturalmente entendem a ida de Chikashi para Berlim como uma repulsa a você por ter usado o filho por ela gerado e o irmão de sangue dela como seus bodes expiatórios."

4

O telefone sobre a enorme escrivaninha de mogno tocou. Eram onze horas. O vigor da cintura até as nádegas dentro da saia bem ajustada da senhora Tabe, que deu a volta para o outro lado do móvel, parecia equivaler ao de Rose. Pelo jeito como a senhora Tabe se sentou na cadeira de espaldar alto, Kogito presumiu que se tratava de um telefonema de negócios do presidente e se levantou encorajando Kurono a fazer o mesmo. Relutante, este terminou mais uma dose do uísque *single malt*. Kogito esperou de pé, e, quando os dois saíram da sala, a senhora Tabe fez o gesto de apertar um botão no canto da mesa enquanto conversava ao telefone.

Kurono estava de pileque, mas seus passos eram firmes e seu tronco não balançava. Numa súbita demonstração de vitalidade, continuou a conversa iniciada no escritório.

— Assim como há quarenta anos eu cuidei de Ashihara, Uto e Hamaguri, um rapaz do novo teatro... ah, e também de você e Takamura... pretendo agora organizar uma nova sociedade. Mas o objetivo não é de fazer florescer as *derradeiras flores*. Já defini o nome: "Sociedade Japonesa Senescente"! Modéstia à parte, soa bem, não acha?

"Os sobreviventes da Sociedade Japonesa Jovem são agora entes solitários. Não realizam nenhuma atividade em grupo. Ashihara, como sempre, é assíduo, só que Uto cometeu suicídio logo após a morte da esposa.

"Mas, embora a mídia não o veiculasse desde quando éramos jovens, aqueles membros trabalharam com diligência em suas respectivas áreas e vivem agora com tenacidade. Eu mesmo, por exemplo, fui apoiado com frequência por quem estava numa posição intermediária no mundo dos negócios e também realizei atividades filantrópicas. Alguns voltaram ao mercado de trabalho após labutarem em repartições públicas ou universidades. Eventualmente, tiveram experiências muito positivas. Nesse sentido, eles decerto não conseguiam gastar livremente seu dinheiro em ocupações nas quais sua renda cobria tudo, não é?"

No espaço em frente ao elevador do fundo do corredor tranquilo, o gerente que os cumprimentara de início esperava por eles junto a um rapaz de preto. O gerente se aproximou de Kurono e transmitiu a ele o que parecia ser um pedido da senhora Tabe.

— E é isso. Esta noite pudemos falar de coração aberto e ainda também teremos muito tempo, Choko! Como na minha fala favorita de *Rei Lear*... Eles ainda não nos incomodaram tanto quanto se vê nas palavras próximas ao final da peça. Bem, eu me vou!

Kogito imaginou que se apertariam as mãos e se despediriam no elevador, mas Kurono entrou nele sozinho enquanto um *boy* guiou Kogito para uma ala que se estendia a partir da frente do elevador. Cansado, Kogito não usou o banheiro nem quis vestir um *yukata*, apenas deitou-se na diagonal da grande cama e respirou pesadamente. A fala de *Rei Lear* que Kurono havia pouco pretendia tomar como exemplo estava na ponta de sua língua — era a mesma que Rose citara recentemente. Conforme brincava com as palavras do texto original e da tradução que flutuavam na superfície da memória, um hábito seu desde os tempos de estudante, a encantadora saudação de despedida do conde de Kent ganhou forma. "*Eu tenho uma viagem, senhor, pronta missão. O meu rei me chama; não posso dizer não.*"

Um semelhante senhor... a pessoa por ele chamada... estariam dentro dele? Kogito refletiu. Sentiu que o professor Musumi, Takamura e Goro, também Akari — ele está vivo, mas isso não é uma incongruência —, o chamam de um profundo e sereno abismo. Ouvindo o chamado, ele talvez devesse atendê-lo de imediato. Por isso estava bêbado naquele lugar. Kogito foi assaltado por uma sensação de perda e uma profunda melancolia.

O som de batidas ressoando na porta o fez acordar, mas, ao caminhar até ela pelo quarto de luzes acesas e abri-la, viu diante dos olhos o peito de Kurono. De altura um palmo maior, ele espiou atrás de Kogito como se buscasse algo.

— Mesmo no auge da vida, sua sorte com mulheres não é lá essas coisas — disparou Kurono.

Porém, ao perceber o rosto coberto de lágrimas de Kogito, afastou-se com uma velocidade inadequada à sua idade e àquela embriaguez.

Capítulo 15
A criança perdida

1

No café do térreo, Kogito admirava o jardim em estilo japonês banhado por uma chuva fina. Ele tinha ouvido de Kurono que o senhor Tabe era o proprietário de quinta geração da velha hospedaria tradicional. Construíra o arranha-céu do hotel conservando o jardim. Do outro lado do lago havia um pinheiro negro de tronco tão largo que seria impossível circundá-lo com os braços, e uma velha árvore *mochi* de tronco e galhos semelhantes aos membros de uma mulher obesa.

Na época da escola colegial de Matsuyama, depois de varar a noite com Goro se preparando para as provas de final de período e antes de irem à escola, Kogito e ele caminhavam da pensão até a fonte termal de Dogo onde entravam no ofurô. Goro não fazia anotações durante a aula e, tanto em história mundial quanto em geografia, apenas lia os resumos em papel de palha acumulados aos montes por Kogito, e ainda assim obtinha as mesmas notas que ele. Nas idas e vindas à fonte termal, enquanto caminhavam pela calçada da rua por onde trafegava o bonde, Goro ria de Kogito ao vê-lo cativado pelas árvores que entrevia pela cerca de uma grande mansão se perguntando se o amigo teria saído de dentro da floresta. Porém, a menos que se aprofundasse na floresta, as árvores que cresceram ao longo dos anos nos jardins se pareciam muito mais com árvores do que aquelas vistas agora na orla das montanhas...

Makihiko estava de pé na entrada do café com um ar deprimido. Apesar da barba feita e da aparência asseada, ao vir até a mesa em resposta a um aceno de Kogito, falou com um aspecto lastimável:

— Rose foi chamada pela senhora Tabe, e imaginei que você estaria aqui.

Tanto Kogito quanto Makihiko pediram apenas café e torradas.

— Ouvi dizer que as pessoas que vieram te pedir autógrafos quando chegamos no hotel foram reunidas a partir de uma ideia que a senhora Tabe teve ao ouvir uma conversa do *ex*-presidente da produtora de Hanawa. O gerente estava preocupado se, ao contrário, você não teria se irritado com isso.

A menção ao *ex*-presidente da extinta produtora de Goro fez despertar outra lembrança em Kogito. Quando as famílias de Goro e Kogito vieram a Matsuyama, a van conduzida por esse homem contornou a área onde, no passado, Goro morava com Chikashi. No meio do caminho, ao passar em frente à escola colegial que eles frequentaram, Goro pediu ao homem para entrar nela com o veículo. Uma vez dentro, o carro virou para a direita e, ao fazer um desvio em direção ao prédio das salas de aula, foi possível ver o corredor coberto por um telhado, exatamente como Kogito se lembrava dele. Goro pediu para parar o veículo na frente do prédio.

Por acaso era a pausa para o almoço, com a escola observando a programação dos dias úteis da semana. Fazer o carro entrar na escola sem permissão era do estilo costumeiro de Goro. Ele arqueou o tronco e, como um general em um filme de guerra americano, passou em revista os alunos agrupados pelo corredor que o olhavam de relance. Também nesse momento, Kogito teve uma recordação. Virando à esquerda a partir daquele ponto, havia um bebedouro atrás do prédio principal. Em meio aos alunos em suas roupas de ginástica, enfileirados e papeando de pé diante das torneiras alinhadas, Goro e Kogito, longe de serem alunos excepcionais ou heróis do campo de atletismo, trocavam estranhos diálogos.

— Você comentou uma vez que, se voltássemos finalmente para a escola, os novatos iriam nos recepcionar se reunindo ao nosso redor! E também que pretendia mostrar a eles um carro incrível que nem em sonho eles imaginariam ver — declarou Kogito a Goro.

Goro não mostrou entusiasmo pela conversa. Os colegiais deviam ter assistido aos seus filmes, e Kogito acabara de receber um prêmio; ainda assim, eles pareciam não se importar com a dupla.

Rose surgiu à mesa na qual Kogito contava suas amargas recordações a Makihiko. De manhã bem cedo, ela entrara na fonte termal e tinha não só o rosto, como também a parte superior do corpo, desde os ombros até o peito, brilhantes. Rose se sentou ao lado de Makihiko e pediu salsicha com ovos e até uma salada como desjejum. Um grupo de mulheres de meia-idade que ignoravam os homens sem graça na mesa ao lado e elogiavam a vista da grande ponte de Seto espiava agora de soslaio a estrangeira falando japonês fluente, mas sem lhe prestar maior atenção.

— O presidente telefonou de onde está a negócios explicando que, embora não seja possível concluir hoje as conversações burocráticas, gostaria de nos cumprimentar. A senhora Tabe comentou que, provavelmente, o marido fez cerimônia em expressar seu desejo diretamente a você. Pelo que conversei com o senhor Tabe, ele está muito animado, assim como a esposa, em contar com sua cooperação para levar adiante um projeto cultural. Tenho minhas dúvidas em relação ao discurso dele. Afirmou várias vezes não ser um "bom leitor" do mestre Choko. Uma pessoa da plateia por ocasião da mesa-redonda de Tóquio também comentou isso ao fazer uma pergunta.

Makihiko foi mais rápido do que Kogito na réplica.

— Se fosse uma resenha de livros do *The New York Times*, o jornalista não mencionaria que ele não é "um bom leitor" de um escritor ou poeta sob sua análise crítica. Mas isso é algo comum nas colunas de resenhas de livros em jornais e revistas semanais deste país.

— Makihiko lê todas as páginas do *The New York Times* que eu assino — acrescentou Rose. — A maioria das cartas que chegam com pedidos para Kogito participar em encontros políticos ou solicitando autógrafos começa com uma citação semelhante. Então, me sinto tentada a perguntar, afinal, de quem você é um "bom leitor".

"Afirmar não ser um 'bom leitor' seu, ou seja, subentendendo-se se tratar de um 'mau leitor', seria uma provocação?

— Rose, quando você tenta definir a língua japonesa, por vezes surgem discrepâncias — observou Makihiko. — Isso ocorre porque, originalmente, a comunicação à maneira japonesa não parte de definições precisas. Em nossa sociedade, o significado ou a ausência dele não são buscados no nível da conversação.

Rose, que estava prestes a se servir outra xícara de café da garrafa térmica, deixou a tarefa para Makihiko, que, ao seu lado, estendeu o braço e reorganizou seus pensamentos.

— Eu desejava que Kogito se tornasse um "bom leitor" de *Dom Quixote*. Isso porque não acredito que, desde o início, alguém seja um "bom leitor" de um autor ou uma obra específicos. O próprio Nabokov não era um "bom leitor" de *Dom Quixote* até preparar sua palestra em Harvard.

"Ocorre que, quando leio um livro por um longo tempo, um momento especial me assoma. E me torno uma 'boa leitora'. Quando criança, mesmo os adultos me dizendo *God bless you!*, eu não entendia direito. Mas percebi que os instantes em que me sinto *blessed* por alguém são aqueles de quando leio um livro. Vivenciei isso ao ler *Dom Quixote*, graças à 'novela do curioso impertinente' inserida na primeira parte da obra!

"Quando eu era jovem como Kame-chan, detestava a história citada por Cervantes de amor e ruptura, e consequente recuperação, ao estilo dos folhetins da época. A ponto de eu ler pulando essa parte.

"Mas lendo inúmeras vezes *Dom Quixote*, fui absorvida pela beleza da 'novela do curioso impertinente'… Com dedos trêmulos, eu virava as páginas imaginando apreensiva quanto tempo duraria aquela alegria…"

2

Trajando um longo vestido azul-escuro, a senhora Tabe se aproximou passando por entre as mesas desocupadas pela maioria dos hóspedes do café da manhã.

— Bom dia. Infelizmente o tempo hoje está ruim, e a temperatura deve cair um pouco. Em primeiro lugar, preciso me desculpar com o mestre Choko... Kurono me telefonou extremamente *abatido* e ofegante. A ressaca não o deixará se levantar da cama, mas me contou que, ontem à noite, acabou dizendo a ele coisas muito rudes...

"Nessas circunstâncias, não há outro jeito senão adiarmos nossa reunião."

Makihiko tomou as rédeas da conversa.

— Pelo que ouviu até agora, e pelo que era de conhecimento dela e de Kogito, Rose ficou perplexa pela conversa ter avançado todo o tempo. Acredito que ela tenha comentado isso com a senhora esta manhã. Além disso, a ideia dela é que eu desempenhe o papel de facilitador da comunicação entre Kogito e ela, de um lado, e o pessoal do hotel, do outro...

— Ouvi há pouco sobre isso. De nossa parte, concordamos em gênero, número e grau.

"Kurono tem um longo relacionamento com o mestre Choko, e, justamente por isso, deve ser difícil avançar nas conversas de negócios... Eu também estava preocupada. Ouvi que o mestre tem ideias incomuns..."

— O que você entende por *ideias incomuns?* — indagou Rose.

— É uma história que trago no peito, pois ouvi que o diretor Hanawa se preocupava com uma provável tentativa de suicídio do mestre Choko. Repetindo exatamente como ouvi de Kurono, a maneira como Goro se preocupava era especial. Ele disse que Goro tentou ensinar uma lição a Kogito com o filme *A Quiet Life* [Uma vida tranquila].

"Depois de ouvir Kurono, eu assisti à cena do vídeo em que o escritor, para o qual o mestre Choko serviu de modelo, altas horas da noite, completamente bêbado, pendura com uma corda em uma viga uma mala contendo livros quase do mesmo peso que ele. E ela cai com estrondo. Kurono contou que Goro experimentou o método no próprio filme por estar ciente de que Kogito temia, mais do que tudo, fracassar na tentativa de suicídio.

"Em um enforcamento, é desejável que o pescoço quebre provocando morte instantânea ao se pular de cima do apoio para os pés. Mas, se o movimento for executado com displicência, a pessoa sobreviver e o cérebro for afetado, ficará impossível fazer *uma segunda tentativa*. Temendo que na família houvesse dois deficientes intelectuais, ele tomava cuidado para impedir que isso acontecesse…

"Falar tal coisa diante do mestre Choko talvez tenha sido muito rude, mas… A maneira de Kurono se expressar me deixou profundamente impressionada…"

Inquieto por causa da voz estranhamente esganiçada da senhora Tabe, Kogito encarou os olhos dela, cujo corpo estava todo tingido da cor de sangue devido à grande agitação. Sob tais circunstâncias, ele não poderia permanecer calado.

— Para mim, Goro entendia o suicídio humano como o ato de infligir violência contra o próprio corpo. Então, ele desejava saber qual nível de violência se deveria infligir…

"O episódio incorporado por Goro ao filme, fugindo à trama principal, foi, sem dúvida, escrito por mim. Também é inegável que, ao redigi-lo, me lembrei de meu ato quando estava bêbado. Mas eu não o fiz seriamente ao tentar. Ao escrever o romance, acredito ainda ter procurado mostrar esse meu lado displicente e carente de seriedade. Minha mãe odiava essa minha insuperável incompletude.

"Goro não era uma pessoa incompleta. Ele ponderava muito sobre tudo o que fazia. Fosse para si, fosse para seus amigos…"
— Mesmo tendo uma conversa tão séria em pleno café da manhã, não há como replicar — interrompeu Makihiko. — Tanto Goro Hanawa quanto o próprio Kogito Choko são de uma geração demasiadamente séria!
— Foi uma conversa valiosa — observou a senhora Tabe. — Estou cada vez mais nervosa em relação ao trabalho futuro. Bem, Rose, se os preparativos para aquilo que mencionei há pouco estiverem prontos, você pode vir comigo mais uma vez?

3

O flanco da montanha, com sua frondosa vegetação molhada pela chuva, recendia o espírito matinal. Rose e Kogito voltaram a se fascinar com a visão das árvores latifoliadas no alto da floresta enevoada pela chuva fina. Ao se aproximarem do túnel sinuoso, ergueu-se uma rajada de vento incomum em terrenos baixos. Todos soltaram suspiros quando a superfície verde do vasto campo de tangerinas criou uma *ondulação* brilhosa repleta de sombras escurecidas.

Makihiko, ao volante, executou um leve movimento que pareceu estranho, e Rose colocou as pontas dos dedos sobre a nuca lavada dele como se confortasse uma pessoa mais fraca que tivesse sido abandonada.

Levado por Makihiko e Rose até a casa de Jujojiki, Kogito chamou Akari da porta de entrada sem obter resposta. Não havia sinais de sua presença. Ao entrar na sala de jantar conjugada à sala de estar carregando uma lancheira com almoço do hotel e um embrulho com um CD, viu Akari escondido em um espaço exíguo atrás do espaldar do sofá. Kogito largou a lembrança recebida da senhora Tabe em um ângulo que permitia ser encontrada por Akari e se acomodou à mesa da sala de jantar.

Cerca de uma hora depois, Akari finalmente saiu do local com os fundilhos da calça e as costas da camiseta empoeirados. Sem nem mesmo olhar a lembrança, foi direto ao banheiro onde urinou por um bom tempo. Virou-se para Kogito, que se levantara e o esperava, os olhos carregando uma película de cor *resinosa* nas pupilas e íris, e falou com vagar:

— Foi algemada e jogada na rodovia. A menina morreu! Foi atropelada por um caminhão de longo curso!

Kogito entendeu que Akari, ao voltar na manhã seguinte da casa de Asa onde havia pernoitado, conversou com Maki por telefone e, depois de assimilar firmemente essas palavras, foi se esconder — por instrução da irmã — atrás do sofá. Ao terminar a conversa, Akari não procurou voltar para trás do sofá, e Kogito, assim como o filho, permaneceu cabisbaixo; por falta de opção, contemplava, ele também, sua porção das lembranças que Rose havia dividido com ele. Elas eram miseravelmente ordinárias, o que o fez se sentir irritado.

O que acontecera, afinal? O evento deve ter sido exatamente como Akari contou, mas... Kogito sabia que algemas eram instrumentos que atemorizavam cruelmente o filho. Na oficina comunitária que Akari frequentava até sete anos antes, havia um homem de seus quarenta anos com deficiência intelectual. Akari estava acostumado e se dava bem com os amigos, mas apenas essa pessoa ele não suportava. Isso porque ele se aproximara de Akari e lhe contara que, até sair a decisão de ser admitido na oficina, vivia com uma das mãos algemada esperando a mãe terminar seu trabalho.

— Akari, você viu o programa de música clássica no canal BS transmitido por satélite que começou às oito da manhã?

— Sim, teve "O mar", de Takamura, e algumas peças de Debussy.

— E depois você mudou para o noticiário?

— No canal BS2 também passaram notícias.

— Antes de desligar a TV, no noticiário o âncora falou sobre algemas e uma menina?

— Foi algemada e jogada na rodovia. A menina morreu! Foi atropelada por um caminhão de longo curso!

— Você recebeu telefonema de Ma-chan?

— Recebi.

— O que ela falou?

— Falou para eu não assistir à TV.

— Mas você assistiu.

— Eu estava vendo.

— E Ma-chan contou o que aconteceu, não?

— Ela disse que, se eu fizer algo errado, as coisas se complicam.

— E o que mais?

— Que era pavoroso e eu devia me esconder.

— Certo. É por isso que você estava atrás do sofá? Você fez a coisa certa! Afinal, Ma-chan está em Tóquio e o papai tinha ido a Matsuyama.

— Isso mesmo.

— Mas agora o papai está de volta.

Kogito transpôs para uma pequena panela o meio litro de café em caixa que recebera de presente, colocou no micro-ondas os hambúrgueres da lancheira e dividiu em pequenos pratos a salada. Enquanto isso, Akari punha para tocar a faixa do CD recebido com uma peça de pianola executada por um bandoneonista japonês. Todavia, mesmo os dois começando a almoçar lado a lado, Akari conservou seu mutismo e não demonstrou interesse em continuar checando as músicas do CD.

Contemplando o vale enfumaçado pela chuva, Kogito se lembrou de um dia quando Akari e Maki estudavam em escolas primárias públicas diferentes — a frequentada por ele era para crianças com deficiência. A irmã retornara com Akari depois de esperar no jardim da escola até a aula dele terminar. Nesse dia, Akari estava de mau humor, e Maki tentava falar algo para animar ambos.

— Akari, a vida é dura, fique sabendo! É pavorosa! Os cães ladram, as pessoas espiam…

Rose veio no dia seguinte, e Kogito contou a ela a experiência de Akari ao ficar sozinho em casa.

— Akari ficou abalado ao ver uma notícia na TV. Ma-chan também se chocou e ligou para ele, mas isso talvez só tenha servido para agravar o seu estado. É o que sinto ao ouvir a história, Kogito… Estou errada?

"Ma-chan telefonou e foi sincera ao se queixar de ansiedade. Acredito que isso tenha despertado em Akari sua consciência de irmão mais velho. Vendo a notícia, ele não teria entrado em pânico? Ao receber o telefonema de Ma-chan, como ela se queixou com ele de sua própria ansiedade, pensando na irmã Akari se recuperou de seu pânico. O que teria acontecido se, em vez de se esconder atrás do sofá, ele tivesse fugido para além da porta de vidro que dá para o vale?

"Kogito, você tem que se livrar da ilusão de ser o deus guardião de quem Akari mais depende. Caso contrário, quando você ficar mais velho e terrivelmente senil, não presuma que, por se tornar debilitado, não haverá poder neste mundo que faça Akari se manter vivo. Talvez vocês dois acabem fazendo algo ainda mais assustador do que ser algemado e atirado em uma rodovia...

"Não sabia que Chikashi tinha ido para Berlim para cuidar do bebê da namorada de Goro... apesar de não ser filho dele. Obviamente, o enorme amor que ela sente pelo irmão a faz pretender ser a *champion* de Goro. Em outras palavras, é natural que ela pense em substituir o irmão numa tarefa que ele não pôde fazer.

"Mas Akari é alguém com deficiência... Eu não compreendia como Chikashi pôde partir deixando-o para trás.

"Será que você desejava cuidar sozinho de Akari e, por esse motivo, a teria excluído? Ao pensar assim, pela primeira vez eu entendi.

"Você tenta monopolizar Akari até mesmo em relação a Ma-chan. Você nunca a convida para vir, ignorando o quanto isso alegra Akari. O trabalho dela na biblioteca da universidade é assim tão importante? Você não quer perder para Ma-chan a posição de deus guardião de Akari!

"Lembra do que eu escrevi naquela minha carta de autoapresentação muito tempo atrás? Eu tinha um irmão mais velho autista. Só que meus pais nunca perceberam o quanto eu era importante na vida dele.

"Uma vez você citou Simone Weil ao dizer que a 'atenção' ao próximo é condição fundamental da 'oração'. Ma-chan está sempre tentando ter cuidado com Akari. Por um lado, ela guarda no peito uma questão problemática. O que aconteceu recentemente assustou você, mas e se houvesse uma explosão maior e ela se autodestruísse? Nos mesmos moldes em que o tio dela o fez...

"Nesse caso, você entraria em colapso. E com a sua idade, não haveria expectativa de recuperação. Com isso, a vida de Akari também seria arruinada."

Kogito ouvia cabisbaixo, assim como Akari fizera durante todo o tempo no dia anterior. Por estar deitado na cama com inclinação próxima à de uma espreguiçadeira, mesmo com a ponta do queixo tocando o peito, seu olhar podia ir além dos dedos dos pés e ver a abertura da porta revestida por um tecido de lona. Rose devia ter receado que Akari, que estava na sala de jantar resolvendo questões de teoria musical, ouvisse esse diálogo especial, mas a porta era pesada e grande demais para ela poder fechá-la. A porta, no entanto, começou a se mover lentamente e, ganhando velocidade, fechou com estrondo. Voltando-se para trás trêmula, ciente do que acontecera, Rose dirigiu a Kogito seus olhos azul-turquesa de um tom inorgânico como o de cacos de cerâmica.

— Que coisa rude Akari fez! — reclamou ela. — Será que eu falei muito alto?

— Ao contrário, sua voz estava retraída!

— Akari se enfureceu sentindo que eu atacava você! Por eu ter sido uma criança abandonada pelos pais, acabo sempre enfurecendo a pessoa mais importante que quero proteger.

4

Ao entregar Rose a Makihiko, que viera buscá-la depois de ser contatado pelo celular, Kogito se desculpou por tê-la perturbado. Makihiko enrolou nos ombros exaustos de Rose um xale leve que trouxera, mas sua fala era neutra. O tom de suas palavras chegava a ser insensível.

— Desde que saiu de casa, Rose se mostrava emocionalmente desequilibrada com o caso da adolescente de catorze anos abandonada na rodovia que a TV não cansa de noticiar — comentou ele. — Quando criança, algo terrível parece ter acontecido a ela.

Depois de Makihiko levar Rose embora, quando Kogito se despedira dos dois e trancava a chave a porta de entrada, Akari, até então arredio, foi se postar ao lado do pai.

— Está tudo bem porque eu fechei a porta! — exclamou ele triunfante.

Nessa noite, depois de se deitar, Kogito teve um sonho doloroso e desejava evitar acordar em meio à escuridão até a manhã do dia seguinte. Ele decidiu tentar induzir sua inconsciência a ter um sonho melhor. Ao confessar isso em uma conversa com um poeta que também era membro da Sociedade Japonesa Jovem, quando a inconsciência com a qual não conseguia lidar estava desaparecendo após trabalhar por quarenta anos como romancista, ele o recompensou com um sorriso maroto.

Seja como for, Kogito decidiu trabalhar isso em si próprio. Quais os sonhos-padrão reconfortantes que ele tinha quando criança nessa região? Desde o início, a resposta era clara: o sonho de Kogi descendo do alto da floresta e o convidando a nadarem juntos no vale...

E não consistia em um nado no *rio que flui no vale*, mas em um voo conduzido por Kogi pelo *espaço em formato de jarro que circunda o vale*. Ao sair da floresta, Kogi não tocava os pés no chão, mas Kogito precisava, vez ou outra, chutar a encosta quando, de início, alçou voo, e também para corrigir a direção ou recuperar o equilíbrio do corpo inclinado.

Ganhando confiança, Kogito conseguiu eventualmente voar com muita facilidade. Pairava, suave e lentamente, sobre a encosta. Aquela era a sensação de segurança. Não importava o quão livremente deslizasse, não cairia em buracos como quando corria no chão. Porque não há buracos no espaço. Ele voava sempre, sempre, feliz. Quando deu por si, havia subitamente anoitecido, e Kogi já chegara ao topo da floresta. Sentiu a profunda solidão de ser a única criança voando pelo espaço do vale. Entretanto, ela não era dolorosa ou aterrorizante devido à límpida sensação de plenitude.

Kogito, um adulto sonhador, decolava do vale enfumaçado pela chuva fina e planava pelo alto da floresta podendo enxergar até Okuse. Sem buracos no espaço, o peso do próprio corpo tinha como única função estabilizar os movimentos. Kogi não estava, e, a seu lado, Goro voava com a tranquilidade de quem o fazia havia uma centena de anos, segurando em uma das mãos um enorme celular no formato de um inseto. No entanto, Goro subitamente perdeu a velocidade e o equilíbrio, e caiu fazendo reverberar um baque surdo. Kogito despertou sentindo as palpitações dos resquícios do sonho tornado subitamente doloroso...

Um outro sonho. O cadáver de Goro, que se atirara do telhado do prédio de seu escritório, retornou um tempo depois à casa de Yugawara. *Olhe bem como o rosto dele se embelezou*, sugeriu Umeko, atriz principal do filme de Goro, maquiada. *É melhor não olhar*, Chikashi procurou conter Kogito.

Na cena da vida real, Kogito obedeceu à voz miúda, mas firme, de Chikashi. Porém, no sonho, tal qual uma criança impaciente, ele não poderia se furtar a ver. Ao espiar pela janela aberta na tampa do ataúde, a pele azul-escurecida do cadáver completamente tumefato ia se rompendo em linha reta a partir do peito como um zíper sendo deslizado para baixo. Por essa fresta, despontou inesperadamente o rosto de Goro aos dezessete anos. Ele, inclusive, ria, aparentando estar feliz. Assim como Chapeuzinho Vermelho foi salva cindindo-se o ventre do lobo, o jovem Goro, vivo, foi dali retirado. Não se contendo de alegria, Kogito acordou.

Permaneceu ofegante por um tempo, mas, guiado pela fraca respiração de Akari que dormia, voltou a pegar no sono.

O Kogito do sonho refez um importante cálculo já executado inúmeras vezes até então na busca por uma resposta. Calculou *aquilo* em sua inteireza. Tanto Kogito quanto Goro ajudaram os jovens do centro de treinamento a matarem o oficial do Exército americano com domínio do idioma japonês. Embora tenha sido um ato direto dos jovens do centro de treinamento, Kogito usou Goro como isca para atrair Peter até ali. De que forma eles o mataram para se apoderar de seu fuzil militar? Apenas a cena de Peter com as pernas feridas e incapaz de andar, procurando escapar rastejando na floresta noturna, é visível como em um filme.

Outro sonho também era bastante cinematográfico... Alguém, estendendo em mãos ensanguentadas uma cabeça pequena, que fora amputada da cabeça de Akari, um mês recém-nascido — tanto o bebê deitado na mesa de operação quanto a parte superior do corpo do médico estavam fora da cena —, declarou ao jovem pai Kogito: *semelhante violência foi infligida ao corpo do seu bebê. Mas, mesmo assim, estamos quites.*

Kogito gritou e, ao perceber que o fazia, pressionou o rosto contra o travesseiro para não despertar Akari; com o dia ainda escuro ao amanhecer, ele acabou sem outra alternativa senão acordar.

Capítulo 16
O médico

1

Um médico da mesma idade de Kogito, que estava hospedado no hotel do grupo empresarial Tabe, visitou a casa de Jujojiki. Michio Oda, esse era seu nome, ligou na noite anterior por apresentação da senhora Tabe e, ao telefone, causou uma boa impressão a Rose.

Oda veio de táxi da estação Maki da ferrovia nacional. Autodenominando-se um "médico de bairro das antigas", vestia um terno de linho cinza-claro, sapatos de malha da mesma cor, e segurava na mão direita um chapéu-panamá. Um motorista local o seguia carregando de maneira reverente uma cesta com algumas comidas, lembrança da senhora Tabe, assim procedendo porque, sem dúvida, havia recebido uma generosa gorjeta.

De cabelo branco e lustroso cortado rente, bronzeado e de rosto corado, o médico era do tipo nascido e crescido em uma boa família, tendo vivido ao bel-prazer na universidade e no local de trabalho. Seu temperamento dinâmico, no entanto, pode ter levado ao seu isolamento. Mesmo assim, bastou se acomodar no sofá da sala de estar para começar a fazer perguntas que, embora agradáveis, mostravam uma atitude de resoluta indiscrição.

— Nós dois nascemos no mesmo ano. Portanto, pensei cada marco da minha vida, comparando-os à provável situação na qual você poderia estar. Você escreve e fala muitas vezes sobre circunstâncias pessoais, não é mesmo? Bem, seja como for, como costuma acontecer com os escritores japoneses, é possível tomá-las como referência.

"Estou ciente de eu também estar pisando com força o palco derradeiro da minha vida. Num momento assim, você abandonou a vida em Tóquio e se mudou para um local remoto como este... Na verdade, vindo para cá, aprofundei essa ideia. Você deve ter seus motivos. Ou pelo trabalho, ou pela maneira de ler livros, ou porque tem novos conceitos, não?"

Kogito deve ter lhe lançado um olhar reservado e também complexo. Rose, que servia o café, tomou para si a função de responder. Até então, ela ouvia a conversa sentada na cadeira da mesa sobre a qual a cafeteira estava posta — fizera as pazes com Akari, que, a seu lado, respondia a questões de teoria musical.

— Kogito está neste momento acumulando e destruindo ideias para um novo romance. Isso talvez responda à sua pergunta de agora sobre a forma de trabalho. Mas ele não está numa situação em que possa se expressar com precisão. Por isso, vou te explicar o que eu sinto.

O doutor Oda aparentava certa perplexidade. Talvez decorresse de sua longa experiência atendendo em seu consultório.

— Essa é uma ótima oportunidade — replicou. — Que tal você também se sentar aqui e tomarmos um café juntos? Vamos deixar de lado essa coisa bem japonesa de mulher e homem em mesas separadas.

Rose mudou de lugar com um comportamento confiante, difícil de se acreditar considerando sua confusão mental de uma semana antes.

— Nos últimos tempos, amigos e colegas veteranos de Kogito têm falecido, e ele tem consciência do tempo que resta a ele. Quando algo assim acontece, o estilo de Kogito é mudar sua maneira de viver.

— Isso não está muito claro...

— Fica muito evidente para quem, por exemplo, vê de perto Kogito lendo um livro!

Depois de transferir para Rose o olhar que mantinha em Kogito, o doutor Oda perguntou com um sorriso sociável:

— Quer dizer que dá para sentir uma tal mudança refletida na maneira como ele lê um livro?

— Kogito no momento está procedendo a releituras de livros já lidos. O tema de minha dissertação de mestrado foi *Dom Quixote*, um dos livros-objeto de suas releituras. Você conhece meu professor Northrop Frye? (com um olhar ressentido, o doutor Oda meneou negativamente a cabeça). Ele é um acadêmico literário canadense. Frye escreveu sobre "releitura". Ele usa a palavra *re-reading*, com hífen.

"A argumentação de Frye se baseia na maneira como Roland Barthes decifra as palavras. Já leu Barthes?

— *Karl* Barth?

— Não, o filósofo francês *Roland* Barthes. Espere um pouco. Quero fazer a citação da maneira correta.

Mesmo depois de tornar o escritório do santuário sua residência principal, Rose continuava ali sua pesquisa e, ao trazer o caderno de folhas soltas de outro cômodo, o doutor Oda se entusiasmou para imitar a forma de aprendizado dela.

"Roland Barthes denomina toda leitura séria de *re-reading*. Isso não significa necessariamente ler uma segunda vez. Não é isso, mas, sim, ler de uma perspectiva da estrutura geral. Isso transforma o vaguear pelo labirinto das palavras em uma busca direcional.

"Kogito segue o discurso de Frye e está realizando uma *re-reading*. Ele não tem mais tempo para vagar pelo *labirinto das palavras*. Em suas leituras atuais, há, no meu entender, uma *busca direcional*."

— Entendo perfeitamente, Rose, talvez com mais clareza até do que se o próprio Choko tivesse explicado. É exatamente isso que eu desejava ouvir. Você é uma fantástica pesquisadora de suas obras!

"A senhora Tabe me pediu para trazer algumas comidas apetitosas. Podemos continuar a conversa enquanto nos deliciamos com petiscos e bebidas!"

2

Na cesta trazida pelo doutor Oda havia uma peça de rosbife, um salmão defumado, um frango assado, ingredientes para uma salada de vegetais com molho em um vidro do tipo visto em farmácias, e café Blue Mountain moído para a cafeteira de Rose. Havia também incluídas duas garrafas de vinho, um tinto e um branco, produzidos no vale de Napa, na Califórnia.

O doutor Oda se adiantara falando sobre a comida, mas estava escrito na carta em inglês endereçada a Rose dentro da cesta:

Por favor, crie a oportunidade de um jantar caso sirva para animar a conversa entre nós e o mestre Choko. Com a participação também de Makihiko, não seria possível uma conversa sobre o projeto? Se ficar tarde, vocês podem chamar um táxi a partir de Makihonmachi. Não precisa se preocupar com o valor da corrida porque poderá sair do orçamento que temos para convidar o doutor Oda ao hotel. Além disso, não seria uma oportunidade para o doutor Oda e Akari poderem conversar um pouco?

Até Rose terminar os preparativos da refeição, cada qual tomou uma dose do uísque trazido por Makihiko e ouviu as circunstâncias pelas quais o doutor Oda passou a se relacionar com o senhor Tabe. O médico era frequentador assíduo de conferências internacionais de medicina promovidas pela fundação de determinada empresa farmacêutica. Ele patrocinou a convenção em Shikoku e se tornou íntimo do casal Tabe, proprietário do hotel em cujo salão o evento teve lugar. Quando o doutor Oda pensou em passar para o primogênito o trabalho do consultório de forma a dedicar sua vida à leitura, lembrou-se de ter ouvido da senhora Tabe sobre seu novo plano, um hotel com fonte termal em que casais de idosos aposentados poderiam se hospedar por longo tempo. Seminários culturais seriam realizados ativamente, criando oportunidades de intercâmbio para participantes em geral. Nesse caso, não seria um lugar de trabalho ideal para um médico experiente?

Assim, o doutor Oda se encontrou com o senhor Tabe quando este viajava a negócios a Tóquio para confirmar sobre o plano de criar um ambulatório no novo hotel. Além disso, obteve dele a informação de que Kogito Choko retornara para sua cidade natal juntamente com o filho com deficiência. Previa-se que Kogito colaboraria com os projetos culturais do hotel. Em outras palavras, a convite do presidente Tabe, haveria um *encontro arranjado* entre o doutor Oda e Kogito.

O médico não aceitou nada além do primeiro uísque e um copo de vinho branco e tinto, empenhando-se, em vez disso, em não deixar o copo de Rose vazio. E também pretendia ouvir sobre Kurono, que estava presente no banquete do casal Tabe na noite anterior.

— Sei que, além de comentarista na TV, o senhor Kurono sempre atuou em muitas outras frentes! Na universidade onde eu ministrava duas aulas semanais, ele era encarregado da cadeira de "intercâmbio cultural internacional". A universidade mantinha um acordo de intercâmbio estudantil com uma pequena universidade nova-iorquina e precisava de um professor que conduzisse grupos em saídas durante as férias de verão. Além disso, ele tem fama de ser um organizador competente.

"Ocorre que, na noite passada, ao ouvir a história *diretamente*, tomei conhecimento de outra faceta dele. Contam que retomou a intenção original de se formar pela Faculdade de Letras da Universidade de Tóquio e *escrever* um romance. A senhora Tabe estava deprimida porque disseram a ela ter sido esse o motivo de ele ter aceitado um trabalho no novo hotel similar a uma semiaposentadoria."

— Ele não comentou nada disso comigo — Kogito teve uma reação inusitada.

— Provavelmente por você ser um escritor de renome seria difícil falar algo do gênero, mesmo vocês sendo colegas de escola. Seja como for, ouvi detalhes sobre os fanzines da época da faculdade!

— Eu mesmo nunca criei fanzines.

— Como Kurono observou, quando nos formamos, estávamos no ponto de partida do rápido crescimento econômico, e havia uma demanda em muitas áreas por pessoal prático. Não se utilizava na sociedade os conhecimentos aprendidos na universidade, e durante longos anos de privação, a sociedade não permitiu aos jovens viver uma moratória literária. Assim, ao começarem a trabalhar, descobriam uma capacidade maior do que imaginavam para realizar o trabalho. Pessoas que continuam trabalhando assim, ao chegarem ao final da vida, decidem retornar à área de interesse original.

"O senhor Tabe também concorda que casos semelhantes são presenciados com frequência. Ele afirma que, com o fim do rápido período de crescimento econômico, ocorreu na sociedade uma descontração, no bom sentido, ou uma estagnação, no mau sentido, que motivou as pessoas de idade a um recomeço...

"A senhora Tabe também explicou que seu projeto visa atender a essa demanda social e humana. Nesse caso, a maneira do senhor Kurono de executar uma organização para outros idosos enquanto leva adiante sua intenção pessoal é bastante adequada como colaborador da senhora Tabe. Houve um pequeno conflito eventual devido às concessões mútuas relacionadas a isso."

Também durante o jantar, a lua cheia criava uma paisagem profunda à margem do vale. Ligaram para a companhia de táxi confirmando o tempo de chegada e, combinando com o motorista de ir encontrá-los em certo local no caminho da floresta, foram todos caminhar sob a luz do luar. Enquanto tomavam café, o doutor Oda conversou com Akari de maneira relaxada e profissional, respondendo a suas perguntas com entusiasmo. Ao sair da casa, Akari apertou a mão do médico de maneira cordial.

— É estranho que os japoneses tratem hóspedes estrangeiros com excessiva hospitalidade, mas não se mostrem tristes no momento da despedida — comentou Rose enquanto caminhavam. — Por isso, é gratificante ver Akari se despedindo do fundo do coração.

— Eu também senti o mesmo! Choko, se o trabalho no novo hotel do casal Tabe se concretizar, será um prazer poder conversar com Rose, mas também gostaria de fazer algo para Akari. Eu me emocionei com o que ele falou esta noite sobre minha voz.

Em lugar de Makihiko, o médico caminhava de braços dados com Rose e concordou com ela, de um jeito mais jovial do que se esperaria para sua idade, sobre Akari ter comentado que sua voz possuía um *tom* idêntico ao do professor Mori. Akari tem ouvido absoluto e memoriza a tonalidade da voz das pessoas, e o professor Mori cuida dele desde que nasceu há vinte anos com uma deformação craniana.

— Deixei para o final uma pergunta importante — prosseguiu o doutor Oda. — Você ainda pretende escrever sobre sua convivência com Akari?

"Mesmo recluso nesta floresta e dedicado a uma *re-reading*, é impossível não imaginar que esse não constituiria o ponto de partida para seu próximo grande trabalho, não é mesmo? A própria Rose afirmou que você estaria criando e destruindo ideias...

"Kurono afirmou que devemos considerar o seu trabalho literário como encerrado e que, embora você não pareça no momento inclinado a atividades culturais para idosos, seu entusiasmo em breve deverá mudar."

3

Dois dias depois, bem cedo pela manhã, Rose recebeu ligação da senhora Tabe com uma consulta. O doutor Oda estava alegre por ter passado uma noite agradável. Naquele dia, ele iria ver efetivamente o hotel e, depois disso, tomar o último voo do aeroporto de Matsuyama; se possível, ela gostaria que Kogito e seu pessoal viessem até Okuse. Rose estava otimista acerca do convite, e Kogito também o aceitou.

Como nesse dia Makihiko tinha uma reunião ordinária do Conselho de Educação, Ayo ficou encarregado de levá-los. Às dez da manhã, o grupo partiu no sedã azul de Rose. Para o almoço, seriam distribuídas no novo hotel lancheiras com a refeição ainda em fase experimental.

Kogito se deu conta de que, pela primeira vez, se dirigia a Okuse desde *aquilo*, uma sensação forte o bastante para fazer Rose, sentada a seu lado, estranhar. Goro, ainda mais jovem do que Ayo, dirigia na época e fez o trajeto saindo do vale em um triciclo com Kogito no banco do passageiro, chegando a Makihonmachi após descer para o norte a partir do sinuoso túnel.

Quando, na véspera daquele dia, se dirigiram para o centro de treinamento no Cadillac do oficial do Exército de ocupação com domínio do idioma japonês, como as estradas escuras com florestas de cedros e ciprestes estavam dominadas por caminhões carregando madeira, ouvia-se o som do fundo convexo da carroceria raspando o solo. Porém, fora um erro preverem uma hora para chegar a Okuse, pois se aquela estrada estivesse asfaltada talvez chegassem em menos de meia hora.

Tendo morado muito tempo em Tóquio e, em cinquenta anos, não ter passado uma vez sequer por aquela distância tão curta mostrava claramente o quanto *aquilo* lhe causara feridas. Ademais, não era para obter uma visão geral para si sobre *aquilo* — Goro havia partido, e, do lado de cá, só ele era capaz de refletir —, mas estar em um carro em direção àquele lugar se devia à influência de uma coincidência externa. Escolhas indefinidas como essa ocorreram com frequência em sua vida. No pouco de existência que lhe restava, continuaria ele a se ver obrigado a tomar decisões de forma tão aleatória?

Depois de se aproximar da estrada descendo a partir do túnel, Kogito falou para Rose:

— Levando em conta que o doutor Oda está tentando decidir a postura em relação à forma de viver em sua velhice, preciso ser cauteloso na conversa que teremos quando chegarmos lá.

— Acredito que você esteja pensando muito sobre a fase final do viver e escrever...

"Não aprecio a expressão 'romance derradeiro', mas ele é a sua *idée fixe*, não? O romance do 'menino' talvez corresponda justamente a ele. Ontem à noite, depois de retornar ao santuário Mishima, briguei com Makihiko. Desde o começo, ele estava de mau humor por eu ter demonstrado demasiada simpatia pelo doutor Oda. Não demorou muito para ele insinuar que, apesar de eu colaborar na sua pesquisa, Kogito, o romance do 'menino' seria um 'sonho irrealizável'. Discutimos, e essa foi a verdadeira razão de ele se negar a dirigir hoje.

"A princípio, imaginei que tivesse havido entre mim e Makihiko algum mal-entendido com relação ao significado da expressão 'sonho irrealizável', mas ele a usou no sentido de um sonho que realmente é inviável. Achei que, usada dessa forma, a expressão é óbvia e trivial.

"Eu penso da seguinte forma. O sentido é que, depois de se começar a ter esse sonho, se entra em um movimento circular e ele continua indefinidamente... Seria espetacular se fosse possível criar num romance um mundo assim. Que maravilha seria um *Dom Quixote* cuja leitura não terminasse jamais!"

— Falando nisso, como você sabe, eu estava tendo dificuldades para começar a escrever e tive um sonho. Nele, certo dia eu descobria ter avançado no romance do "menino" alcançando um volume razoável de texto. Se chego a sonhar algo assim, é sinal de que, como sugere Makihiko, concluir o romance é um "sonho irrealizável".

Rose se calou. Seu semblante parecia mostrar literal compaixão pelo velho escritor. Kogito olhava pela janela do lado oposto a densa e empoeirada floresta estival.

Depois de descer para a parte plana do rio raso, o sedã azul do grupo seguiu por uma encosta sinuosa chegando à *margem* de uma ravina inesperadamente profunda se vista do alto. Em sua memória distante, a hospedaria de fonte termal de quatro andares do seu avô fora abandonada, e atrás dela havia um aglomerado de altas árvores latifoliadas que lembravam o bosque de um santuário com o espaço ao fundo transformado em estacionamento. Ayo parou o sedã em frente à entrada do prédio, e um jovem parecendo ser seu amigo íntimo recebeu o carro. De pé à beira da estrada, o grupo de Kogito contemplava a paisagem da encosta do lado norte para além da ravina profunda.

— *Lovely, just lovely!* — exclamou Rose fazendo fremir a pelugem brilhante da testa.

Kogito também sentiu que o vocábulo *lovely* era apropriado. A paisagem que contemplou em um dia especial quando adolescente e que perdurou em sua mente era a de um local retangular aberto no flanco escuro e íngreme da montanha. A sinuosa estrada que descia a encosta íngreme até a margem da ravina do lado de cá era como uma passagem para um outro mundo. As árvores dali foram desbastadas, e o terreno estava aplainado devido à construção de uma estrada de inclinação suave. A partir de sua metade, no estilo das pontes de ferro europeias nos primórdios das ferrovias — a propósito, o escritório do espaço de estacionamento era como o prédio de uma pequena estação de trem —, uma passagem solidamente construída se estendia por cerca de cinquenta metros.

Na extremidade oposta, um prédio de quatro andares com contornos levemente arredondados fora concluído. A senhora Tabe estava de pé entre as colunas em frente ao prédio ligado à ponte, ladeada por dois idosos, um deles com boa postura, o outro com a cabeça afundada nos ombros estreitos, ambos espiando na direção de Kogito e seu grupo.

Kogito e Rose acenaram para Ayo, que conversava com o jovem que voltara após estacionar o carro, e, avisando que iriam na frente, desceram a estrada em direção à ponte. Durante esse tempo, contemplando a margem oposta, Kogito teve uma nova impressão: desde o local onde havia o centro de treinamento até a linha do cume da montanha acima, o terreno fora recuperado, expandido e coberto por relva formando uma colina que imprimia ao conjunto uma impressão feminina. Na metade superior da encosta assim aberta, dois chalés formavam juntos uma unidade se alinhando distanciados entre si, com um caminho os conectando.

Kogito e Rose, além de Ayo que chegou lentamente por detrás deles, foram recebidos pela senhora Tabe com um largo sorriso. Havia um café na extremidade leste do prédio principal do hotel de onde se podia avistar toda uma passarela ligando as unidades. Guiados pela senhora Tabe, Kogito e seu grupo se encaminharam nessa direção, enquanto Ayo se dirigiu ao local onde quatro ou cinco jovens de uniforme se postavam ao fundo da recepção ainda fora de funcionamento. O cheiro da tinta volátil, mas fresca, era muito forte, e as vozes das cigarras preenchiam todo o ambiente.

— Com certeza as coisas mudaram muito por aqui, não? — indagou a senhora Tabe. — Não apenas os prédios, logicamente, mas também a floresta ao redor...

— Sinto como se a própria topografia fosse completamente diferente.

— Daqui não é possível avistar, mas, a partir do ponto mais alto da extremidade oeste, na direção da entrada do charco, construímos a "Sala de Concertos da Floresta". O arquiteto projetou de forma a não causar sobrecarga às pessoas de idade quando subissem a pé. Mesmo assim, a encosta é íngreme, e se você puder ver, há algo como uma borda avolumada na qual a escada está cortada: por ali é possível subir e descer de cadeira de rodas. Penso em contratar jovens locais, metade deles em trabalho temporário no estilo de voluntariado.

"Por causa do antigo centro comunitário, trabalhos temporários que incorporam treinamento físico parecem ser a norma para os jovens de Okuse."

— Pelo visto vocês estão avançando bem nos preparativos, incluindo esse tipo de pesquisas, não? — ressaltou o doutor Oda. — Estou admirado. Nesse ritmo, não será possível começar a funcionar a partir do outono?

Com uma maneira de falar contrastando com a voz aguda do doutor Oda, Kurono respondeu:

— Depende de conseguirmos ou não atrair os clientes... Esse ainda é um problema.

— Sendo do setor de serviços, o ponto principal é conseguir um bom fluxo de pessoas. Mais do que atrair clientes, pensamos em uma nova administração hoteleira e no desenvolvimento de novos usuários até então inexistentes nos arredores de Matsuyama. Nada de apenas imergir nas águas termais, beber, comer e dormir. O senhor Kurono tem cooperado ativamente conosco para criar eventos culturais duradouros...

— Sendo o responsável pelos preparativos efetivos, Kurono não pode ser levianamente otimista. Com a criação do ambulatório, eu realizarei as consultas relacionadas à saúde, mas, por outro lado, sou também um cliente que concorda com as ideias inovadoras deste hotel. E, como cliente, minha impressão é favorável.

A senhora Tabe retirou seus óculos Cartier e dirigiu a Kogito um olhar aparentemente febril.

— Mestre Choko, graças também à conversa que tive com Rose, o doutor Oda aceitou vir a partir de meados de setembro. Estamos agradecidos — disse ela.

Nesse momento, os jovens que recepcionaram Ayo, agora vestindo uniformes do hotel, apareceram carregando lancheiras. Kurono tirou de dentro da caixa nova uma garrafa de água mineral e a olhou *minuciosamente*.

— Só essa garrafinha e nada de vinho? — perguntou. — Especialmente para clientes...

— Nem eu nem Kogito tomamos bebidas alcoólicas durante o dia — declarou Rose.

— Eu também não — acrescentou o doutor Oda.

— Para Kurono, trouxemos uma garrafa do seu vinho predileto. Nem ouse dizer que a garrafa é pequena... — intercedeu a senhora Tabe.

4

As lancheiras haviam sido retiradas e todos bebiam café, exceto Kurono. Rose voltou a elogiar a senhora Tabe pelo *blend* especial do hotel, presente que ela havia adorado. Kurono tinha diante de si a garrafa de vinho ainda com um terço remanescente. O inusitado nas conversas sobre os romances de Kogito que Kurono continuou durante o almoço foi o fato de ele questionar a opinião comum, que se ouvia por toda parte, de que as obras do início da carreira eram melhores do que as recentes, algo com que o doutor Oda e a senhora Tabe concordaram.

— Tendo lido seus romances como sendo escritos no meu lugar por alguém da mesma idade, aprecio muito os primeiros.

"Mas, pensando em ler seus livros depois de muito tempo, peguei emprestados alguns com a senhora Tabe. Foi interessante ler obras recentes que ela própria não recomenda. Simpatizo com suas ideias na velhice, meu caro Choko. Da mesma forma como, no passado, simpatizava com os textos do escritor inexperiente meu colega de classe... Tive a sensação de que foram escritos por alguém que viveu e envelheceu na mesma época que a minha."

Quando inclinou o copo servido pela senhora Tabe ao seu lado, Kurono ainda tinha, entretanto, algo a acrescentar.

— Mas nas suas obras dos últimos dez anos, você costuma citar bastante seus próprios romances. Isso não me desperta admiração em particular. A maioria dos leitores também não acha enfadonho?

— Citação? Como eu não li todas as obras anteriores de Choko, é conveniente no sentido de servirem como material de referência!

"Além disso, citações não são, de uma forma geral, necessárias? Aprendi muito quando visitei sua casa. Um desses ensinamentos foi reler aquilo que permaneceu guardado na mente e estar pronto para citá-lo de imediato. Sem citações precisas, não há capacidade concreta de persuasão. Eu compreendi bem isso.

"Portanto, comecei a fazê-lo bem cedo ontem de manhã. Rose, Benjamin foi minha escolha. Fui à livraria localizada na estrada onde me informaram ser possível fazer uma encomenda.

"Acontece que, procurando com afinco, encontrei um livro de bolso dele. Apesar de eu já o ter lido, comecei a partir dele a verificar minha memória. Além disso, estou selecionando o que desejo citar."

O doutor Oda manteve no rosto corado um sorriso que, dois dias antes, Rose chamara de *gallant*.

— Isso tudo porque desejo aprender o seu método de fazer anotações e citações! O que acha de eu experimentar uma?

Kurono tomou um gole do vinho tinto do qual, desta vez, ele próprio se serviu e mostrou uma expressão apática à proposta, mas o médico, indiferente, leu em voz alta suas anotações.

— Também na ética estoica... Por exemplo, segundo Marco Aurélio, como forma de viver com ética, é preciso viver cada dia "como se fosse o último". Um moribundo revive num instante, de uma só vez e na sua totalidade, todas as experiências vividas, imprimindo sentido a cada evento e experiência ou compreendendo-os, e, dessa forma, reconcilia tudo. Isso também representa "citação" e "uso" de todas as suas experiências no final da vida.

— Não seria exatamente isso que você faz agora? — Rose questionou Kogito.

— Não acho que seja o último dia.

— Dependendo da citação, é *como se* fosse, não?

Kurono, que acabara de tomar o vinho, parecia querer mostrar sobriedade.

— No caso do nosso país, é o que afirma Norinaga! Juntamente com os grandes mestres, eu também, por vezes, penso sobre a postura no último dia.

O doutor Oda aproximou a cabeça de Rose como forma de lidar com a alta voz de Kurono.

— Voltarei para cá no outono. Na universidade, aprendi alemão. Irei efetuar uma *re-reading* de Benjamin para descobrir o sentido de todas as experiências que vivenciei, pois, dessa forma, desejo me reconciliar por inteiro.

Egocêntrico, embora também parecendo um bêbado de jeito tímido, ao ser ignorado Kurono adotou uma postura aduladora em relação ao seu interlocutor. Do lado oposto ao médico, ele também aproximou a cabeça de Rose.

— A Sociedade Japonesa Senescente atribui um local de encontro a idosos com esse desejo — explicou. — O doutor Oda não será apenas o conselheiro médico do hotel: também será confiada a ele a chefia da Sociedade Japonesa Senescente!

"Caro Choko, não estou falando para ganhar alguma grana extra como palestrante especial. Somos sobreviventes da Sociedade Japonesa Jovem e devemos nos incentivar mutuamente nos momentos de solidão. 'Como se fosse o último dia'!

"Senhora Tabe, a reunião de hoje se tornou inesperadamente frutífera!"

— Me apraz ouvir isso, mas ainda há muito mais previsto! Que tal tirar um cochilo na sala dos fundos, Kurono? A partir de agora, guiarei os convidados até a "Sala de Concertos da Floresta", mas, depois de comer tanto, talvez seja difícil para mim subir até lá. Afinal, a idade pesa.

5

A "Sala de Concertos da Floresta" só começava a ser finalmente avistada ao se chegar à metade da encosta. Era circundada por castanheiros, faias, carvalhos e azinheiras. Todas árvores gigantescas, mas nenhuma delas era reta, formando um bosque caótico no terreno afundado em direção ao charco. Um grande *bunker* parecia ter sido escavado, coberto por uma espessa tampa de concreto. Bom caminhante, o doutor Oda se aproximou dali antes dos demais.

— Nossa! — exclamou tão alto que Kogito, vindo logo atrás, se virou fortuitamente para olhar a senhora Tabe que se atrasara na subida.

Ao chegar até uma altura de onde se avistava a frente do prédio, o bosque de árvores latifoliadas extremamente denso parecia circundá-lo. Olhando para o alto, o céu estava azul e límpido. O vento era fresco, mas, como os raios solares estavam fortes, a senhora Tabe e Rose eram seguidas cada qual por um jovem atendente segurando uma sombrinha de listras à semelhança de um guarda-sol de praia. Rose usava calças cigarrete e regata, enquanto a senhora Tabe trajava um vestido de verão sem mangas todo plissado cuja cor da longa saia ia graduando para tons mais escuros conforme se descia até a bainha, que ela suspendia com uma mão enquanto caminhava.

— Os novos hospitais universitários costumam ter um estilo pós-moderno, mas, pelo visto, a arquitetura jurássica sobrevive.

O doutor Oda, sempre em seu traje formal de terno de linho e chapéu-panamá, transpirava mais do que Kogito, que enrolara ao redor da cintura a camisa de mangas compridas que vestia sobre a camiseta. O médico, talvez irritado também por isso, não conseguia conter suas críticas ácidas.

— Não, na verdade o prédio é fantástico! — Kogito se limitou a replicar antes de as mulheres protegidas pelas sombrinhas chegarem ao pórtico em concreto aparente.

Rose, com a testa avermelhada na qual se viam gotas de suor, afirmou tão irônica quanto o médico:

— Adicione um cavalo branco e falcões, e eis uma caçada na floresta da duquesa!

Apenas a senhora Tabe, com muita tranquilidade, falou com Kogito e os outros numa voz que demonstrava seu apreço:

— Pedi que trouxessem algo refrescante. Foi de fato bastante árduo, não?

Dois jovens carregando um robusto *cooler* conduziram todos à sala de concertos, que estava inusitadamente fresco. Cerca de duzentos assentos se enfileiravam no formato suave de um almofariz com o fundo de sua parte inferior formando um palco. Um jovem fedendo a suor abriu a tampa do *cooler* e deixou as pessoas sentadas nos assentos da frente escolherem latas de bebida. O outro rapaz entregava grandes copos de isopor retirados um por um de uma espécie de torre branca na qual estavam sobrepostos.

Bebendo uma Perrier gelada, Kogito se transferiu para a última fileira no intuito de verificar a situação do som para quando atuasse como palestrante do seminário. Oda recuperara o humor e conversava com Rose junto à janela, de onde a visão era limitada pelos velhos troncos escurecidos e por densas trepadeiras nas sombras do prédio. Levando em conta a boa acústica, um orador poderia dar uma palestra mesmo sem microfone.

O doutor Oda também perguntou à senhora Tabe se a umidade afetaria o piano caso ele fosse deixado na sala. Ela se levantou, subiu ao palco, abriu a tampa do teclado e tirou alguns acordes. Ajustou a cadeira e se aprumou; Rose pareceu também alongar as costas no assento. Mesmo assim, Kogito não estava preparado para o que viria a seguir.

A senhora Tabe abruptamente — assim sentiu Kogito — começou a tocar a "Sonata ao luar"! A princípio, Kogito foi pego de *surpresa*. Nesse ínterim, sentiu-se desconfortável com o ritmo excessivamente lento e pensou para onde caminharia a execução. Logo aquela mulher estaria tocando o terceiro movimento... Se ela iniciasse aparatosamente o "Presto agitato"?! Uma raiva vertiginosa contagiou Kogito.

Ele se levantou e, com um empurrão, abriu a pesada porta no final do corredor. Ao sair do saguão estreito para o pórtico, apesar de ter permanecido pouco tempo dentro da sala de concertos, a encosta ensolarada lhe pareceu incandescente, provocando um misto de tontura e raiva.

Ele cerrou os olhos e respirou fundo. Depois de esperar o término do primeiro movimento atrás dele, entreabriu os olhos e saiu como se contasse apenas com seus sentidos, cruzou a encosta de grama alta e caminhou na direção das cerejeiras, cornisos e camélias de densas folhagens. Ali costumava ser o prédio principal do centro de treinamento. Goro ficou puerilmente orgulhoso; ao mesmo tempo, era como se esfriasse o ânimo fazendo provocações com ares de adulto quando Kogito, com dezessete anos, naturalmente pôde dizer ao oficial do Exército americano com domínio do idioma japonês o nome das cerejeiras com flores duplas, explicando até sobre as romãs cujos novos brotos haviam acabado de crescer em uma cor chocolate...

Kogito cruzou a estrada de tijolos vermelhos e desceu, deparando com Kurono sentado em uma cadeira de rodas à sombra de uma agora robusta e velha cerejeira.

— Não quero que Beethoven seja espancado de frente por alguém que conseguiu se formar pela Universidade de Artes e Música de Tóquio...

Pela primeira vez nesse reencontro após pouco mais de dez anos, a voz de Kurono evocava simpatia. Ele ouvia o segundo movimento pela janela aberta voltada às árvores do lado do palco da "Sala de Concertos da Floresta".

— Durante a subida até aqui, senti sede e acabei de mandar o jovem descer para procurar por uma cerveja ou outra bebida gelada. Você me parece assustado, achei melhor explicar... Na época de estudante, você também tinha esse jeito de olhar. Mesmo assim, nunca considerei você um cara inocente...

"Não é uma boa oportunidade para conversamos *cara a cara*? O doutor Oda deve ter comentado... Pensei em persistir na minha intenção original. Em primeiro lugar, pretendo pôr no papel ideias que carrego desde sempre. Estou pronto para isso. O trabalho, na verdade, exigirá tempo após o pontapé inicial.

"Há pouco, quando começamos a almoçar, a senhora Tabe, uma mulher que não desperdiça seu tempo, abordou de imediato a história do seminário, não foi? Mesmo agora, demonstra insensibilidade na execução do piano batendo com força no teclado! Embora a conversa não deva ter chegado até esse ponto, ela não parecia insatisfeita?

"Seja como for, pretendo equilibrar minha vida de semiaposentado com o plano cultural pós-aposentadoria. Não é algo imediato. O doutor Oda, um médico de prestígio mundial, também está animado e esperançoso...

"O que acha de você também vir morar aqui e relaxar? Com o casamento de Rose com Makihiko, o cuidado com as refeições de Akari se complica, não?

"Pensando bem, minha vida, ora, ela teve seus altos e baixos, e da sua perspectiva você deve achar que teve muitas mudanças de rumo. Teve muita diversão que você provavelmente não experimentará. Provavelmente somente eu, Ashihara e Kaiko tivemos tais experiências...

"Seja como for, a vida humana é assim: se você liquida as contas quando chega próximo ao fim, consegue fechar o balanço. No meu caso, as mudanças de rumo me permitirão escrever meu longo romance a partir de agora. É interessante fazer um paralelo com a sua convivência com Akari."

Assim como também sentira em sua juventude, Kogito foi obrigado a reconhecer que o rosto de Kurono, semelhante ao de um bode exaurido, com seus olhos profundamente fendidos e cheios de uma densa feminilidade, fazia dele de fato um homem bonito.

— Tentarei escrever de novo um romance, mas não vou te pedir conselhos em relação a isso. Oda afirma que deve ser difícil receber recomendações de um *Choko famoso mundialmente*, mas não é essa a questão. É apenas porque voltarei a dar continuidade a algo que pretendia fazer no passado.

"De sua parte, só queria sua opinião, não como especialista pesquisador da literatura francesa, mas como um leitor comum. Desejo ler Sade como trampolim para começar a escrever um romance! A razão de eu desejar escrever um romance é querer apresentar a este país o estilo narrativo de Sade. Não tinha muito tempo livre quando estudante e reli a tradução... Existem boas traduções no estágio atual dos estudos?"

— Considero boa a de *Justine ou os infortúnios da virtude*, livro da editora Iwanami Bunko. É o trabalho de alguém muito mais jovem do que nós.

— As passagens bem próprias a Sade são traduzidas corretamente? Em outras palavras, não se procura dissimular nada por medo de ser alvo de censura?

— Justine, ou a moça virtuosa, passa por desgraças. Com o passar do tempo, também fisicamente... ela carrega feridas e marcas de treinamentos bizarros, algo terrível. Quando crianças bastardas a veem, divertem-se trocando comentários. É essa cena. Outra moça que está com Justine tem as nádegas rijas, mas ásperas, depois de ser chicoteada por muitos anos. Devem ser como a casca dura daquela cerejeira descortiçando logo ali.

— Ao contrário de você, não aprecio árvores, então não teria uma descrição física mais apropriada ao estilo de Sade?

— Diferentemente daquelas nádegas rijas, mas ásperas, as de Justine são sempre alvas e durinhas. Além disso, o vilão que se gaba de ter treinado Justine pode facilmente enfiar e tirar a mão com seus cinco dedos alinhados. Na passagem do livro, ele o fazia nos órgãos da frente e de trás.

A senhora Tabe se aproximou caminhando sobre a grama sem emitir ruído e, depois de entregar a Kogito e Kurono garrafinhas de Perrier, lhes falou com uma voz que alternava amabilidade e censura:

— Mestre Choko, na próxima não poderá escapar da sonata para piano. Vou deixar um guarda de prontidão na porta... Mas mesmo uma pessoa como o mestre costuma ser muito eloquente quando está apenas entre homens!

Capítulo 17

As regras da *árvore pessoal*

1

— Meu pai parecia ter algo a falar ao mestre Choko quando nos visitou por causa do cão de Saigo — disse Kame. — Algo sobre um texto veiculado no jornal que ele acabou deixando de comentar…

— Ele expressou ter ficado impressionado com o ensaio intitulado "O *espírito* dentro da cápsula" — interveio Ayo.

— Não acho que esse título tenha a ver com meu estilo — replicou Kogito.

— Não se trata de um livro, mas algo que apareceu no jornal. Talvez o título tenha sido dado pelo jornalista. Achei inusitado mencionarem aquelas coisas depois da morte súbita do meu pai…

— Que ensaio seria? Mais do que a capacidade da memória, agora é a própria energia para me recordar que enfraquece.

Parecendo terem ambos discutido de antemão, Ayo tratou de explicar o que eles haviam ouvido.

— Como se tivesse tido um pressentimento, ele falou do texto escrito tendo a morte como tema. Após a cremação do corpo, o *espírito* permanece preso em uma cápsula que flutua pelo espaço sideral…

— Ao indagar como essa pequena cápsula pôde ser lançada até o espaço sideral, meu pai, enquanto bebia, indicou com o dedo dizendo "isso não significaria que o entorno da taça que eu seguro também é espaço sideral?"...

— O *espírito*, à deriva, transformado em uma reduzida *massa*, se sente sombrio e arrependido, ele falava.

"Em pouco tempo, ocorre a degeneração da pequena *massa* do *espírito*, que começa a desmoronar. Quando isso acontece, até mesmo o movimento do *espírito* denominado arrependimento desaparece, e a cápsula se torna apenas um flutuante recipiente *vazio*...

"Ele afirmava simpatizar com a conclusão de que um número incontável dessas cápsulas flutua no espaço sideral."

— Pareço conseguir ver o rosto de Shiga aos catorze ou quinze anos ruminando em silêncio sobre o conteúdo do que vocês ouviram! Na verdade, não estávamos em posição de discutir sobre coisas assim...

Kame e Ayo apenas ouviram calados o que Kogito falou, e Rose, bronzeada ao visitar o hotel em preparação, discordou deles. Ela tinha o instinto de ensinar os jovens e, em momentos assim — Kame viera acompanhada de Ayo cumprimentar Kogito pelas suas condolências no funeral do pai —, não podia se furtar a expressar algo de cunho educativo.

— O que vocês acabaram de resumir não coaduna com a forma de pensar de Kogito. Afinal, a imaginação dele em relação à morte é pessimista.

"Contradiz a ideia de *árvore pessoal* ouvida da sua avó e da sua mãe, e que o influenciou. Vocês dois conhecem o texto que ele escreveu sobre isso, não?

— Sim.

— Eu também. Li por recomendação de Ayo.

— Gostaria que o próprio Kogito o resumisse — pediu Rose. — Desejo avançar a conversa a partir dessa lenda.

— As pessoas nascidas e mortas nesta região possuem cada qual, dentro da floresta, sua *árvore pessoal*... Quando uma pessoa morre, o *espírito* se desprende de seu corpo e sobe em espiral o espaço em forma de jarra do vale. E ele pousa na raiz da *árvore pessoal*. Rose, em japonês a parte inferior da raiz é chamada *negata*, que tem uma leve diferença de *nemoto*, sua base. Com o tempo, o espírito desce pelo espaço em formato de jarra novamente descrevendo uma forma espiral e entra no corpo de um recém-nascido. Foi dessa forma que me transmitiram e ensinaram... Ou, pelo menos, foi como entendi.

— Viram? É diferente da história que impressionou seu falecido pai. É bem mais poderosa do que um acúmulo de cápsulas *ocas* semelhantes à borra das ovas de peixe. Você também não ouviu da sua avó que há casos em que o seu eu criança pode se encontrar com o seu eu adulto debaixo da *árvore pessoal*?

— Exatamente! Me encantei tanto com essa história que fiz até uma espécie de simulação. Entrei na floresta e escolhi uma árvore. Justamente o meu velho eu, com a idade de agora, retornava. E o meu eu criança encontrava esse meu velho eu.

"O que eu fantasiava na época, em minhas palavras de agora — e acrescentei coisas que levei em consideração posteriormente —, era que o meu velho eu sabia só possuir uma ínfima porção do conhecimento humano, ou, para ser mais preciso, da realização intelectual. Estava dolorosamente ciente disso. O meu eu criança também parecia pensar que as coisas deveriam ser desse jeito. Ainda assim, o menino sonhava em atingir um nível mais elevado de realização intelectual.

"Mas o velho não diz ao menino que as coisas não funcionam dessa forma porque ele, em outras palavras, era o menino cinquenta anos no futuro. Porque essa é a regra da *árvore pessoal*..."

Mesmo Kogito tendo terminado de falar, todos permaneceram mudos.

— Kogito, eu elaborei um plano. Acredito que seria interessante executá-lo agora. Porque é uma oportunidade especial para Kame. Todos que estamos aqui, Ayo, Kame, eu e você... para Akari será difícil entrar na floresta... vamos todos conversar debaixo da sua *árvore pessoal*!

— A minha *árvore pessoal* não está definida com clareza!

— Imaginei que fosse assim. Mas use o seu poder de imaginação e, assim como fez quando criança, imagine agora, por favor, a sua *árvore pessoal*.

"No piquenique recente, as crianças *foram longe demais* se aproveitando da generosidade de Makihiko. Ele próprio também *exagerou na dose*. Não só a encenação teatral foi infantil e até *obscena*, como creio ter havido problema na pergunta de Kame. Só que não faltou seriedade. Reconheço que, no geral, houve um poder evocativo.

"Se você não tiver vontade de escolher uma nova árvore, vamos fazer daquela *katsura* a sua *árvore pessoal*. Vamos ouvir de novo sua conversa debaixo dela."

— Quando dom Quixote conversa longamente com alguém na floresta, em geral ele é um ouvinte calado.

Kogito hesitou, mas tanto Rose quanto Ayo estavam entusiasmados. Kame agora confiava em Ayo, e ele procurava corresponder às suas expectativas.

— Se o senhor Choko falar debaixo de sua *árvore pessoal*, isso, por si só, é como se fizesse algo do "menino". Pelo que li no livro recomendado por Kame, o senhor Choko, por vezes, escreve sobre *fazer algo do espírito*, não? É *fazer* nesse sentido.

2

Quando criança, Kogito acreditava que, *em algum momento*, uma linha fronteiriça chegaria à sua vida, embora não fosse exatamente claro *a partir de quando*. Ele sempre esteve consciente de ser uma pessoa do lado de cá dessa linha fronteiriça. Em primeiro lugar, ele fora deixado para trás por Kogi e não pôde se tornar o "menino". Mesmo assim, decidiu continuar vivendo porque, *em algum momento*, chegaria com certeza o dia em que tudo mudaria.

Os detalhes das lembranças de sua despedida de Kogi permanecem obscuros, e, por um lado, ele imaginou às vezes se tratar de um sonho. No entanto, a convicção de que nesta vida se gravaria um ponto de virada era algo imutável. Dada essa convicção, ele foi capaz de repelir os insultos flagrantes dos professores das escolas nacionais durante a guerra e dos professores das escolas ginasiais sob o novo sistema de ensino. Os docentes de fora do vilarejo afirmavam com empáfia que crianças de um local tão remoto não poderiam absolutamente trabalhar ao lado de pessoas citadinas. Apenas a mãe teve a audácia de revidar o desprezo desses forasteiros, bem como dos letárgicos professores locais.

O jovem Kogito sabia que o vale dentro da floresta era "periférico", para usar um termo que aprenderia mais tarde, mas acabou decidindo deixá-lo e atravessar direto para o outro lado do mundo. Diferentemente do pensamento da mãe, cujo intuito, ao decidir fazê-lo estudar, era que ele retornasse àquela região ao se formar na universidade.

Logo depois de ingressar na universidade em Tóquio, por algum motivo leu — considerando sua capacidade linguística na época, seria mais apropriado afirmar que viu —, em um livreto de antropologia cultural, na estante de livros recém-adquiridos da sala de pesquisa de literatura francesa, acerca do rito de passagem de jovens tribais para se tornarem membros plenos da sua comunidade. O livrinho trazia fotos de uma cerimônia na aldeia de uma floresta tropical. Na primeira página, havia uma foto de jovens imberbes nervosos com a cerimônia prestes a se iniciar, mas que não conseguiam deixar de sorrir quando a câmera se aproximava.

E havia fotos nítidas das marcas da devastação, também física, causada pela austera provação em todo o *espírito* após a cerimônia. Argila branca restante na pele lustrosa ao redor dos olhos *arredondados*...

Parecendo trêmulo, Kogito, aos vinte anos, imaginou não haver *concluído* os ritos que deveria executar quando criança a ponto de, mesmo podendo tê-los feito, ainda permanecer em si uma porção infantil.

Os festivais que, ao fim da guerra, foram abolidos como elementos apenas regionais por se opor ao espírito de mobilização popular não foram retomados posteriormente, à exceção do Bon Odori, festival de veneração aos ancestrais. A procissão dos "fantasmas" também voltaria a ser realizada muito tempo depois, sob os auspícios de pessoas provenientes de fora da região.

Kogito, que nesse ínterim passara dos dez para seus quinze ou dezesseis anos, sentia por não ter vivenciado as celebrações realizadas no alto da floresta. Em particular, o que o deixava apreensivo era o fato de não ter sido retomado o evento em que crianças aos pares subiam de madrugada com velas acessas para enviar *espíritos* a partir do vale em direção à raiz de suas *árvores pessoais*. Kogito apenas tentou recriar em seus romances esses "vaga-lumes do menino".

Embora ele não se entusiasmasse com a proposta de Rose, aos poucos foi crescendo nele uma sensação de ansiedade. Justamente a árvore *katsura*, sob a qual pretendiam ir fazer o piquenique, não seria, na verdade, aquela em cuja raiz se alojaria o seu espírito? *Mesmo que essa tentativa seja uma farsa planejada por Rose, uma vez que estou sentado sob a* katsura, *vou falar honestamente*, pensou.

Afinal, Kogito não vivera dessa forma até a velhice, sonhando ou contando histórias como um "hábito de vida"?

3

Rose teve a ideia de subirem até a *katsura* gigante passando pela nascente, e ali conversariam até o entardecer antes de retornarem. Como nos últimos tempos eram comuns pancadas de chuva diárias, se viessem cedo poderiam se abrigar na tenda e descer de volta entre seis e sete horas, horário do crepúsculo em que a floresta está silenciosa e clara. Ela não pretendia abandonar seu plano por causa da chuva, a menos que começasse desde cedo pela manhã. Assim sucedia nas *high schools* americanas, e Rose estava entusiasmada. Quando ela chegou ao distrito de Maki, Ayo aceitou o encargo de carregar nas costas pela floresta a tenda posta sobre o teto plano do sedã azul.

Quando Kogito sugeriu a Rose que também convidasse Makihiko, ela respondeu que estava *reluctant*. Havia o plano de alugar um grande ônibus para transportar o público até Okuse para a abertura do seminário para idosos. Makihiko trabalharia como representante de Kogito e Rose, por isso viajava com frequência até Dogo.

No entanto, Rose tinha uma expressão taciturna no rosto ao relutar em convidar Makihiko para o piquenique. Ultimamente, ela não falava sobre ele quando vinha à casa de Jujojiki. Ao contrário, como se tivesse voltado à época logo após sua chegada à região, Rose parecia confiar a Ayo não apenas a tarefa de ouvir e anotar os resultados da pesquisa com os alunos do ginasial, como também, por um tempo, a elaboração do plano de ação diário.

Kogito pediu a Asa para descobrir, não diretamente, se haveria algum problema entre Rose e Makihiko. Devido à personalidade de Asa ou à de Rose, as coisas correram da seguinte forma. Asa ligou para Rose relatando que Kogito estava preocupado se entre ela e Makihiko não haveria atritos, e Rose se comprometeu a conversar no dia seguinte com ele sobre o motivo de não ter convidado Makihiko para ir à floresta. Todavia, ela reiterou que, no estágio atual, não tencionava comentar com ele detalhes de sua vida conjugal.

No dia seguinte, conforme combinado, Rose conversou com Kogito.

— O interesse de Makihiko pela lenda do "menino" tem aumentado. Incitar as crianças a fazerem algazarra na *katsura* transformada em palco foi resultado do desenvolvimento da pesquisa sobre a lenda do "menino" e de referências bibliográficas mais gerais conduzidas por ele. Mas ele não pôde prever o quão entusiasmadas as crianças locais ficariam assim que uma peça como aquela tivesse início.

"Não vale divagar, mas considero boa a direção que a pesquisa dele tomou. Ela também será útil na minha monografia.

"Mas outro foco de interesse de Makihiko é, usando sua maneira de se expressar ao conversar conosco, *aquilo*. Cinquenta anos atrás, alguém do Exército de ocupação levou você e Goro de carro até o centro de treinamento dos discípulos nacionalistas do seu pai. Ali, vocês dois tiveram uma experiência dolorosa. Você a chama de *aquilo*. Na verdade, ambos não sabem que fim levou Peter, o oficial americano. Acredito em você quando afirma que *ignora* o que teria acontecido com ele posteriormente. Sei também que o simples fato de ignorar é motivo de sofrimento para você. E o suicídio de Goro acrescentou à sua dor um novo elemento relacionado ao caso.

"Makihiko tem interesse em saber sobre *aquilo*. De tão forte, sua curiosidade chega a ser anormal. É possível entender isso pelo 'fantasma' do soldado americano que o surpreendeu e o fez se ferir, não?

"A pesquisa de Makihiko tem avançado, e ele acabou reunindo evidências de uma lenda existente sobre a morte desse oficial americano. A pesquisa, a meu ver, é um dos motivos de Makihiko estar tão íntimo com os jovens empregados no hotel de Okuse.

"No piquenique, você quer que o seu velho eu que voltou para debaixo da sua *árvore pessoal* converse com o seu eu criança, não? Você pretende falar com franqueza com o seu menino-fantasma sobre o que foi sua vida? Eu não quero que Makihiko participe. Porque você, às vezes, é muito indefeso.

"Nessas horas, Kogito, eu me lembro de um filme de terror psicológico de classe B. Ele narra a história de um homem que, conscientemente, desconhece ter cometido um crime, mas é atormentado por uma *armadilha* de seu inconsciente. Para não acabar arruinado, procura por um detetive que, sem saber, o pressiona a uma confissão não tão ruim...

"Mas se você se abrir sobre *aquilo*, não acabará envolvendo até Goro que se suicidou? Chikashi o perdoaria caso você manchasse o nome do irmão?

"Mesmo tendo havido um semelhante assassinato, vocês seriam, no máximo, cúmplices menores de idade. Além do mais, o crime já estaria prescrito!"

4

Na manhã do dia do piquenique, Rose e Kame vieram até a casa de Jujojiki preparar sanduíches. Kame trouxe cookies que ela própria havia assado. Asa, que se prontificou a ficar na casa cuidando de Akari, também apareceu carregando uma boa quantidade de *onigiri*.

Ao saírem, Asa trouxe uma pedra de sílex[1] usada no ritual matinal quando sua jovem mãe saía com o pequeno Kogito para colherem hortênsias paniculatas.

No momento de partirem da casa de Jujojiki, o sol estava dissimulado por detrás de uma faixa de cirros, mas, ao chegarem a uma nascente que estava cheia por causa das contínuas e diárias pancadas de chuva, o céu havia clareado. Dias antes, ao olharem para cima, viram o conjunto das *katsura* na beira do penhasco parecendo conectado à densa vegetação na parte posterior delas, mas, quando deram a volta pelo lado esquerdo até as raízes das árvores atrás de Ayo, depararam com um extenso prado. Em sua parte central, uma camada de folhas verdes das *katsura* se estendia numa sombra de tons claros e translúcidos.

Também enquanto subia o caminho íngreme da encosta, Rose parecia admirar a altura das árvores e, quando parou para descansar em um terreno plano, voltou a apontar para várias plantas parasitas manifestando gostar delas. Em uma floresta com árvores tão grandes, praticamente todos os arbustos altos e de folhas finas são plantas parasitas que, no outono, dão frutos vermelhos capazes de serem vistos também a distância. Elas permanecem verdes mesmo no inverno após a queda de suas folhas ao redor. Rose se sentia uma planta parasita da cultura deste país e, por isso, precisava se esforçar bastante.

Kame demonstrava desdém em seu semblante. Kogito sentiu pena de Rose, que acabava mostrando seus hábitos educacionais. Depois de descarregar sua bagagem no prado mais abaixo das raízes do conjunto das *katsura* nas rochas, Kogito retomou as palavras de sua conversa inicial vinculando-as ao que Rose dissera.

---

1. Acreditava-se que o sílex protegeria um viajante de adversidades.

— Quando fui a uma floresta da Universidade de Tóquio localizada em Hokkaido, que era usada para a realização de pesquisas, ouvi de um especialista que há fatos sobre plantas parasitas ainda não devidamente esclarecidos. Espécies não nativas introduzidas na floresta do norte temem em geral os danos causados pelo frio e criam raízes em locais cobertos de neve. Mas, mesmo nessas espécies, apenas as plantas parasitas crescem em árvores altas. Ignora-se a razão...

"Fui a essa floresta por conta dos diários do meu avô da época em que, em seus primórdios, ele tinha ido até lá aprender sobre 'manejo florestal'. Parece que foi ele quem o introduziu do zero por estas bandas com base no que haviam ensinado a ele lá. Enquanto ouvia os veteranos da floresta para a pesquisa, deparei muitas vezes com o jargão técnico contido nos diários do meu avô.

"Vê no centro daquele conjunto das *katsura* um toco murcho e podre? Muito tempo antes de o tronco murchar, ele pertencia a uma 'velha árvore madura' que havia ali. Vovô anotou o que aprendeu sobre a necessidade, para a produção da madeira, de se cortar as árvores pouco antes de alcançarem o 'pico' do crescimento."

Rose, que não tinha interesse pelo avô de Kogito — porque, diferentemente da avó, o avô não aparece em seus romances —, parecia não querer perder tempo com uma conversa inútil. Ela queria que Ayo e Kame voltassem sua atenção de imediato para o assunto do piquenique.

— Acredito ter feito a coisa certa ao escolher *estas katsura* para serem as suas *árvores pessoais*, Kogito. Eu não disse *this tree*, mas *these trees*. Você consegue entender essa distinção no meu japonês?

"Uma dessas *katsura* é sua, a outra é da sua mãe, e acredito que seu pai e sua avó também tivessem uma. Essas árvores são as da sua família. A expressão *family tree* tem um significado diferente aqui. Olhando bem, não tem também a árvore de Akari?"

— Só que o fato de aquela no meio estar morta não significa que uma das árvores da minha família desapareceu? Preciso pensar especialmente sobre o desaparecimento da minha *árvore pessoal*.

— Há quatro ou cinco árvores crescendo ao redor dessa que está morta e mais algumas mudas pequenas — observou Ayo.

— Na ideia de *árvore pessoal* inexistiria a perspectiva de um desaparecimento da própria árvore? Acredito que o conceito de *árvore pessoal* é uma lenda local, e a imagem de borras brancas flutuando no espaço sideral é individual. Isso também vai de você, como indivíduo...

Kogito começou a conversa.

— Se eu encontrasse aqui meu eu criança de sessenta anos atrás, eu diria a ela, a princípio, que o meu eu velho sente a morte como algo diferente do pavor que o meu eu criança sentia... e também carrego lembranças disso... da exaustão do seu cérebro.

"Existe uma maneira de viver o momento da morte que concebi quando ainda estava na meia-idade. Quando chegar o momento, chore e grite de dor e ansiedade... Se a dor não for particularmente muito forte, apenas dissimule as lágrimas e os berros... Porque, quando atravessar o momento mais aterrorizante e o tempo passar, você estará morto.

"Além disso, penso há tempos sobre quando chegar o momento de retornar à raiz da *árvore pessoal*. Desejo permanecer ali e aceitar o *tempo passado* de todos os antepassados a mim conectados como sendo o meu *tempo presente*."

— Kogito, sinto que seu pensamento tem algo próximo ao do Benjamin do doutor Oda...

— Não posso afirmar categoricamente que seja benjaminiano ou não.

"Seja como for, eu também tive um outro sonho. Eu estava prestes a morrer. Não tinha mais futuro. Não restava dúvida quanto a isso. Só havia o *agora*, e mesmo ele estava prestes a entrar em todos os *agoras* do meu passado... Foi esse o sonho."

— É uma história bem complexa — afirmou Rose. — Para Ayo e Kame, é ainda mais difícil, não? Vamos nos mexer um pouco e deixar Kogito espairecer!

Assim, começou a tarefa, divertida como um jogo ao ar livre, de redefinir o local. Cortaram as árvores finas prestes a murchar, que cresciam fracas e oblíquas, enredadas em hera — o avô anotara em seu diário que essas árvores eram "árvores latifoliadas ruins" que deveriam ser descartadas — e estenderam sobre o prado a toalha de piquenique produzida em um material leve e resistente.

Descendo a um pequeno charco, Ayo brandia uma foice para abrir uma trilha a fim de ir buscar água no riacho de uma nascente. Ao longo do caminho, havia um aglomerado de esguias arálias, com os brotos repetidamente arrancados formando arbustos baixos. Ayo explicou a Rose que esse era o caminho percorrido pelas mulheres da "aldeia" para colher brotos de fátsia.

Ayo montou a tenda ao lado do riacho estreito, mas vigoroso, encostando-a no grande tronco rachado de um carvalho *mizunara*. Kogito estava convencido de que, além de servir como local de abrigo em caso de chuva, em particular poderiam estabelecer ali um espaço de banheiro para Rose. Kogito e Ayo carregaram água em recipientes de polietileno do tamanho de latas de óleo. Rose esquentou a água do café, e o verdadeiro piquenique começou com todos comendo os *cookies* de Kame.

O piquenique parecia ser, além disso, um pequeno seminário. Rose preparou previamente perguntas destinadas a Kogito e teve o cuidado de apresentá-las de forma que fossem bem transmitidas a Ayo e Kame.

— Eu não teria conseguido problematizar sozinha as perguntas a serem dirigidas a você, Kogito. Até vir para esta região, a topografia, a mitologia, o folclore e a história descritos nos seus romances não eram para mim *reais*. Logo após minha chegada, falei com Asa sobre o meu plano de pesquisa, mas comentei que considerava tudo descrito nos romances equivalendo a um contraponto entre os mundos real e imaginário. Olhando em retrospecto, Asa tinha reservas se seria possível efetivamente ter esse tipo de entendimento.

"Nesse ínterim, graças a Makihiko, abandonei a ideia fundamental da minha monografia. Isso por causa de uma pergunta simples que ele me fez: O próprio Kogito *acreditaria nas tradições relacionadas a mitologia, folclore e história no interior desta floresta?*

"Eu tolamente considerei essa pergunta demasiado simples. Vendo isso, Makihiko a reformulou. *Kogito acreditaria realmente naquilo que escreve?* E, diante da minha perplexidade, ele falou:

"*Eu me encontrei e conversei com a genitora de Kogito Choko, que era a pessoa com as suspeitas mais perseverantes em relação ao que ele escreve. Ao mesmo tempo, era também incomparavelmente quem mais o compreendia a fundo. Ao ouvir pela primeira vez a gravação de uma música de Akari, ela escreveu em uma carta que essa música era a que ela, ainda moça, ouviu quando entrou no fundo da floresta. Era a música da 'maravilha da floresta'. Kogito ficou mais impressionado do que com qualquer crítica recebida desde que se havia tornado escritor. Ela escreveu com inusitada sinceridade. A mãe de Choko era esse tipo de pessoa. E agora, quem restou nesta região que melhor o compreende é Asa.*

"*Além disso, embora não possa afirmar que sejam todas, boa parte das tradições mitológicas e folclóricas e a história desta região descritas nos romances do irmão, segundo Asa, é fruto de sua imaginação.* Makihiko o testemunhou. *Ela não odiava o irmão, que, com sua bizarra imaginação quando criança, não conseguia distinguir entre o que via e o que ouvia. Ao envelhecer, ele* continua a lapidar *seu verdadeiro caráter... É inevitável que uma tal pessoa seja odiada por todos da região, mas Asa afirmou que pretende trabalhar ao lado do irmão.*

"Makihiko prosseguiu: *você também sabia que Asa comentou sobre a maior parte do que Choko escreve ser fruto de sua imaginação. Rose, se depois de você escrever sua monografia sobrepondo os romances de Kogito Choko à realidade desta região, um livro de um estudioso que trate criticamente do mesmo assunto for lançado, e se for feito um cotejamento entre os dois, existe a chance de a sua seriedade como pesquisadora ser questionada. Se você não deseja isso, não pode se furtar a perguntar a ele:* Você realmente acredita naquilo que escreveu até aqui?

"Kogito, isso é o que eu desejo te perguntar hoje sob a grande *katsura* escolhida como sua *árvore pessoal.*"

Rose, que se enervou por ter sido picada por insetos na floresta, com base na experiência do piquenique anterior — o uso do limão foi inútil —, advertiu todos os participantes a vestirem camisas de manga comprida. No momento em que estacionaram o carro no caminho da floresta, ela borrifou com esmero, do pescoço para cima, mãos e pulsos de todos, o repelente de fabricação americana que, a pedido dela, Ayo havia adquirido em uma loja de departamentos de Matsuyama.

Kogito recebeu o mesmo tratamento e passou ileso pelos mosquitos, mas, quando desceu ao charco para ajudar Ayo a montar a tenda, um pequeno gafanhoto saltou das folhas do ruibarbo e penetrou pela bainha de sua calça. Kogito, que se preocupava havia algum tempo, aproveitou que o inseto mergulhou até dentro de sua meia — por acaso no momento em que Rose, cabisbaixa e de rosto corado, emudeceu —, tirando sapato e meia para pegá-lo. E confirmou visualmente um inchaço e uma vermelhidão na base do polegar do pé, em relação aos quais, naquele momento, nada podia fazer. Seja como for, ele não podia deixar de responder à pergunta de Rose.

— No meu caso, venho escrevendo romances desde jovem, há mais de quarenta anos. Vinculei os temas sobre os quais escrevi até o momento ao método de escrita atual, ou seja, escrevo dentro de uma continuidade — mesmo uma mudança ocorre dentro dessa continuidade — e, ao fazê-lo, acabei penetrando num beco sem saída. Olhando deste prado, você vê uma grande touceira atrás da agreira com o tronco quebrado, não? Sinto que, ao longo dos anos, eu me enfiei voluntariamente em uma touceira como aquela. Além disso, a estrutura dos meus romances, a própria estrutura da vida do escritor, formam essa touceira.

"O escritor morre, o tempo passa... Caso suas obras continuem a ser publicadas, a única coisa real para o leitor é aquilo que essa touceira proporciona a ele, na minha visão! Eu sou esse tipo de escritor em particular.

"Escrevo dentro dessa touceira, ou sou a própria touceira. Escrevo, por exemplo, sobre o 'menino', reencarnação de Meisuke, que liderou uma segunda revolta. Com a Restauração Meiji, houve mudanças no regime, e isso dificultou que se levasse adiante uma rebelião. O 'menino', que cochilava ao lado de camponeses desnorteados realizando uma reunião estratégica, subiu à floresta enquanto dormia e recebeu o ensinamento de um método de luta original pelo *espírito* de Meisuke.

"Ao criar essa história, conforme repetidas vezes reescrevia o manuscrito, com certeza eu mesmo acreditava nela. Mas digamos que ela tenha sido criada pela minha imaginação com base nas lembranças do que ouvi da minha avó e da minha mãe, sem equivalente na tradição ou mesmo na história. Só que aquilo que escrevo no momento é a única certeza que possuo e sinto que o restante da história e a tradição são fruto de uma imaginação infecunda. Eu te responderia dessa forma!"

Quando Kogito se calou, Ayo perguntou em lugar de Rose, que refletia em silêncio:

— Agora, o senhor conversa debaixo desta árvore *katsura*. Aparece aqui o garoto, seu eu de sessenta anos atrás, e te pergunta como o senhor viveu até agora... Pergunta que é composta de "de que maneira?" e "por quê?", em relação ao que o senhor escreve. O senhor acha realmente que algo assim pode ocorrer de verdade?

— Falei agora "de que maneira" vivi na realidade como escritor. Acredito que nisso estava embutido também o "por quê?".

"E fazendo uma conta reversa a partir daí, se sessenta anos atrás eu, criança, tivesse vindo e esperado neste local... bem, eu sinto que aquela *katsura* é realmente a minha *árvore pessoal*... essa criança já teria visto a paisagem deste piquenique que estamos fazendo agora."

Todos voltaram a olhar ao redor. Depois, Rose estendeu sobre os joelhos o caderno de folhas soltas e voltou a falar.

— Makihiko descobriu no depósito do santuário Mishima apetrechos do "fantasma" do oficial do Exército de ocupação.

Ele confirmou que, tanto no distrito de Maki quanto em Okuse, ou seja, em ambos os lados desta floresta, ainda corre a lenda do soldado americano que fugiu se arrastando com as pernas esmagadas. Ele sustenta que isso ocorre porque houve testemunhas do que de fato se passou e que não é do caráter geral das pessoas desta região sentir realidade na imaginação em lugar de experiências reais, diferentemente do que acontece com você, Kogito.

"Acredito no que você falou sobre os dois adolescentes não terem presenciado coisas terríveis que aconteceram no centro de treinamento. Contrariamente, teria sido impossível durante os quarenta anos de sua carreira de escritor não ter escrito uma cena ou metáfora que refletissem suas lembranças. Não se trata de um nível que possa ser ocultado conscientemente. Mesmo no roteiro em que Goro descreve *aquilo*, não aparece um soldado americano com ambas as pernas esmagadas, em fuga, abrindo caminho apenas com a força de seus braços? Se Goro soubesse, por que ignoraria uma imagem de cunho tão cinematográfico?

"Mesmo assim, Makihiko pretende confrontar você com evidências de que o oficial do Exército americano com domínio do idioma japonês foi massacrado. Diz ele que também após a derrota na guerra, os crimes dos fascistas que sobreviveram como facção política existiram. E também que você e Goro, dois adolescentes, se tornaram instrumentos deles para atrair o soldado americano, algo que você confirma.

"Uma vez que os fatos se esclareçam, você não pode deixar de fazer trabalhar uma nova e dolorosa imaginação. Mesmo alguém que não estabelece uma distinção precisa entre experiências reais e capacidade imaginativa, não pode, justamente por isso, deixar de reorganizar todo o seu autoconhecimento. É o que argumenta Makihiko. Embora não pareça, Goro é mais sensível do que você e se suicidou após sofrer. Havia fundamento no sofrimento dele. Você mesmo não refuta *dolorosamente* a tese de que ele teria morrido da depressão própria ao início da velhice?

"Sobre esse tema, você precisa fazer uma confissão de reconhecimento de sua responsabilidade perante as sociedades japonesa e americana. E Makihiko afirma que obrigará você a fazê-la a qualquer custo.

"Mas Makihiko não possui nenhuma evidência positiva em relação ao cruel assassinato do oficial americano no centro de treinamento, a não ser os apetrechos do depósito do santuário Mishima e as duas lendas locais. Sendo assim, ele pretende pressionar você a 'confessar'. Se conseguir gravar a confissão, ele planeja apresentá-la na conferência internacional de literatura comparada. Ele está me pressionando para traduzir o artigo que escreverá.

"Acontece que... Ayo, Kame... minha conversa ficou séria demais. Eu mesma sinto que fui tragada para dentro do pensamento de Makihiko. Na parte da tarde, Kogito provavelmente conduzirá sua percepção crítica para uma direção mais produtiva. Também por causa disso, vamos encerrar por aqui esta primeira conversa séria e nos divertir fazendo uma refeição com jeito de piquenique."

5

Sem rirem, os jovens Ayo e Kame demonstraram um vigoroso apetite. Enquanto Rose explicava as várias formas de preparar sanduíches, Kogito, após terminar rapidamente sua refeição, se estirou ao longo da beirada da toalha de piquenique, sentindo crescer a inflamação e o inchaço no seu pé esquerdo. Depois, parecendo ir usar o banheiro portátil da tenda, desceu em direção ao grande tronco do carvalho *mizunara* que se destacava. Procurou mergulhar o pé descalço na corrente em que se adensavam plantas aquáticas. Embora a água fria servisse para aliviar o ardor do pé visivelmente avultado, subia da sola uma dor formigante. Antes de partir para Berlim, Chikashi deixara uma grande quantidade de cápsulas de alopurinol que Kogito trouxera para Shikoku ao se mudar e que acabaram sem uso. Nos últimos tempos, ele havia negligenciado a alta taxa de ácido úrico. Ele sempre fora indiferente à gota *médica*. A água estava fria demais para deixar o pé de molho por muito tempo, e toda vez que o suspendia, não podia deixar de notar a estranha vermelhidão da base até o topo do polegar deformado.

Usando uma foice presa a uma correia na prateleira construída dentro da tenda, Kogito ajeitou um galho caído do carvalho *mizunara*. Seria um cajado do qual ele logo precisaria. Porém, ao cutucar o chão com ele, percebeu que ele lhe seria útil de imediato. Apoiando-se nele na subida, Rose falou com desconfiança ao vê-lo.

— Deite-se, por favor, na tenda armada por Ayo. Amanhã pela manhã, pedirei para Makihiko mandar jovens com uma maca, anti-inflamatórios e analgésicos. Ayo deve acompanhar você enquanto isso.

Kogito imaginou a noite insone que passaria devido à dor, ouvindo o ruído da corrente oriundo da nascente, em plena escuridão, sob o carvalho *mizunara*. Parecia estar repleto de uma mistura de medo e fascínio. No entanto, Kame soltou um som infantil como se contraísse a garganta.

— Ayo não pode permanecer com o senhor Choko! Não é também assustador para o senhor Choko passar a noite na floresta? Inclusive pelo misterioso desaparecimento ocorrido quando criança...

— Kame, Kogito é adulto e certamente não tem medo da floresta à noite!

— Tenho medo do senhor Choko. Ayo não pode acompanhá-lo. As coisas complicam se o pavor do senhor Choko contagiar Ayo...

— Por ora ainda posso caminhar, e quando não puder mais me mover, faremos algo nessa linha — afirmou Kogito. — Na conversa antes da refeição, eu não teria falado algo que não deveria debaixo da *árvore pessoal*? Teriam minhas palavras inadvertidamente quebrado as regras? Ou talvez as coisas tenham caminhado assim como precaução para não responder às perguntas futuras de Rose ou impedi-la de fazê-las? Se assim for, aquela árvore *katsura* é realmente minha *árvore pessoal*.

Capítulo 18
Sociedade Japonesa Senescente (3)

1

A crise de gota se estendeu por cinco dias. Nesse ínterim, Akari, com vantagem sobre o pai por poder se movimentar, esmerou-se em tentar cuidar dele. Rose também permaneceu na casa de Jujojiki desde cedo pela manhã até tarde da noite.

Nas vinte e quatro horas desde a madrugada quando retornaram da floresta, Kogito se sentiu como em uma pintura na qual um ocidental renascentista imagina um homem do mundo periférico com uma perna reta saindo a partir da cabeça. Além disso, seus pés inflamavam.

O que aparecia na tela de sua cabeça avermelhada devido ao pé febril em chamas eram fragmentos de imagens e pensamentos desconexos. Apenas a paisagem do conjunto das *katsura* era uma presença constante. Uma sobreposição de grandes troncos de árvores, inúmeros galhos, e o detalhamento das folhagens. Era como se visse o mundo com os olhos ardentes da pós-imagem depois de observar por um longo tempo o brilhante conjunto das *katsura*…

Quando a dor aliviou, ele não conseguiu distinguir *nada* do que vira em sua cabeça em brasa, restando-lhe apenas uma sensação de nostalgia. Apenas sentia mais fortemente que, decerto, uma das árvores no meio do conjunto das *katsura* era a sua *árvore pessoal*...

Durante esse tempo, Kogito não se permitiu prestar atenção a outras pessoas a não ser a si próprio. Porém, a partir do momento em que ficou claro que a dor caminhava na direção de um arrefecimento, ele percebeu que Rose, ao seu lado, se mostrava profundamente abatida.

Sua expressão desconsolada — aumentando o efeito sinérgico em função de a pele, sob contínua exposição à forte luz solar, ter se tornado desbotada e embaciada — devia ter sido causada pelo seu relacionamento com Makihiko, Kogito supôs. Assim, ficava ainda mais difícil para ele tocar no assunto. No quarto dia, ao trazer o jantar, Rose se ofereceu para se juntar a Kogito, que bebia num copo um misto de cervejas preta e *lager*. E, depois de tomar quase o mesmo volume, embora ainda deprimida, as íris azul-turquesa brilharam, e começou uma conversa do tipo que havia tempos não tivera.

— Depois de chegar à casa de Jujojiki, você tomou o analgésico que te dei e parecia chapado, não?

— Fiz Ayo descer me carregando até o caminho em frente à água da nascente e, até o carro chegar, bebi inúmeras latas de cerveja mesmo sabendo que isso não era benéfico.

— Durante toda aquela, noite você murmurou versos que, no meu entender, seriam citações de poesias *waka* e chinesas. Você não é um escritor alheio aos clássicos da literatura japonesa... Isso é óbvio para quem cresceu tendo o japonês como língua materna, mas acreditei também que o sentimento expresso por você, vencido pela dor e pelo cansaço, tinha a ver com "páthos".

Tudo de que Kogito se lembrava era a visão do conjunto das *katsura* queimando sob o calor da dor. Ele tentou encontrar ali uma pista de *citações de poesias* waka *e chinesas*, mas sentiu que, mesmo que tivesse alguma ideia, ela não se traduziria em palavras. Quando Kogito declarou isso, Rose pegou o caderno de sempre onde anotara as poesias que ele havia dito naquela noite e que ela conseguira ouvir.

— Pela forma como você escreveu, não constitui uma poesia, mas para você, que vem de um país de língua inglesa, foi correto ter percebido como sendo a *citação* de um poema *waka* composto por Teika e que consta no *Shinkokinshu*.

na noite de primavera
a ponte flutuante dos sonhos
se desfaz — no céu
um rastro de nuvens
se afasta do cume.[1]

"Chikashi, ao ler o *Genji Monogatari* e chegar ao capítulo intitulado "Ponte flutuante dos sonhos", me perguntou se haveria alguma fonte para o título desse capítulo, e eu fui procurar em um dicionário um pouco maior. No final, não entendi se poderia ser chamada de fonte ou não...

"A *citação* que você a seguir chamou de *poesia chinesa* faz parte de uma canção de uma peça do teatro nô. Eu a encontrei no mesmo dicionário!

Indiferentes às memórias de eventos distantes,
muitos barcos disputam a regata deixando para trás a ponte
flutuante dos sonhos.

---

1. Andrei Cunha, *Poemas do Japão medieval: seleções do Shinkokin'wakashû*. Porto Alegre: Bestiário, 2024. [N.E.]

"Essas *citações*... O calor daquela dor ou do medicamento que *luta* para suprimi-la estavam, sem eu saber, fazendo minha cabeça abrasar. A ponte flutuante dos sonhos é realmente estranha..."

2

No último dia de agosto, um ônibus creme com o logotipo do novo hotel a ser inaugurado em Okuse estacionou na entrada privativa da casa de Jujojiki e dele saltaram, além de Kurono e do doutor Oda, três homens da mesma faixa etária que a deles.

Kogito e Rose vieram recepcioná-los, e, na qualidade de assistente, Ayo os aguardou. Ao entardecer, Ayo se incumbiu da tarefa de permanecer na bifurcação da rodovia nacional orientando os carros que voltavam do trabalho na montanha e os ônibus que subiam, procurando assim evitar problemas na estrada da floresta. A senhora Tabe disponibilizou dois funcionários da área do restaurante, um rapaz e uma moça. Familiarizado com eles, Ayo também teve o trabalho de trazer as costumeiras lancheiras e garrafas de vinho e cerveja para a sala de jantar conjugada à sala de estar.

A partir da primeira semana de setembro, o hotel em Okuse começaria a receber hóspedes para estadas de longa duração. Antes disso, Kurono decidiu realizar um evento experimental da Sociedade Japonesa Senescente formada por alguns velhos conhecidos que se candidataram à estada. Por serem também conhecidos de Kogito, à exceção de um deles, surgiu a ideia de, antes de entrarem em Okuse, irem visitar a casa de Jujojiki. *Vamos dar cabo dos nossos comes e bebes no jantar. Vou levar uma bebida forte para mim, então não há necessidade de nenhum preparativo*, foi o que observou Kurono ao contatar Kogito.

Kogito pediu a Rose que participasse na festa — mais tarde Makihiko e o *ex*-diretor da escola ginasial dariam as caras também — e que ela levasse Akari até a casa de Asa já que ele demonstra irritação com as vozes altas quando pessoas se reúnem para beber.

Dos três novos membros acompanhando Kurono, Kogito já conhecia Tsuda, sempre popular por seus documentários, mas também amplamente conhecido como diretor de dramas televisivos, e Tamura, membro da família do dono de uma empreiteira e com uma carreira paralela como poeta e dramaturgo, cujo nome com frequência aparecia como filantropo corporativo em projetos culturais no período da bolha econômica. Kogito via pela primeira vez apenas Asai, que lhe apresentou seu cartão de visitas com o cargo de conselheiro de uma empresa de indústria pesada.

Quando as portas da sala de jantar conjugada à sala de estar e a do quarto de Kogito se abriram, o jantar americano teve início. Asai foi o primeiro a dirigir a palavra a Rose. Nos últimos dez anos, Tsuda, Tamura e Kogito só haviam estado juntos no funeral de Takamura. Este havia composto todas as músicas para os filmes e dramas televisivos de Tsuda. Além disso, Tsuda era patrocinador de um festival de música de nível internacional que, por muito tempo, fora organizado por Takamura. Asai, que chegou bem no momento em que eles conversavam sobre isso, levou Kogito para o lado de Rose.

Segurando uma segunda taça de vinho branco recebida de Asai, Rose resumiu com voz animada a discussão até aquele ponto.

— Kogito, no ano seguinte ao movimento de oposição ao Tratado de Cooperação Mútua e Segurança entre os Estados Unidos e o Japão, de 1960, você participou de um simpósio em Hiroshima, correto? Nessa ocasião, você comentou ter ficado incomodado com a pergunta feita por um jovem... bem, na época você também era jovem... Você comentou que a pergunta foi: *Para tranquilizar meus pais, vítimas da bomba atômica, pensei em me empregar em uma grande empresa. Mas fiquei consternado ao tomar conhecimento de que essa empresa está envolvida na produção de munições. O que o senhor me recomendaria fazer nesse caso?*

Asai, de sobrancelhas e costeletas densas e mescladas de fios brancos, revelou com os olhos muito brilhantes:

— Senhor Choko, quem te fez essa pergunta fui eu. Na época, o senhor devia ter vinte e seis anos, então isso deve ter sido cerca de dois anos após se formar na universidade porque, segundo relato de um colega seu do colegial que cursou a faculdade de letras, o senhor repetiu um ou dois anos, não foi? Eu saí direto da faculdade de direito e, na verdade, já estava empregado e executava trabalhos até certo ponto relevantes. Levantei a mão para aborrecê-lo, alguém da minha idade, uma estrela brilhante na mídia, um progressista, ao contrário de Ashihara...

"Mesmo se tivesse sido admitido em uma pequena empresa local, acredito que teria conseguido contribuir para aumentar um pouco seus resultados. Ingressei desde cedo na equipe de gestão dessa grande empresa, que usei ao encenar a revelação do meu problema, e trabalhei nela metade da minha vida. Bem, é possível afirmar que eu também fui um dos responsáveis pelo período da bolha econômica. Às vezes, pensava no que teria acontecido se o senhor tivesse me sugerido seguir outra carreira... e eu o tivesse acatado! Seja como for, é interessante reencontrá-lo no momento de o senhor escolher uma nova vida.

"Desta vez falo sério, então peço que me oriente. Há muitas coisas interessantes que a senhora Rose pode fazer, como contar com calma histórias dos poetas românticos ingleses."

— Você falou sobre poetas românticos ingleses, mas em quais estaria pensando? — Tamura, posicionado entre Rose e Asai, perguntou:

— Nenhum específico, deixaria livre a escolha.

Rose olhou para Asai, que respondeu dessa forma, como se o estivesse avaliando antes de perguntar:

— Vocês eram obrigados na *high school* a recitar poemas de Wordsworth, Byron e outros?

— Isso mesmo. Também Coleridge.

— O senhor Choko gosta de Blake, não? E de Yeats. Se fôssemos falar dos últimos românticos, meus interesses se sobreporiam aos seus, Asai.

Kurono, que bebia o *single malt on the rocks* de antes, interveio:

— É bom falar sobre poesia, mas se Tamura puder vir, gostaria de perguntar a ele se há uma saída para a longa recessão. Os sujeitos da Câmara Júnior de Comércio estão ansiosos para saber!

— Não, não, sem ter nenhuma obrigação. O senhor Tabe me convidou para uma conversa com velhos conhecidos. Quando cheguei aqui, me admirei que o senhor Choko estivesse aparentemente comprometido com o projeto.

"Rose, na verdade, tanto o senhor Choko quanto você não acabaram sendo incorporados ao trabalho enquanto conversavam com Kurono?"

Tsuda, que parecia apreciar a vista do vale a distância, aderiu à conversa.

— No meu caso, uma vez concluído o projeto de uma escola cultural para a geração sênior, vou gravar um documentário desde seu ponto de partida. Foi um projeto apresentado por Kurono. A emissora que transmitirá em alta definição também já foi definida. Já providenciei a locação de câmeras e outros equipamentos...

"Além disso, recebi uma solicitação de um grupo de jovens cineastas alemães para um trabalho a ser realizado também nesta região. Eles gravarão cenas e costumes que servem de pano de fundo à literatura de Choko.

"Os sujeitos que trouxeram a ideia estão fazendo um filme baseado em *Jogo de rúgbi em 1860*, tendo recebido a orientação do diretor Goro Hanawa. Parece que o projeto permaneceu por muito tempo na gaveta, mas contaram ter finalmente conseguido o apoio de um secretário estadual de Cultura.

"Eles comentaram que se encontraram com Choko em Berlim, que ofereceu a eles, sem ônus, os direitos de filmagem."

Rose olhou de um jeito atravessado para Kogito. Ela também era em parte responsável pela gestão dos direitos autorais das versões estrangeiras dos livros dele. Ele retribuiu o olhar como se pedisse a ela para primeiro ouvir a conversa de Tsuda.

Tsuda vinha de uma família abastada que administrava um famoso museu conhecido por seu acervo de quadros de arte moderna. Kogito viu uma foto dele quando criança cercado pelo patriarca de magnífica barba e mulheres de esplêndidos penteados japoneses. Sua aparência continuava a mesma, só que de cabelos grisalhos. Ele parece ter sido criado em uma família de prestígio e era indiferente às intenções dos outros e sensível às reações femininas. Mesmo agora, ao explicar em detalhes, ele examinava o aspecto de Rose.

— O grupo de cineastas de Berlim afirma ter um vídeo com a cena em que Choko se compromete a fornecer sem ônus os direitos... Um japonês pesquisador da Alemanha serviu de intérprete na entrevista, e neste verão, depois de seu retorno ao Japão, fui me encontrar com ele e indagar as circunstâncias!

"Mas ele comentou que houve uma entrevista para um famoso jornal vespertino em que ele também atuou como intérprete, e que deve ter sido desagradável para você, Choko, e, embora não fosse culpa dele, foi difícil contatá-lo diretamente. Isso realmente aconteceu?"

— Como eu não consigo ler em alemão, não me enviaram o jornal com o texto da entrevista. Ela durou três horas com a dupla do jornal vespertino *Tag* alguma coisa, e foi a pior experiência que tive durante minha estada em Berlim.

"Se me permite falar de uma forma um tanto antiquada, a repórter portava óculos celuloide vermelho, tinha um estilo estranhamente autoritário e era visível sua intenção de se divertir às minhas custas. Estava acompanhada de um jovem assistente com jeito de amante de mulher mais velha. Esse acompanhante tinha em mãos um estranho guia do Japão. *É verdade que casais jovens vão fazer sexo em* love hotels *que cobram pelo período de duas horas? Dizem que em reuniões com estrangeiros os japoneses estão sempre sorrindo despropositadamente, mas por quê?* Ele havia preparado umas duas dezenas de perguntas desse tipo. De minha parte, eu desejava falar sobre aspectos da cultura japonesa subjacentes à cultura alemã. Com o tempo, a repórter que ouvia de lado se irritou, seu rosto se tingiu de um vermelho kitsch, e a cor dos óculos parecia esmaecida."

Contendo um sorriso de satisfação, Tsuda tinha o olhar de quem refletia sobre algo, mas não disse nada. Em seu lugar, Kurono se manifestou.

— Mesmo escritores internacionais como Choko têm suas desventuras. Se Günter Grass viesse a Tóquio, será que perguntariam a ele sobre mulheres que fazem *trottoir* nas avenidas de Berlim com suas minissaias de oncinha?

— Mas nem todo mundo é alvo de entrevistas assim, não? — revidou Tamura. — E o que me diz da expectativa de que jornais estrangeiros prestem homenagem aos intelectuais japoneses? Mesmo não chegando a ponto de mandar tomar cuidado, é preciso ser cauteloso. Que eu saiba, não há exemplos de êxito ao se solicitar a retificação de algum artigo publicado.

— Kogito foi bem recebido pela Universidade Livre de Berlim, onde ministrou aulas, e pelo Instituto de Pesquisas Avançadas, do qual recebeu moradia. O *ex*-presidente Weizsäcker, palestrante no concerto memorial para pessoas ligadas à Filarmônica de Berlim, encontrou o assento de Kogito e ouviu a execução do bis sentado no chão ao lado dele.

Kurono parecia ter um novo interesse em Kogito.

— Assim como Rose veio de Nova York para Shikoku, ela também perseguiu Kogito até Berlim!

O marido de Asa e Makihiko, que fritaram os peixes pescados no rio Maki, estavam na festa. Kogito achou que Rose se preocuparia com a reação de Makihiko, mas Tsuda, ciente de que era o sacerdote quem cuidava do Festival dos Fantasmas e de outros rituais locais, tomou para si a tarefa de tentar obter informações sobre as gravações.

Com algum atraso, Kogito esclareceu:

— Rose não é apenas pesquisadora de minhas obras, mas também da música de Akari, logo, uma palavra como "perseguiu" não se aplica a ela, no meu entender!

3

— Choko, há algo que gostaria de te perguntar. É importante para mim — falou o doutor Oda.

Kogito sentiu a disposição do médico veterano entrevistando um paciente, puxando-o para si com firmeza, sem, contudo, perturbá-lo.

Conforme a festa avançava, o doutor Oda empregava o mesmo método para monopolizar Rose. Ele agora passara o braço sobre os ombros de Kogito o conduzindo até a janela perto da qual começou a falar. Salvo por Kurono, concentrado exclusivamente em seu uísque *on the rocks*, os membros da Sociedade Japonesa Senescente se reuniram em torno de Rose e começaram uma alegre conversação em inglês com ela.

— Alguns anos atrás, um jornalista me contou que você estava parando de escrever romances e que isso rendeu uma longa reportagem. Na verdade, foi a partir dali que comecei a ter um renovado interesse por você. Me atraiu a determinação de vida de alguém da minha idade.

"Tentando encontrar comentários ao artigo, pela primeira vez comprei até revistas literárias! Mas as críticas publicadas nelas divergem por completo daquilo que inferimos a partir da literatura médica, não? Fiquei decepcionado. Tentei entender o que estaria por trás de sua determinação. Nada havia que se ligasse a ela.

"Para ser sincero, eu considerava sua determinação uma questão de fé. Estou enganado?"

— Você não está enganado. Porque, ao contrário, após três anos sem escrever romances, decidi viver sem fé até a minha morte...

"Sabe, na época eu havia decidido estabelecer a 'oração' no centro da minha vida. E eu sabia, por experiência própria, que não poderia fazê-lo enquanto escrevia romances. Pretendia tentar a 'oração' me apoiando na leitura de textos e pesquisas de Espinosa. Na verdade, fiz isso durante exatos três anos. O que só foi possível por eu ter sido agraciado com um prêmio literário estrangeiro e, além do dinheiro do prêmio, que para mim era difícil de gastar, pelas boas vendas da edição de bolso dos meus livros.

"Mas, ao parar de escrever romances, perdi o poder que me lançava à 'oração' essencial. Sentia ter esse poder quando os escrevia. Só que isso não significava que eu exercesse esse poder abertamente. Apenas acontecia de eu entender que estava orando ao reler alguns anos depois os romances que escrevi publicados nessa época...

"No período em que parei de escrever, ministrei aulas durante um ano na Universidade de Nova Jersey. Conversei sobre o assunto com Rose, que eu já conhecia, quando ela veio de Nova York para uma série de entrevistas. Então, da vez seguinte, ela me trouxe um livro recém-publicado de Northrop Frye, que ela considerava seu mentor.

"No livro, ele comenta uma passagem retirada da Carta de Paulo aos Romanos: *"Não sabemos como orar, mas o próprio Espírito intercede por nós com gemidos inexprimíveis."* Não conseguimos encontrar as palavras para realmente orar a Deus. O Espírito Santo transforma nossos simples murmúrios em palavras de 'oração'. E esse não é um trabalho fácil para o Espírito Santo... e talvez residam aí os gemidos inexprimíveis... mas ele intercede por nós.

"E Frye sustenta que existe também na criação literária uma independência da manipulação da vontade do escritor com efeito idêntico ao da intercessão pelo Espírito Santo. Isso serviu para eu me convencer com sinceridade a voltar aos romances.

"Posteriormente, também me dei conta de que o compositor Takamura escreveu que a 'oração' toma *forma* ao se imprimir expressão à imaginação musical..."

— Foi Toru Takamura quem compôs "Chant", não? Na igreja, significa um hino ou cântico, correto? Ele deve ter usado o vocábulo em inglês por não ser simplesmente uma canção. Havia originalmente um paralelismo entre você e Takamura.

Ayo estava parado timidamente na soleira da porta olhando para os dois. Ele falou a Kogito que se aproximou dele:

— Recebi um telefonema do hotel de Okuse pedindo que sejam feitos os procedimentos na recepção até as nove horas. Nesse horário, é possível ir até lá em meia hora.

— Vamos falar com Kurono. Você já comeu?

— Vou fazê-lo enquanto providencio a arrumação. As duas pessoas que vieram do hotel já comeram. Segundo Asa, Akari não quer perder a "Hora da Orquestra Sinfônica NHK". Ele pode voltar e assistir aqui ou sair da casa de Asa depois que terminar o programa...

Kurono sentou no sofá e abriu a encadernação especial de *Dom Quixote* que Rose parecia ter deixado ali e pôs-se a *admirar* as ilustrações de Doré. Na mesa lateral estava posto um copo um pouco grande. Após inúmeros fracassos dolorosos, Kogito se enervava por ter um copo de bebida e o livro na mesma mesa. Mas estava praticamente seguro caso o copo estivesse sobre a mesa, e o livro, sobre os joelhos ou em cima do sofá.

— Ultimamente você parece *obcecado* por *Dom Quixote*. Isso me leva a inferir que se Kogito Choko fosse dom Quixote, eu seria o Cavaleiro dos Espelhos? Porque, quando você começou a lançar seus romances, eu pensava: "Uma obra *como essa* até eu poderia escrever!" Ou melhor, "se um homem *como ele* é capaz de escrever, não há por que eu não ser capaz"!

"No dia em que seu romance foi publicado no jornal da Universidade de Tóquio, ou seja, na manhã do Festival de Maio do quarto ano de literatura francesa, eu apresentei Fumoto a você, está lembrado? Apesar de serem do mesmo Departamento de Literatura Francesa, você nunca havia conversado com ela. Depois de comentar que havia lido seu romance, ela declarou que não se deve julgar alguém pelo rosto ou pelas atitudes, não foi?

"E você retrucou: *O mesmo não se poderia dizer quando apenas se julgam as pessoas pelo seu interior?* Senti que você estava imitando o jeito de falar de Musumi, mas Fumoto se indignou. Quando a convidei para ir almoçar no Hakujuji, ela me contou que eu, tanto externa quanto internamente, possuía as características adequadas a um escritor.

"Quando larguei o trabalho na Unesco e retornei a Tóquio, eu me lembrei disso e enviei a Fumoto um romance que escrevera por diletantismo aproveitando meu tempo livre no exterior. Logo recebi de volta um fax dela no qual me recomendava que, se eu tinha pretensão de me lançar como escritor profissional, deveria queimar tudo o que eu tinha escrito até então. Enviei a ela de volta um fax afirmando que aceitava sua recomendação e que ela não precisaria devolver meu romance, apenas o incinerar, mas, mesmo assim, na manhã do dia seguinte, eu o recebi por correio expresso. Que pessoa íntegra!"

— Kurono, você me permitiria ler o romance que recebeu de volta? — perguntou o doutor Oda atrás dos dois.

— Isso, a meu ver, seria desrespeitoso! Não em relação a mim, mas a Fumoto.

Kurono se magoou expressando claramente sua emoção e estendendo o braço até a mesa lateral, porém o doutor Oda notou que não havia mais gelo ou uísque, pegou o copo e foi preparar uma bebida.

— Sendo assim, permita que eu leia alguma obra nova quando a tiver concluído, ou mesmo ainda em andamento — sem se dar por vencido, o doutor Oda pediu ao entregar o copo a Kurono.

Ele prosseguiu com sua maneira singular de penetrar no coração do interlocutor peremptoriamente.

— Mas, Kurono, por que você escreve romances?

Kogito recolheu o livro que quase caía do colo de Kurono enquanto ele tomava um gole de uísque.

— Sabe, doutor Oda, escrevo porque sinto dificuldade de suportar minha vida neste momento! Sei que é um jeito imaturo de falar, mas, em parte, é a imaturidade de alguém de idade! É também a mesma atitude de Choko de valorizar os livros.

"Nesses últimos tempos, tenho acordado de madrugada com uma sensação insuportável. Na cabeceira da cama, há um relógio que ganhei quando deixei meu emprego na estação de televisão NHK. Um poliedro platônico dourado de cinco faces. Quando, tateando no escuro, eu o pressionei, uma voz feminina anunciou: *Uma hora e vinte*. Batendo de novo, ela informou: *Uma hora e vinte e oito...* Só oito minutos haviam se passado.

"Em vez de soníferos, estou tomando antigripais vendidos em farmácia, mas, levando em consideração o meu estômago, não tenho vontade de continuar me medicando. Tampouco tenho ânimo para mais um drinque. Experimento ler um livro, depois apago as luzes e enterro a cabeça no travesseiro... Acabo dormindo profundamente!

"Afirmar que é um sofrimento o tempo custar a passar parece ser contraditório... Entendo que isso possa ter relação com o curto tempo que resta da minha própria vida. Devo ter mais uns cinco anos, com uma margem de um ou dois anos. Passado esse prazo, deixo de existir. Eu me ponho a ponderar de madrugada que, em breve, minha vida desaparecerá sem deixar vestígios. Acho tão insatisfatório...

"Em outras palavras, pretendo escrever um romance para fazer face a esse sentimento."

— Valeu a pena ouvi-lo — declarou o doutor Oda com uma expressão admirada. — Não imaginava que você tivesse esse tipo de reflexão noturna... Da próxima vez que eu passar uma noite insone, vou pensar no que você falou, que é também como eu me sinto! Ou seja, somos da mesma geração...

4

A festa terminou às oito horas, mas, como mencionado antes, Rose provém de uma área cultural em que as pessoas prezam pelas saudações de despedida aos convidados; como Tamura e os demais que viveram em sociedades estrangeiras responderam cortesmente, a despedida na porta do ônibus se alongou. A conversa entre Tsuda, diretor veterano de filmes e novelas de TV, e Makihiko também parecia interminável, apesar de os dois terem se falado sem parar durante a metade final da festa.

Depois de o ônibus finalmente partir, como não seria possível pegar Akari a tempo para a "Hora da Orquestra Sinfônica NHK", ficou combinado que, após conversarem mais um pouco, Ayo levaria Rose e Makihiko para o escritório do santuário, deixaria o *ex*-diretor da escola ginasial em casa e voltaria trazendo Akari.

De volta à sala de jantar conjugada à sala de estar, Kogito, o mais cansado de todos, se alongou no sofá, o *ex*-diretor da escola ginasial dormitava sentado na cadeira de braço, e Rose e Makihiko, de ombros bem colados, o que é era raro, compartilhavam o mesmo copo do que restara do Sauternes. Afastado dos demais, Ayo estava sentado em uma cadeira à mesa repleta de louças e restos de comida.

— O senhor e o diretor Tsuda conversavam sobre um possível filme relativo ao caso de desaparecimento do oficial do Exército de ocupação, não é? — perguntou Ayo a Makihiko. — Mas se a história for sobre o centro de treinamento de Okuse, de um lado há a experiência do tio Kogi, na época estudante do colegial, e, de outro, a lenda do soldado americano que teve os pés esmagados. Não seria apenas isso?

"Se ligar os dois, provavelmente será possível ter uma história, mas, mesmo podendo se tornar um filme, sem novas evidências não seria insuficiente para um documentário?"

— De minha parte, expliquei as lendas não tão antigas de Okuse e do distrito de Maki. Tsuda contou a história de um aldeão que matou um soldado americano que era estuprador serial de meninas em Iejima e jogou o corpo em uma caverna dos recifes de coral. É uma história conhecida, mas como decidiram fazer um exame de DNA nos ossos descobertos na caverna, esse deverá ser o eixo do filme. Não é esse o modelo-padrão dos documentários?

"Falei que eu também, dependendo das evidências, desejo estabelecer a ligação entre Okuse e o distrito de Maki e a área do antigo vilarejo."

— Você pediu a Rose que escrevesse uma carta para a associação dos veteranos de guerra nos Estados Unidos, não? Perguntei a um pesquisador japonês que trabalhou como oficial com domínio de idiomas na Guerra do Pacífico se não teria informações sobre os que desapareceram do acampamento ao final da ocupação...

— Eu a fiz escrever, sim, mas parece que de nada vai adiantar perguntar por carta. Foi o que Rose me falou!

— Estou organizando documentos para escrever uma monografia sobre Kogito Choko. Mais do que um pedido de Makihiko, faz parte do objeto do meu trabalho.

— Sua pesquisa, Rose, é apropriada, na minha opinião! Além disso, não apenas as pesquisas neutras, mas mesmo aquelas realizadas com intenções maliciosas podem produzir resultados úteis.

— Não haveria uma paixão mais forte do que uma intenção maliciosa? — questionou Makihiko como se monologasse.

SOCIEDADE JAPONESA SENESCENTE (3)

Instigado pelo movimento de Kogito, o *ex*-diretor da escola ginasial, que mantinha o rosto avermelhado bem levantado, comentou:

— É interessante. Para Makihiko, a intenção maliciosa é fraca como paixão. O que, afinal, é uma paixão fraca? Uma curiosidade forte até certo ponto?

Sem se dirigir ao *ex*-diretor, Makihiko disse a Ayo:

— Ouvi que, na noite da crise de gota, Rose planejou deixar Kogito dormindo dentro da tenda e ir buscá-lo posteriormente. Mas, quando cogitaram deixá-lo para trás, parece que Kame se opôs à ideia dizendo que não se poderia largar alguém doente sozinho na floresta à noite.

"Por um tempo, você tocou a ocarina que trouxe de casa no cemitério do 'menino' no templo da montanha e no monte Koshin, não? Também já me aconteceu de me ver forçado a acompanhá-lo. Nesses casos, você parecia possuído por algo. Em outras palavras, não há em você atributos do 'menino'? Kame não teria temido que Kogito e você se dessem as mãos e acabassem indo para o *lado de lá*?"

Rose impediu Makihiko quando ele esticou o braço para pegar a garrafa de Glenmorangie ainda com um terço da bebida deixada por Kurono. Depois, levou até a boca a taça de Sauternes e meneou bruscamente a cabeça. Ela não se opôs à segunda tentativa de Makihiko de pegar a garrafa.

Capítulo 19
Rejoice!

1

Havia sido decidido que Rose ministraria o curso "Prática de inglês coloquial" duas vezes por semana no hotel de Okuse. Os alunos seriam os membros da Sociedade Japonesa Senescente e mulheres do mundo empresarial local de um grupo formado pela senhora Tabe. Embora o hotel em si ainda estivesse em fase pré-operacional, foi possível congregar mais de duas dezenas de alunos.

Rose partia cedo na manhã de sábado da casa de Jujojiki, ministrava aulas pela manhã e à tarde, e outra no domingo pela manhã após pernoitar no hotel. Na tarde de domingo, liderava discussões livres em inglês retornando para casa à noitinha. O hotel incumbira Ayo de buscá-la e levá-la de volta, mas Makihiko também a acompanhava. Ele levava a sério a condução do seminário de Kurono. Além disso, supervisionava os jovens contratados na área de Okuse encarregados da vigilância dentro e fora do hotel e do trabalho braçal.

Segundo Ayo informara também a Kogito, Makihiko planejava em breve, em um fim de semana, atravessar longitudinalmente a floresta de Okuse até a área do antigo vilarejo no distrito de Maki. O motivo para a empreitada teria sido o pedido feito ao diretor Tsuda por um jovem cineasta alemão, que viria de Tóquio acompanhado de assistentes para procurar locais para a gravação de um filme.

Todavia, o que Makihiko planejava de verdade era examinar a rota de fuga do oficial do Exército americano ferido no centro de treinamento de Okuse.

Sem falar da travessia do rio Okuse, que corta o profundo vale formado entre o hotel e a rodovia nacional, e a fuga para o interior da floresta, alguém impossibilitado de usar ambas as pernas conseguiria fugir abrindo caminho com os cotovelos e dar conta de uma longa encosta? Seria real a lenda de que o soldado americano, banhado em sangue dos joelhos para baixo, veio rolando pela montanha para espanto dos homens que ali trabalhavam? A ideia era fazer com que os jovens, alternadamente, avançassem rastejando.

Ayo contou que também havia decidido participar da operação de travessia da montanha planejada por Makihiko e cujo trajeto ele marcou em um mapa de escala 1:100.000.

— Mas qual o sentido de você acompanhá-los?

— Contam que o Gatuno Tartaruga também não pôde atravessar a montanha de madrugada e correu dentro da escuridão puxado pela mão do "menino". Também o soldado americano não teria, na realidade, conseguido escapar contando com a ajuda do "menino"? Se assim for, eu também tenho interesse no caminho percorrido pelo "menino" — respondeu Ayo a Kogito.

2

Como no domingo Rose estava em Okuse e Asa não havia combinado de visitá-lo, Kogito trancou a porta de entrada a chave e lia um livro deitado na cama do dormitório conjugado com local de trabalho, enquanto Akari continuou compondo estirado no chão ao lado dele. Há também um corredor logo abaixo da janela ao lado da cama, mas não se espera que alguém apareça ali. Era uma tarde serena, sem nenhum ruído proveniente do vale.

No entanto, a sombra de um pássaro pareceu cintilar no canto do olho de Kogito. Havia algum tempo, surgiam moscas volantes de diversos tamanhos e intensidade de cores diferentes de antes. Nada de surpreendente, mas, ao se virar, Kogito se encolheu quando avistou bem próximo o rosto de um velho desconhecido.

O homem, cuja pele fora exposta às intempéries, tinha um rosto pontiagudo e um olhar que só poderia ser definido como *opaco e penetrante*. Ele olhou para Kogito e estreitou os lábios.

— Sabe, cê é igualzinho quando te vemos na televisão — encetou ele. — Pensei que estivesse fora porque a fechadura da porta estava trancada, mas senti que tinha alguém e dei a volta para olhar. Sou Mitsuse. Muita coisa aconteceu na escola colegial de Maki, não? Bem, graças aos céus, não houve nada de ruim com a gente... Soube que retornou e pensei em pelo menos ouvir sua voz...

Kogito percebeu que era tarde para tentar se livrar do homem. Depois de assentir com a cabeça, fez sinal para que ele retornasse até a entrada e levantou-se mandando Akari, que manifestava um inquieto interesse, permanecer onde estava.

Durante esse tempo, Kogito se sentiu pouco à vontade e foi também com uma sensação de urgência que se dirigiu à entrada para abrir a porta.

Mitsuse entrou na sala de estar de forma descontraída, andando com os pés virados para fora e perscrutando ao redor da mesma maneira que os camponeses faziam quando viam Kogito, ainda criança, caminhar até a mesa do pai. Depois de sentar no centro do sofá com as coxas escarranchadas num ângulo de cento e vinte graus, inspirou uma ou duas vezes e virou os olhos para Kogito.

— *O senhor* escreveu num livro, minha filha me mostrou, sobre *esparramarmos* os dedos da sua mão e metermos o canivete entre eles, e sua unha do dedo médio ficar pregada numa tábua... A ponta do canivete cortou também a pele que liga o indicador ao polegar, e deve ter ficado uma cicatriz, certo?

Kogito nem sequer procurou esconder a mão direita de Mitsuse, que a olhava indiscretamente enquanto falava, mas não tencionava responder diretamente.

— Por um triz não atingiu o polegar e o inutilizou... Não ficou inconveniente para o teu trabalho de escritor?

— Não, porque o rasgo não foi tão profundo.

— Por que *o senhor* resistiu daquele jeito? Perguntei a um cara da área do antigo vilarejo se o canivete era lembrança do teu pai... Pretendia devolver quando *te* pedi para mostrá-lo.

— Quando se começa a reagir, é difícil parar o ímpeto...

Kogito se limitou a dizer isso, e Mitsuse ficou igualmente calado. Kogito se levantou e retirou da geladeira uma lata de *ginger ale* que havia deixado para Akari. Pegou também um copo, mas Mitsuse apenas examinou a lata que exsudava gotículas de água e a devolveu à mesa, enxugando a palma da mão no peito da camisa. Depois, torceu o pescoço flácido e enrugado, e olhou na direção da janela, com Kogito fazendo o mesmo.

— Ouvi dizer que uma turma da nossa idade vai se reunir lá pelas bandas de Okuse e *o senhor* vai executar um projeto.

"Sendo assim, se tiver algum trampo que a gente possa fazer, pensei que pudesse nos passar..."

Fortalecido por ter descoberto o intento de seu interlocutor, Kogito lhe contou o nível de seu relacionamento com o hotel. Não demorou muito para Mitsuse perceber bem a intenção de recusa de Kogito e se levantar no meio da conversa.

Enquanto Kogito estava sentado na sala de estar escurecida, Akari entrara em silêncio e observava o pai extenuado.

— Ele é como um cachorrão que nunca faz ruído quando anda! — comentou Akari.

3

Rose chegou à casa de Jujojiki na tarde de segunda-feira e mostrou as fotos tiradas do intercâmbio após a aula em Okuse. Ela declarou que havia retornado a Makihonmachi para pedir a revelação do filme em uma loja localizada na estação de trem da ferrovia nacional. Tendo de esperar por Ayo, que fora buscar as fotos, ela acabou se atrasando. Seu jeito de falar era incomum, com algum sentido oculto.

Os membros da Sociedade Japonesa Senescente, que dias antes até mostravam expressão semelhante à de estudantes na festa na casa de Jujojiki, apresentavam nas fotos características de pessoas idosas. Kurono e outros atuam como conselheiros de várias áreas e ainda são chamados de embaixadores mesmo depois que se aposentaram pelo Ministério dos Negócios Estrangeiros. Alto e magro, com o corpo ereto, Kurono mantém a mesma postura quando se embriaga. O doutor Oda, sempre sorridente ao lado de Rose em todas as fotos, e outros pareciam estar no auge de suas carreiras.

No entanto, o aspecto de Rose, também por usar óculos de armação grossa, era o de uma senhora de testa larga e bochechas tingidas de branco. Na verdade, ela parecia mais vetusta do que nunca nas fotos.

Rose inclinou a cabeça, da maneira que, na visão de Kogito, uma pessoa idosa faria.

— Hoje está nublado e frio. O que acha de passearmos pelo caminho da floresta? — perguntou. — Akari pode ficar sozinho, não?

Tanto Kogito quanto Akari atenderam ao pedido num silêncio respeitoso.

Kogito e Rose caminharam lentamente pela trilha molhada da floresta. As tonalidades do verde se intensificaram, e, pela superfície do caminho, espalhavam-se folhas amarelas caídas das árvores. Não se ouvia o canto dos pássaros e o ciciar de cigarras. Rose começou a falar exsudando de todo o corpo o isolamento e o desamparo de uma mulher estrangeira.

— Kogito, sei que é uma proposta egoísta, mas quero me separar de Makihiko e retornar para a casa de Jujojiki. Você e Akari me aceitariam de volta?

— Lógico! Mas Makihiko concorda com isso?

— Minha conversa com ele está finalizada.

— Sendo assim, seja bem-vinda de volta. Seu café da manhã à base de aveia nos ajudou a perder peso, e uma retomada certamente alegrará Akari.

— Obrigada. Era só isso que eu tinha para conversar, mas podemos andar juntos mais um pouco?

Logo depois de voltar para a região, eles haviam caminhado pelo terreno de terra vermelha conversando sobre a cena em que dom Quixote se espanta com o ruído provocado pelas bexigas secas do bufão.

— Sabe, eu me apiedo de você! Além de Asa e do marido, não há ninguém nesta região que o acolha de coração, não é mesmo?

"Também não acredito que o pessoal do distrito de Maki leia seus romances. Nesse sentido, Makihiko, Matsuo e Ayo são exceções. Escritores com uma relação tão fria com a terra natal não são raros no Japão? Porque a época atual é diferente da de Cervantes."

Kogito não teve coragem para comentar e apenas continuou avançando ao lado da calada Rose. Nesse ínterim, chegaram a uma pradaria brilhante, apesar do céu nublado. Diante dos olhos, havia um túnel alto formado por faias e carvalhos. Rose curvou as costas com celeridade e contemplou os sinos japoneses com apenas algumas flores remanescentes e os cardos com botões duros e de pontudas extremidades roxo-avermelhadas. Kogito parou e esperou por ela.

Pouco depois, ele se recordou de uma paisagem. Subindo um pouco mais, havia um local de onde se vislumbra uma bifurcação na estrada que descia em direção ao cemitério onde a mãe estava sepultada. Sob que circunstâncias teria ele, ainda com sete ou oito anos, subido até ali? Uma pequena corrente formava uma poça d'água rasa, e ele olhava sozinho o local na beira da estrada onde um veio fino escorria.

Kogito contou essa história a Rose, que, diferentemente do habitual, se limitou a ouvi-lo. Sabia com certeza que fora no outono porque havia alguns pequenos galhos com as cores da estação imersos no fundo da poça d'água no formato de uma panelinha, juntamente com quartzos polidos e seixos marrom-avermelhados. Um fino redemoinho de areia flutuava na superfície límpida da poça. Brotava dali um pouco de água.

— Observando dessa forma a poça d'água, os arbustos com padrões de listras vermelhas e amarelo-escuras... eu estava embaixo da árvore de laca... pareciam formar um denso revestimento. Me senti envolvido em mundo só meu. Era como se eu estivesse em um local que concentrasse todas as coisas mais lindas que eu tinha visto na minha vida. Muito tempo depois, fiquei com a mesma impressão da folhagem outonal dos bordos no campo da Universidade da Califórnia em Berkeley...

— Você expressou isso ao definir aquele momento como *um tempo mais duradouro que um instante.*

Rose afirmou, e sua eloquência também era uma forma de compensar o contínuo silêncio até então.

— E você, naquele momento, não teria se transformado no "menino", mesmo que por *um tempo mais duradouro que um instante*? Quando você tinha cinco anos, foi deixado para trás por Kogi e, desde então, carregou por toda a vida o complexo de não ter se tornado o "menino". Mas, em alguns aspectos de sua vida, mesmo que por *um tempo mais duradouro que um instante*, você foi, no meu entender, o "menino".

— Mas essa é uma ideia fascinante… — observou Kogito entremeando um suspiro.

4

No domingo, duas semanas depois, Rose voltou do hotel de Okuse enquanto ainda estava claro. Trouxe no porta-malas do carro dirigido por Ayo o *cooler* usado em pescarias em alto-mar que pegara emprestado do *ex*-diretor da escola ginasial repleto de peças de carnes bovina e suína, bem como carne de cordeiro com ossos.

Rose estava visivelmente cansada, mas, após dormir por uma hora, preparou refeição para quatro.

O jantar dessa noite tinha por objetivo ouvir o relatório de Ayo. Nos dois dias das aulas de Rose, ele participara do evento organizado por Makihiko de travessia da montanha desde Okuse até a área do antigo vilarejo do distrito de Maki. Por falar em cansaço, Ayo, cujas atividades foram mais intensas do que as de Rose, apresentava um ar incomum desde que chegara à casa de Jujojiki. Quando entrou na casa carregando o *cooler*, ele exalava um odor diferente do de sua vida cotidiana, a ponto de espantar Akari e que a Kogito — ele contara a Rose algumas dessas lembranças — pareceu o *cheiro de um rebanho* exalado pelos grupos de trabalhadores da montanha com os quais deparava nas caminhadas pela floresta quando era criança. Vestígios dos dois dias despendidos na travessia também podiam ser vistos em sua camisa de pano encorpado lhe cobrindo os pulsos, bem como em suas calças jeans.

A marcha forçada não teria provocado, além do cansaço físico, uma angústia psicológica? Pensando assim, Kogito sugeriu a Ayo que, enquanto Rose dormia, tomasse uma ducha, trocasse a calça, a camisa e as cuecas pela muda de roupas que havia trazido, e que depois ainda tirasse um cochilo. Porém, ele se recusou teimosamente, alegando que o barulho do banho poderia atrapalhar o sono de Rose.

Depois de iniciada a refeição, Ayo parecia não conseguir participar da reunião centrada em Rose, já refeita do cansaço. Durante esse tempo, provavelmente estaria ruminando o que deveria dizer a partir dali. Quando chegou o momento do café e Kogito tentou extrair alguma informação dele, Ayo começou o relatório tão aguardado.

Havia dez jovens contratados localmente trabalhando no hotel em Okuse, metade dos quais permaneceu a serviço das aulas práticas de conversação de Rose, que combinavam seminário e refeição, e os demais participaram na ida à montanha organizada por Makihiko. Tsuda, o engenheiro de vídeo a cargo das gravações preliminares, e o responsável pela iluminação e pela gravação se juntaram ao trabalho dos jovens do hotel cuja função era carregar os equipamentos, bentôs e água potável. Porém, seu trabalho principal era outro, conforme Ayo explicou depois. Ele próprio não tinha nenhuma atribuição efetiva, mas teria várias outras funções, como montar o acampamento no qual passariam a noite.

O cálculo do trajeto realizado por Makihiko no mapa de escala 1:100.000 estava bem-feito e não houve empecilhos à marcha. Se demoraram mais do que o previsto foi porque

Tsuda parava diversas vezes para fazer anotações técnicas em sua caderneta de campo e orientar as gravações do vídeo, enquanto Makihiko fazia os jovens do hotel avançarem rastejando.

Entretanto, Makihiko havia alertado os jovens no momento da partida para que não se preocupassem com a demora, pois justamente essas ações constituíam o cerne do programa. Eles colaboraram nas gravações do vídeo, sobretudo em uma encosta na qual uma grande fileira de rochas estava exposta. Escalaram o prado estreito usando apenas os braços na presunção de que não poderiam se mover dos joelhos para baixo.

Antes de anoitecer, a tenda foi montada, e Tsuda, seu pessoal e Makihiko beberam ali até tarde. Os jovens não foram convidados. O fato de não se irritarem com essa discriminação devia-se ao trabalho durante o dia e ainda expressava a grande admiração que sentiam por Makihiko. Ayo afirmou ter sido justo.

Ao contrário, não teria sido justamente o pernoite na tenda e as conversas o mais importante para Makihiko? Ayo observou que talvez residisse aí o fato de o programa ter durado dois dias, embora o cronograma de partirem de Okuse, descerem pelo caminho da floresta e saírem na área da antiga vila do distrito de Maki pudesse ser cumprido tranquilamente em apenas um.

O local onde Ayo recebera ordem para montar a tenda se destacava entre as fortalezas da montanha do Gatuno Tartaruga. Uma caverna profunda dissimulada por uma grande árvore de urtiga também é identificada na história local como um castelo na montanha durante o período Sengoku[1], quando os poderosos da região batalhavam entre si. Muito tempo depois daquela época, o Gatuno Tartaruga a usou como um local de parada

---

1. Corresponde aproximadamente ao período entre 1467 e 1568. [N.E.]

intermediária em seu deslocamento dentro da montanha, por vezes ali se escondendo com alguma mulher.

Kogito escreveu sobre a época em que o cônsul-geral, que ao morrer legara uma cama feita especialmente sob encomenda, saía da casa que ele construíra em Tenkubo para longas caminhadas na montanha após ter passado por uma cirurgia de câncer. A leitura intensiva de Yeats pelo cônsul foi tema de um de seus romances que o usou como modelo. Ele também escreveu uma cena em que o cônsul-geral comparava a caverna da fortaleza da montanha do Gatuno Tartaruga com a "fissura batizada Alt"[2] de Yeats, em que ele recita uma cena de um poema a ela relacionado, mas, segundo Ayo, Makihiko parecia interpretar isso como o comportamento do próprio autor.

Quando Ayo, com a ajuda dos jovens do hotel, fincou as estacas da tenda no terreno sem arbustos ou relva sob a enorme árvore de urtiga de tronco trifurcado que a luz solar não alcançava, Makihiko fez uma apresentação tendo a rocha sedimentária à frente da caverna como palco, e Tsuda e seu pessoal como espectadores.

Makihiko imitou habilmente a maneira peculiar de caminhar com as costas curvadas, avançou para a posição de espiar dentro da caverna e, depois de colocar a mão sobre a orelha por um tempo — devia sugerir com o gesto a orelha ferida de Kogito —, recitou uma estrofe de *A escada em caracol*[3], de Yeats.

> *O que importa?*
> *Uma voz sai da caverna*

---

2. Referência à primeira estrofe do poema "The Man and the Echo" (*In a cleft that's christened Alt*).
3. "The Gyres", W. B. Yeats. *What matter? Out of cavern comes a voice, And all it knows is that one word "Rejoice"*.

Apenas uma palavra expressa.
Rejoice!

Ayo se emocionou com essa recitação estranhamente pungente porque, apesar de não a ouvir em sua versão original, ela era a cara de Kogito. A mesma recitação foi repetida várias vezes no banquete naquela noite dentro da tenda, causando risos e também contagiando os jovens do hotel enfileirados em seus sacos de dormir juntamente com Ayo, dentro da caverna.

Na manhã seguinte, enquanto Ayo guardava a tenda, Tsuda, sem esconder seu mau humor, perguntou a Makihiko quando estavam frente a frente sozinhos:

— Suas críticas a Choko na noite passada foram interessantes e com alguns pontos instigantes! Cada um de nós dedicou sua juventude ao movimento, e uma vez tendo nos filiado ao partido, por mais que tentássemos nos afastar dele, encontramos inúmeras dificuldades nos impedindo. Um escritor internacional exclama *Rejoice!* para quem não é mais jovem e não faz nada que se possa chamar de trabalho real. Isso é pior do que um mangá. É totalmente diferente da relação entre Yeats e os militantes irlandeses. Mas, depois de toda aquela mímica mordaz, o que acha de descer até a casa de Choko? Se sua intenção é verificar o humor de Choko, não se cansaria continuando conosco?

No final, em vez de se dirigirem à casa de Jujojiki descendo reto a partir do forte da montanha do Gatuno Tartaruga, que não levaria sequer uma hora, acabaram retornando para Okuse.

Quando a conversa terminou, foi a vez de Rose falar:
— O relatório de Ayo fez com que eu me sentisse muito bem. Ele não teve a intenção de espionar Makihiko e informar

o que apurou. Deve ter carregado a grande tenda do hotel com a costumeira sensação de estar aprendendo com Makihiko.

"Segundo Ayo, Tsuda também recebeu da maneira adequada a paródia feita por Makihiko das suas recitações de Yeats, Kogito."

— Isso porque Tsuda tinha um profundo relacionamento com os chamados militantes da nova esquerda quando era um documentarista profissional independente. Ele conhece melhor do que eu a maneira de pensar e de viver deles.

— Yeats pensa nos jovens assassinados a tiros no movimento revolucionário na Irlanda e em sua filha que também ficou psicologicamente abalada no processo. E, no poema citado, ele reflete sobre o que aconteceria na ausência do seu discurso...

"Mesmo tendo admiração por Yeats, no seu caso, você não deixou que jovens fossem assassinados ou que mulheres enlouquecessem por algo que falou ou escreveu. Não que não pudesse por uma questão ética. Seu estilo o impossibilitava. É correta a crítica de que você é pusilânime em relação à política.

"Mas, pensando na sua responsabilidade durante toda a sua vida de escritor, você também deve ter suas angústias, não é? Makihiko comentou uma vez que você parece alguém despreocupado, mas age com retidão.

"E, pondo o foco nesse ponto em particular, Makihiko me incentivou a escrever um tipo de monografia que descreva a situação da velhice de Kogito Choko. Essa foi a principal motivação para começar uma vida a dois com ele."

— Ainda assim, por que você se separou dele? — indagou Ayo.

Aos ouvidos de Kogito, a voz soou ressentida. Pega de surpresa, Rose se calou, e Kogito se viu na obrigação de dizer algo.

— Rose, Makihiko e também você, Ayo, são pessoas extremamente sérias, e isso deve ser muito duro para todos, não?
— *Olha quem fala...* Em japonês, essa é uma expressão difícil de ser usada. Há em Makihiko algo que não se sustenta, e isso, a meu ver, é sua falha fundamental. Ayo, jamais se torne um adulto como ele!

5

O bibliotecário da biblioteca provincial de Matsuyama contatou Kogito.

Livros que na época da ocupação foram guardados na Secretaria de Cultura, Informação e Ensino dos Estados Unidos foram transferidos por ocasião da efetivação do Tratado de Paz. Sendo todos originais, acabaram retirados das estantes por não se poder estimar que tivessem um grande número de usuários. Desde então, estiveram sempre empilhados em um corredor do subsolo. Por acaso, ao executarmos uma arrumação parcial, descobrimos que o cartão de empréstimo continuava anexado à contracapa de cada um deles. O senhor talvez possa encontrar livros com cartões de empréstimo contendo o seu nome, uma vez que estudou para os exames na biblioteca e pegou emprestados livros estrangeiros. De forma geral, estão desorganizados e não podem ser emprestados, mas, se for apenas para consulta no local, faremos o que estiver ao nosso alcance para facilitar a utilização.

Kogito ficou realmente animado com a ideia. O jovem bibliotecário voltou a ligar informando que, com base no tipo de assunto que Kogito desejava investigar a princípio, haviam identificado onde os livros estavam, que criariam uma passagem entre as pilhas e retirariam a poeira deles. Ao mesmo tempo, informou que um amigo, jornalista da NHK, estava interessado nessa história. Se fosse possível fazer uma reportagem para o noticiário local, e o caso ganhasse um caráter público, as coisas poderiam se desenrolar para que fosse preparado um local onde Kogito pudesse procurar os livros almejados e tirar cópias.

No meio da semana seguinte, numa manhã, Kogito pegou um trem expresso da ferrovia nacional. A temperatura nas cidades locais era dois ou três graus acima da do vale dentro da floresta, mas o corredor dando acesso ao depósito no subsolo da biblioteca era fresco. Como a equipe de gravação da NHK que o aguardava já havia instalado os equipamentos de iluminação, não houve dificuldade na procura dos livros desejados. Primeiro, os dois tomos com ilustrações de *As aventuras de Huckleberry Finn*. Constava nas assinaturas no cartão de empréstimo apenas o nome de Kogito repetido inúmeras vezes em uma escrita que lembrava pequenos insetos arredondados.

Em meio ao fedor do piso de concreto úmido e de poeira velha, Kogito pôde distinguir o cheiro de tinta e cola dos livros ocidentais, o primeiro odor da América que lhe adentrou as narinas. Ele encontrou, conforme se lembrava, as passagens que, quando adolescente, sublinhara levemente a lápis vermelho, apesar de temer as normas da biblioteca. A cena em que Huck escreve uma carta informativa à senhorita Watson, dona do escravizado Jim. Porém, ele acaba optando por rasgar a carta.

Terminadas as gravações, o jovem bibliotecário, que pesquisou novamente os livros, comentou a dificuldade de reproduzir em uma copiadora comum as marcas leves de lápis, mas que talvez fosse possível visualizá-las caso as cópias fossem tiradas em uma copiadora em cores; assim, levou o livro até uma loja especializada em equipamentos de cópias no centro da cidade.

Ao final da guerra, a mãe de Kogito visitou Dogo, que sobrevivera ao ataque aéreo de Matsuyama e ainda receava sua reconstituição, levando várias meias de algodão cheias de arroz para trocá-lo por livros para os filhos. *As aventuras de Huckleberry Finn*, da editora Iwanami Bunko, se tornou desde então o livro predileto de Kogito. Em Matsuyama, para onde se transferiu a partir do novo período do segundo ano do colegial, Kogito encontrou os dois maravilhosos livros ilustrados enquanto procurava um local para estudar para os exames na biblioteca da CIE. Após dar cabo do material de referência previsto para os exames, ele se dedicava diariamente, de trinta minutos a uma hora, à leitura do livro de Mark Twain que trazia da estante com acesso livre e o cotejava com a memória de tradução. Algum tempo depois, o funcionário japonês permitiu que ele levasse o livro para casa por uma semana, por isso suas assinaturas permaneceram no cartão de empréstimo.

Tendo sido deixado em um cômodo vazio um tempo depois, Kogito, com uma ideia em mente, retornou à pilha de livros no corredor e, diante da fileira de classificação de literatura inglesa, ajoelhou-se no chão de concreto e inclinou-se à procura de um livro que lembrava estar dentro de uma caixa de tecido cor de vinho — com certeza a cor esmaecera. E encontrou a versão em fac-símile de *Songs of Innocence*, de Blake! Todavia, ele não foi capaz de abrir o livro que se afigurava muito menor do que era em sua recordação. O jovem na ilustração de Blake, de pé diante do leitor com uma criança nos ombros, se parecia muito com Peter...

Enquanto Kogito estava de pé atordoado, a recepcionista surgiu por trás avisando que havia um telefonema para ele e o guiou ao escritório do térreo. Ele foi inesperadamente saudado pela voz deslumbrante da senhora Tabe. Ela vira no noticiário local da manhã a breve entrevista de Kogito de pé em meio à montanha de livros no subsolo da biblioteca. *O presidente também se encontra agora no hotel e gostaria de convidá-lo para almoçar conosco...*

Enquanto Kogito autografava um livro atendendo ao pedido da recepcionista, o jovem bibliotecário retornou informando que, embora não houvesse remuneração pela gravação ou reembolso das despesas de deslocamento, a NHK arcaria com os custos totais das cópias coloridas dos dois livros. Carregando um grande pacote de papel resistente, Kogito entrou no carro enviado pela senhora Tabe.

6

Ao contrário do que Kogito imaginara, o senhor Tabe, que ele encontrava pela primeira vez, era mais velho do que a esposa, mas tinha uma boa tez, e seu cabelo, no qual se entrevia uma pele da mesma cor da testa, se destacava com um rígido gel juvenil. Tinha um ar saudável e um *visível* aspecto de quem consegue energicamente dar conta tanto do trabalho quanto de um cargo honorário no mundo dos negócios local.

Sobre a mesa de jantar redonda trazida para o escritório da senhora Tabe, Kogito colocou o embrulho de papel com as cópias coloridas ao lado de seu prato, com a intenção de falar sobre Mark Twain, objeto do comentário da senhora Tabe. Entretanto, o senhor Tabe sorria e assentia com frequência com a cabeça, e, embora pudesse se servir das cópias, não parecia estar acompanhando a história de Kogito e seu reencontro com os livros. Com a situação se descarrilando, assim que Kogito se calou, o senhor Tabe passou a monopolizar o papel de orador. Depois de discorrer um pouco sobre as perspectivas da economia, a senhora Tabe o alertou para a inadequação do tópico, de forma que ele, felizmente, mudou de assunto.

— Nossa, pessoas interessantes se reúnem ao redor de alguém como o mestre Choko! E isso porque podemos definir sua capacidade de expressão como peculiar!

"Makihiko é chamado de sacerdote, embora não seja um sacerdote *comum*. Mas eu não tenho critérios para julgar e distinguir o *comum* do especial! Rá, rá!"

Enquanto tentava conter o riso, a senhora Tabe afastou o tronco da mesa evitando se voltar de maneira exagerada para o rosto do senhor Tabe, que tinha a mesma cor do rosbife ao ponto que ele fatiara. Surgiu em Kogito a dúvida se Makihiko era o tipo de interlocutor que chegava a ponto de fazer evocar tanto riso na memória das pessoas.

— Sobre o seminário no prédio anexo em Okuse que o mestre Choko tem nos ajudado a realizar, parece que, há pouco tempo, Rose, a encarregada de inglês, e Makihiko se separaram...

Na sua especialidade, havia um livro intitulado *O motivo da separação* do gênero *junbungaku*, "literatura pura", não?... Ah, essa maneira de começar faz parte da retórica das conversas de Makihiko. O sacerdote nos contou sobre as *circunstâncias* do rompimento do casamento internacional. Seria um humor cáustico ou, na realidade, algo extraordinário. Ao perguntar se havia falado com o mestre Choko, ele afirmou que não, alegando que o mestre tem um lado muito rígido... Foi esse tipo de conversa. Rá, rá, rá!

Das mangas de um quimono de tecido transparente, os braços da senhora Tabe, semelhantes a *mochi*[4], estavam expostos até perto dos cotovelos, e seus movimentos eram como se ela amassasse algo. Isso poderia ser visto como um esforço para deter o marido ou para conter o próprio riso.

— Certo dia, Makihiko e a professora Rose *estavam fazendo*... Ele comentou que não era o trivial, mas sexo anal, já que a parceira é estrangeira. Talvez o casal estivesse habituado. Nesse dia, o *negócio* de Makihiko perdeu força. Ele contou que teve até de empurrar por pressão retal.

"E aí... rá, rá, rá... fez-se um barulho lastimável e surgiu um fedor horrível. Então, a professora Rose parece ter se dado conta da situação, mas explicou *não ser liberação de flatulência*. Makihiko parece ter visto nisso uma boa oportunidade para se separarem. Rá, rá, rá, rá, rá, rá!"

A senhora Tabe esticou os cotovelos, única parte escurecida de seus braços alvos, e, com as palmas de ambas as mãos, cobriu o rosto tremendo os ombros. Kogito esperou que a senhora e o senhor Tabe, o qual com um guardanapo enxugava as

---

4. Bolinho de arroz glutinoso. [N.E.]

lágrimas de tanto rir, recuperassem a compostura. Em seguida, falou em voz alta:

— Senhor Tabe, quando faz sexo anal com sua esposa, certamente no meio do caminho não deve brochar, já que ainda tem grande vitalidade. Faz barulho quando termina e o tira para fora? Mesmo sem barulho, acontece de surgir um fedor? Mas não seria liberação de flatulência…

O casal parou de rir e, apalermado, encarou Kogito.

— Bem, me despeço então. Por tudo isso, vou me abster de participar de qualquer seminário cultural.

O senhor Tabe dirigiu a Kogito, que se levantara, um olhar aguçado e baixou o tom de voz.

— Absolutamente, não deixaremos o mestre ir por algo tão insignificante!

— Não, o mestre pode esquecer sua promessa. Nunca imaginei que alguém que frequenta o banquete no Palácio Real de Estocolmo fosse tão rude. Nunca em toda a minha vida fui tão irracionalmente humilhada… Não subestime as mulheres de Matsuyama!

Enquanto, sob a chuva que começava a cair, custava a pegar um táxi na ladeira do bairro de fontes termais — ele não sentia vontade de pedi-lo ao rapaz na entrada do hotel —, Kogito reconheceu que seu comportamento sofreu influência da memória ativada por um livro nostálgico.

> *Estava num aperto. Apanhei o papel e fiquei com ele na minha mão. Estava tremendo, porque tinha que decidir, para sempre, entre duas coisas, e sabia disso. Pensei um minuto, prendendo um pouco a respiração, e depois falei para mim mesmo: "Tudo bem, então, eu vou pro inferno" — e rasguei o papel.*

Era um pensamento terrível, e palavras terríveis, mas foram ditas. E deixei elas assim pronunciadas, e nunca mais pensei em me reformar.[5]

No entanto, absolutamente nada de rude havia em Huckleberry Finn.

---

5. Mark Twain, *As aventuras de Huckleberry Finn*. Trad. Rosaura Eichenberg. Porto Alegre: L&PM Pocket. 2011.

Capítulo 20
Embate com o Cavaleiro da Branca Lua

1

Parodiando a maneira de escrever de Cervantes: *Capítulo que trata de uma aventura que causou ao personagem principal uma dor maior do que tudo o que se passara com ele até então.* Antes de começá-lo, faz-se mister declarar algo, sobre a patética confissão amorosa e o lastimável fracasso por descuido de Kogito antes de ser lançado à aventura em questão.

Kogito não contou a Rose sobre o atrito com o casal Tabe ocorrido no hotel de Dogo. Porque, caso falasse, por mais eufemístico que fosse o seu jeito de se expressar, seria impossível deixar de mencionar a revelação por parte de Makihiko da vida de alcova do casal.

No entanto, na ausência dessa conversa, Kogito se viu impedido de pedir a Rose que cancelasse o seminário da semana seguinte. Na manhã de sábado, em vista da iminente chegada de um tufão a Okinawa, durante todo o dia a TV veiculava informações meteorológicas. Rose estava nervosa por nunca ter vivenciado a passagem de um tufão, e Kogito poderia ter usado a situação como motivo para pedir o cancelamento da aula.

Como previsto, Rose foi conduzida de carro por Ayo até Okuse e retornou com ar melancólico. Não só os alunos do seminário, incluindo os membros da Sociedade Japonesa Senescente, pareciam demonstrar frieza, como também a atitude dos funcionários do hotel era antipática, e ela acabou retornando sem poder confirmar o motivo. Foi o que ela própria explicou. Já chovia forte em Okuse, e, na floresta de árvores latifoliadas na margem oposta do terreno do hotel, as altas copas eram fortemente fustigadas. Conseguiram chegar à casa sem que a chuva de vento os apanhasse, mas, ao descerem do carro e até entrarem na casa de Jujojiki, ficaram ensopados.

Ao contrário do habitual, o hotel não mandara suvenires, e como Rose se trancou no quarto sem nem mesmo se oferecer para preparar a refeição, Kogito temperou com alho coxas de frango e as fritou em óleo — comeu espremendo limão por cima e salpicando molho tabasco —, fez uma salada de muçarela e preparou espaguete.

A mera preparação da comida o deixou exaurido. Em frente à cozinha, o saco plástico contendo recipientes de água amassados emitiu um rangido. Kogito reduziu a chama do fogão e, ao colocar a cabeça para fora a fim de espiar o corredor, viu que as calças de Akari estavam caídas bem ao lado e, com as cuecas enganchadas em suas nádegas rechonchudas, ele estava prestes a se sentar em um saco plástico inchado, da altura do vaso sanitário e igualmente branco. A cena evocou em sua mente a pintura de Júpiter afrontando uma ave fêmea...

Mesmo assim, Kogito lidou com a situação de forma prática. Sempre com palavras de incentivo, ergueu o corpo de Akari, que se sentara no volumoso e instável recipiente de plástico enfiado na sacola de vinil, e o conduziu ao banheiro contíguo. De imediato, Akari começou uma ruidosa diarreia.

Akari é naturalmente sensível a quedas de pressão e tem convulsões frequentes. Kogito decerto não percebera que, enquanto preparava a comida, o filho tivera uma leve crise.

Após a convulsão, Akari pressentiu a diarreia e tentou ir ao banheiro, mas, com a cabeça ainda vaga, não identificou bem os cômodos da casa de Jujojiki e confundiu o saco plástico branco com o vaso sanitário. Como fora se deitar sem jantar, apenas Kogito e Rose se sentaram à mesa. Eles beberam cada qual metade do vinho remanescente da festa. A TV, com o volume reduzido, informava que o tufão avançava lentamente para a costa da península de Kii.

Em outras palavras, apesar de Shikoku ter sido poupada de entrar na zona da tempestade, a chuva e o vento se intensificavam gradualmente. Era normal que, se soprasse no vale em *formato* de jarra, o vento se acalmasse um pouco, mas a casa de Jujojiki era justamente o alvo do vento oeste, com as copas do pinheiro vermelho e da faia aromática do santuário Mishima sob o crepúsculo balançando e descrevendo círculos. Quando as portas de proteção à chuva foram fechadas, os arbustos das árvores latifoliadas atrás da casa *ondularam* na escuridão. Embora o barulho da chuva batendo no telhado não fosse forte, considerando que a moradia estava na base de uma rocha, ambos se assustavam com o barulho do vento no amplo espaço.

Terminado o jantar, Rose se enfurnou no quarto e quando se levantou da cama por causa da "Hora da Orquestra Sinfônica NHK" de Akari, preparou um sanduíche com as sobras do jantar e trouxe dois copos com o que restava do uísque *pure malt* diluído em água.

Ela e Kogito beberam calados. Ao terminar, Kogito foi até a cozinha pegar latas de cerveja. Depois de continuar a beber ouvindo o ruído do vento, Rose expressou a conclusão daquilo que ponderava havia algum tempo.

— Kogito, estou pensando em voltar para Nova York.

Mais do que com as palavras em si, Kogito se impressionou mesmo foi com o semblante apático de Rose. Uma americana viaja por iniciativa própria para uma região interiorana do Japão onde estabelece sua base de vida. E, após sofrer um golpe injusto, decide retornar para o outro lado do oceano...

A epifania de Kogito resultava da aceleração de sua ebriedade, mas ele se agarrou ao que acreditava ser a única ideia capaz de reverter para melhor a situação.

— Rose, vamos nos casar — propôs ele com sinceridade. — Chikashi está construindo uma instalação para cuidados de filhos de japoneses em Berlim. Nós sempre nos reconhecemos mutuamente, ela como a irmã mais nova de Goro, eu como amigo do irmão dela. Daqui em diante, isso não vai mudar... Por favor, case-se comigo.

— Não, Kogito, não vou me casar com você. Conheço bem você e Akari. Para você deve ser conveniente que eu me torne a dona da casa de Jujojiki.

"Em outras palavras, você deve ter refletido bastante sobre a proposta de casamento, mas não posso aceitá-la. Porque agora você vive tendo consciência de estar no final de sua vida! Que sentido tem para mim acompanhá-lo numa vida prestes *a ser concluída*?

"Se fosse para casar com uma pessoa da sua idade, eu escolheria alguém disposto a iniciar uma nova vida.

"Então, desistiu?"

— Sim!

Terminados os drinques a dois, como se estivessem dentro de uma cesta pendurada ao sabor da chuva e do vento, Kogito, ébrio, não teve dificuldade em cair no sono. Porém, acabou acordando às duas da manhã preocupado com o que Kurono lhe revelara havia pouco tempo. Ele enfrentava a si mesmo, sentindo-se completamente arruinado. Pensou em como a proposta de casamento feita a Rose fora *categoricamente* rejeitada. O motivo da proposta não teria sido, em primeiro lugar, a *excitação* provocada pelos detalhes explícitos do sexo entre Makihiko e Rose revelados pelo senhor Tabe? Desconfiando disso, Kogito se decepcionou pela percepção de sua grande vergonha! Rose não o teria percebido?

2

Mesmo assim, logo voltou a dormir, e ao despertar pela manhã o tempo estava firme e sem vento. Na mesa, havia panquecas e o frango deixado para marinar, frito, com salada de vegetais. Também havia bastante café em uma jarra. Rose deixou uma mensagem escrita no silabário *hiragana*, incipiente, mas desinibida.

> Fui passear de carro com Akari. Há um lugar que desejo ver uma vez mais. Você se embebedou e me pediu em casamento. *You are sweetie, but...*

Um tempo depois, Ayo apareceu e fez companhia a um silencioso Kogito que tomava café. Ayo sabia sobre a ruptura entre Kogito e o casal Tabe. Além disso, assumindo que era algo impossível de consertar, falou apenas sobre assuntos necessários dali em diante. Ayo parece ter ouvido a explicação da situação de Makihiko, então estabelecido permanentemente em Okuse como assistente de Kurono — a papelada do escritório do santuário fora entregue por Ayo ao hotel e aguardava aprovação.

— Kurono também foi chamado a Dogo e recebeu uma reclamação. Com o fracasso do plano de seu seminário, ele é quem fica na pior posição, mas não fala nada. Percebi que é a atitude de alguém que teve diversas experiências.

"Não sei se é sério ou mera brincadeira que a mulher japonesa bonita pode ser tanto a do tipo 'demoníaca' quanto a 'angelical', mas Kurono parecia achar a senhora Tabe, com seu rosto arredondado, se enquadrar neste último tipo, tradicional. Desde o embate com o senhor, ela afirma não conseguir engolir nem mesmo uma sopa rala. Ele entendeu se tratar do tipo 'angelical' porque não só o corpo emaciou, como o rosto também."

— Se Kurono concorda com isso, comigo também não há problema. Eu estava deprimido por ter de explicar a ele.

— Makihiko o tem criticado.

— O que você quer dizer com isso?

Kogito perguntou reflexivamente, mas se enraiveceu que a tagarelice desleixada de Makihiko e sua própria revolta acabassem talvez por trazer de novo à baila a história. Havia algo no semblante de Ayo que dificultava adivinhar até que ponto ele entendia a situação.

— Makihiko não teria sentido que poderia, por meio do seu seminário cultural, tio Kogi, solidificar seu futuro com os jovens de Okuse?

"Ele está furioso porque a sua recusa unilateral tornou tudo impossível.

"Na semana passada, enquanto Rose dava aula, ele reuniu todo mundo e teve uma conversa para discutir se continuariam a trabalhar no hotel após a suspensão do seu seminário. Eu também fui até lá, mas ele apenas o criticou do começo ao fim.

"Se eles pusessem o senhor no centro das atividades e o consolidassem de forma regular e permanente, o senhor teria, pela primeira vez na vida, uma base do movimento com o pessoal jovem. O próprio seminário seria um local aberto também aos estudantes de Matsuyama, o que, com certeza, serviria para difundir o movimento.

"Em seus últimos anos de vida, o senhor finalmente se 'conectaria' a um movimento concreto. Na verdade, o senhor viveu de forma a evitar estar diretamente vinculado ao movimento jovem, e isso também serviria para perceber que, afinal, não pode fugir a isso. Da forma como morreu Sartre, o ídolo de sua juventude...

"O diretor Tsuda estava bem ciente desse ponto e parecia arrependido por ter procurado apresentar o movimento de Okuse na televisão."

— Se isso for um estereótipo de Makihiko, ele o ouviu de Rose — Kogito se aborreceu. — O que houve com o curso de ação dele, afinal?

— Kurono falou que não há necessidade de conversar com o presidente Tabe e sua esposa, mas o senhor deveria se encontrar e cumprimentar os membros da Sociedade Japonesa

Senescente... ou seja, conversar com eles. E ele gostaria que Makihiko participasse. Ele parece pensar que, com base no resultado dessa conversa, também é possível haver um diálogo entre o senhor e todos os jovens.

"Quanto a Makihiko, se o senhor não retornar ao seminário, suas perspectivas se desfazem, por isso seu verdadeiro intuito é de que o senhor e a senhora Tabe reconsiderem. Se o seminário cultural for suspenso, havendo apenas chalés com fontes termais para estadas de longo prazo, desaparece um lugar para o trabalho do pessoal recrutado em Okuse. Por isso, todos os jovens escreveram uma petição. Por conhecer a senhora Tabe, Kame parece ter ido até Dogo para entregá-la."

— Até ela foi envolvida nos esquemas de Makihiko? O segundo período na escola não está começando? — perguntou Kogito sem obter resposta.

Tão logo Ayo saiu, Matsuo, do templo Fushiki, apareceu. Parecia ter um assunto a tratar, mas, como ele não é do tipo direto, Kogito decidiu falar sobre Ayo.

— Tanto Ayo quanto a namorada Kame estão trabalhando em conjunto com um grupo de jovens que é orientado em Okuse por Makihiko. É o que parece. O que é aquilo, afinal? Apesar de Ayo parecer ter críticas a fazer a Makihiko...

— Até você se mudar para Jujojiki, Ayo era o discípulo número um de Makihiko. A partir da sua vinda, Ayo passou a permanecer um bom tempo em Jujojiki, e Makihiko perdeu a calma. Como eu disse recentemente, esse foi o estopim.

Matsuo prosseguiu não sem antes se certificar de que Rose estava ausente.

— Ayo passou a se esforçar muito por Rose e Kame e, não aguentando, apelou diretamente a Makihiko. Em resposta,

Makihiko levou Rose para longe de Ayo. E as coisas ficaram mais sérias... Bem, eu não sei nada mais além disso.

"A propósito, agora falando como sacerdote, você não gostaria de adquirir um jazigo?

"Você conhece o cemitério cujo terreno o cônsul-geral escolheu e você opinou sobre a construção, certo? Eu idealizei o plano de formar um outro ao lado daquele e deixar os arredores em aberto de forma semipermanente. O que acha de criar nele os túmulos para você e Akari?

"Construirei um cômodo no templo para exibir seus livros e o CD de Akari. Seria um local de visitação. Não sei se isso é algo feliz ou não, mas, seja como for, deve ser possível esperar pela visita de um pequeno número de pessoas sérias...

"Quando consultei Asa no funeral de sua sogra, sua reação não foi negativa. Ela parece achar que sua vida em Jujojiki não deve se estender muito.

"Recebi uma ligação dela hoje à tarde falando que deseja construir o quanto antes aquele cemitério e que parece que Rose voltará para os Estados Unidos. É preciso malhar o ferro enquanto está quente, como costumam dizer..."

— Será que o ferro está quente?! — Kogito se mostrou lastimoso, mas estava convencido de que Rose, que saíra com Akari, deve ter encontrado Asa e lhe comunicado sua decisão. — Se Asa pensa dessa forma sobre o futuro de Jujojiki, talvez ela esteja mais certa do que eu próprio... Vou analisar o caso, Matsuo!

3

Kurono ligou do hotel em Okuse. Sua maneira de falar era bastante pragmática, o que deixou Kogito, que atendera sem entusiasmo, mais animado. Isso foi suficiente para voltar a mensurar o nível de depressão em que se encontrava no momento. Ele lembrou também da reavaliação de Kurono por Ayo.

No sábado da semana seguinte, seria iniciado um grupo de estudos no qual os membros da Sociedade Japonesa Senescente dariam palestras em sistema de rodízio e os amigos fariam comentários. Após completar o círculo no qual seria realizada uma convenção, cada qual estaria livre para escolher entre uma estada de longo prazo e a sua retirada.

— Portanto, é o processamento da derrota. Mas não há vencedores. Você não é Goro, logo não espero que tenha conhecimento de cinema. Mas há uma obra imortal de segunda categoria intitulada *Não há vencedores*. Você próprio não deve se sentir como vitorioso perante a senhora Tabe, não?

"Por isso, Oda aceitou dar a primeira palestra. O comentarista será Makihiko. O tema será 'leitura sênior', e Oda afirma que deseja consultar, principalmente, Rose. A senhora Tabe não virá.

"Se Rose vier, o que acha de você também a acompanhar? Na noite de sábado, ofereceremos a vocês dois chalés vizinhos, em um mesmo bloco. Vocês podem usá-los como quiser. Além disso, tenho a nota de pagamento das despesas necessárias e dos honorários pelo total de quatro aulas de Rose. Eu entregarei em dinheiro.

"E isso, claro, se você estiver disposto. Na manhã de domingo, realizaremos uma performance. Um plano que Makihiko preparou para promover a amizade entre o palestrante e o público do seminário cultural. E embora a primeira vez seja mais restrita, ele está *absorto* no plano. Independente da decisão de Rose, talvez possamos contar com a sua participação."

Rose demonstrou um vívido interesse ao ouvir a conversa. Kogito também desejava cumprimentar brevemente os membros da Sociedade Japonesa Senescente. Quando pediu a Ayo que os levasse de carro a Okuse, foi informado por ele de que Kame gostaria de ir junto. Desde que o segundo período escolar começara, ela se ausentara muitas vezes e precisava pegar aulas de reforço que terminavam às quatro da tarde. Kogito argumentou que, nesse caso, não haveria necessidade de convidá-la, mas, tal como havia ocorrido antes, Ayo não lhe deu ouvidos.

Passava das cinco da tarde quando Kogito e seu pessoal chegaram a Okuse. Reunidos no saguão do prédio principal do hotel — atrás do qual há uma grande sala de banhos no subsolo, de onde é permitido entrar vestindo um *yukata* —, os membros da Sociedade Japonesa Senescente conversavam enquanto tomavam aperitivos antes do jantar. Vê-los todos animados e se comportando com alegria causou uma nova impressão em Kogito. Excepcionalmente, o doutor Oda ficou ao lado de Kurono, que era acostumado a tomar bebidas fortes, e o fez se restringir à cerveja até a reunião na sala de concertos depois do jantar.

Tsuda, com quem se encontrava eventualmente em reuniões para se lembrar dos protestos contra novas regulamentações governamentais e em pré-estreias, transmitia uma aparência saudável e firme de esportista sênior, em vez da sensação edematosa de sempre. Ele frequentava o campo de golfe do grupo Tabe situado a uns sete ou oito minutos adiante na rodovia nacional.

Kogito não se sentia à vontade sendo obrigado a se encontrar com Makihiko, mas este havia saído para tomar emprestado o que fora preparado por ocasião da encenação de *O rinoceronte*, de Ionesco, pelo grupo do diretor que consultava acerca da performance. Seriam figurinos e adereços, uma vez que a encenação sobreporia o Exército Vermelho Unido ao esquadrão policial.

Kurono aproximou o rosto de Kogito a ponto de ele sentir o hálito recendendo a álcool.

— Ele está baqueado com o que aconteceu, e vai ser difícil ficar face a face com ele hoje à noite — acrescentou.

Embora se preocupasse com todos, Rose não apresentava sinais de estar deprimida como quando voltou do seminário da vez anterior. Ela afirmou ter tido a impressão de que os membros da Sociedade Japonesa Senescente a negligenciavam, mas, vendo os estudantes de meia-idade conversando com ela como em uma extensão do seminário de conversação de inglês, suspeitou que fosse apenas uma reação exagerada devido à sua melancolia. O doutor Oda tomou a iniciativa de abordá-la. Com a vigilância do médico relaxada, Kurono levou Kogito até o balcão em um canto do saguão e preparou um *single malt on the rocks* como se fosse a coisa mais natural do mundo. Ele comentou que, desde que a ruptura entre Kogito e a senhora Tabe fora revelada, Makihiko havia criado o hábito de chamar os jovens para discutir ali o futuro do hotel, e que eles também deveriam estar presentes na palestra do doutor Oda naquela noite.

— Quando pessoas da nossa geração conversam tomando um drinque, acabam absortas em discutir sobre o Tratado de Cooperação Mútua e Segurança de 1960, não é? Conversas sobre as passeatas, com ênfase nas manifestações com marchas em zigue-zague.[1] Ouvi dizer que, nos embates em 1970, Oda atuou bastante nos protestos da Faculdade de Medicina da Universidade de Tóquio!

"Só que o pessoal mais novo ri bastante ao assistir aos filmes da época que noticiavam as manifestações. Não se obteve êxito algum com tudo aquilo, não é mesmo? A possibilidade de sucesso era nula. Insistem, questionando: *Você próprios não estavam cientes disso?* Afirmam que não éramos sérios enquanto jogávamos pedras e agitávamos pedaços de pau.

"Quando ouço coisas assim, até eu, que era o epítome do oportunismo na época, não me sinto em paz. Não acontece o mesmo com você, Choko?

"Na verdade, com tantas manifestações violentas daquela magnitude, até o mestre Ukai, papa da democracia do pós-guerra tão venerado por você, *declarou*: *Finalmente se vê ao nível dos cidadãos uma democracia que não pôde ser alcançada em 1945...*"

— Literalmente, o mestre Ukai não disse ou escreveu nada do gênero. Em uma entrevista a jornalistas americanos, pode-se ver uma expressão parecida — replicou Kogito. — A meu ver, chamá-lo de papa de algo é tão sem sentido quanto de *imperador* da democracia do pós-guerra. Afinal, que tipo de poder ele detinha?

Kurono aceitou o contra-argumento com um olhar muito gentil. *Como um carneiro dissoluto*, pensou Kogito. Ele sempre

---

1. Também conhecida como "dança da cobra" (*snake dance*), a técnica usada nas manifestações se tornou famosa durante os protestos contra o Tratado de Segurança de 1960, com os manifestantes unidos em movimentos serpenteantes e lançando gritos de encorajamento *wasshoi* (algo como "urra!" no português).

achou estranho que Kurono fizesse isso com frequência nos debates de madrugada na TV.

— Bem, assim sendo, depois de quarenta anos, aquelas manifestações tão enérgicas nada trouxeram de positivo. Ouvindo você declarar isso com tanta convicção, eu também acabo concordando.

"Como você bem sabe, eu vivi tendo como política a flexibilidade ou, seria melhor dizer, o desleixo. Mas o doutor Oda é do tipo obsessivo e não se convence com os argumentos dos jovens. Enquanto viveu à sua maneira como um médico bem-sucedido, ele parece ter transformado em um terreno sagrado as lembranças das lutas de 1970. Nesse sentido, eu falei que, se a filosofia básica da Sociedade Japonesa Senescente for dar continuidade às palavras do doutor Oda, desejo restaurar as 'manifestações com marchas em zigue-zague da minha juventude'.

"Dito de forma sucinta, eu e você, Choko, não temos agora as mesmas ideias. Não podemos escrever uma reivindicação num cartaz e fazer uma manifestação. Então, pretendemos realizá-la como um exercício corporal, um modelo em pequena escala. Essa será a performance de amanhã!

"O que Makihiko foi buscar foram as fantasias dos manifestantes e os uniformes do esquadrão policial que os enfrentará. Ele trará conjuntos completos de capacetes e escudos."

Os dois passaram para o grande salão de jantar contíguo — quando só havia uma mesa de jantar instalada em um canto —, e ali o doutor Oda falou sentado em meio a Kogito e Rose.

Ele comentou sobre a performance do dia seguinte mostrando uma atitude *gallant* como Rose havia expressado. Em outras palavras, a explicação foi dirigida a Rose, mas, mesmo assim, dava para ver que o doutor Oda pretendia convencer Kogito de que ele levava tudo muito a sério.

— Sabe, Rose, quando visitei a casa do senhor Choko, recebi sugestões profundas sobre a "leitura sênior". Desde então, tenho me concentrado na leitura de Benjamin. Esqueço toda hora o nome do seu professor... Ah, sim, Northrop Frye. Obrigado. Como ele diz, estou fazendo *re-reading*. Falarei também sobre isso esta noite e, uma vez que o farei diante de você, é como se eu me sentisse voltando aos tempos de residência médica. Seja como for, agora estou reanalisando Benjamin.

"Mas o plano da performance de Makihiko foi apresentado. Ele disse que gostaria de, uma vez mais, se lançar — e com seriedade, veja bem — nos acontecimentos do *passado*, nas manifestações dos anos 1960 e 1970. Não acha isso bem benjaminiano?

"Os jovens agora zombam da nossa resistência por meio das manifestações. Eles não se dão ao trabalho de refletir sobre o significado delas. Não sei se devemos chamar de frivolidade ou crueldade...

"O que aconteceria se nossos protestos desencadeassem um massacre semelhante ao ocorrido em uma praça em Tlatelolco na Cidade do México? Comparando com o que de fato ocorreu em 1960 e 1970 em Tóquio... Não, aquela deve ter sido uma tragédia incomparável.

"Tendo dito isso, mesmo assim nada mudou no Japão ou no México. *Na verdade, o que, afinal, vocês pretendiam mudar batendo uns nos outros com pedaços de pau?* Esse é o tipo de argumentação das pessoas.

"Então, pensei em mostrar algo em primeiro lugar. Também na palestra desta noite, seguirei o exemplo de Rose citando algo do meu caderno e encenarei chicotear os velhos ossos das pessoas com *o dom de despertar no passado as centelhas da esperança*".[2]

4

O doutor Oda acompanhou Rose de braços dados até a sala de concertos e a fez sentar em frente ao palco. Ele a observava com alegria enquanto falava.

— Morando na encosta aqui em Okuse, estou literalmente relendo linha por linha os livros que li quando jovem. Tomando emprestada a palavra de real significado do professor de Rose, estou fazendo uma *re-reading*.

"O que estou lendo? Quando estudante, aprendi alemão. Então leio Walter Benjamin no original, me escorando na tradução para o japonês. Esse método me foi ensinado pelo senhor Choko.

---

2. Walter Benjamin, *Sobre o conceito da história*. 3. ed. Trad. Sérgio Paulo Rouanet. São Paulo: Brasiliense, 1985. "O dom de despertar no passado as centelhas da esperança é privilégio exclusivo do historiador convencido de que também os mortos não estarão em segurança se o inimigo vencer. E esse inimigo não tem cessado de vencer." [*Nur dem Geschichtsschreiber wohnt die Gabe bei, im Vergangenen den Funken der Hoffnung anzufachen, der davon durchdrungen ist: auch die Toten werden vor dem Feind, wenn er siegt, nicht sicher sein. Und dieser Feind hat zu siegen nich aufgehört.*] Todas as demais citações do ensaio doravante são baseadas na tradução citada.

"Agora estou lendo o curto, mas famoso, *Geschichtsphilosophische Thesen* [Sobre o conceito da história/Teses sobre filosofia da história]. Releio cada linha, cada breve passagem. Só de cotejar de início cada palavra do original com a tradução, me convenci de compreender o que realmente é a 'leitura sênior'.

"Como eu disse, o ensaio original é curto e também consiste em breves capítulos, o que o torna conveniente para uma *re-reading*. Fora isso, seu tema está relacionado ao passado. Não seria o livro perfeito para leitores de idade cujo objetivo é, assim como o meu, uma *re-reading* de seu passado? É um modelo muito adequado à 'leitura sênior'.

"Bem, discursos longos são frustrantes para pessoas de idade. Decidi apenas apresentar um breve exemplo de uma passagem em Benjamin. É uma tradução que lembro de ter lido quando era estudante de medicina. Dessa forma, transcrevo uma passagem que desejo citar e, se for tradução, anoto ao lado do texto original, uma *técnica de leitura* que aprendi com Rose e que de fato é apropriada à 'leitura sênior'.

"Benjamin compara o passado da humanidade a um livro. *O passado traz consigo um índice misterioso*, afirma ele. Além disso, *esse índice o impele à redenção*.

"As vozes que ouvimos diariamente são muitas e, de fato, variadas. Entre elas, há, na verdade, *um sopro do ar que foi respirado antes…* Eu tenho uma ideia diferente sobre a tradução desse *um sopro do ar*.

> *Pois não somos tocados por um sopro de ar que foi respirado antes? Não existem, nas vozes que escutamos, ecos de vozes que emudeceram? Não têm as mulheres que cortejamos irmãs que elas não chegaram a conhecer? Se assim é, existe um encontro secreto, marcado*

entre as gerações precedentes e a nossa. Alguém na terra está à nossa espera. Nesse caso, como a cada geração, foi-nos concedida uma frágil força messiânica para a qual o passado dirige um apelo.[3]

"Embora seja o palestrante do primeiro seminário, talvez argumentem que eu esteja desanimado, mas meu ânimo, na verdade, é suficiente para que, na minha palestra, eu faça citações extraídas dessas *Thesen*. Além disso, pedi a Makihiko, previsto para atuar como comentarista, que abrisse a sessão com todos os participantes aqui reunidos discutindo sobre o nosso futuro. Essa é a forma de avançar as minhas ideias e as dele. Como ele me sugeriu citar na conversa a segunda parte do número VI das *Thesen*, eu a lerei.

Pois o Messias não vem apenas como salvador; ele vem também como o vencedor do Anticristo. O dom de despertar no passado as centelhas da esperança é privilégio exclusivo do historiador convencido de que também os mortos não estarão em segurança se o inimigo vencer. E esse inimigo não tem cessado de vencer.[4]

---

3. *Streift denn nicht uns selber ein Hauch der Luft, die um die Früheren gewesen ist? ist nich in Stimmen, denen wir unser Ohr schenken, ein Echo von nun verstummten? haben die Frauen, die wir umwerben, nicht Schwestern, die sie nicht mehr gekannt haben? Ist dem so, dann besteht eine geheime Verabredung zwischen den gewesenen Geschlechtern und unserem. Dann sind wir auf der Erde erwartet worden. Dann ist uns wie jedem Geschlecht, das vor uns war, eine schwache messianische Kraft mitgegeben, an welche die Vergangenheit Anspruch hat.*

4. *Der Messias kommt ja nicht nur als der Erlöser; er kommt als der Überwinder des Antichrist.* Nur dem *Geschichtsschreiber wohnt die Gabe bei, im Vergangenen den Funken der Hoffnung anzufachen, der davon durchdrungen ist: auch die Toten warden vor dem Feind, wenn er siegt, nicht sicher sein. Und dieser Feind hat zu siegen nicht aufgehört.*

"Bem, aqui deveria começar o comentário de Makihiko, mas agora ele foi a Matsuyama para obter os figurinos e adereços para a performance de amanhã. Assim, me reservo o direito de nomear alguém para proceder aos comentários em lugar dele.

"Temos aqui dois jovens na condição de discípulos de Makihiko. Em primeiro lugar, passarei a palavra a Ayo, um deles."

Os membros da Sociedade Japonesa Senescente observaram atentamente, com uma expressão inusitada, Ayo se levantar do assento, calmo e pensativo. Kame, ao lado dele, tinha as costas retesadas e apenas a cabeça pendente.

— Se Makihiko estivesse aqui e fosse iniciar um comentário a partir da citação de há pouco, com certeza falaria sobre o Anticristo. Ele conversou comigo sobre o Anticristo que aparece nos romances do senhor Choko.

"Eu também lerei agora minhas anotações sobre o prefixo "anti-/ante-", que pode significar uma *oposição* ou ser entendido como algo *anterior*. O senhor Choko aprendeu com o professor Koroku Musumi a enfatizar o sentido de *anterior*, mas seria correto? Makihiko argumenta que o pensamento de Musumi e Choko é eficaz ao englobar todas as várias manifestações de líderes, revolucionários e outros anteriores a Cristo.

"Mas deixando de lado o professor e estudioso Musumi, uma vez que Choko, na prática, é um escritor, não deveria identificar o *Anti*cristo dentro do *Ante*cristo e problematizá-lo de forma clara? Essa é a crítica de Makihiko."

Kame ergueu o rosto cabisbaixo — ao fazê-lo, a cabeça cujo cabelo era puxado para cima se aproximou de Ayo que estava em pé — e fez uma observação complementar ao comentário:

— Makihiko afirma não se tratar de falta de problematização pelo mestre Choko, mas de uma problematização incompleta.

— Em seus romances, há um personagem que ousa desempenhar o papel do Anticristo. Apesar disso, o autor não considerava completamente a natureza desse Anticristo. É o que afirma Makihiko. Se é o Anticristo, é um inimigo a ser destruído, e não o fazer é um ponto fraco de Kogito Choko. Essa é a sua crítica.

— Exatamente — concordou Kame com ênfase e voltou a afundar a cabeça diante da coluna semelhante a uma parede fina.

— O que Makihiko avalia de forma positiva nos romances do senhor Choko é a ideia de que, se o verdadeiro Messias aparecer, todos os *Ante*cristos se tornarão simultaneamente Messias. Mas, como o *Anti*cristo é alguém que impede o aparecimento do verdadeiro Messias, seria um erro flagrante fundir até mesmo ele ao Messias surgido. Sua crítica é de que se trata de uma aparição incompleta, sem treino para a prática de exercícios.

Ainda cabisbaixa, Kame complementou:

— Ele afirma que não se pode confiar nisso por completo.

Sua fala provocou um burburinho entremeado por risadas entre os funcionários de roupa preta.

— Makihiko pretendia desenvolver essa crítica como comentário à minha palestra, não é? — o doutor Oda levantou a voz demonstrando dignidade para fazer cessar o burburinho. — E deve ter pensado ser eficaz, para isso, apresentar o Messias mencionando como *aquele que virá como o conquistador do Anticristo. Ou seja, esse inimigo que não tem cessado de vencer...*

— Voltando um pouco, não era verdade o fato de não se poder confiar até o fim em Kogito Choko?

Quem reagiu em alta voz foi um jovem que estava no centro do grupo de funcionários que sentiu como se a resposta do doutor Oda, soando como uma reprimenda, tivesse sido diretamente dirigida a ele.

— O súbito rompimento de contrato por parte do senhor Choko arruinou a ideia de se fazer de Okuse uma *base operacional*. Essa ideia de *base operacional* é algo trazido de seus próprios romances!

"Mas agora já é tarde, pois Makihiko pode ter perdido a vontade de culpabilizar Kogito Choko. Mesmo assim, devemos ter o direito de ouvir as circunstâncias que levaram a essa quebra contratual."

Rose se levantou e explicou voltando-se ao autor da pergunta:

— Não houve rompimento contratual por parte de Kogito Choko. Desde o início, nenhum contrato foi celebrado. Foi a maneira insidiosa usada por Kurono para fazê-lo assumir a responsabilidade.

"Ocorre que Kogito pretendia fazer o seminário. Ninguém me explicou o motivo de ele subitamente ter recusado o trabalho. Por isso, eu mesma liguei para a senhora Tabe. Ela me informou que o problema se originou na misoginia dos varões nipônicos… Pelo menos ela acha que tanto eu quanto ela somos vítimas. Justamente por pensar assim, ela falou com franqueza. Só então eu entendi o porquê de a senhora Tabe estar tão emocionada com a mudança de ideia de Kogito.

"Pelo que eu disse, vocês devem entender o motivo de Makihiko não poder explicar a vocês.

"O pessoal da Sociedade Japonesa Senescente deve ter se inteirado da situação por intermédio de Kurono. Eu me aborreci porque vocês que trabalham no hotel também deveriam estar sabendo. Mas agora eu entendo que Makihiko não revelou nada a vocês.

"Com a suspensão da colaboração de Kogito no seminário cultural, a ideia de *base operacional* de vocês deu com os burros n'água. Por isso, gostaria de dizer, na minha língua materna, *I am sorry*, e pedir sinceras desculpas a vocês pela decepção e antipatia que tiveram comigo e com Kogito. E, por mais humilhante que seja para mim, vou contar a vocês a verdade.

"Na verdade, depois de conversar com a senhora Tabe, eu propus que Kogito pedisse desculpas a ela e depois se oferecesse para voltar ao seminário cultural. E prometi a ela convencer Kogito a agir dessa forma.

"A senhora Tabe me questionou: *É uma desonra digna de morte para uma mulher japonesa ter seus segredos de alcova revelados e ser* insultada *por isso… Você realmente não está furiosa por ter tido sua honra maculada?*

"Eu repliquei: *Se você aponta o fato de Makihiko falar sobre o sexo anal que praticou comigo, eu o desprezo como um fraco por falar dessa forma em uma sociedade machista, mas eu mesma não sinto vergonha no que me diz respeito. Eu me casei com um professor adjunto da minha universidade, e viemos para Yokohama, mas ele era alcoólatra e homossexual. Nosso relacionamento na cama no início era de duas ou três vezes ao ano quando ele me via me masturbando e fazia o mesmo. Ter conseguido avançar até o sexo anal foi graças ao esforço positivo de ambos.*

"*Contei a Makihiko essa história com meu marido de quem me separei. Então, talvez por curiosidade dele, decidimos experimentar um sexo semelhante entre nós. Ele não mentiu. Apenas acredito que falta a ele* empatia. *É uma pena, e não há como escapar do fracasso da nossa vida conjugal em breve.*

"… Apesar da minha conversa com a senhora Tabe sobre tudo o que aconteceu não ter tido resultados, terminou de forma harmoniosa. Isso é tudo o que eu tinha a dizer."

Rose se sentou, e tanto o doutor Oda, de pé sobre o palco com o rosto envergonhado virado de lado, quanto o jovem debatedor permaneceram em silêncio. Fora isso, todas as demais pessoas se comoveram ouvindo suas explicações.

De trás do corredor, de frente para a plateia, apareceu um homem vestido com uma armadura de estanho prateado-escura. Quando empurrou para trás a cobertura facial de plástico do elmo, surgiu o rosto de Makihiko, que fez um anúncio em voz possante.

— Reuni as fantasias do esquadrão policial. Também as dos participantes na manifestação, cada uma delas carregando as cores da época. Amanhã de manhã, escolham, por favor, o traje que preferirem atrás do prédio principal. A manifestação terá início às sete da manhã. Como precisamos preparar um lanche leve no saguão, peço a todos os funcionários que abandonem a palestra.

Rose olhou para Kogito com o semblante de quem ainda não se havia recuperado da conversa.

— Não falei que Makihiko é o bacharel Carrasco? Aquele é o disfarce do Cavaleiro da Branca Lua do Japão moderno! Como dom Quixote, você, Kogito, não pode evitar o duelo!

O doutor Oda desceu do palco e, ao lado dela, falou virando-se para Kogito:

— Acompanharei Rose até o chalé. Eu me emocionei muito com a conversa de agora. Não corria o boato de que, na véspera da decisão da manifestação, se poderia esperar um incentivo democrático por parte das colegas estudantes?

"Não tive essa sorte nas décadas de 1960 e 1970, mas sonhei com isso. Fazer uma *re-reading* daquilo que podia ter acontecido no passado é o que propõe Benjamin."

Capítulo 21
O apócrifo de Avellaneda

1

Do lado de cá do prédio principal do hotel, levantava-se uma massa enegrecida de carvalhos assemelhada a uma densa sombra. Um grupo de pessoas reunido na base das raízes das árvores circundava uma fogueira formada por um tambor queimando resíduos de madeira.

Figurantes se reuniram para a encenação da passeata da Sociedade Japonesa Senescente. Tendo aquecido o corpo na grande sala de banho depois de terminado o trabalho, celebravam bebendo desde cedo pela manhã no restaurante. Com a promessa de remuneração pelo dia de trabalho, eles foram trazidos de frente da estação municipal de Matsuyama quando ainda estava escuro. Vultos negros também foram vistos no corredor dos funcionários no subsolo.

À medida que seus olhos se habituaram à penumbra, Kogito pôde distinguir os membros da Sociedade Japonesa Senescente parados de mãos vazias onde não havia fogueira.

Sem despertador e sem alguém para acordá-lo — mesmo assim, em Jujojiki, ele costumava acordar antes do amanhecer —, Kogito despertou bem próximo ao horário da reunião conforme informado por Makihiko. Ele saiu do chalé que lhe fora atribuído, situado em um local alto próximo à sala de concertos, e enquanto descia pisando na grama alta, distinguiu a figura bem-disposta do doutor Oda surgido de um local luminoso. Tanto os colegas quanto os figurantes deviam estar cada qual vestindo o velho traje que Makihiko recebera do grupo teatral e que cada um escolhera. O médico trajava uma camisa cor de mostarda avermelhada, um colete escuro combinando e calças xadrez com as bainhas enfiadas dentro das meias.

Enquanto descia até o lado de onde os velhos trajes restantes estavam amontoados sobre a relva, podia-se ouvir do carvalho o arrulhar de um par de pombos-faisão. Mesmo olhando para o alto, era impossível distinguir suas silhuetas entre os grandes galhos escuros.

O doutor Oda usava uma roupa elegante, mas fora de moda, e portava na cabeça um capacete no qual se lia "*Todai Zenkyoto*" [Luta conjunta de todo o campus da Universidade de Tóquio], com uma toalha ao redor do pescoço, cuja posição, juntamente com a da gola, Rose endireitava. Depois de arrumá-las meticulosamente, Rose, jovial em seu suéter de verão amarelo vívido e echarpe de seda, recuou dois ou três passos para verificar como tinha ficado.

— O cenário de hoje se infiltra no passado do Tratado de Cooperação Mútua e Segurança de 1960, não? O "*Todai Zenkyoto*" não é um anacronismo? — indagou Kogito.

— Rose o escolheu combinando com minhas roupas... Mas também foi ideia minha — o doutor Oda respondeu enquanto confiava a área ao redor do pescoço a Rose para que ela arrumasse a toalha. — Fora o capacete e a toalha, é a mesma roupa de passeio que eu usava desde minha chegada. De início, experimentei as do grupo de trabalhadores não organizados chamado "Vozes sem Voz", mas os adereços de um grupo de teatro não são lá muito higiênicos. Como ser humano, não posso afirmar que sou imune ao ranço do suor, mas as roupas deles estavam muito usadas... O senhor Choko é um intelectual com "fantasia sem fantasia"?

— Como você mencionou, naquela época eu também não tinha o temperamento peculiar de quem participa de protestos.

— Kogito, você está muito atrasado e não vai ter tempo para tomar café da manhã — Rose se aproximou. — Trouxe chocolate, imaginando que algo assim pudesse acontecer.

Alguns cartazes produzidos com placas de madeira compensada pregadas em pedaços de pau haviam sido jogados sobre a encosta molhada pelo orvalho matutino. Tsuda se agachou e examinou minuciosamente a frase escrita em um deles. Ele usava tênis de caminhada, um moletom cáqui, calça jeans e um velho gorro de montanhismo. Era a exata reprodução de um membro de um grupo de teatro de esquerda dos anos 1960.

Por fim, Tsuda se levantou segurando um cartaz em que se lia, em letras pretas, *Libertem Okinawa!* Depois de entregar uma das roupas a Kame, que se aproximara dele, segurou o cartaz com ambas as mãos e fez um gesto de levantá-lo. Nesse momento percebeu Kogito.

— Choko, você quer carregar isto? — indagou.

Tsuda, com seus olhos finos em um rosto de tez lustrosa, parecia ansioso pelo que estava prestes a ter início, e Kogito se sentia um pouco *culpado* por apenas se deixar levar no processo.

— A primeira vez que visitei Okinawa foi em 1965... Época em que o líder de um pequeno grupo de teatro de Naha estudava na Universidade de Waseda. Eu tinha um passaporte, necessário na época. Eles encenavam uma peça baseada na libertação da Argélia. Era o seu grupo de teatro, não?

Kurono, que fumava um cigarro um pouco afastado, falou para Tsuda e Kogito:

— Está dentro das regras até balançar cartazes, mas é proibido pisar para arrancar a placa e sair brandindo um pedaço de pau com pregos. Foi o trato feito com Makihiko. Até porque, afinal, os escudos do esquadrão policial são feitos de papelão.

"Você pode ficar de mãos abanando, Kogito. No Tratado de Cooperação Mútua e Segurança de 1960, você e Kaiko estavam esquálidos e pálidos, sem ânimo para protestar segurando cartazes."

O próprio Kurono não estava trajado de forma adequada para participar de uma manifestação. Portava apenas um boné com profundas abas na frente e atrás. Seu longo nariz estava vermelho, resquício da bebida da noite anterior e do frio matinal.

Afastado e fumando como de costume, Asai era um esplêndido líder dos protestos com sua boa compleição e uma linda cabeça ao vê-lo voltando com o mesmo estilo de diretor corporativo de Tsuda.

Asai ia e voltava para contatar de alguma forma os figurantes do grupo de manifestantes de meia-idade ou idade avançada reunidos ao redor da fogueira formada pelo tambor. Ele deveria estar na função de coordenador-geral do protesto. Quando voltou de um desses contatos, continuava de capacete e toalha, mas acompanhado de Mitsuse, fazendo Kogito se lembrar do tempo em que Mitsuse era líder no colegial.

— Senhor Choko, este é um colega seu dos tempos de escola. Ele deseja cumprimentá-lo...

— Quando falei de um trampo num hotel, não era bem isso que imaginava... *É minha sina...*

Quando Mitsuse voltou até o grupo de manifestantes que começavam a se alinhar, Asai se dirigiu aos companheiros elevando a voz:

— É estranho dizer *é minha sina*, mas... Deixe-os reforçarem a retaguarda e vamos desfrutar da nossa manifestação. Nossa nostalgia em relação àquela época pode esmaecer se conversarmos com muita intimidade...

"Assumiremos a liderança e, mais atrás, eles irão nos seguir. Caso contrário, não teria o formato de uma manifestação. Mesmo nos anos 1960 e 1970, realizamos, muitas vezes, protestos em grupos individuais. Lembram como depois da liberação do fluxo das passeatas, nós nos tratávamos mutuamente de um jeito pretensioso mesmo quando encontrávamos outros manifestantes em algum bar debaixo de uma passagem ferroviária? Vamos sentir que esta é a nossa manifestação. Em outras palavras, vamos buscar a solidariedade e não temer o isolamento!

Asai assumiu a liderança e começou a subir em direção à sala de concertos, juntamente com o grupo alinhado em duplas na largura da estrada de tijolos vermelhos que traçava uma suave curva. Rose, com o rosto e a postura exibindo animação, e Kame, com uma expressão séria e sombria, se despediram do grupo. Sem dúvida, era natural que Ayo, sendo amigo dos jovens funcionários, parecesse pertencer ao esquadrão policial liderado por Makihiko.

Caminhando ao lado, o doutor Oda batia com a borda do capacete na cabeça de Kogito, denotando não estar acostumado a usá-lo.

— Senhor Choko, eu tive minha primeira experiência com uma mulher ocidental! Gozei duas vezes ontem à noite e uma vez hoje pela manhã. Há muitas coisas nesta vida que podemos vivenciar de outras formas!

Asai pronunciou em voz alta no seu papel de líder da manifestação:

— Deixemos de conversa! Em vez disso, vamos levantar os ânimos entoando uma canção! Todos conhecem a "Canção do Exército de Libertação do Povo", não? É uma canção da *nossa época*! Um, dois! Um, dois!

À luta, trabalhadores da pátria, vamos!
Preservem a gloriosa revolucionária tradição!

— Ué, mas não começava com *Protejam a liberdade do povo*? — Tsuda, como sempre, interveio em voz alta. — Além disso, está totalmente fora do tom. Deve-se dar um passo a cada tempo. É preciso avançar assim juntamente com a canção, senão de nada adianta. Parece chamarem de síncope ou acentuação do tempo. Hum, descansa uma batida e depois, por fim, se dá um passo à frente. É como jogar *gateball* cantarolando!

— Quem começou a cantar que continue até o final! A segunda estrofe é boa, vamos cantá-la para todos os integrantes do esquadrão policial da nova geração!

— Ok, vamos mostrar a Rose, bem afinados!

Protejam a liberdade do povo,
À luta, trabalhadores da pátria, vamos!
Preservem a gloriosa revolucionária tradição!
Expulsem com seu sangue de justiça os cães
que vendem nosso país aos inimigos da nação!

Ao solo inicial de Asai somou-se o do doutor Oda e de mais um ou dois companheiros.

Unidos com firmeza, avancemos, avancemos!
Exército de Libertação do Povo.
Adiante, adiante, avancemos!

Acabaram não cantando a segunda estrofe. As vozes foram mirrando aos poucos. Foi ótimo os manifestantes que vinham atrás não terem reagido tanto durante a canção quanto no momento em que ela definhou até se extinguir. Asai pareceu aceitar isso e não insistiu. Devido à topografia e à direção do vento, os manifestantes avançavam pela névoa matinal proveniente do córrego do vale que aos poucos envolveu o grupo. Além do som do pombo-faisão de antes, surgiu o de um bando de chapins.

Em outras palavras, os membros da Sociedade Japonesa Senescente guardavam silêncio. A ponto de até mesmo as conversas displicentes entabuladas entre os manifestantes que seguiam a dez metros de distância poderem ser ouvidas com nitidez. Claro que eles não se juntaram ao coro — talvez até ignorassem a natureza da canção — e pareciam continuar suas conversas privadas mesmo enquanto as pessoas à sua frente ofegavam e elevavam a voz. Isso fez não apenas Kogito, como também os membros da Sociedade terem uma sensação de esmaecimento, e pareceu provocar um abalo naqueles que cantaram.

— Choko, desde o tempo do Movimento de Sunagawa, as manifestações que fizemos, bem, eram como esta. Era assim desde o início da passeata! Quando chegava nossa vez de começar a marchar, era como se o sol tivesse se posto, e a luta, terminado.

Não ficávamos assim, esperando hesitantes apenas a *liberação do fluxo* para caminhar?

Tsuda rebateu essas palavras proferidas por Kurono:

— Não era assim conosco. Porque no dia em que a Assembleia Nacional foi cercada por manifestantes, aqueles que viriam em seguida aguardavam indefinidamente e, nesse impulso, eram empurrados e acabavam indo embora uns após os outros. Além disso, havia também a força de vontade. Em toda a minha vida, nunca corri tanto. E assim mesmo não me cansava. Era jovem... Agora logo fico ofegante.

— Você ainda consegue falar. Nós e os outros perdemos totalmente o fôlego...

— Kurono vai parar de tomar bebidas destiladas. Está em uma idade em que *spirits* significa mais *espíritos* do que aguardente propriamente — anunciou o doutor Oda. — E eu e os outros o acompanharemos...

Kogito queria explicar ao doutor Oda que Rose não tinha essa visão dele, mas, também sem fôlego, apenas ouviu a voz risonha carregada de segundas intenções do médico.

Devido à idade dos membros, o silêncio dos manifestantes, com o tempo, acabou criando um clima solene. Isso fazia enfatizar o fato de se tratar da marcha de um grupo distinto das pessoas que mantinham conversas privadas ouvidas da parte de trás. Eles subiam o caminho de curva suave coberto com tijolos vermelhos de uma maneira condizente, direta e silenciosa.

A senhora Tabe afirmou com orgulho que o caminho de tijolos havia sido projetado como uma passarela pela qual os idosos aposentados dos negócios ou de sua função de ensino e as esposas que os esperavam, clientes de estada de longo prazo, poderiam subir, a partir do prédio principal do hotel onde faziam suas refeições, como num passeio até a sala de concertos localizada à *beira* do bosque natural. De fato, o caminho descrevendo várias curvas no amplo terreno era longo, mas, se não se avançasse a passos rápidos e cantando pela passarela, acabaria naturalmente virando um passeio relaxante.

Conforme prosseguiam e o ângulo mudava, um conjunto de quatro ou cinco chalés entrava no campo de visão com seus prédios formando alguns grupos — cada bloco com dois deles, um de costas para o outro. Um caminho passando logo acima de um lote de repente chegava abaixo de outro lote. E do lote inferior para o superior se avistava um estreito caminho em meio à relva sobre a terra preta característica dessa região. Havia ainda uma passagem reta com uma escada esculpida servindo de atalho para o caminho pavimentado de tijolos que se estendia com suavidade. Era usada pelos empregados para carregarem coisas para o conjunto de chalés e para a sala de concertos. Os clientes jovens de corpo e mente deviam utilizá-lo.

Na reunião da noite anterior na sala de concertos, Rose, cada vez mais entrosada com o doutor Oda, Kogito e Makihiko seguiram por esse caminho reto guiados pelas luminárias de ferro fundido em estilo art nouveau acesas durante toda a noite. Nesse dia, foram atribuídos a Kogito e Rose chalés de costa um para o outro, e seria natural que Kogito fosse junto com o doutor Oda, acompanhando Rose, mas ele se preocupava com o que Makihiko faria. Porém, Makihiko tinha outro plano em mente…

A posição do chalé, sobre um local com grandes arbustos de cerejeiras e cornisos já idosos, fazia reviver lembranças em Kogito. Quando a passeata chegou ao caminho pavimentado com tijolos ao longo dessas árvores, o doutor Oda olhou para o chalé acima e mostrou a Kogito uma expressão que beirava a inocência.

Na noite anterior, Oda, que seguia um pouco à frente enquanto subiam até o chalé, havia expressado seu desejo de continuar a sincera conversa com Rose — embora estivesse preocupado com Makihiko —, obtendo a concordância de Kogito. Quando Rose fez menção de entrar em seu chalé, naturalmente Makihiko a acompanhou. Do quarto vizinho no bloco dos prédios um de costas ao outro, Kogito e Oda ouviram com clareza a voz grave de Rose soltando um *oh, oh!* em resposta à *conversa frutífera*. Mesmo assim, Kogito não sentia ânimo de retribuir um semblante de cumplicidade ao alegre doutor Oda...

2

Isso porque a revista que Makihiko trazia com ele quando foi até o chalé de Kogito tarde da noite e a explicação que ele deu sobre ela foram realmente problemáticas. Terminada uma longa conversa e depois de Makihiko partir — dava para ver no seu rosto cansado e encardido a animação de quem termina vitorioso —, Kogito continuou por um tempo lendo a revista e, apesar de tomar banho e se deitar na cama, não conseguiu pegar no sono até de madrugada. Isso fora causado pelo atraso no horário previsto para o início da manifestação.

— Você teria presbiopia? Vou ler os pontos problemáticos, já que é difícil para você ler no quarto escuro essas letras minúsculas. Isso assume uma postura pós-moderna, mas a intenção tem uma natureza diferente. Também em *Dom Quixote*, que você tem lido em detalhes juntamente com Rose, há uma ideia semelhante. O apócrifo de Avellaneda.

"Você deixou os personagens de *A criança trocada*, ou seja, você e Goro, viverem uma história diferente da que você desejava!"

Kogito ficou intrigado e estendeu a mão para pegar a fina revista que Makihiko segurava, mas ele não fez menção de entregá-la.

— Esta revista para leitores é publicada por uma grande empresa jornalística à qual você também está relacionado. É redigida no estilo de uma palestra sobre romances, como nas aulas de escrita criativa nos Estados Unidos ou nos centros culturais no Japão. O escritor é um crítico literário chamado Norihiko Kato. Você não o recomendou a Rose como sendo um expert quando se trata de avaliar o "pós-guerra" da Guerra do Pacífico? Parece composto de duas partes, mas só de ler a primeira delas deixará você desconcertado ou furioso... bem, sem dúvida não conseguirá relaxar! Eu o encontrei em uma livraria em Matsuyama.

"No momento exato em que o quinquagésimo nono capítulo de *Dom Quixote* está sendo escrito, descobre-se a publicação de um apócrifo. Assim como fez Cervantes, talvez você fique tentado a escrever uma nova história para fazer face ao apócrifo. Se for assim, quanto antes, melhor..."

Depois de parecer se divertir em enfurecer Kogito, Makihiko abriu a revista na página marcada com um *post-it* vermelho.

— Após receber o diagnóstico, de um médico inexperiente, de que você, que estava *mentalmente perturbado com o prêmio*, se recuperou depois da morte de Goro, o crítico escreve da seguinte forma indo direto ao ponto:

Antes de mais nada, devo afirmar que este romance é muito esquisito. É realmente bizarro (risos). Seu grau de estranheza pode ser descrito basicamente de duas maneiras.
O personagem chamado Goro no romance demonstra ser um ser humano frágil e que, por trás dessa fragilidade, estava ligado a um longo histórico de violência.

"Apenas nesse ponto eu também concordo. Como escritor você não contesta, correto? Acredito que isso se manifeste nas cenas de intensa e incisiva violência dos filmes dirigidos por Goro. Não é justamente por ser uma pessoa assim que ele foi exposto diretamente à truculência da *yakuza*?

Todavia, o estranho é que mais adiante o autor, como que objetivando comprovar isso, escreve que, na verdade, o próprio Kogito, durante cerca de quinze anos, foi secretamente submetido por diversas vezes a um estranho ato de terrorismo perpetrado por integrantes de forças da extrema direita (eles o seguravam à força e deixavam cair esferas de ferro sobre os dedos do pé afetados por sua gota crônica), algo que, conforme se avança na leitura, se percebe não passar de ficção.

"Com relação a essa parte, Kogito, eu não entendo quando o professor Kato menciona *conforme se avança na leitura*! Quando o encontrei pessoalmente, você havia tirado os sapatos e exposto seus pés deformados, gelatinosos e translúcidos como bolas de *konnyaku*[1], como faz também agora. Essa visão me convenceu de que aquilo não era ficção.

---

1. Gelatina de batata *konjac*.

"Não que eu não tenha tido certa sensação de *incredulidade*! Mas considerei que uma vez você comentou em algum lugar que a técnica do romance é *escrever ficção parecendo fatos e fatos parecendo ficção*. Eu entendi dessa forma."

— Mas agora você assevera ter mudado de ideia?

Quando Makihiko, até então eloquente, parou de falar, Kogito o indagou para examinar reação.

— Isso mesmo — replicou Makihiko, de um jeito que parecia ainda dissimular algo. — Mas não tenho a intenção de insistir com você na ideia de que seja verdade. O único fundamento é o que ouvi de Asa como sendo o pensamento de Chikashi.

— Asa também me falou sobre isso! Chikashi veio cumprimentar minha mãe antes de partir para Berlim. Asa se preocupava achando que eu teria planejado morar com Akari em Jujojiki e parece ter comentado com minha esposa. Asa questionou: *Meu irmão poderá realmente seguir com seu plano? Afinal, os membros remanescentes do centro de treinamento, que fizeram dele um inimigo, estão bem próximos...*

"Mas, da primeira vez que aconteceu no jardim de casa, e também diante do hotel em Estocolmo, eu não estava no local do ataque, Chikashi respondeu depois de cuidar do pé dilacerado. *O pé do meu marido foi ferido numa série de atos terroristas. Independentemente para onde ele vá ou de onde volte, enquanto estiver vivo e tiver seus pés, esse tipo de terrorismo continuará.*

"Foi aí que Asa se deu conta da situação. Mas ela perguntou a você quando eu e Akari viemos para cá, e houve o incidente da procissão dos 'fantasmas'."

— Realmente Asa me indagou. Respondi que você deveria se sentir culpado em relação ao modelo de "fantasma" após uma reação tão excessiva. Só que Asa parece ter sentido uma certa incongruência na conversa.

— Uma incongruência...

— Você recebeu um choque do "fantasma" do americano que teve os pés destroçados. Eu falei que você devia estar pensando havia tempos sobre isso.

"Mas Asa — e creio que por influência do que ela conversou com Chikashi — acredita que esse seu sentimento de culpa é em relação a Goro mais do que a qualquer outra pessoa. É tão forte que daria até vontade de você próprio deixar cair uma bala de canhão sobre o pé, segundo ela."

Depois de dizê-lo, Makihiko se manteve em silêncio, no que foi acompanhado por Kogito. Por acaso, durante o mutismo de ambos, do outro lado da parede divisória provavelmente não tão fina, puderam ouvir por um tempo ressoar o *oh, oh!* na voz possante, mas também graciosa, de Rose.

— Avançando a conversa... — retomou Makihiko olhando para o relógio. — Ao afirmar que *na realidade, fica claro que há outro evento mais relevante na raiz da* fragilidade *de Goro*, o professor Kato trouxe à baila a história da luta armada contra as bases militares do Exército de ocupação, planejada pelo grupo de Daio pouco antes da entrada em vigor do Tratado de Paz. Daio desejava a retirada das armas para esse fim da base do Exército americano, apesar de a maioria delas ter se tornado imprestável na Guerra da Coreia e apenas uma pistola estar utilizável. Encorajado por Daio, você ofereceu Goro como isca para se aproximar do oficial americano.

No entanto, devido a várias circunstâncias, os dois estavam em uma situação que se desviava do plano, acabando por serem alvo dos jovens do centro de treinamento da montanha que os cobriram com a pele de um bezerro brutalmente recém-escalpelado e, com os corpos pegajosos, desceram a montanha, abalados física e mentalmente. Depois disso, talvez devido ao choque recebido, os dois romperam a amizade, mas a exceção foi apenas a data da entrada em vigor do Tratado de Paz, nem duas semanas a contar do incidente. Está anotado que, nesse dia (28 de abril de 1952), eles se encontraram às escondidas, ouviram a transmissão radiofônica, e após confirmarem o término do período de ocupação como se nada tivesse ocorrido, Goro tirou uma foto de Kogito, e os dois se despediram.

"Bem, com relação a esse ponto, Kogito, é preciso tirar o chapéu para os críticos de natureza acadêmica, não? Porque eu mesmo sei que você tirou a tal foto em março de 1954 no local onde a mãe de Goro se casou novamente. Dizendo: *Bem, acho isso esquisito, bizarro*, o professor Kato chamou minha atenção para o fato de a foto estar, inclusive, impressa em um livro, e eu também tive a mesma dúvida."

3

Kogito não se explicou, mas não porque não tivesse uma resposta em relação a esse ponto. Bem tarde na noite da entrada em vigor do Tratado de Paz, persistente, às raias da paranoia, Goro realizou uma encenação. Teve o cuidado de criar também uma atmosfera de fundo. Colocou um espelho sob o rosto de Kogito e alinhou ao lado folhas de papel com suas anotações de quando Goro lia para ele poesias de Rimbaud. Ele modificou várias vezes o monte de papéis e a disposição das folhas espalhadas. Depois de mais de três horas, a ponto de Kogito sentir dores no pescoço e nos ombros, finalmente foi possível obter fotos.

Quando terminaram de tirar as fotos já próximo do amanhecer, Kogito propôs tirar fotos também de Goro. Em *A criança trocada*, é mencionada a recusa dele.

— Talvez eu ganhe a vida com cinema, mas você provavelmente vai trabalhar com caneta-tinteiro, por isso é melhor você aprender a formular sentenças.

Kogito não escreveu o que Goro, que propôs tirar fotos, ofereceu como motivo para estar tão obcecado com as poses de Kogito. Na noite em que Goro retornou do centro de treinamento, ele repetiu o quanto estava mal, a ponto de soar um tanto masoquista.

— Quero tirar fotos suas em uma situação tão terrível quanto a minha. Você deve sentir responsabilidade por fazer isso depois de abandonar o campo de batalha com um pretexto banal, não é?

E dois anos depois, na volta dos exames da Universidade de Tóquio, apesar de ter recepcionado Kogito de ótimo humor quando ele o visitou em Ashiya, logo se mostrou visivelmente descontente ao sugerir que vissem juntos as fotos daquele dia tirando-as de cada envelope do estúdio fotográfico. Foi algo inesperado para Kogito, mas o próprio Goro parecia ainda não ter visto as fotos. Aparentemente ele pensara haver sentido vê-las junto com Kogito.

— Kogito, não falei que era esse o tipo de foto que eu desejava tirar? Você deve ter entendido o que eu queria dizer. Mas o seu semblante... a expressão de todo o seu corpo trai o que eu te pedi!

"Eu não disse que queria tirar fotos de sua real condição deplorável? Se estivesse junto comigo em vez de fugir me deixando para trás, eu pretendia tirar fotos da situação em que você estivesse... Foi o que eu disse.

"Vamos refazer tudo do zero. Se eu e você estivéssemos em posições opostas, eu mostraria uma situação tão deplorável quanto a sua!"

Foi assim que a segunda sessão de fotos se concretizou. Seja como for, se demorou até próximo do amanhecer foi devido à necessidade de restaurar as anotações que Kogito havia feito quando estudava francês em Matsuyama usando os papéis dos cadernos de anotações e os cadernos de desenhos que Goro trouxera com ele. Goro posicionou a câmera no tripé e, depois de indicar a Kogito a posição em que deveria se alongar, fê-lo continuar trabalhando até criar papéis imprestáveis que preenchessem todo o campo de visão da lente.

Depois de ler a crítica sobre a "estranheza" das fotos contidas em *A criança trocada* — enquanto isso, Kogito se lembrava da segunda noite de fotos —, Makihiko chegou à seguinte passagem:

> *O que se revela ainda mais estranho é que, até então, ele havia escrito sobre* aquilo *de forma sugestiva e chegou a afirmar que cada um deles virou romancista e diretor de cinema para dar* àquilo *uma forma concreta, e, ao tentar falar, explicou que ser coberto pela* pele de um bezerro *pelos jovens não passou de um evento inesperado. Depois de tanto ser provocado, o leitor acaba por se decepcionar de novo se perguntando que diabos é isso.*

— Está errado! — redarguiu Kogito pela primeira vez. — Se eu escrevesse para que pudesse ser lido somente dessa forma, seria por falta de habilidade da minha parte... *Aquilo* representa toda a experiência que eu e Goro tivemos no centro de treinamento. Peter foi forçado a fornecer várias armas escangalhadas e até uma pistola em bom estado de funcionamento. Além disso, Daio não acabou sendo morto pelos jovens incontroláveis? Eu sempre suspeitei que todo o incidente tivesse sido dessa forma!

— Você não escreveu nenhuma cena em que se possa confirmar que Peter foi assassinado pelos seus amigos. Tampouco há frases com a confissão de que você, em cumplicidade com Goro, provocou diretamente a morte de Peter. Ele intimidou os jovens com uma pistola. Mas não teve nenhuma eficácia; na verdade, a cena da opressão dele foi extraída do roteiro de Goro. Isso é realmente *ambíguo*. Por isso, eu me servi do "fantasma" de Peter como forma de extrair de você uma confissão.

"Mas você apenas saiu correndo em desvario e quebrou os ossos... Uma verdadeira cena de mangá!

"Mesmo assim, você começou a suspeitar se vocês não teriam matado Peter. Isso criou sua sensação de culpa subjacente. Além disso, você próprio se questiona se houve realmente um assassinato ou não. Kogito, isso acarretou *ambiguidade* ao que você escreveu sobre *aquilo*. Você ganhou a vida como escritor por quarenta anos e não pode se fazer de inocente alegando falta de habilidade ou algo que o valha.

"Porque, assim como o professor Kato, qualquer leitor de boa índole dos seus romances não pensará que *aquilo* seja apenas o incidente em que vocês foram cobertos pela pele natural de um bezerro.

"Também pensei uma vez sobre você ter revelado que Goro, que cometeu suicídio, era cúmplice no assassinato... Se você não estaria preocupado especialmente com Chikashi...

"O professor também citou algo que você escreveu como tendo sido mencionado por ela.

"*Ignoro quais temas seriam. Creio, porém, que ele começou a mudar em Matsuyama, quando vocês dois voltaram de madrugada completamente abatidos. O que foi aquilo? Se você não escrever tudo o que sabe, sem mentiras, adornos ou dissimulações, jamais poderei entender. É óbvio que tanto eu quanto você temos pouco tempo de vida pela frente, e para vivê-la com sinceridade e sem mentiras, termine seus dias assim, escrevendo. Como disse Akari à avó de Shikoku: Para morrer feliz, tome coragem e escreva sem mentiras.*

"Se o que Chikashi te disse é sério, você não deveria escrever que você e Goro, dois adolescentes, eram assassinos?"

— Mas… — tentou encetar Kogito, quando Makihiko o interrompeu com um forte tom de voz:

— É mesmo. Tanto naquela época quanto agora você ignora se Peter morreu ou não por culpa sua e de Goro.

"Há algo que eu percebi ao pesquisar as lendas desta região. Aquela do americano com os pés esmagados que sai trôpego da floresta não teria sido difundida por você às crianças da região na época em que você era estudante na Universidade de Tóquio e retornava para cá nas férias de verão ou inverno? Porque tem todo o estilo das suas obras iniciais!

"Quando eu ajudava em um processo relacionado a Yasukuni em Matsuyama, conheci um *ex*-ativista da Facção Marxista Revolucionária da Aliança Comunista do Japão ou do Comitê Nacional da Liga Comunista Revolucionária. Ouvi que ele estava organizando os filhos das vítimas da bomba atômica de Hiroshima e visitou sua casa quando precisou de ajuda financeira.

"Nesse contato, vocês conversaram sobre conflitos internos. Então, de coração mole e incapaz de recusar uma doação irrazoável, você estava certo de que se matasse um ser humano, também teria de se matar. Ele disse que ainda se recordava disso.

"Kogito, você sempre teve um jeito especial de sentir até a morte da sua mãe, não? Em relação aos seus sentimentos por ela, Asa contou a Rose que tanto você quanto sua mãe têm uma ambivalência mais complexa do que a alternância de amor e ódio.

"Só de ler seus romances, não fica claro para você uma compulsão repetitiva de que não poderia se suicidar enquanto sua mãe estivesse viva? Mesmo assim, ao desejar a qualquer custo se matar, não gostaria de dar como desculpa para sua mãe que no passado matou alguém?

"Na noite em que você recebeu o prêmio, a estação de TV de Matsuyama levou ao ar uma entrevista com sua mãe. Em determinado momento da entrevista, que parece ter sido excluída do noticiário mais à noite, ela declarou: *Eu não entendo bem Kogito desde que ele era uma criança descuidada, que não se importaria em morrer embora pudesse ser salvo caso se esforçasse...*

"Ao contrário, o suicídio no caso de Goro não ocorreu por faltar a ele força de vontade para continuar vivendo. A meu ver, um verso de Dante que você citou ao escrever sobre a morte de Goro resume bem isso:

O meu desdém, lhe desprezando o custo,
julgou co'a morte ser de injúria isento,
e contra mim, justo, me fez injusto.[2]

"Encerrarei por aqui a explanação do texto do professor Kato. Isso não significa que não haja outros pontos relevantes.

---

2. Dante Alighieri, *A divina comédia: Inferno*. Trad. Ítalo Eugênio Mauro. São Paulo: Editora 34, 1998, canto XIII, versos 70 a 72.

Ao contrário. Mas, como afirmou sua mãe, você não se importa de desaparecer naturalmente e, por temperamento, quando se enfurece, se torna imprudentemente violento. Eu preciso me proteger. Leia, por favor, a segunda parte do artigo.

"Dom Quixote busca uma maneira de *expor as mentiras do autor da nova história e de mostrar ao mundo que ele não é o dom Quixote por ele descrito*. Da mesma forma, se você ler a continuação deste artigo, certamente não conseguirá se conter.

"... Então, estou indo embora. Mas Rose e o doutor Oda são mesmo incríveis, não?"

4

"*Acho que a maneira como essas trivialidades são descritas nesse romance mostra que o autor transmite algo aos leitores perspicazes de uma forma que eles possam compreender.*"

Kogito se achegou à luz do abajur e, enquanto lia a revista, ponderava que a frase devia aludir à "cobertura com a pele natural do bezerro", que era um mero "fato".

No entanto, a conclusão do crítico, sublinhada também por Makihiko, foi tal que deixou Kogito trêmulo.

Os fatos são estupro e delação. Em outras palavras, na minha opinião, aos dezessete anos, Kogito e Goro, por algum motivo, se envolveram no plano de ação de Daio e, no processo de tentarem escapar, como desforra, foram pegos pelos seus correligionários e estuprados homossexualmente nas montanhas, o que lhes causou 'abalo' físico e mental. E os dois, deixando-se levar pela emoção, por vingança ou antagonismo, delataram as linhas gerais do plano de ação de Daio e seu grupo, de forma que o plano sofreu um revés (por esse motivo, os dois se transformariam depois em alvos secretos). A partir de então, tendo a noite de 28 de abril como única exceção, a história no romance (= seu fato A) relata que os dois entraram em uma situação de rompimento da amizade por vários anos. Como fato original do romance (B), os dois foram conspurcados pelo estupro e, para se recuperarem dessa desonra, consideraram praticar o ato de autoprofanação (= delação), que pela primeira vez lhes trouxe algum sentido. Ao sujarem as próprias mãos, Kogito e Goro partiram rumo a um novo mundo como se harmonizando à partida do Japão no pós-guerra. Justamente por isso, é possível depreender dessa leitura que Kogito pensou em deixar isso claro em algum momento em suas obras.

Kogito se levantou abruptamente e colocou a revista sobre uma pequena placa elétrica instalada nos fundos do chalé. Quando a fumaça começou a se levantar, ligou o exaustor de ar para impedir que o sensor do teto disparasse. Chamas, por fim, se ergueram, diante das quais ele permaneceu até que a revista se extinguisse por completo. Colocou as cinzas na pia e jogou água por cima, fazendo empestear o cômodo com o fedor de fumaça. Enquanto inalava o cheiro, com uma sensação lúgubre tomou também um banho de pouca água para não provocar ruído — a água fria custou muito a esquentar. *Por isso é possível depreender desta leitura. Desgraçado!*, vituperou. Rose, que parecia ter despertado com o ruído do chuveiro, ouviu e falou algo para o doutor Oda. *Se ela estivesse ao meu lado, o que ela diria ao me ver?*, Kogito imaginou.

— Marthe Robert menciona que Cervantes *decidiu concluir a obra apenas porque temia o plágio flagrante adicionado à parte principal de seu livro*. Você, Kogito, também precisa terminar sem falta a história iniciada em *A criança trocada*... — diria ela.

Kogito fechou a torneira do chuveiro, e, enquanto enxugava seu corpo friorento, a voz de Rose se estruturava em sua cabeça. Porque a pessoa que proferiria as palavras estava do outro lado da parede.

Roubaram de mim alguém importante, Kogito pensou pela primeira vez.

Kogito foi se deitar, tremendo na escuridão, como quando ele e Goro tomaram banho à noite nos fundos de um templo cinquenta anos antes. Delação? A palavra estava em sua cabeça ainda mais fresca do que a voz exclamando *oh, oh!* de novo ao lado. Quanto à palavra estupro, ela queimava tão furiosamente que era impossível mantê-la na mente.

Há cenas suspensas no ar como pedaços que, embora certamente lembrados, são retirados do contexto do curso dos eventos. Já tarde da noite no dia da entrada em vigor do Tratado de Paz, Kogito e Goro se sentaram diante do rádio aguardando as notícias extraordinárias da estação estatal NHK. Depois da meia-noite, confirmando não haver nada, Goro pensou em tirar fotos comemorativas.

O ataque à base do Exército americano — considerado por eles um ato de terrorismo, embora a arma que pôde ser usada fosse uma pistola e o único propósito era ser morto a tiros — resultou em fracasso. Em suma, ele nunca fora convocado pela polícia em conexão com o incidente de distribuição ilegal de armas da base do Exército americano. Kogito ficara aliviado. Sua inocente convicção também deve ter aparecido nas fotos.

No entanto, naquela noite, enquanto Kogito não chegava ao templo no qual Goro se encontrava, o sacerdote saiu em pessoa de seus aposentos no prédio principal e acenou para Goro avisando-lhe haver um telefonema de alguém que não era um de seus companheiros de farra. Quando Goro voltou, sua testa e suas sobrancelhas largas e de bom formato estavam carregadas de melancolia, mas a área ao redor dos olhos estava entumecida e ruborizada...

Goro informara o Exército americano do ataque à base por Daio e seus correligionários, e, apesar disso, não havia o ataque sido realizado? Tal como o ataque a um banco na cidade de Matsuyama no dia seguinte à derrota na guerra, Daio decerto teria sido ferido, mas, em uma carta de um de seus discípulos logo após vir para esta região, constava que ele estava caolho e maneta. Goro se lembrava de como o olho de Daio estava hemorrágico quando visitou a biblioteca do CIE. O fato de ter só *um olho* devia ser em função de um incidente mais violento. Exceto por ele, que escapara, os jovens participantes deveriam ter sido dizimados. Devia haver restrições severas à veiculação de notícias referentes ao ataque à base ocorrido no último dia da ocupação militar.

Se quem telefonou avisando que tudo acabara *tivesse sido Peter*, as suspeitas se estendendo durante meio século da participação de Kogito na morte violenta do oficial do Exército americano com domínio da língua japonesa seriam anuladas. Por que Goro não falou sobre isso com Kogito? Porém, na cabeça enfurecida de Kogito sucederam-se os cadáveres de jovens japoneses desnutridos estirados no portão da base, e a sensação de *déjà vu* havia muito enterrada ressurgiu...

Talvez haja mais precisão na imaginação de um falsificador. Em um dia em que estava profundamente consciente de sua velhice, Goro se atirou dentro das chamas flamejantes do fogo da raiva espiritual que ele acendera meio século antes — influenciado pela embriaguez decorrente do consumo de grande quantidade de conhaque...

Kogito se sentiu pressionado por uma tristeza caótica. Virou-se na cama inúmeras vezes até ficar na posição de quando, no passado, suportou juntamente com as dores as poses que Goro o instruía a fazer.

Epílogo
O "menino" descoberto

1

A silhueta da sala de concertos despontou para além da suave ladeira. No lado sul do caminho de tijolos que conduz até o prédio, há locais onde a vegetação remanescente da floresta parece invadir a área gramada no interior do terreno. No topo, há um bosque esparso de pinheiros vermelhos e bétulas com arbustos ao redor da sua base. Kogito sentiu se recordar do grande pinheiro vermelho se destacando do conjunto. Em extensão próxima à altura de uma pessoa até a cabeça, seu tronco grosso revelava um padrão listrado acima do qual se estendia vermelho, brilhante e liso. Os raios de sol ainda não chegavam ao solo, mas o céu coberto de nuvens finas brilhando alvamente se refletia nas cascas dessas árvores. O mesmo reflexo se difundia na folhagem nova e viscosa das bétulas.

Em uma depressão do terreno, à sombra das árvores que eram vistas à medida que caminhavam, os integrantes do esquadrão policial se enfileiravam como soldadinhos de chumbo, mantendo distância entre si. Parecendo distinguir a aproximação dos manifestantes, o esquadrão começou a se movimentar por entre um pinheiro vermelho e uma bétula cujo tronco se inclinara a partir de sua metade por ter sido atingida por um raio. A unidade era formada por mais de trinta membros. Deslocaram-se para a frente dos manifestantes descendo pelo mato e atravessando a planície de terreno plano gramado. Deviam ter, de imediato, bloqueado o caminho pavimentado de tijolos e se posicionado para interceptar os manifestantes.

— Calma lá, era esse o esquema? — questionou Kurono resmungando. — Pensei que todos os integrantes do esquadrão fossem *se apavorar* e abortar a operação... O que devemos fazer daqui para frente?

Asai redarguiu:

— Não é hora para isso! O que está dizendo? Todos de braços cruzados, formem uma barreira humana em linha horizontal! Cuidado para não sermos derrotados! Não temos escolha a não ser avançarmos unidos!

"O caminho já está nivelado. Se rompermos a formação inimiga, mesmo com a força de nossas pernas poderemos correr até a sala de concertos. Se quebrarmos a linha de bloqueio, eles não conseguirão nos alcançar. Porque isso contrariaria as regras do jogo!"

Todos concordaram com Asai, sem esclarecer quais seriam as tais *regras do jogo*.

— Vamos dar uma lição neles com nossa marcha em zigue-zague, não? — propôs o doutor Oda.

— No estágio atual, isso seria demasiado! — falou Kurono se contendo, mas sua voz agora também se mostrava tensa.

O espírito de luta dramático surgido no reduzido grupo de manifestantes logo se tornou contagioso.

— Conforme as instruções de Asai, primeiramente vamos formar uma barreira humana — conclamou Tsuda. — Desse jeito é inútil. Vamos abandonar os cartazes por aí. Makihiko os recolherá. Afinal, ele precisa ir devolvê-los ao grupo teatral.

Diante dos manifestantes com dificuldade de formar casualmente uma barreira humana, depreendia-se um estranho movimento dos integrantes do esquadrão policial que desceram ao terreno plano. Eles eram um grupo treinado — ou encenavam uma característica semelhante —, o que ficava nítido. Seu movimento era ágil. Apesar de terem acabado de surgir no campo de visão dos manifestantes, já estavam trinta metros à frente avançando sobre a superfície do gramado do outro lado do caminho. Durante esse tempo, os manifestantes apenas discutiram a formação de uma barreira humana e começaram a trabalhar nela. Aqueles que vinham de trás pararam a certa distância para observar como os membros da Sociedade Japonesa Senescente seriam tratados.

A propósito, o aspecto do esquadrão posicionado mais à frente era cada vez mais bizarro. Eles desceram do bosque esparso de pinheiros vermelhos e bétulas em dez fileiras com três em cada. Apesar dos movimentos ágeis, a unidade mostrava desequilíbrio. Todos os membros no centro das fileiras se levantavam e se deslocavam bem. Contudo, os dois nas laterais, apesar de seu apetrechamento não ser inferior, pareciam ter esgotado toda a força e até chegavam a se apoiar no membro do meio para descer arrastando os pés... Eles formavam agora grupos de três, cada qual com sua posição definida, voltados para este lado, com cada grupo se apoiando de ambos os lados pelo membro que estava no meio.

— É um esquadrão heterogêneo. Para que os membros sem vontade de atuar não fujam, o líder do grupo deve injetar vitalidade neles.

— Esse é o ponto de ataque! Vamos começar. Vamos esmagá-los de uma só vez!

Ao mesmo tempo que aqueles que formavam uma barreira humana se punham a correr ao ouvir o brado de Asai, na frente ocorreu uma inesperada movimentação. As pessoas no meio em cada grupo que avançava se afastavam das fileiras e se retiravam todas de volta para o pequeno bosque.

Mesmo assim, que esquadrão policial desleixado foi deixado para trás! Apesar dos membros da barreira humana virem avançando com vivacidade, não havia um movimento de interceptação em massa, e, mesmo com um total de vinte pessoas, não pareciam preencher os espaços vazios deixados por aqueles que se afastaram. O *tempo parou* como no congelamento instantâneo da cena de um vídeo que gravou o movimento de um grupo de pessoas se curvando e se inclinando para trás...

— Aquilo é uma performance de pantomima. Os membros do grupo de teatro estariam fazendo um bico?

— Bando de marionetes imprestáveis!

— Não nos façam de idiotas. Vamos esmagá-los de verdade!

Ao gritar, Asai se desvencilhou dos ombros do bloqueio humano e deu um pulo para a frente da fileira que avançava. Ele imediatamente se virou e chutou com vigor o solo para mostrar o ritmo de sua marcha. Liderados por ele, os passos dispersos se transformaram aos poucos em uma corrida, e os manifestantes em linha avançaram em direção ao esquadrão.

As pernas dos integrantes do esquadrão, com suas joelheiras prateadas, se enterravam na grama crescida, parecendo soldadinhos de chumbo deslocados. Mesmo assim, dava para ver, pelo brilho das cabeças com as abas dos elmos abaixadas, que a aproximação dos manifestantes os fez recuar.

Uma tropa de Cavaleiros da Branca Lua, pensou Kogito. *Em qual desses vinte soldadinhos de chumbo se esconde o bacharel Sansão Carrasco a esperar por mim?*

Kogito recordou a crítica de Nabokov à derradeira aventura de dom Quixote. *Uma cena muito pobre. O autor está cansado. Ele poderia, eu sugiro, ter extraído dela muito mais diversão fantasiosa e interesse.*[1] *E agora eu também estou cansado por não me empolgar com a ideia dos Cavaleiros da Branca Lua*, pensou Kogito.

No entanto, apenas o doutor Oda, avançando ao seu lado, era pura energia.

— Que esquadrão policial mais lastimável! Esmaguemos esses caras! Opa! O que é isso agora?

Os integrantes do esquadrão, de pé na encosta do bosque esparso, deixaram o corpo inclinar para baixo. Depois, como uma avalanche humana, caíram todos uns por cima dos outros. Enquanto os manifestantes se aproximavam correndo, viram que aqueles que pareciam ser integrantes do esquadrão não passavam de árvores cortadas enroladas por cordas e vestidas com a fantasia. Porém, o ímpeto do grupo alinhado não diminuiu, e, liderados por Asai, eles voltaram a avançar, pisando e chutando aqueles caídos. Logo passaram pela linha de controle e continuaram a correr.

Agitados com a emoção da vitória, os manifestantes chegaram todos correndo até a escada na frente da sala de concertos. Asai galgou dois ou três degraus por vez, mudou de direção como se tivesse ultrapassado o destino e bradou, entusiasmado:

---

1. Vladimir Nabokov, *Lectures on Don Quixote*. HMH, 1984. "A very poor scene. The author is tired. He might, I suggest, have squeezed much more fanciful fun and interest out of this."

— Vitória fácil! Maravilha! Vamos cantar a segunda estrofe da "Canção do Exército de Libertação do Povo"!

Conquistar a liberdade do povo.
O Distrito Industrial Sul, meu país natal,
Jamais voltará a ser uma terra estorricada.
Com a força da união, a violência subjugaremos.
Os cães, vendilhões do nosso país aos inimigos da nação,
    expulsaremos!
Unidos com firmeza, avancemos, avancemos!
Exército de Libertação do Povo.
Adiante, adiante, avancemos!

Kogito e os outros entoaram em voz alta a canção. Devido também ao poder de liderança de Asai, naquele momento não apenas todos haviam depreendido com firmeza a melodia, como cantavam com convicção a letra da música. Olhando para baixo à frente enquanto cantavam, viram as pessoas que haviam recuado pouco antes descerem por entre os altos pinheiros vermelhos e as bétulas. Seres humanos fantasiados de integrantes do esquadrão policial sem dúvida recolhiam o papel machê espalhado por sobre o gramado. Ao seu lado, os manifestantes seguintes, que se avolumaram no lado norte evitando o caminho pavimentado com tijolos, subiam com vagar sem nem mesmo olhar para o esquadrão.

— Todos são realmente indisciplinados! Ao contrário de nós, não têm nenhum espírito de luta. Bando de oportunistas! — vociferou Asai.

Na verdade, em contraste com os integrantes do esquadrão policial, que depois de empilharem o papel machê reunido e de novo cruzarem ordenadamente o caminho de tijolos olhavam na direção dos manifestantes, estes pareciam recuar de crista caída após terem sido enxotados.

— Os sujeitos que reunimos em Matsuyama são uns imprestáveis! Vamos mostrar de novo a eles como esmagamos o esquadrão policial. Destruiremos à força a lógica que duvida das manifestações dos anos 1960 e 1970! Faremos o esquadrão formado pelos discípulos de Makihiko comer o pão que o diabo amassou!

— Mas não aceitemos provocações!

Inseguro quanto ao teor concreto, Kurono pisara o freio, mas agora ele próprio se entusiasmara. Asai pulara para o chão, vindo até diante dos quatro e ficando na ponta dos pés. Liderou a marcha em zigue-zague à direita e à esquerda. Kurono o seguiu, e assim também fizeram os outros três. A passos ágeis, avançaram com ímpeto.

Tamanha a pressa da Sociedade Japonesa Senescente que, num rompante, repeliram os manifestantes seguintes que haviam retornado em bando ao caminho de tijolos. Isso estimulou a perturbação dos adversários que aceleraram, aproximando-se do esquadrão alinhado bem ao seu lado. Asai, que parou os homens em formação um pouco antes, se juntou à tropa e, mais uma vez, tentou dar o comando para atacar...

Aconteceu nesse momento. Os soldadinhos de chumbo, ao contrário da postura desajeitada que mantinham até então, chutaram as joelheiras, jogaram os escudos por cima dos ombros e confrontaram os manifestantes. Num piscar de olhos, Asai e Kurono se viram imprensados cada qual entre dois integrantes do esquadrão. Os adversários se juntaram aos capturados formando uma barreira humana, pisaram a encosta gramada, ganharam impulso e desceram correndo. O grupo que correra antes, após receber a resistência de Asai, se emaranhou caindo sobre o gramado. Porém, o grupo no qual Kurono estava acelerou o passo e desceu correndo. Enquanto se inclinavam para trás, sem desfazerem a barreira humana, deram um salto para cima e desceram correndo a encosta. Uma voz ecoou, mas não se pôde distinguir se era um grito de pavor ou uma risada estridente.

Kogito parecia ver os fantasmas do roteiro de Goro. *Sendo enxotado pelos jovens do centro de treinamento, Peter foi carregado nos ombros, desceu a toda a velocidade a encosta, caiu e deslizou, foi pego novamente pelos braços e pernas, desta vez por quatro ou cinco rapazes, sendo levantado como um andor xintoísta, descendo encosta abaixo...*

No entanto, até os soldadinhos de chumbo que se postaram de cada lado de Kogito começaram a correr *peremptoriamente*. Os sujeitos vestidos com uniformes de papel farfalhante o seguraram pelos dois braços e o arrastaram impiedosamente encosta abaixo. Kogito também chutou parecendo saltar e, por fim, recuperou a postura e se entregou a uma corrida como em debandada.

Ele, que aos poucos projetava o corpo para trás ao correr, foi puxado pelos ombros para um lado, inclinando-se para a frente. Receava cair de cabeça encosta abaixo a qualquer momento. Não teve opção a não ser se agarrar a um soldadinho de chumbo e tentar recuperar a postura.

Logo depois, sentiu que duas pessoas segurando seus braços de ambos os lados freavam a velocidade e o guiavam para a parte suave da encosta. Um dos soldadinhos de chumbo que o seguravam era Makihiko. O outro não seria Ayo?

Uma raiva incontrolável voltou a se apossar dele. Contorceu todo o corpo tentando liberar os braços. Conseguiu de alguma forma soltar o braço direito, mas o esquerdo, ainda firmemente preso, girou sobre si mesmo como um martelo de arremesso. Flutuando no ar, Kogito viu o tronco do carvalho vermelho com o padrão de casco de tartaruga enegrecido. Por vontade própria, preferiu pular de modo que sua cabeça colidisse com o tronco. Sem soltar o braço esquerdo, empurrou com todo o seu peso os soldadinhos de chumbo, estimulado pelo afã de mostrar a eles do que era capaz...

2

Chikashi chegou ao aeroporto de Matsuyama vindo de Berlim após uma conexão no Aeroporto Internacional de Kansai e, por um curto período, visitou o quarto de Kogito no hospital, juntamente com Maki, Asa e Akari. Depois disso, repórteres do jornal local, de jornais centrais, de filiais de agências de notícias e de estações de TV lhe pediram uma entrevista.

Nada de especial havia que ela desejasse falar ativamente por si, mas imaginou também que esse devia ser o padrão das coletivas de imprensa. Que Kogito batera a cabeça com força e permanecia inconsciente, e que Kurono, com quem ela não mantinha relacionamento pessoal, falecera vítima de um ataque cardíaco eram as únicas informações confiáveis. Ela lera os artigos de jornal no jumbo para o qual se transferira em Frankfurt e a bordo do avião de conexão em direção a Matsuyama. Havia recebido explicações de um médico neurocirurgião e do doutor Oda, este sempre acompanhando o paciente, mas o estado de consciência de Kogito — trinta horas haviam se passado desde o acidente — em nada diferia do que ela soubera pelos jornais.

Depois de uma breve conversa, Chikashi retornou ao andar onde se localizava o centro de terapia intensiva de Kogito e onde Akari e Maki aguardavam. Dois jornalistas do jornal local a seguiram para interpelá-la. Rose, atuando como sua guarda-costas, tentou impedir a aproximação deles ao perceber que a dupla era a mesma com quem discutira em Jujojiki, mas Chikashi, de pé, aceitou as perguntas.

— O senhor Choko viveu sob o mesmo teto com uma estrangeira. O que a senhora sente como esposa dele?

Chikashi rebateu de imediato.

— Em Berlim, eu vivia sob o mesmo teto com um alemão. Há maneiras de viver que pessoas da nossa idade nunca experimentaram.

— Uto, que de início entendia o senhor Choko, mas depois se converteu num crítico dele durante muitos anos, cometeu suicídio cortando os pulsos, correto? Muito se fala sobre a digna carta deixada por ele após seu AVC não parecer em nada com o estilo dele.

— Ouvi dizer que ele tinha um arranhão no pulso e que se afogou na banheira enquanto bebia conhaque…

Um jornalista mais velho que estava ao lado tomou as rédeas:

— Se não fosse pela hemorragia nos pulsos, ele não teria desmaiado — acrescentou em tom solene.

— Em Berlim, conheci um pesquisador do cinema japonês que define o caso como "lastimável".

— Simpatizo com algo que, a meu ver, foi *mortificante*. O que aconteceu agora também é assim. Estou rezando para que ele se recupere.

"Mas, depois que se recuperar e retornar ao trabalho, o que acontecerá caso o texto do senhor Choko se mostre diferente do que ele sempre escreveu?"

— Ignoro o que ele faria, mas gostaria de vê-lo continuar escrevendo.

"Como comentei há pouco, o coágulo sanguíneo que pressionava seu cérebro foi removido. Apesar disso, ninguém pode afirmar com certeza quando, ou mesmo se algum dia, ele recobrará a consciência... Esperamos que ele a recobre. Kanazawa, um importante editor dos livros dele, travou uma longa batalha contra uma hemorragia cerebral. Acabou vindo a óbito sem recobrar a consciência, mas Choko não perdeu as esperanças até o fim.

"Você questionou o que acontecerá se, mesmo recobrando a consciência, o texto de Choko venha a diferir do seu padrão costumeiro, mas esse é um assunto que eu desconheço. Apenas não vou permitir que ele se suicide."

— Ele não é membro do Comitê de Artes nem foi agraciado com o título de Pessoa de Mérito Cultural. Sem receber pensões, a vida será difícil para a senhora e seu filho, não?

— E isso por acaso é da sua conta?

Maki, que parecia *concentrada* como um passarinho, voltou seus olhos na direção da mãe, com uma sombra densa exsudando em torno de si, e se levantou resoluta de entre o sofá onde estava sentada e uma partição. Ao lado dela, Rose se transformou em uma muralha bloqueando-a dos jornalistas. Chikashi foi liberada de uma entrevista cuja intenção era servir como base de um artigo de tema desconhecido.

— Pergunta inacreditável! — exclamou Rose com voz possante entremeada de um suspiro. — A resposta de Chikashi está correta mesmo falando do ponto de vista de Kogito. Eu o ouvi conversando por um longo tempo sobre esse tema com Makihiko, de uma maneira inteligente... nobre...

— Editores aparentemente com um bom relacionamento com Goro, que inclusive publicaram um livro escrito por ele enquanto produzia um filme, usaram as revistas semanais de suas editoras para, tranquilamente, fazer pouco caso da morte dele. Se Choko morrer, com certeza a atitude deles será ainda pior. Mesmo com ele vivo, eles o farão quando perceberem que ele não tem mais forças para reagir...

Após um tempo, Maki voltou ao estado de compasso de espera — seja como for, esperavam que nada pior acontecesse, e sim algo bom, mesmo que pouco —, e seus olhos permaneciam os mesmos de antes, mas a raiva havia dissipado quando ela dirigiu o olhar a Chikashi.

— Que alemão é esse com quem você dividiu a mesma casa em Berlim?

— A pessoa com quem Ura, amiga de Goro, pretende se casar.

— Você tem orgulho de si mesma — falou Rose. — Minha família é irlandesa, e o que vou dizer pode soar um pouco estranho, mas você tem o corpo e os traços faciais semelhantes aos da minha tia. Quando vi você pela primeira vez, me senti nostálgica.

— Eu engordei, e, como tenho trabalhado todo esse tempo sem sentar em tatames, minha cintura ficou parecida com a das alemãs da minha idade.

— Mãe, quando você voltará para Berlim?

— Não vou voltar. Uma pessoa da confiança de Ura contratará alguém em tempo integral para assumir o meu trabalho. Recebi um e-mail dela mencionando que agora é hora da sesta das crianças em Berlim.

— Se você, Chikashi, cuidar de Kogito, eu ficarei descansada e me casarei com o doutor Oda. Obrigada.

— Sou eu quem deve agradecer a você, Rose.

Cabisbaixa, Maki colocou a palma da mão direita, cuja polpa dos dedos esfregava com força incomum, sobre o joelho de Akari, que, sentado ao seu lado, não desgrudava os olhos do seu *Dicionário de música de bolso*. Com uma expressão ao mesmo tempo curiosa e divertida, Akari pousou o olhar sobre a palma da mão que havia parado de esfregar os dedos.

Asa, que fora levada de carro até o distrito de Maki pelo seu primogênito, retornara e, depois de ouvir em frente do elevador as explicações do doutor Oda sobre o estado de saúde de Kogito, entregou a Chikashi uma sacola de papel e um livro fino com capa de papel verde-escuro. Pensou em algum pequeno item de uso cotidiano e algo para leitura de Chikashi, e decidiu, depois de folheá-la de pé, pela obra intitulada *Música militar*, da primeira coletânea de contos de Shigeharu Nakano no pós-guerra, de quem só havia esse único *romance* em japonês na biblioteca conjugada ao dormitório em Jujojiki.

— Ao decidir se tornar escritor, Kogito precisava informar o trancamento da inscrição para a pós-graduação e, para isso, visitou a residência do professor Musumi, que o presenteou com esse livro na época. O livro continha o autógrafo de Shigeharu Nakano com dedicatória ao professor, o que o tornou especial para Kogito.

"Ele declarou que, por ser em comemoração ao dia em que ele decidiu viver como escritor, ele também o leria no dia em que deixasse de escrever romances. Teria ele tido uma premonição de que talvez isso acontecesse dentro da floresta onde nasceu e cresceu?"

— Meu irmão tem um lado mimado e gostava de falar às pessoas que baixavam a guarda sobre o dia em que ele *pararia de fazer algo*. Foi repreendido por Rose (agora ela estava presente no quarto de hospital de Kogito) que o aconselhou a não utilizar a expressão "último romance".

"Nakano, homem inteligente de meia-idade que, devido à derrota na guerra, tinha acabado de voltar do Exército, ao caminhar de Shibuya até Hibiya deparou com uma banda militar americana.

"Quando procurei saber se meu irmão havia averiguado que tipo de música era, ao lado do CD de Akari havia uma caixa de papelão contendo apenas CDs de músicas de bandas de metais. Eu a trouxe no carro, onde meu filho me espera. Akari, vou falar que tipo de músicas está escrito... Vá com Ma-chan até o carro procurar pela caixa. Eu trouxe também um *walkman* da Bose para CDs que funciona com pilhas.

"Rose chamou meu irmão por um bom tempo ao lado da cama dele, mas... Chikashi vai ler para ele as passagens no livro sublinhadas a lápis vermelho por ele ou pelo professor Musumi, e colocará o CD com as músicas da banda militar. Ela acha que pode servir para fazê-lo recobrar a consciência."

Sensível à tarefa que lhe fora incumbida, Akari já se levantara e aguardava com uma expressão solene no rosto. Porém, em ocasiões como essa, não era do temperamento de Chikashi responder reflexivamente. Até porque estava cansada após a longa viagem.

Asa, cujas *sardas* pareciam amarronzadas pelo cansaço, prosseguiu demonstrando também sua personalidade.

— Mesmo que ele não recobre a consciência, são palavras a serem oferecidas ao *pobre* Kogito... A música adequada a ser ofertada a ele.

3

Ele pressentia a iminente chegada de uma terrível cefaleia. Era uma dor inevitável. Todavia, ainda estava num momento anterior a ela. A própria cabeça estava calma numa fissura da rocha dentro da água escura. Quando avançou para observar melhor o que via, o topo de suas orelhas se prendeu firmemente nesse local. Ele entrou em pânico. Pouco depois, grandes mãos seguraram seus pés e empurraram seu corpo para dentro. Impiedosamente ele foi torcido para os lados.

Enquanto gemia de dor excruciante, sentia a cabeça passar com resistência pelo estreitamento na rocha. O sangue proveniente da cabeça criava uma cortina de fumaça, o corpo seguia flutuando abandonado dentro da água vermelho-clara. As costas encerradas no baixio da corrente para a parte mais profunda, enquanto respirava em direção ao céu azul, estacou na diagonal...

Por que ele, uma criança, correra tanto perigo passando a cabeça através da fissura de uma grande rocha? No fundo desse estreitamento, abria-se um campo de visão semelhante a um grande jarro deitado de lado onde nadavam dezenas de bordalos reluzindo sob uma luz tênue. Peixes azuis com gradações cinza-prateadas nadando calmamente à mesma velocidade da corrente de água, apontando uma mesma direção. Nas dezenas de pontos pretos das dezenas de pequenas cabeças deste lado se refletia o rosto de um "menino".

Fortemente fascinado, ele deseja vê-los mais de perto. A cabeça se move na direção dos bordalos e fica bem presa entre as rochas. Ele entra em pânico. Grandes mãos seguram seus pés que se debatem na água e o forçam para o fundo. E torcem seu corpo. Rumo a uma dor incomensurável...

Enquanto a cabeça não doía, ou melhor, pouco depois de a dor começar, a voz sempre distante e baixa de uma mulher se dirige a ele falando palavras em um idioma que não é o seu idioma materno. Por vezes ela se aproxima e se faz nítida. A ponto da dor na cabeça se tornar insuportável. *Kogito, Kogito*, chama a mulher. *Cogito, ergo sum?*

Kogito, Kogito, acorde e vá escrever aquele romance. O romance em que um sonhador *jaz no fundo da floresta como uma máquina gigantesca e complexa.*

Os "meninos" saem do sonhador *da floresta para o mundo, retornando a ela depois. Isso continua indefinidamente. Kogito, Kogito, você decidiu criar uma história fracionando o tempo eterno em períodos de duzentos anos. Ignoro o motivo de serem dois séculos.*

Só sei que o sonhador, *semelhante a uma enorme máquina nas profundezas da floresta — acredito que, originalmente, ele também era um "menino" —, sonhou com a "ponte flutuante dos sonhos". Do outro lado da ponte, inúmeros "meninos" em díspares momentos saíam para diversos locais de trabalho. Para o mundo real. Mas o* sonhador *não perde de vista nenhum dos inúmeros* "*meninos*". *O trabalho dos "meninos" se reflete na tela de sonhos do* sonhador. *Em vez disso, as imagens sintetizadas na tela de sonhos talvez se transmitam para diferentes locais em momentos distintos e se materializem em cenas reais...*

Ao mesmo tempo que faziam reuniões em desespero, havia entre os camponeses rebeldes aqueles que sonhavam em retornar ao local do sonhador *para aprender táticas de guerra, assim como acontecera com o "menino" reencarnação de Meisuke. Mesmo que não fosse assim, o* sonhador *na profundeza da floresta enviava ordens por meio de sonhos a todos os "meninos" espalhados pelo mundo. Aos "meninos" em todos os tempos e locais. Aos "meninos" do "Tempo do Sonho" da mitologia dos aborígenes australianos. É uma época de sonhos, não apenas no presente, não só no passado, mas também no futuro.*

Kogito, Kogito, que o tempo de sua história de duzentos anos se projete *no futuro mais do que agora!*

Kogito, Kogito, você, tão ativo apesar da idade, não conseguiria se mover agora por ter retornado às profundezas da floresta e pelo fato de os circuitos de seu cérebro estarem conectados à grande estrutura do sonhador? *Sua cabeça não teria sangrado tanto por causa das obras de ligação desses circuitos? Pobre Kogito, pobre Kogito.*

Mas, se for isso, justamente agora você está na floresta junto com o sonhador *assistindo repetidas vezes a tudo o que aparece na tela dos sonhos. Se você, Kogito, o transformasse em palavras e as colocasse em papel, decerto elas se tornariam o romance que até agora você tentou, em vão, escrever. Você, ainda agora ligado diretamente por um circuito ao* sonhador *sempre assistindo a tudo, não seria justamente uma "criança de duzentos anos"?*

Kogito, Kogito, vamos, desperte! Você afirmou inúmeras vezes que é um velho, mas quando acordar e voltar para o lado de cá vai se achar um "jovem de um novo tempo". Lembre-se de Blake, de quem fez inúmeras citações! Mesmo de olhos cerrados e incapaz de falar, as palavras devem vir à mente de pessoas como você na forma de caracteres impressos. Alinhando a voz espiritual, vou ler para você.

Rouse up, O Young Men of the New Age!

Kogito, Kogito, não foi você mesmo quem o traduziu como Jovens de um novo tempo, despertai?

4

Porém, por que despertar? Se agora ele estiver inserido no plugue do circuito do *sonhador*, ou se o seu circuito agora for o do próprio *sonhador* da floresta... Não seria exatamente esse o ato de subir à floresta e se tornar o "menino"? Seria ótimo ele ser o "menino" refletindo nos olhos das dezenas de bordalos dentro da água no fundo das grandes rochas. Por que, naquele momento, ele voltou para o lado de cá aceitando como certa a imensa dor iminente? Por que as mãos de uma grande pessoa torceram seus pés? Se for isso, agora que a grande pessoa não apareceu, por que ele pretenderia acordar com essa dor?

Nunca mais as mãos daquela grande pessoa puxarão sua cabeça da fissura da rocha e o trarão de volta. Por que nunca mais? Enquanto, de costas no baixio, ele finalmente conseguiu respirar, a grande pessoa passava ao seu lado pisando rudemente os seixos, subindo na direção do leito do rio. À leste do leito do rio fica o crematório da vila.

Um homem que nunca desperdiça tempo mesmo durante uma marcha de protesto... Esse é o médico... Enquanto subia pela encosta, conversou sobre o livro que ele lia. Citou o filósofo alemão ao aludir ao passado. "[...] *a mudança do ângulo de visão (mas não de critérios!), faça surgir novamente, nela também, um elemento positivo e diferente daquele anteriormente especificado. E assim por diante,* ad infinitum [...]"[2]

Se a *parte "fértil"* do "passado" for uma *parte "auspiciosa"*, "*viva*" e "*positiva*", Kogito já não desfrutara dela o suficiente? Inútil revivê-la. Mesmo a revivendo, daria no mesmo. Quanto tempo faz que, em meio a aplausos, vestindo *white tie*, ele fora recepcionado com um sorriso tenso pelo rei de um país nórdico?

Dizem que o filósofo escreveu que, se for para reviver, será para atribuir sentido à *parte inútil, atrasada e morta. Até que todo o "passado" seja recolhido no presente em uma apocatástase*[3] *histórica*. Não, na verdade palavras como história e contemporâneo sempre foram demais para ele até o momento. *Mesmo com uma mudança do ângulo de visão (mas não de critérios!)* que observa seu "passado" individual, o que se tornaria a *parte positiva*?

Mudar o ângulo de visão...

Ele, criança, exausto com a experiência da dor de pouco antes, travado de costas no baixio, recebendo o sol no rosto, respirava miseravelmente. Passando ao seu lado, uma grande

---

2. Walter Benjamin, *Passagens*. Trad. Irene Aron (alemão) e Cleonice Paes Barreto Mourão (francês). Belo Horizonte: Editora UFMG, 2009, arquivo N1a,3.

3. Apocatástase [*Apocatastasis*]: a admissão de todas as almas no Paraíso.

pessoa... Aquela cujas mãos violentas arrancaram sua cabeça da fissura da rocha e lhe infligiram uma ferida gotejando sangue... Encolhendo até parecer uma mulher de baixa estatura, mas pisando os cascalhos rudemente, caminhou rio acima em direção ao seu leito. O *espírito* que vagamente se separara da criança caída na água rasa estava à frente dela. O *espírito* observava a mulher que se mostrava raivosa e ainda conservava jovialidade torcendo seu turbante molhado, de orelhas alcançando o queixo.

Era a sua mãe! Sendo assim, ele não será puxado de volta para uma vida dolorosa com gritos abafados de dor. A mãe morreu, foi cremada rio acima e agora jaz *no pó*. Os ossos, miúdos demais para caberem numa urna extremamente pequena, também por ser tacanho seu corpo, foram jogados no rio. Dezenas de bordalos devem ter recebido deles boa dose de complemento de cálcio e fósforo...

— *Vou salvar-me!*[4] Me lembro desse verso. É de uma poesia de Taro Tominaga que me foi apresentada por Goro na mesma seleção original da *Coletânea de poesias de Rimbaud* traduzida por Hideo Kobayashi. E me adveio uma nova percepção. Este eu que está aqui agora é Kogito Choko, amigo de Goro Hanawa.

Kogito, com dezesseis anos, e Goro, com dezessete, faziam "jogos de palavras". Pergunta de Kogito: "O que na vida é mais constrangedor eticamente?" Resposta de Goro: "Ser flagrado pela mãe se masturbando." Eticamente? Isso mesmo, afirmava Goro. Resposta de Kogito: "Ser flagrado pela mãe tentando se suicidar." Eticamente? Por que não?, argumentava Kogito.

— *Mãe, você ficou com raiva de mim desde que constatou que eu próprio não me resgataria!*

---

4. Do poema "Amargura outonal", de Tato Tominaga, de 1975.

O "MENINO" DESCOBERTO

Pela primeira vez, Kogito torceu o corpo em direção à grande dor que causava a si mesmo.

A dor logo começou. Já era tarde, mas ele era assaltado por uma raiva impotente. Porque era incapaz de se controlar e, continuando a torcer o corpo, se feriu batendo a cabeça duas ou três vezes numa ponta da rocha. De que adianta reviver? Mesmo que o fizesse, seriam apenas três ou quatro anos; não seria essa a vida remanescente de sua velhice?

Das profundezas da água que começava a se enturvar com o sangue derramado de Kogito, dezenas de bordalos lhe lançavam um olhar questionador (o mesmo olhar que seus ancestrais lhe dirigiam quando criança): *De que adianta reviver?*, ele lhes retrucou. *Uma vez que perdi a mão da grande pessoa que me levava à força de volta à vida, vou salvar-me! E eu digo que faço isso em seu lugar.*

Kogito, Kogito, o que pretende movendo-se assim com tanta violência? Batendo a cabeça até na mesa do aparelho de soro! Você foi operado da cabeça. Eles não acabaram de extrair um coágulo de sangue de dentro dela mesmo não a tendo fechado com uma placa de plástico como fizeram com Akari?!

Percebeu que a dona da voz que se dirigia a ele era da mulher que, por muito tempo, continuara a ler junto com ele *Dom Quixote*. *Ah, sim, o nome do* carregador *que divide com dom Quixote seus infortúnios é Rocinante. Uma vez que sua grafia em espanhol começa por Roci-, mesmo associado a Roca, rocha, não tem relação com Rosa, e fico feliz que tenha um som próximo ao do meu nome...*, falou ela. Rosas e rochas? A *carregadora* que o trouxe para o lado de cá impediu que ele fosse para o lado de lá pela fissura da *rocha*. Porém, ela foi cremada no crematório rio acima da rocha e enterrada em meio ao pó...

Todavia, outra *carregadora* semelhante à sua mãe não apareceu para ele e lhe entregou um "jovem de um novo tempo"? Sem tentar escapar à dor, projetou reto a cabeça tateando a coerência dos pensamentos que lhe surgiam agora. Uma dor ainda mais violenta adveio. Não apenas isso, o sangue transbordou molhando com tepidez metade de seu rosto, mas... ao tocar, o que escorriam eram lágrimas.

Kogito, Kogito, por que chora? Sofre? O que houve? Ah, o que acontecerá? Chikashi, venha, Kogito parou de se mover violentamente e está chorando! Ainda inconsciente, serenamente... Sereno como alguém morrendo... chora!

5

O médico encarregado e a enfermeira tinham se retirado do quarto bem antes. Akari e Maki também voltaram para o distrito de Maki levados por Asa. Instalada na beirada do colchão onde o doutor Oda tirava um cochilo, Rose observava Chikashi, que estava sentada em uma cadeira ao lado do leito alto.

— Como você é forte! — declarou Rose. — Acabei entrando em pânico e só causei confusão. Você permaneceu calma para não incomodar o doutor.

"Você e Kogito se comunicam em um nível profundo. Eu estou em um nível superficial e só me apavorei e provoquei um alarido inútil."

— Também tive medo... E ainda tenho agora. Ao contrário, eu nada pude fazer e apenas li o livro trazido por Asa.

— Akari ouviu as explicações de Asa e pesquisou os CDs... Levou tempo, mas escolheu três músicas de alguns deles.

"Ma-chan falou que Kogito reuniu os CDs com prováveis títulos de músicas constantes no livro sobre a situação musical do Exército de ocupação, sem ser capaz de identificá-las."

— Por ser um conto, eu o li diversas vezes... Também achei que as músicas que todos costumávamos ouvir estavam corretas. Foram executadas naquela ordem.

"Amanhã de manhã, quando Asa trouxer Akari e Maki, pretendo ler em voz alta conforme ela sugeriu. Quando Akari colocou de novo a partir do primeiro CD, eu não consegui fazê-lo... Eu me segurei para não me emocionar..."

— Qual o problema? Reprimir as emoções é coisa da ética dos samurais, não? Mas por que esse texto? — perguntou Rose com voz trêmula. — Eu o li sem compreendê-lo. Por que menciona que isso *nunca mais deverá acontecer*? Ocorreu duas, três vezes, e o mesmo Exército americano continua a fazê-lo agora.

— Também é incompreensível para mim. O sofrimento que Goro e Kogito carregaram ainda pequenos e esquálidos... Um deles morreu sofrendo, o outro segue neste mundo em permanente sofrimento... Asa pensa em interceder de alguma forma?

Depois de um tempo, Chikashi pensou algo ao reler o mesmo livro.

— Que tal exercitarmos ler em voz alta o texto, uma vez que nós duas não o compreendemos bem? — sugeriu. — Kogito não está mais chorando... Parece nos ouvir.

"Coloque para tocar, por favor, o CD a partir da segunda música escolhida por Akari, mas em volume baixo para não acordar o doutor Oda…

> *A nova música tocou uma vez mais. Ela ressoou com a primeira banda, a segunda banda e o corpo de fuzileiros estacionados. O silêncio se fez maior do que antes. Quando a música atingiu determinado ponto, o homem soube que a melodia o havia aprisionado como um torno. Ele, que desconhecia sobre música, ignorava como expressá-la a si próprio. Sentiu como um tremor, uma dor. Para ele, não era algo ocidental ou oriental. Não era sequer folclórico. Parecia água, de natureza a purificar a alma humana organizando-a inclemente, mas com muita simpatia, independentemente de nacionalidade ou etnia.*
>
> *…*
>
> *Perdoai aqueles que se mataram uns aos outros, aqueles que foram mortos uns pelos outros! Perdoai os sobreviventes que necessitavam de algo para se matarem uns aos outros! Foi como se, pela primeira vez, tanto sangue fora derramado de dentro do sangue fazendo nascer essa quietude na canção. Isso nunca mais deverá acontecer… Inclemente, mas com muita simpatia, independentemente de nacionalidade ou etnia…*[5]

---

5. Excertos de *Gungaku* [Música militar], de Shigeharu Nakano.

Nota do editor

O menino da triste figura é o segundo volume de uma trilogia também composta por *A substituição ou As regras do Tagame* (volume 1) e *Adeus, meu livro!* (volume 3), ambos publicados pela Estação Liberdade em 2022 e 2023, respectivamente. No Japão, o primeiro volume, *Torikaeko*, foi publicado em 2000; o segundo volume, *Ureigao no doji*, em 2002; e o terceiro volume, *Sayonara, watashi no hon yo!*, em 2005.

Torikaeko, cuja tradução literal é "A criança trocada", recebeu no Brasil o título de *A substituição ou As regras do Tagame*.

ESTE LIVRO FOI COMPOSTO EM ADOBE GARAMOND PRO CORPO 12 POR 16 E IMPRESSO SOBRE PAPEL AVENA 80 g/m² NAS OFICINAS DA RETTEC ARTES GRÁFICAS E EDITORA, SÃO PAULO — SP, EM FEVEREIRO DE 2025